OS ÚLTIMOS DIAS DE
KRYPTON

OS ÚLTIMOS DIAS DE
KRYPTON

K E V I N   J.   A N D E R S O N

OS ÚLTIMOS DIAS DE
KRYPTON

Tradução de Heitor Pitombo

The last days of Krypton © 2012 DC Comics
© 2012 DC Comics. Todos os direitos reservados.
© 2013 Casa da Palavra/ LeYa
© 2019 Casa dos Mundos/ LeYa Brasil

Todos os direitos reservados e protegidos pela Lei 9.610, de 19.02.1998.
É proibida a reprodução total ou parcial sem a expressa anuência da editora.

Superman * e todos os personagens e elementos relacionados são marcas da © DC Comics.
Superman and all related characters and elements are trademarks of and © DC Comics. (s13)
Superman foi criado por Jerry Siegel e Joe Shuster
by acordo especial com a família de Jerry Siegel
www.dccomics.com

Impresso sob permissão da Harper Collins Publishers.

Direção editorial
Martha Ribas
Ana Cecilia Impellizieri Martins

Coordenador
Raphael Draccon

Editora
Fernanda Cardoso Zimmerhansl

Editora assistente
Beatriz Sarlo

Copidesque
Fernanda Mello

Revisão
Rodrigo Rosa

CIP-BRASIL. CATALOGAÇÃO-NA-FONTE
SINDICATO NACIONAL DOS EDITORES DE LIVROS, RJ

A561u

    Anderson, Kevin J.
       Os últimos dias de Krypton / Kevin J. Anderson ; tradução Heitor Pitombo. -
    São Paulo: LeYa, 2013.

       Tradução de: The last days of Krypton
       ISBN 978-85-7734-361-4

       1. Ficção americana. I. Pitombo, Heitor. II. Título.

13-1838   CDD: 813
                                  CDU: 821.111(73)-3

LeYa é um selo editorial da empresa Casa dos Mundos.

Todos os direitos reservados à
CASA DOS MUNDOS PRODUÇÃO EDITORIAL E GAMES LTDA.
Rua Avanhandava, 133 | Cj. 21 – Bela Vista
01306-001 – São Paulo – SP
www.leya.com.br

Para Julius Schwartz

Sempre considerei Julius Schwartz, ou "Julie", como os amigos o chamavam, como o "fada padrinho" do Superman. Ele trabalhou por 42 anos na DC Comics, editou a linha de revistas do Homem de Aço de 1971 até 1985 e depois passou a ser presença certa em uma série de convenções e reuniões de fãs. Há alguns anos ele me deu um pin de ouro com o "S" do Superman na San Diego Comic Con, e então, quando me viu de novo, meses depois, me repreendeu de modo severo por não o estar usando. Certamente aprendi a lição e fiz questão de usar aquele pin dourado em todas as convenções onde nossos passos se cruzariam (e ele fazia questão de ficar na minha cola para se certificar de que eu o estava usando). Julie morreu em 2004. Como não posso lhe dar uma cópia autografada de *Os Últimos Dias de Krypton*, posso pelo menos colocar seu nome aqui. Obrigado por tudo, Julie!

PREFÁCIO

A ficção científica começou a ter fãs nos anos 1930, e dois deles eram Jerry Siegel e Joe Shuster, o primeiro um escritor, o outro um artista. De sua paixão singular surgiu a criação suprema da ficção científica, Superman, *aquele estranho visitante de outro planeta que veio para a Terra com poderes e habilidades que iam muito além...* Não há razão para prosseguir; vocês conhecem o resto. *Todos* conhecem o resto.

Superman nasceu de um amor pela ficção científica, por isso não deveria ser surpresa que a história de Krypton, o condenado planeta natal do Homem de Aço, fosse confiada a Kevin J. Anderson, um dos melhores escritores do gênero em atividade nos dias de hoje.

Kevin recebeu uma tarefa tão assustadora quanto qualquer um dos lendários feitos do Superman. Ele tinha que criar a história de um mundo que, ao longo dos últimos 68 anos, gerou inúmeras tramas conflitantes. Será que Krypton foi destruído por causa de um terremoto? Ou um cometa se chocou contra o planeta? Ou talvez o sol tenha entrado em supernova e o destruído ao se atiçar? Como eram as pessoas de Krypton? Será que eram benevolentes, comodistas, despidos de emoções ou amorosos? E quanto a Brainiac... e Argo City... e quanto a... e quanto a...?

São perguntas que já foram feitas e respondidas por milhões de fãs, muitas e muitas vezes.

Mas é chegada a hora de uma história que unifique todas essas tramas, e, no entanto, forje o próprio caminho. Todos sabemos o destino de Krypton, mas Kevin nos traz uma história nova e arrebatadora, diferente de todas que já vimos antes. Ela é ao mesmo tempo familiar e surpreendente.

Recriar uma história rica, real e complexa, diante da intrincada falta de continuidade, é uma incumbência que eu jamais desejaria assumir. Mas Kevin o fez, foi bem-sucedido, e agora acaba de nos presentear com a história de um mundo que a maioria de nós cresceu conhecendo e zelando. E, de algum modo, com o mesmo lampejo de inspiração que Siegel e Shuster tiveram quando criaram o Superman há tantos anos, ele juntou tudo isso em um livro de ritmo extremamente dinâmico, que tem *algo* para qualquer fã do Superman, não importa que fase do personagem ele prefira, com que Krypton cresceu e que Superman ele idolatre.

Marv Wolfman, autor de *Crise nas Infinitas Terras*,
roteirista e criador de *Os Novos Titãs* e
Blade, o Caçador de Vampiros

ELENCO DE PERSONAGENS

Dramatis Personae

JOR-EL – O cientista mais reverenciado de Krypton

ZOR-EL – Irmão de Jor-El, cientista talentoso e líder de Argo City

ALURA – Esposa de Zor-El, especialista em botânica

YAR-EL – Pai de Jor-El e Zor-El, um gênio que agora sofre da Doença do Esquecimento

CHARYS – Mãe de Jor-El e Zor-El, pesquisadora da área de psicologia

FRO-DA – Chefe de cozinha na propriedade de Jor-El

LOR-VAN – Um artista e muralista muito respeitado

ORA – Esposa de Lor-Van

LARA – Filha de Lor-Van, também uma artista com muitos recursos, além de historiadora e aspirante à escritora

KI-VAN – O filho mais novo de Lor-Van

DRU-ZOD – Chefe da Comissão para Aceitação da Tecnologia em Kandor

COR-ZOD – Pai de Dru-Zod, ex-chefe do Conselho Kryptoniano e político lendário

NAM-EK – Pupilo de Dru-Zod, um mudo robusto

BEL-EK – Assassino e pai de Nam-Ek, morto pela Guarda Safira de Krypton

AETHYR-KA – Uma mulher independente banida de sua família nobre, ex-colega de classe de Lara

BUR-AL – Assistente de quarto escalão da Comissão para Aceitação da Tecnologia
VOR-ON – Jovem membro de uma família nobre menor
HOPK-INS – Funcionário subalterno da Comissão para Aceitação da Tecnologia
GUR-VA – Um criminoso insano conhecido como o Açougueiro de Kandor
SHOR-EM – O líder de Borga City
DONODON – Visitante alienígena que chega a Krypton
KIRANA-TU – Médica severa e sem graça

O CONSELHO KRYPTONIANO

JUL-US (Chefe do Conselho)
MAURO-JI
CERA-SI
POL-EV
KOR-TE
SILBER-ZA
AL-AN
BARY-ON
SOR-AY
RUL-AR
JUN-DO

ANTIGAS FIGURAS HISTÓRICAS

JAX-UR – Antigo déspota, geralmente considerado o tirano mais terrível de Krypton
LOTH-UR – Pai cruel de Jax-Ur
SOR-EL – Ancestral de Jor-El, um dos líderes dos Sete Exércitos
KOL-AR – Um dos líderes dos Sete Exércitos
POL-US – Um dos líderes dos Sete Exércitos
NOK – Antigo comandante
KAL-IK – Conselheiro de Nok, que sacrificou a vida para falar a verdade
HUR-OM – Lendário e malfadado amante decantado em uma ópera de Kandor
FRA-JO – Lendário e malfadado amante decantado em uma ópera de Kandor

DISSIDENTES

GIL-EX – Líder de Orvai no distrito do lago
TYR-US – Líder da cidade de metal de Corril nas montanhas
GAL-ETH – Vice-prefeito de Orvai
OR-OM – Industrial em uma cidade mineradora
KORTH-OR – Refugiado de Borga City

ANEL DE FORÇA DE ZOD

KOLL-EM – Irmão mais novo de Shor-Em, líder do Anel de Força
NO-TON – Nobre e cientista
MON-RA
RAN-AR
DA-ES
ZHON-ZA
FRER-SI
CREN-TE
OEL-AY
POEL-OR
BAL-UN
WRI-VO
MIR-XA
NAER-ZED
YRI-RI
TRES-OK

CAPÍTULO 1

O sol vermelho de Krypton se assomava no céu, um gigante inquieto. Em suas camadas gasosas, células condutoras de calor do tamanho de um planeta se agitavam como bolhas em um caldeirão infernal em câmera lenta. Delicadas bandeirolas coronais dançavam pelo golfo do espaço, interrompendo as comunicações planetárias.

Jor-El estava esperando havia muito tempo por uma tempestade cintilante como essa. Em seu laboratório isolado, ele havia monitorado suas sondas solares, ansiosamente fazendo preparativos. O momento estava próximo.

O visionário cientista tinha montado seu equipamento no prédio de pesquisa amplo e aberto em sua propriedade. Jor-El não tinha assistentes porque ninguém mais em Krypton entendia exatamente o que ele estava fazendo; na verdade, alguns outros pareciam se preocupar. As pessoas de seu planeta estavam satisfeitas. Muito satisfeitas. Por outro lado, Jor-El raramente se deixava sentir complacente ou satisfeito. Como poderia, quando ele podia imaginar facilmente tantas maneiras de melhorar o mundo? Ele era uma verdadeira anomalia na "sociedade perfeita".

Trabalhando sozinho, calibrava feixes de raios através de centralizadores de cristal, usava ferramentas alinhadoras de laser para ajustar os ângulos de discos refletores convergentes, checava mais de uma vez seus prismas resplandecentes em busca de falhas. Pelo fato de seu trabalho ter desafiado os limites da pouco inspirada ciência kryptoniana, ele havia sido forçado a desenvolver boa parte de seu aparato básico sozinho.

Quando abriu a série de painéis feitos de uma liga de metal que ficava no teto de seu prédio de pesquisa, uma luz escarlate se espalhou pelo laboratório. Logo o fluxo solar alcançaria o nível desejado. Uma ávida curiosidade científica lhe dava mais incentivo do que sua reverência pelo gigante vermelho, que os sacerdotes haviam batizado de Rao. Ele monitorava os níveis de poder exibidos pelos medidores planos de cristal.

Durante todo o tempo, a luz do sol resplandecia visivelmente mais brilhante. As labaredas continuavam crescendo.

Embora fosse jovem, Jor-El tinha um cabelo espesso e característico, tão branco como marfim, e que lhe dava um ar suntuoso. As belas e clássicas feições em seu rosto pareciam ter sido modeladas diretamente do busto de um antigo nobre kryptoniano, tal como seu venerado ancestral Sor-El. Alguns poderiam achar que seu semblante de olhos azuis era distante e preocupado, mas, na verdade, Jor-El enxergava muitas coisas que os outros não viam.

Ele ativou seus bastões de cristal cuidadosamente dispostos, configurando uma melodia harmônica de extensões de onda. No telhado, espelhos laminados e oblíquos projetavam seus reflexos em um prisma central concentrado. Os cristais roubavam apenas um segmento preciso do espectro, depois desviavam o raio filtrado para tanques espelhados parabólicos feitos de mercúrio semitransparente. À medida que a intensidade da tempestade solar aumentava, os espelhos de mercúrio começaram a se encrespar e borbulhar.

Seguindo o plano, Jor-El rapidamente retirou um cristal de âmbar e o inseriu em sua entrada no painel. As facetas lisas da pedra já queimavam a ponta de seus dedos. O primeiro raio se estilhaçou formando uma teia de aranha luminosa que ligava o labirinto de espelhos e cristais.

Em instantes, se a experiência funcionasse, Jor-El abriria uma porta para outra dimensão, *um universo paralelo* – talvez até mais do que um.

A propriedade ampla e afastada, a muitos quilômetros de Kandor, era perfeita para Jor-El. Seu prédio de pesquisa era tão grande quanto um salão para banquetes. Enquanto outras famílias kryptonianas teriam usado tal espaço para bailes de máscaras, festas ou apresentações, o outrora famoso pai de Jor-El optou por erguer toda a propriedade como uma celebração da descoberta, um lugar onde toda questão pudesse ser investigada, independentemente das restrições tecnofóbicas impostas pelo Conselho Kryptoniano. Jor-El deu um bom uso a essas instalações.

Para uma experiência dessa magnitude, ele havia pensado em chamar o irmão que morava em Argo City. Embora poucos pudessem ter uma genialidade que se equiparasse à de Jor-El, seu irmão de cabelos escuros, Zor-El, apesar de seu mau humor ocasional, possuía a mesma ânsia de descobrir o que ainda precisava ser conhecido. Na duradoura e cordial rivalidade, os dois filhos de Yar-El sempre tentavam superar um ao outro. Depois daquele dia, se a experiência desse certo, ele e Zor-El teriam um novo universo inteiro para investigar.

Jor-El retirou outro cristal do painel de controle, o girou e o enfiou novamente. À medida que as luzes brilhavam e as cores se intensificavam, ele foi ficando inteiramente absorvido pelo fenômeno.

Isolado em suas salas abafadas na capital, o Conselho Kryptoniano de onze membros havia proibido o desenvolvimento de qualquer tipo de aeronave, eliminando efetivamente qualquer possibilidade de exploração do universo. A partir de registros antigos, os kryptonianos estavam muito conscientes da existência de outras civilizações nas 28 galáxias conhecidas, mas o governo repressor insistia em manter seu planeta afastado "para a sua própria proteção". Essa regra tinha sido estabelecida havia tantas gerações que a maioria das pessoas a aceitava, como era de se esperar.

Apesar disso, o mistério por trás da existência de outras estrelas e planetas sempre intrigou Jor-El. Por não ser capaz de desobedecer às leis, não importa o quanto as restrições pudessem parecer frívolas, ele foi buscar caminhos que as contornassem. Porém, as regras não podiam impedir que ele viajasse em sua imaginação.

Sim, o Conselho não havia permitido a construção de espaçonaves, mas, de acordo com os cálculos de Jor-El, poderia haver um número infinito de universos paralelos, incontáveis Kryptons alternativas nas quais cada sociedade poderia ser levemente diferente. Jor-El poderia, portanto, viajar de uma nova maneira – apenas se pudesse abrir a porta para esses universos. Nenhuma espaçonave era necessária. Tecnicamente, ele não estaria desrespeitando nenhuma lei.

No centro do espaçoso laboratório, ele colocou um par de anéis de prata com dois metros de diâmetro para rodar e criar um campo de contenção para a singularidade que esperava criar. Em seguida, monitorou os níveis de força. E esperou.

Quando a energia solar intensificada atingiu seu pico, um feixe de luz controlada penetrou através das lentes do teto e foi parar no meio do laboratório de Jor-El como se fosse uma seta de fogo. Os raios multiplicados se reuniram em um único ponto de convergência e depois ricochetearam na própria textura do espaço. A rajada concentrada golpeou a própria realidade e abriu um buraco para algum outro lugar... ou para lugar nenhum.

Os anéis prateados de contenção se cruzaram, giraram ainda mais rápido e mantiveram aberta uma minúscula fenda que se expandiu em um equilíbrio de energia positiva e negativa. Enquanto aquela luz ofuscante fluía para dentro daquele pequeno ponto vazio, a fenda cresceu até ficar tão larga quanto a mão do cientista, depois atingiu o tamanho do seu antebraço, até que finalmente se estabilizou, com dois metros de diâmetro, estendendo-se até a borda dos anéis.

Um portal circular pairou no ar, perpendicular ao chão... algo que uma pessoa curiosa poderia simplesmente adentrar caminhando. Atrás daquela abertura, Jor-El sabia que poderia encontrar novos mundos para explorar, infinitas possibilidades.

Em um pedestal à frente do portal flutuante, o dispositivo cristalino de controle emitia um brilho quente e intenso. Para estabilizar o sistema volátil, ele retirou os cristais de força auxiliares e depois inclinou as parábolas de mercúrio para desviar o feixe principal de luz solar. A força se dissipou, mas a singularidade se manteve. O portal dimensional permaneceu aberto.

Deslumbrado, Jor-El deu um passo à frente. Ele já havia sentido muitas vezes a deliciosa emoção da descoberta, a onda do sucesso que vinha quando a experiência dava os resultados que estavam previstos ou, melhor ainda, quando algo maravilhosamente inesperado acontecia. Esse portal tinha o potencial de gerar ambas as situações.

Quando o estranho portal não oscilou, ele freou cuidadosamente a rotação dos anéis de prata, para que ficassem pairando verticalmente, imóveis, no ar. Embora o entusiasmo o tentasse a pegar atalhos, sua mente analítica sabia das coisas. Ele começou a fazer testes.

Primeiro, como se fosse uma criança jogando seixos em um lago tranquilo, pegou uma caneta que estava na mesa de trabalho e a jogou cuidadosamente dentro da abertura. Assim que o fino instrumento tocou na barreira invisível e nela penetrou, sumiu completamente e apareceu do outro lado, no outro universo. Só deu para Jor-El avistar um reflexo embaçado do mesmo, flutuando além do seu alcance. Mas ele não conseguia ver detalhes do estranho lugar que havia descoberto. E não via a hora de descobrir o que havia por lá.

Maravilhado, Jor-El se aproximou do portal vazio. Ele não via nada – *absolutamente nada* –, um vácuo insondável no ar. Desejou ter alguém do seu lado. Aquele grande momento devia ser compartilhado.

Ele gritou dentro da abertura.

– Alguém pode me ouvir? Tem alguém aí?

O portal continuou em silêncio, um vácuo que drenava toda luz e som.

Para o próximo teste, Jor-El prendeu uma lente teleobjetiva de cristal a um telescópio que retirou de um equipamento ocioso numa das paredes do prédio de pesquisa. Cuidadosamente ele estenderia a haste com a lente através da barreira, permitiria que ela fotografasse o ambiente do outro lado e depois retiraria a ferramenta. Examinaria as imagens e determinaria qual seria o próximo passo. E testaria o ar, a temperatura e o ambiente daquele outro universo.

Mais cedo ou mais tarde, contudo, sabia que estava destinado a explorá-lo.

Prendendo a respiração, Jor-El estendeu a haste e empurrou a teleobjetiva de cristal para dentro do vazio com todo o cuidado e delicadeza.

De repente, como se uma grande ventania o tivesse engolido inteiro, ele se viu puxado para o outro lado, sugado para dentro da abertura com a vara e a lente. Em menos de um segundo, o cientista não estava em lugar algum, suspenso num vácuo negro e vazio – à deriva, porém mais do que isso, já que não conseguia sentir o corpo. Não sentia gravidade, temperatura nem conseguia ver luz alguma. Não parecia estar respirando, e nem precisava. Era apenas uma entidade flutuante, totalmente a par e ao mesmo tempo completamente desprendido da realidade. Como se estivesse olhando através de uma janela suja, ele avistou seu próprio universo.

Mas não conseguia voltar.

Jor-El gritou, até que rapidamente percebeu que ninguém podia ouvi--lo naquela dimensão totalmente estranha. Berrou mais uma vez em vão. Tentou se mover, mas não notou qualquer mudança. Estava perdido ali, tão perto de Krypton, mas infinitamente distante.

CAPÍTULO 2

Trabalhando com seus colegas estudantes de arte nas estruturas maravilhosamente exóticas, Lara não conseguia decidir se o design da propriedade de Jor-El era fruto de genialidade ou de loucura. Talvez as duas coisas fossem muito semelhantes para serem distinguíveis.

Rao brilhava sobre os "carrilhões de luz", tiras ultrafinas de metal penduradas em fios tênues que giravam sob a pressão dos fótons, produzindo uma miríade de arcos-íris. Uma torre espiralada branca como leite, sem portas nem janelas, se erguia no centro da propriedade, como um chifre de uma gigantesca fera mitológica, que afunilava até ficar pontiagudo em seu ápice. Outros anexos eram estruturas geométricas singulares que cresceram a partir de cristais côncavos, cobertos com interessantes arranjos botânicos.

O solar do cientista solteirão era um labirinto irregular de arcos e cúpulas; paredes no interior que se encontravam formando ângulos irregulares, cruzando-se em locais inesperados. Um visitante que caminhasse em meio aquele traçado caótico podia facilmente se desorientar.

Embora Jor-El passasse a maior parte do tempo no tumultuado prédio de pesquisa, aparentemente havia percebido que faltava algo na propriedade que seu pai tinha lhe deixado. Paredes externas de pedra polida, brancas como giz, chamavam a atenção como se fossem telas em branco que demandavam alguma obra de arte. Para sua sorte, o grande cientista havia decidido fazer algo em relação a isso, e foi por essa razão que chamara uma equipe de artistas talentosos liderados pelos famosos pais de Lara, Ora e Lor-Van.

Lara queria deixar a própria marca, dissociada de seus pais. Era uma mulher feita, uma adulta independente e cheia de ideias próprias. Dada a chance, ela se achava capaz de criar uma obra característica que talvez até mesmo o próprio Jor-El notaria (se o belo, porém enigmático homem, se desse ao trabalho de sair um pouco do laboratório). Um dia Krypton a reconheceria como uma artista dona de uma imaginação própria e fértil, mas isso não era o bastante. Lara queria ir além, e não limitaria suas possibilidades. Além de uma artista, ela se considerava uma contadora de histórias criativa, uma historiadora, uma poetisa, e até mesmo uma compositora de óperas que evocavam a grandeza da interminável Era de Ouro de Krypton.

Seu cabelo comprido caía em cachos sobre os ombros, cada fio de tom âmbar repuxado. Como exercício, Lara havia tentado pintar um autorretrato (três vezes, de fato), mas nunca conseguiu reproduzir direito seus impressionantes olhos verdes nem o queixo pontudo ou os lábios em botão que se curvavam para cima em um frequente sorriso.

Seu irmão de 12 anos, Ki-Van, com o nariz levemente sardento, olhar curioso e cabelo desgrenhado da cor da palha, também viera para a área de trabalho, que lhe parecia uma maravilha em comparação com qualquer exposição montada em Krypton.

Em volta dos prédios principais, equipes de artistas em treinamento se agrupavam em torno dos pais de Lara. Mais do que apenas subordinados e assistentes, aqueles eram verdadeiros aprendizes que absorviam o que podiam de Ora e Lor-Van, para que um dia pudessem contribuir com seu próprio talento para a biblioteca cultural de Krypton. Eles misturavam pigmentos, erguiam andaimes e montavam lentes de projeção para transferir estampas que os mestres mais experientes haviam traçado na noite anterior.

Se os pais de Lara fizessem bem o seu trabalho, os kryptonianos já não se lembrariam do trágico desvanecimento e confusão que marcaram o fim da vida do pobre homem enquanto ele sucumbia à doença do esquecimento. Em vez disso, eles se lembrariam da grandeza visionária de Yar-El. Jor-El, com certeza, seria grato aos pais de Lara por isso. O que mais ele poderia lhes pedir?

Com o desembaraço da juventude, Lara se sentou de pernas cruzadas em um pedaço luxuriante de relva púrpura, uma variedade de grama encontrada nas planícies selvagens que cercavam Kandor. Ela ficou contemplando aquele que considerava um dos mais enigmáticos objetos do terreno: doze placas lisas feitas de pedras castanho-amareladas com nervuras se erguiam em volta das áreas abertas da propriedade, cada uma com dois metros de largura, três de altura e bordas irregulares. Os obeliscos eram como mãos lisas e erguidas, pálidas e sem manchas. Onze das pedras planas estavam dispostas em intervalos regulares, mas a 12ª estava surpreendentemente deslocada em relação às outras. O que o velho Yar-El queria dizer com isso? Será que pretendia cobrir os obeliscos com mensagens incompreensíveis? Lara jamais saberia. Embora ainda estivesse vivo, Yar-El estava muito longe de poder explicar as visões presas dentro de sua cabeça.

Lara escorou a prancheta entre os joelhos. Ela usava uma caneta de ponta recarregável para mudar as cores da camada de alga eletromagnética, desenhando o que já havia pintado em sua imaginação. Enquanto seu pai e sua mãe pintavam murais épicos mostrando a história de Krypton, Lara já havia decidido que usaria aqueles doze obeliscos brancos para propósitos mais simbólicos. Se Jor-El deixasse. Ela ficava cada vez mais entusiasmada enquanto fazia planos para cada um dos painéis vazios.

Satisfeita com suas ideias, Lara congelou as imagens na prancheta e se levantou enquanto batia na saia branca iridescente para tirar os pedaços de grama. Exuberante e determinada, ela correu na direção do andaime onde os pais estavam decidindo qual seria a maneira mais dramática de pintar a Conferência dos Sete Exércitos, que havia ocorrido milhares de anos antes e mudado a sociedade kryptoniana para sempre.

Lara mostrou, orgulhosa, o que rascunhou em sua prancheta.

– Mãe, pai, vejam isto. Gostaria de ter a aprovação de vocês para um novo projeto. – Ela estava cheia de energia, pronta para começar a trabalhar.

Lor-Van havia amarrado seu cabelo ruivo em um elegante rabo de cavalo para que não caísse em seu rosto. Seus olhos castanhos e expressivos demonstravam o amor que sentia pela filha – assim como uma enorme paciência. Ele tendia a ser condescendente com Lara sempre que ela vinha com um de seus novos (e normalmente nada práticos) planos. Porém, ele ainda a via mais como uma criança do que como uma adulta.

Sua mãe, no entanto, era mais difícil de ser convencida. Ela tinha cabelos curtos, de tom âmbar e claro como o da filha, mas com mechas grisalhas; como sempre, algumas manchas de pigmento salpicavam o rosto e as mãos de Ora.

— O que você fez agora, Lara?

— Produziu um trabalho brilhante, sem dúvida — implicou seu pai —, mas cuja compreensão está além de nossa capacidade, meros mortais.

— Aqueles doze obeliscos — disse Lara antes que pudesse prender a respiração, enquanto apontava para o que estava mais perto. Ela havia encontrado uma serenidade, uma determinação em sua voz. — Quero pintá-los, cada um de um jeito diferente.

Sem nem ao menos olhar para os esboços, sua mãe lhe deu as costas.

— Isso está além do escopo do nosso projeto aqui. Jor-El não nos deu permissão para tocá-los.

Lara fez pressão.

— Mas será que alguém efetivamente perguntou se podia?

— Ele está dentro do laboratório, trabalhando. Ninguém deve perturbá-lo. Eu tive que mandar o seu irmão para o perímetro do terreno, porque ele estava fazendo muito barulho. — Ora olhou para o marido. — Talvez Ki deva voltar para Kandor e ir à escola com crianças da sua idade.

Lor-Van bufou.

— Ele está aprendendo muito mais aqui. Quando é que o garoto vai ter uma oportunidade como esta novamente?

Lara, contudo, insistiu em sua própria questão, e não estava aceitando uma resposta fácil.

— Jor-El pediu mesmo que não o perturbássemos enquanto estava trabalhando, ou vocês estão apenas fazendo uma suposição?

— Lara, querida, ele é um cientista reverenciado, e estamos aqui em sua propriedade ao seu convite. Não queremos abusar de sua boa acolhida.

— Por que vocês tem tanto medo dele? Jor-El me parece perfeitamente afável e gentil.

— Olha, Lara — disse o pai com um sorriso tolerante —, não temos medo de Jor-El. Nós o respeitamos.

— Bem, eu vou lá perguntar. Alguém tem que clarear nossos parâmetros. — Ela se virou, determinada, ignorando as palavras cautelosas de seus pais.

Lara tocou a campainha da porta do prédio de pesquisa, que era tão grande e pomposa quanto o templo de Rao. Quando não obteve resposta, começou a bater com os nós dos dedos, mas novamente só houve o silêncio. Finalmente, foi mais impulsiva e enfiou a cabeça no interior do prédio.

— Jor-El, estou perturbando você? Preciso lhe fazer uma pergunta. — Ela havia escolhido cuidadosamente as palavras. Que cientista de verdade poderia negar atenção a alguém que buscava conhecimento e queria simplesmente fazer uma pergunta?

— Alô? — Embora soubesse que o sujeito devia estar dentro do laboratório enormemente iluminado, ela só ouvia o zumbido reverberante do equipamento. — Sou um dos artistas, a filha de Ora e Lor-Van. — Ela segurou a fala e adentrou o prédio, na esperança de que pudesse ouvir a voz do cientista.

O espaçoso laboratório de Jor-El era cheio de cristais que brilhavam como se fossem refletores. A enorme sala continha uma maravilhosa série de aparatos incomuns, experiências meio desmanteladas, estantes cheias de equipamentos e peças de exposição. O sujeito parecia perder o interesse em um projeto uma vez que a parte desafiadora fosse superada, pensou Lara. Ela conseguia entender isso.

Ainda assim, a moça não conseguia encontrar o eminente cientista. Será que ele havia deixado a propriedade em segredo?

— Jor-El? Tem alguém aqui?

No centro do laboratório pairava um par de anéis de prata que continham... um buraco. E, imprensado contra a membrana intangível na superfície, ela viu Jor-El flutuando no interior, gesticulando loucamente, com feições borradas e estranhamente achatadas. Embora seus lábios se movessem, eles não emitiam som algum.

Lara saiu correndo, deixando para trás a prancheta e os desenhos. E elevou a voz:

— Você está preso? — Embora ele tentasse responder, ela não conseguia ouvir o que o cientista estava dizendo.

Franzindo a testa, Lara deu a volta, foi parar atrás da moldura traçada pelos anéis de prata e teve a mesma visão de um Jor-El que a olhava pedindo ajuda, como se tivesse sido aprisionado dentro de um plano bidimensional. A curiosidade a estimulou.

— Isso é alguma espécie de experiência? Você não fez isso de propósito, certo?

— A expressão desesperada no belo rosto do cientista era a única resposta da qual ela precisava. — Não se preocupe. Vou descobrir uma maneira de tirar você daí.

Flutuando naquele vácuo dormente e vazio, Jor-El experimentou um momento de amarga ironia: por tantos anos ele sonhara com um lugar de absoluta quietude onde jamais seria perturbado, um lugar onde poderia deixar seus pensamentos vagarem e o levarem até chegar às suas conclusões. Agora, preso nesse silêncio morto e surreal, ele só queria escapar.

Nos momentos iniciais de sua clausura, havia perdido a haste de telescópio e a teleobjetiva de cristal. Assim que se reorientou, a ponto de poder vislumbrar a janela de seu próprio universo, ele cutucou a abertura com a vara que trazia na mão, mas a barreira deu um coice, de alguma forma numa diferente polaridade daquele lado. A lente se estilhaçou, a barra vergou e saiu do seu alcance, caindo no nada. Restou a Jor-El ficar ali pendurado, como se fosse um espírito desencarnado.

Algum tempo depois, quase como se fosse um prêmio de consolação, a caneta veio em sua direção. Jor-El a apanhou, sem saber se ela poderia vir a ser útil.

Ele não tinha nenhum meio para mensurar quanto tempo havia se passado. Acalmou-se e voltou a mente para o desafio em vez de sucumbir ao pânico. Normalmente, quando tinha que enfrentar um problema que parecia insuperável, Jor-El usava suas melhores calculadoras, trabalhava com uma série interminável de equações e se valia dos conhecimentos de matemática para chegar a conclusões em geral surpreendentes. Aqui, no entanto, tinha apenas sua mente. Felizmente, para Jor-El, seu cérebro era o suficiente. Hora de pensar!

Logo ele tentou se concentrar na explicação que a física daria para aquele buraco no espaço, tentando descobrir como havia sido transportado e por que não conseguia, simplesmente, voltar. Uma vez criado, o portal se tornaria autossustentável; ele duvidava que pudesse fechá-lo se quisesse. O cientista avaliou as ressonâncias em seu dispositivo cristalino de controle, os feixes coesos de luz solar vermelha e as parábolas de mercúrio, até pensar em uma técnica que poderia funcionar para tirá-lo dali. Mas daquele lado da barreira, Jor-El estava completamente desamparado. Precisava de alguém para ajudá-lo do lado oposto.

Então, quando olhou para o laboratório lá fora, ele avistou um rosto, um rosto lindo como o de uma ninfa etérea. Seus lábios se moviam, mas ele não conseguia entender as palavras que eram ditas por trás da barreira. Quando Jor-El gritou de volta, ela claramente não conseguia entendê-lo também. Os dois estavam isolados um do outro, separados por um vão entre universos.

Jor-El achou que havia reconhecido a jovem, por já tê-la visto uma ou duas vezes. Sim, ela estava com os muralistas que ele convidou para embelezar as estruturas da sua propriedade. Talvez ela saísse dali em busca de ajuda – mas quem poderia ajudá-lo? Ninguém, além da possível exceção de Zor-El, entenderia seu aparato ou o que havia feito. Mas levaria dias para que seu irmão pudesse chegar de Argo City.

A jovem, em seu campo de visão, andava de um lado para o outro, imersa em pensamentos. Era uma loucura, mas Jor-El havia maquinado uma possível solução, contudo não tinha condições de comunicá-la para Lara. Se ao menos pudesse fazer com que a garota revertesse a polaridade dos cristais do centro, ele poderia ser cuspido para fora. Mas Jor-El não sabia como lhe dizer isso.

Demonstrando uma paciência incrível, a mulher apagou o que estava na prancheta e começou a escrever o alfabeto kryptoniano. Ele rapidamente percebeu o que a moça estava fazendo. Seria um processo lento, mas como ela conseguia enxergar seu rosto, poderia fazer com que ele soletrasse palavras usando um símbolo de cada vez.

Jor-El se agarrou a um fio de esperança e começou a compor sua mensagem.

Lara guardou os desenhos que estavam na prancheta, limpou a tela e começou a trabalhar na solução do problema. No começo, ela rascunhou perguntas que ele pudesse responder com um simples aceno ou um balançar da cabeça. Será que ele estava em apuros? *Sim.* Estava sentindo dores? *Não.* Estava em perigo iminente? Ele hesitou, mas respondeu *não*. Será que queria a ajuda dela? *Sim.* Sabia como sair dali? O cientista fez uma pausa antes de dizer *sim*.

Logo ficou óbvio que ela não reuniria informações suficientes dessa maneira. Finalmente, batendo em uma letra de cada vez com a caneta e esperando que ele escolhesse a que fosse mais adequada, ela, com muito esmero, captou sua mensagem.

Polaridade Reversa.
Cristal mestre.
Dispositivo de controle.

Com um olhar de consternação, Lara escreveu: "O que é o dispositivo de controle?", "Qual é o cristal mestre?" e "Como eu reverto a polaridade?". Mas ela só podia ter uma pergunta respondida de cada vez.

Dizia-se que Jor-El falava de coisas incompreensíveis para o kryptoniano médio. Ele criou um abismo entre si e a maioria dos cidadãos, que aceitavam passivamente o *status quo*. Na hora em que escreveu sua segunda e igualmente incompreensível resposta, ela ainda não sabia o que fazer.

Eixo Experimental.
Placa de Foco Solar.
No Laboratório.

Lara olhou em volta, mas toda a sala estava cheia de equipamentos exóticos, nenhum dos quais lhe fazia qualquer sentido. Que pergunta ele estava respondendo? Ela achou uma grande variedade de painéis cristalinos, dispositivos luminosos e equipamentos que zumbiam. Até que finalmente ela decidiu fazer o que fazia melhor, uma forma de comunicação que não dependia de matemática ou termos técnicos.

Lara usou rápidas pinceladas de sua caneta para desenhar tudo que via na sala. Mais uma vez, através de um processo meticuloso, ela levantou a prancheta na altura do campo de visão do cientista e lhe mostrou as imagens. Ao apontar para cada aparato com a pena, ela aos poucos foi limitando as possibilidades e chegando no que ele estava querendo dizer.

Finalmente, seguindo com precisão as instruções de Jor-El (conforme as entendia), ela localizou o painel cristalino de controle. O cientista foi ficando obviamente mais tenso, mas Lara só sentia arrebatamento. Ela se perguntava se o pobre homem estava começando a duvidar de suas próprias teorias, mas, estranhamente, não tinha tais reservas. Ela acreditava nele.

Lara escolheu o que ele havia chamado de "cristal mestre", que brilhava num tom verde-esmeralda. Quando o tirou de seu bocal, a luz do cristal se apagou; ela o virou de ponta-cabeça e o inseriu novamente.

De repente, a peça vítrea começou a brilhar num tom escarlate bem forte. Os anéis de prata suspensos, que serviam de moldura para a fenda dimensional, começaram a girar como se fossem rodas dentadas de pontas afiadas, e depois viraram bruscamente para uma posição reversa...

...e ejetaram Jor-El de cabeça para longe do outro universo. Estatelado no chão onde havia caído, ele tirou a túnica e as calças brancas – que saíram imaculadas daquela experiência penosa – e balançou a cabeça.

Ela correu em sua direção, pegou no seu braço trêmulo e o ajudou a se levantar.

– Jor-El? Você está bem?

Ele mal conseguia encontrar as palavras mais adequadas. A princípio, ficou corado, mas logo sorriu.

– Que experiência fascinante. – Quando a encarou, com os olhos azuis e cintilantes, parecia estar enxergando Lara de um jeito que jamais alguém havia enxergado. – Você salvou a minha vida. Mais do que isso, você me salvou de ficar preso para sempre naquela... Zona Fantasma.

Ela lhe estendeu a mão.

– Meu nome é Lara. Desculpe pelo jeito pouco ortodoxo de fazer contato. – Ela resolveu esperar um pouco antes de pedir a sua permissão para pintar os doze obeliscos.

CAPÍTULO 3

A turbulenta tempestade de Rao criou um espetáculo silencioso de luzes e auroras naquela noite. Cortinas etéreas e coloridas transbordaram em meio ao céu de Krypton.

Como ela o havia resgatado, Jor-El convidou Lara para jantar ao seu lado na sacada da mansão. Esse gesto de gratidão não era uma mera formalidade; era a coisa certa a se fazer. Ele havia gargalhado quando os pais da moça vieram pedir desculpas por sua filha atrevida ter perturbado o seu trabalho. Se Lara não o tivesse interrompido no laboratório, quem sabe por quanto tempo ele poderia ficar preso naquele lugar vazio? O cientista queria muito jantar com ela e conhecê-la melhor.

Agora os dois estavam sentados juntos naquela noite quente e calma, comendo de várias pequenas travessas, cada uma com uma iguaria saborosa. Jor-El era meio solitário, não estava muito acostumado com conversas casuais, mas logo percebeu que trocar ideias com Lara era surpreendentemente fácil.

Usando um garfo fino com uma pérola na ponta, ela pegou uma porção apimentada de lúcuma de um prato de borda dourada, deixando o último pedaço para ele.

– Quando eu ia a banquetes extravagantes em Kandor, a comida era normalmente tão bonita que o sabor não tinha como alcançar o nível da apresentação. – Ela retirou a tampa da pequena panela esmaltada e respirou bem fundo para sentir o cheiro do vapor quente e apimentado que vinha das folhas polpudas e ensopadas enroladas em espetos. – Isso aqui, no entanto, está delicioso.

– Instruí meu chefe, Fro-Da, para que preparasse uma refeição especial, mas eu normalmente não costumo prestar atenção na comida. Sempre estou ocupado com outras coisas. – Com os dedos, ele pegou uma pequena empada triangular. Ele não tinha a menor ideia de que refeição era aquela ou de que ingredientes Fro-Da havia usado no molho. – Já fui a banquetes onde o jantar parecia mais uma performance do que uma refeição.

Lara se animou.

– Não tem nada errado com uma performance, se é isso que você está buscando. Gosto dos balés suspensos das óperas de Borga City e Kandor, mas quando estou com fome, quero apenas comer. – Os dois riram.

Como se estivesse escutando a conversa dos dois às escondidas, o corpulento chef chegou e apresentou o colorido prato de sobremesa com o mínimo de alarde.

– Permitimos que a nossa comida seja uma celebração por si mesma – disse Fro-Da. Jor-El tentou agradecê-lo, mas ele desapareceu junto com um turbilhão de ajudantes que ajudaram a tirar a mesa.

Os dois olharam para o céu escuro banhado de cores pastéis. Em anos anteriores, Jor-El havia desenhado e construído quatro telescópios de vários tamanhos de diafragma nos telhados desses prédios. Embora o Conselho jamais fosse "perder tempo" olhando para o firmamento, Jor-El havia se encarregado de fazer um detalhado levantamento do que via nas alturas. Ele olhava para as estrelas, catalogando os diferentes tipos, procurando por outros planetas que sabia estarem por lá. Não podia viajar para esses mundos fantásticos, mas pelo menos podia olhar. Talvez mais tarde ele resolvesse mostrar para Lara algumas das maravilhas distantes através do mais potente dos seus telescópios. Mas, por enquanto, estava vivendo um momento surpreendentemente agradável, só de ficar sentado ali.

Mais acima, de forma proeminente, havia os restos de Koron, uma das três luas de Krypton, e um dia o berço de uma próspera civilização irmã. Nenhum kryptoniano conseguia olhar para o céu sem evitar uma pungente sensação de perda. Jor-El refletiu enquanto acompanhava o olhar de Lara.

– Você já tentou imaginar quanto poder seria necessário para destruir uma lua inteira? Que tipo de ciência está por trás disso?

– Ciência? A *ciência* não foi responsável por tanta morte e destruição... Jax-Ur sim. Já li sobre esse tirano nos ciclos épicos. Nenhuma outra pessoa mudou tanto a história de Krypton.

Jor-El ficou surpreso com a veemência de sua reação. Lara certamente não tinha medo de dar sua própria opinião. Ele havia meramente se interessado em decifrar a física por trás daquelas armas assombrosas. *Dardos nova*, como eram chamadas. Que tipo de dispositivo poderia rachar um planeta ao meio e causar uma destruição tão inconcebível?

Há mais de mil anos, Jax-Ur havia tentado conquistar Krypton, assim como os outros planetas e satélites colonizados no sistema solar. O povo de Koron recusou-se a se curvar, por isso o déspota ameaçou usar as armas de aniquilação. Quando ainda se recusaram a capitular, Jax-Ur lançou três dardos nova. Depois que as armas destruíram a lua inteira, o tirano revelou que ainda tinha, pelo menos, outros quinze guardados em um local secreto.

Mas Jax-Ur havia diluído muito as suas forças: suas conquistas eram muito rápidas e bem separadas umas das outras. Sete generais rebelados reuniram exércitos desesperados de cidades-estados independentes que haviam sobrevivido às depredações patrocinadas pelo déspota. Os sete exércitos convergiram no grande lago no delta do Vale dos Anciãos, arriscando tudo para derrotar Jax-Ur. Um dos conselheiros de confiança do tirano acabou o traindo – se foi por razões nobres ou simplesmente para salvar a própria pele, ninguém sabe ao certo. O traidor envenenou Jax-Ur antes que ele pudesse lançar mais uma de suas armas, e o impiedoso e desprezado vilão acabou morrendo sem revelar onde o seu estoque de munição estava escondido.

Jor-El deixou sua imaginação vagar.

– Se eu pudesse encontrar um desses dardos nova, poderia descobrir como eles funcionam.

– Vamos esperar que ninguém jamais descubra esse depósito de munição. Ninguém deve ter acesso a tais armas. É por isso que tecnologias perigosas são proibidas em Krypton.

Ele lhe dirigiu um sorriso melancólico.

– Ah, sim, sei disso muito bem. Bati cabeça muitas vezes com a Comissão para Aceitação da Tecnologia.

Depois da derrota de Jax-Ur, os líderes dos sete exércitos estabeleceram uma paz duradoura, e os kryptonianos voltaram a atenção para outras maneiras que tinham de salvar sua civilização. Como Jax-Ur havia aprendido como fabricar seus dardos nova com um visitante alienígena, os líderes de Krypton optaram por obstruir qualquer influência externa. A Conferência dos Sete Exércitos havia banido todas as viagens interestelares, todo o contato com raças potencialmente destrutivas e todas as tecnologias perigosas.

Lara olhou para a lua destruída.

– Eu adorava ler os ciclos históricos. Naqueles tempos, toda a vida era parte de um épico. Os kryptonianos possuíam paixões e sonhos.

Jor-El não conseguiu dissimular totalmente o seu sarcasmo.

– Mas agora o Conselho diz que temos tudo de que podemos possivelmente precisar e devemos nos julgar satisfeitos. Nada de novas descobertas. Nada de progresso.

Suas sobrancelhas se franziram, formando um sulco em sua testa. Seus olhos verdes irradiavam o mais incrível dos fulgores. Ela parecia muito viva.

– Mas se não aspirarmos a melhoras em nós mesmos, acabaremos abrindo mão do entusiasmo na vida.

Jor-El olhou para a moça e sorriu.

– Eu não poderia ter dito isso de forma melhor. Sou ávido por todos os ramos diferentes da ciência... física, química, arquitetura, ótica. A astronomia é a minha maior paixão.

Lara tocou no braço dele com a ponta dos dedos, surpreendendo-o.

– Olhe para nós... uma artista e um cientista. À primeira vista, parecemos completamente diferentes, porém, somos mais parecidos do que eu poderia imaginar. Meus pais querem que eu me especialize em pintura de murais, assim como eles, mas também amo música, história, ciclos épicos. Não quero ficar presa a uma única área do conhecimento.

– Sim, entendo. Bem, não essas coisas especificamente. Nunca consegui descobrir o tom de sinfonias ou de óperas. Do ponto de vista clínico, reconheço que requerem um trabalho e uma imaginação significativos, além de certo nível de conhecimento. No entanto, não consigo deixar de coçar a cabeça e me perguntar o que tudo isso significa.

A risada dela era como música.

– Ah! Então você sabe como a maior parte das pessoas se sente em relação à sua ciência. Tudo nela é um mistério para todo mundo.

– Nunca pensei nisso dessa maneira.

– Você não sabe disso, Jor-El, mas insisti em participar desse projeto com meus pais por sua causa. Você sempre me fascinou... você e tudo o que representa. Queria estar onde a História de verdade está acontecendo.

– História?

– A História nem sempre tem a ver com antigas lendas ou registros. A História está sendo criada diariamente, e você a está criando mais do que qualquer kryptoniano vivo. Você pode muito bem ser o maior gênio nascido neste planeta.

Jor-El já havia escutado coisas parecidas antes, mas sempre lhes deu um desconto. Agora se sentia desconcertado por ouvir o mesmo dela, que riu discretamente ao notar que ele havia ficado ruborizado.

Ele rapidamente apontou para o céu.

– Veja, os meteoros estão prestes a cair. – Ele se sentia tímido demais para encará-la, mas sabia que ela o contemplava com aquele ar afetuoso no rosto. A cada mês, enquanto os cascalhos da lua orbitavam Krypton, a gravidade atraía os escombros. Fogos de artifício riscavam o céu noturno, irradiados de Koron como se o satélite ainda estivesse explodindo.

Lara foi ficando cada vez mais cativada enquanto a chuva se intensificava. Formando um risco após o outro, meteoros rasgavam o firmamento como se fossem unhas cintilantes arranhando o céu. Estrelas cadentes cintilavam, depois desapareciam.

– Nunca havia visto tantas.

– Essa é a vantagem de viver fora da cidade, onde o céu é mais escuro. Em Kandor, as luzes brilhantes impossibilitam a contemplação da maior parte dos meteoros. As trilhas são produzidas pela ionização do gás produzido pelo aquecimento decorrido da fricção do...

Com mais uma gargalhada, Lara fez com que ele interrompesse o discurso. O cientista não conseguia entender o que havia de tão engraçado, mas a jovem continuava a sorrir.

– Às vezes, Jor-El, uma explicação científica serve apenas para diluir a beleza. Observe e aproveite.

Sentando perto dela, ele se forçou a se recostar e contemplar a noite.

– Por você, vou tentar. – Ele de fato enxergou a beleza da chuva de meteoros para o seu próprio bem e sentiu-se exultante por fazer isso ao lado dela.

Enquanto Lara ainda se mostrava maravilhada com aqueles bólidos particularmente cintilantes, os pensamentos de Jor-El se voltaram para a Zona Fantasma. Mesmo no meio daquela agradável circunstância, ele não conseguia fazer com que sua mente de cientista parasse de trabalhar. Ele havia criado um buraco para outra dimensão, embora não fosse aquilo que esperava. Não era uma porta para mundos novos e fantásticos, e sim uma armadilha. Ele alimentava a esperança de poder viajar para inúmeros universos paralelos, mas agora não conseguia ver vantagem alguma naquele lugar vazio onde ficara preso, sozinho e à deriva. Antes que a Comissão para Aceitação da Tecnologia permitisse a administração de tamanha descoberta, ele teria que demonstrar alguma aplicação prática incontestável.

Quando terminou o show dos meteoros, Lara se espreguiçou.

– Está tarde. – Jor-El percebeu que os escombros cintilantes de Koron estavam mais próximos do horizonte a oeste; ele havia se perdido em pensamentos durante um bom tempo. – Obrigada, Jor-El, foi uma noite inesquecível.

– Um dia inesquecível. E amanhã eu vou levar a Zona Fantasma para Kandor. – Ele se levantou para levá-la de volta aos quartos de hóspedes onde seus pais, seu irmão caçula e todos os aprendizes estavam acomodados. – Preciso encontrar o comissário Zod.

tencialmente perigosas das mãos das pessoas. Mas simplesmente não podia se dar ao luxo de desperdiçar tamanho brilhantismo. Quem poderia garantir que Krypton jamais precisaria de tais descobertas? Era insano descartar itens tão incríveis só porque políticos de pouca visão tinham medo de mudanças. Ele confiava em si próprio para ser um bom administrador para o mundo, ao contrário dos mimados e complacentes membros do Conselho. E certamente não confiava *neles*.

O ressentimento de Zod em relação aos onze fanfarrões ineptos e convencidos vinha crescendo havia um bom tempo. Ele os via como realmente eram: meros símbolos. Embora tivessem o poder à sua disposição, nada faziam com o que possuíam.

Ele era filho do grande líder do Conselho, Cor-Zod, que fez boa administração, casou-se tarde e viveu até uma idade bem madura. O homem havia ensinado ao filho as nuances do poder e do governo, como resolver as coisas e se saciar com as realizações. Na sua mais tenra idade, Zod sempre achou que teria cadeira própria no Conselho assim que uma delas vagasse; na verdade, esperava ocupar a de seu pai assim que ele morresse.

Porém, os outros membros do Conselho o descartaram. Em vez de lhe oferecer uma que fosse equivalente às que possuíam, nomearam Zod para a relativamente insignificante Comissão para a Aceitação da Tecnologia. Foi um golpe humilhante na época, um prêmio de consolação. Os arrogantes líderes alegaram que ele era "muito jovem", que "não estava pronto para se tornar um membro do Conselho". Contendo seus ânimos, Zod ouviu as desculpas e considerações. Para ocupar a cadeira de seu pai, o Conselho nomeou um nobre abastado chamado Al-An. Zod logo se deu conta de que Al-An havia, de forma exorbitante, subornado o Conselho.

Até aquele momento, Zod tinha tanta confiança nos seus direitos legítimos que jamais havia pensado em dar dinheiro para os outros membros. Fora muito ingênuo para perceber o quão corrupto era o Conselho. Ele chegava a acreditar na justiça, em um senso de dever e realização, mas, então, a esperada carreira havia sido destruída por causa de subornos. Embora se sentisse ultrajado e enganado, ele conteve sua fúria.

Zod, porém, havia aprendido uma lição valiosa com seu pai: "O poder não está em um nome ou um título, mas no que se faz com ele." E ele, ora, pretendia fazer algo com o poder que tinha.

Tomando coragem, chegou uma vez a meditar em voz alta para Nam-Ek: "Eles poderiam ter me dado um cargo insignificante como membro do Conselho, e eu não teria feito nada a não ser usar uma bela túnica branca com o símbolo da minha família. Poderia ficar eternamente debatendo questões sobre as quais jamais seria tomada uma decisão. Em vez disso, eles me deram algo muito mais valioso: uma posição que eu posso usar."

Em vez de ficar dominado pela raiva por ter sido ignorado, Zod, impassível, aceitou o trabalho na Comissão. Ao contrário dos membros do Conselho, ele entendia quanto poder tal posição poderia gerar, se ele a administrasse apropriadamente.

Mesmo para questões diárias de rotina, o Conselho de onze membros exigia que as votações fossem unânimes para que qualquer lei fosse promulgada... garantindo virtualmente que nenhuma decisão significativa jamais seria tomada. Como membro recalcitrante, ele de fato teria poder, já que um único voto dissidente poderia arruinar qualquer novo projeto, lei ou proclamação. Mas esse era apenas o poder de protelar, não de fazer a engrenagem funcionar. Zod acreditava que tinha pela frente um destino muito maior. Ele queria deixar sua marca em Krypton.

Ao longo dos anos, ele, discretamente, fez da Comissão para Aceitação da Tecnologia uma das entidades mais poderosas e importantes de toda a Kandor. O Conselho nem ao menos tinha noção do que havia permitido que crescesse bem embaixo dos seus narizes. Agora, olhando para todos os maravilhosos equipamentos que havia reunido, Zod se sentia bastante satisfeito.

Pouco tempo depois, Nam-Ek retornou, praticamente arrastando um empregado de olhos arregalados para dentro da câmara secreta. Embora seus ombros estivessem arqueados, o servo olhou, estupefato, para os exóticos artefatos tecnológicos antes de notar a presença de Zod.

— Ah, comissário! Como posso ajudá-lo?

— Qual o seu nome?

— Hopk-Ins, senhor. — Zod nunca havia ouvido falar da família do rapaz... que era de uma classe mais baixa, certamente. O sujeito continuava a olhar para tudo com assombro. — Já trabalho aqui há quinze anos e nunca havia suspeitado...

— É claro que jamais suspeitou – disse Zod, virando-se para Nam-Ek. – Jogue-o dentro da Zona Fantasma. Quero observar o que acontece.

Nam-Ek agarrou o sujeito esquelético pelo pescoço e o levantou no ar. Hopk-Ins começou a dar chutes e a se contorcer.

– O que você está fazendo?

O mudo jogou o homem de estatura muito menor no meio dos anéis de prata, como se fosse um boneco de pano. Hopk-Ins gemeu... e depois desapareceu abruptamente.

Depois de ter sido sugado pelo vão, o empregado parecia estar espremido entre dois finos painéis de cristal. Estava achatado, mas ainda vivo, enquanto tentava freneticamente sair dali. O silêncio era absoluto.

Zod juntou as mãos.

– É ainda melhor do que eu esperava! Muito interessante. – Ele podia pensar em diversas maneiras de usar aquela tecnologia.

O desafortunado Hopk-Ins ficaria perdido para sempre dentro da Zona Fantasma, a não ser que alguém revertesse a polaridade do dispositivo de controle, como Jor-El havia explicado. Zod não tinha a menor intenção de fazê-lo. Para ele, a vantagem da Zona Fantasma era a de poder usá-la para se livrar de pessoas inconvenientes; não seria necessário se preocupar com como elas poderiam ser trazidas de volta. Era muito mais limpo do que um assassinato.

Nam-Ek estava deslumbrado, e um sorriso largo se abriu em seu rosto. Zod mais uma vez sentiu um calor paternal no fundo do peito. Desde o momento em que pegou Nam-Ek para criar quando este era garoto, os dois nutriam uma grande confiança mútua.

– E agora tenho outro trabalho para você.

Ninguém devia saber da existência daquela câmara secreta, e lhe incomodava o fato de um boboca como Bur-Al ter descoberto a sua existência. O que aconteceria se um funcionário de quarto escalão tivesse deixado alguma espécie de prova ou testamento para que os outros a encontrassem? Isso estava deixando Zod preocupado, e ele não tinha a menor intenção de perder os seus brinquedos.

O comissário entregou um mapa para Nam-Ek.

– Há alguns anos, eu montei uma casamata nas montanhas Redcliff. Quero que você, sem ninguém saber, transfira esses tesouros para lá. Há uma grande chance de que eles sejam descobertos se ficarem aqui. Leve quantos dias achar necessário, mas faça tudo sozinho. Não confio em mais ninguém a não ser você.

CAPÍTULO 9

Os estábulos da arena eram a casa de Nam-Ek, e ele gostava de passar a maior parte do tempo que tinha disponível por lá. Apreciava animais desde que era criança. Frequentemente, o comissário Zod lhe dava bichos de estimação caros e exóticos que ninguém em Kandor tinha, mas Nam-Ek não ligava para o fato de eles serem raros ou de raças especiais. Simplesmente gostava dos animais. De todos os animais.

Pelo menos uma vez por ano, o comissário reservava um dia para levar Nam-Ek ao extravagante zoológico de Kandor para que ele pudesse ver as incríveis criaturas. O grandalhão gostaria de partilhar o entusiasmo que sentia com seu amado mentor. Zod simplesmente não via a coisa com o mesmo encantamento, mas fazia o que fazia para agradar Nam-Ek, que não conseguia imaginar um presente melhor.

Agora, nas sombras indistintas dos estábulos, ele se entrincheirava no feno seco e cheiroso. Agora que os hrakkas negros haviam ido embora, quatro gurns lentos e pesados haviam se tornado seus animais de estimação. Embora gurns fossem tão comuns quanto lixo, Nam-Ek tinha um carinho especial por eles. As criaturas atarracadas eram cobertas de um pelo cinza e fosco que lhes dava um aroma pungente e almiscarado; seus chifres pontudos eram pouco mais do que saliências. Outros achavam que essas criaturas que viviam em bandos eram estúpidas, e as viam como nada mais do que carne ambulante, mas Nam-Ek as via como amigos... amigos de infância. E as amava.

Ele também adorava seus hrakkas negros – os treinava, alimentava e untava as escamas... mas agora eles não existiam mais, pois lhe haviam sido levados. Nam-Ek entendia que estavam mortos. Não é por não conseguir falar que era um idiota. Pelo fato dos hrakkas terem assassinado aquele homem depois das corridas de carruagens, foram "destruídos" ou "sofreram eutanásia".

Nam-Ek ficou em pé, com lágrimas nos olhos e os punhos cerrados e abaixados, enquanto a Guarda Safira amordaçava os monstruosos répteis e os arrastava para longe. Ele queria untar suas escamas uma vez mais, limpar o sangue de seus dentes, mas os guardas não deixaram. Nam-Ek sentia náuseas ao pensar no que havia acontecido com os lagartos negros. Será que os guardas esmigalharam seus crânios com porretadas ou simplesmente os fizeram ingerir veneno para que fossem mortos de um jeito mais "humano"?

Em meio a tudo isso, Zod nunca chegou a depreciar a desgraça de Nam-Ek, nem tentou fazer com que ele deixasse de lado o seu pesar. Mais tarde, contudo, o comissário lhe deu mais animais de estimação. Já havia lhe mostrado fotos de espécimes estranhos, animais incomuns que o sujeito nunca havia visto antes. Em vez desses, o mudo optou por gurns simples e comuns. Zod tentara lhe convencer a optar por algo mais especial, mas Nam-Ek foi imperioso ao apontar para as imagens. Gurns. Ele queria gurns.

Zod lhe deu um pequeno rebanho de quatro criaturas e teria provavelmente lhe dado mil se Nam-Ek realmente quisesse.

Gurns os faziam se lembrar dos bons tempos de sua juventude, mas também de momentos mais horripilantes. Sozinho nos estábulos, ele afagava suas cabeças grossas e peludas, enquanto esfregava as pontas arredondadas de seus chifres. Os gurns faziam com que ele se sentisse um garotinho novamente – um garoto normal, antes de todas as coisas terríveis acontecerem...

Nam-Ek havia sido criado numa fazenda de gurns. Ele tinha um pai, uma mãe, duas irmãs mais velhas e levava uma vida tranquila cultivando fartos campos de liquens em um platô pedregoso. Os gurns arrancavam os liquens duros e velhos das pedras e supriam uma nova e tenra safra com fertilizantes.

Ele estava com 10 anos de idade quando tudo mudou. Quando Bel-Ek, seu pai, enlouqueceu. Nam-Ek era jovem demais para saber o que havia estraçalhado a alma do velho. Tudo de que se lembrava era que, numa noite, Bel-Ek assassinou a esposa, estrangulou as duas filhas e depois veio atrás dele.

O jovem Nam-Ek atravessou a janela e fugiu pela relva orvalhada. Conseguiu alcançar os estábulos, onde se escondeu no meio dos animais inquietos. Bel-Ek ficou horas a sua procura, à espreita no meio da noite, berrando o nome do filho. Seu pai segurava uma faca longa, afiada e curvada, que servia para arrancar líquen das rochas e estava encharcada de um sangue que brilhava à luz das duas luas restantes de Krypton. Nam-Ek havia se agachado em meio às feras quentes e peludas, e prendido a respiração, com medo de proferir um som que fosse.

A porta do estábulo onde o menino estava foi arrombada, e ele pôde ver a silhueta musculosa do pai contra a luz. Os gurns peludos estavam agitados, mas o garoto estava escondido no meio deles, tentando ficar encolhido e em silêncio. Ele se agarrava à pele perfumada de um dos bichos e afundava o rosto nos pelos para que seu choro ficasse inaudível. Mesmo assim, Bel-Ek o avistou. Com um rugido, o velho avançou na sua direção a passos largos, erguendo a lâmina assassina... pouco antes de um destacamento da Guarda Safira o atingir com alguns tiros.

Posteriormente, ele descobriu que sua mãe havia acionado um alarme antes de morrer. As tropas de segurança reagiram tarde demais para salvar o resto de sua família massacrada, mas conseguiram salvar Nam-Ek. O menino ficou tão traumatizado que nunca mais conseguiu falar novamente.

Isso não impediu o jovem e ambicioso comissário Zod de proteger o órfão sem fala. A par dos horrores que Nam-Ek havia vivenciado, Zod pegou o menino e cuidou dele. Sim, Zod chegou a tentar fazer com que ele falasse, mas não o pressionou nem se impacientou a ponto de gritar. O mais importante de tudo foi que o comissário aceitou Nam-Ek, deu a ele um lar, e fez com que se sentisse seguro novamente. Nam-Ek jamais conseguiria retribuir seu mentor por tudo que fez. Durante anos ele acreditou que jamais conseguiria se sentir seguro novamente na vida. Mas Zod lhe deu segurança.

Nam-Ek ficava furioso quando ouvia alguém criticando seu mentor. Nem mesmo o comissário sabia que Nam-Ek havia, em segredo, assassinado quatro pessoas que falaram mal de Zod. Ele achava que isso era o mínimo que poderia fazer.

Agora ele pegaria, obediente, todos os itens preciosos guardados na câmara, sob o quartel-general da Comissão, como Zod lhe havia ordenado. Mas antes disso, Nam-Ek tinha outra tarefa importante, algo que ele tinha que fazer.

Os corredores dos andares da prisão de Kandor eram esparsamente povoados, mesmo durante o dia, e à noite só alguns membros simbólicos da Guarda Safira permaneciam no local, como formalidade. Os kryptonianos se sentiam relaxados e satisfeitos com suas normas de segurança, e nem mesmo o Açougueiro de Kandor os abalou o suficiente para que fizessem mudanças fundamentais.

Embora fosse um homem grande, Nam-Ek conseguia se mover de um jeito furtivamente predador. Qualquer um que o reconhecesse como pupilo de Zod iria supor, sem sombra de dúvida, que estava numa importante missão para o comissário.

Usando os códigos de acesso de Zod, o grande mudo podia facilmente manipular os sistemas. Entendia muito mais as coisas do que as pessoas imaginavam. Naquela calmaria indolente, atravessou o subterrâneo e desceu lances de escada em espiral até o nível de entrada para as celas onde os presos ficavam detidos. Nam-Ek deslizou com tanta serenidade quanto uma gota de chuva escorrendo por uma janela recém-polida. Sua primeira tarefa em um painel de subestação era desativar o dispositivo de segurança que grava imagens. Ao supor que aquilo não passava de um defeito de rotina, a equipe que trabalhava à noite iria simplesmente requerer que o equipamento fosse consertado no turno do dia seguinte.

Enquanto se aproximava de sua presa, os punhos de Nam-Ek se cerravam, se abriam, se cerravam, se abriam... Ele pensou no zoológico de Kandor, lembrando-se de quanta alegria aqueles animais haviam lhe dado – o drang e suas divertidas travessuras, o snagriff, que parecia muito feroz, e os pesados rondors. Zod o havia levado para o zoológico apenas dois meses antes, e agora Nam-Ek jamais veria aquelas criaturas de novo.

Extinção. Que punição seria suficientemente severa para um crime tão indescritível? Ele havia trazido uma faca longa e um bisturi, embora alimentasse a esperança de que poderia fazer todo o serviço com as próprias mãos.

Quando estava em posição, usou o cristal de acesso de Zod para enviar um sinal que afastou os dois guardas baseados diante da cela que detinha o Açougueiro: uma suspeita de incêndio detectada no complexo de registros, três andares acima. Nam-Ek se escondeu em um canto atrás de uma reentrância, enquanto os dois guardas armados saíam em disparada pelo corredor, conversando entusiasmados e surpresos por estarem saindo da rotina.

Assim que partiram, Nam-Ek entrou em ação. Não sabia ao certo quanto tempo teria, mas pretendia realizar tudo o que fosse possível.

Usando os controles dos guardas, ele abriu a porta blindada da cela e bloqueou a entrada com seu corpo grande e imponente. O Açougueiro de Kandor estava sentado na cela, olhando para cima com uma expressão de louco, olhar injetado e um sorriso demente.

– Você veio me soltar? – Ele levantou num pulo só. – Podemos sair para caçar?

Nam-Ek se aproximou, pegou o Açougueiro pelo cabelo loiro e sebento e puxou sua cabeça para trás. Seria muito fácil quebrar seu pescoço e acabar com tudo de uma vez, mas isso não o saciaria. Nem um pouco.

O prisioneiro rosnava e se debatia como um animal em uma armadilha. Nam-Ek sacou o bisturi e rasgou a garganta do meliante, um talho fundo o suficiente para retalhar sua laringe, cortar as cordas vocais e cauterizar o ferimento ao mesmo tempo. O sujeito morreria logo depois, mas só quando Nam-Ek permitisse. Agora, os dois não podiam mais falar.

Embora o Açougueiro se contorcesse e o arranhasse, o grande mudo conseguia segurá-lo com facilidade. Usando os dedos grossos da sua mão esquerda, Nam-Ek arrancou um dos olhos do sujeito e o colocou, ainda sangrento, em um dos bancos frios da cela, onde poderia ser a única testemunha do que aconteceria em seguida. Ele queria deixar o Açougueiro com o outro olho, por enquanto, para que pudesse ver o que transcorreria em breve... da mesma forma que os animais do zoológico contemplaram seus destinos sangrentos.

O Açougueiro cerrou os dentes e cuspiu, mas apenas ruídos ocos e sibilantes saíam de sua garganta mutilada. Quando ele arranhou o rosto de Nam-Ek, o mudo barbudo pegou a mão do prisioneiro e quebrou todos os seus dedos – um gesto pequeno e impertinente.

E aquilo era apenas o começo. Nam-Ek sacou a faca.

No fim das contas, o que o abominável sujeito havia feito com os pobres animais do zoológico mal podia ser comparado com a selvageria artística de Nam-Ek...

Mais tarde, depois que a justiça e a vingança foram perpetradas, ele não pensou mais nas criaturas raras ou no homem que as assassinou. Haveria uma comoção quando viesse a público o assassinato chocante na cela da prisão, mas Nam-Ek não se importava. Ninguém suspeitaria dele.

CAPÍTULO 10

Quando sua nave prateada e danificada finalmente pousou em Argo City, Zor-El estava queimado, exausto e profundamente perturbado com o que vira no continente ao sul.

Enquanto se aproximava da bela cidade, que brilhava com luzes na escuridão, pensou em ligar para que uma equipe médica o encontrasse na plataforma de pouso. Suas queimaduras eram martirizantes, e ele podia sentir cristais endurecidos de lava dentro da carne de seu braço e de sua cintura. Mas Zor-El não queria que seu povo o visse fraco e cambaleante, sendo carregado para um hospital. Durante o tempo em que sobrevoava o oceano na volta para casa, ele chegou a usar o kit de primeiros socorros que estava em sua cabine para fazer os curativos mais básicos.

Ao pousar durante a noite, ele deixou sua nave coberta de cinzas em uma plataforma não muito distante do vilarejo e saiu cambaleando antes que alguém pudesse vê-lo. Com passos irregulares, mas determinados, ele seguiu na direção de sua esposa, seu lar. Só de sentir o ar fresco e salgado que soprava do oceano, já se sentia rejuvenescido.

Cadeias de luzes traçavam curvas entre os pináculos elegantes das cinco pontes douradas que ligavam a península ao continente. De onde elas terminavam, saíam estradas que davam nas terras agrícolas, mas montanhas e no distrito em torno do lago. Rodovias que atravessavam os campos seguiam na direção de Borga City, Ilonia, Orvai, Corril, Kandor e outros vilarejos e comunidades perto das montanhas.

Mas nada podia se comparar a Argo City. Os esnobes de Kandor podiam ter sua capital, até onde lhe dizia respeito. Aqui, o clima quente e tropical proporcionava dias agradáveis e noites tranquilas. A garoa vinha do oceano regularmente para irrigar a flora exuberante que enfeitava as ruas, prédios e jardins botânicos. Ele adorava viver ali.

O sistema circulatório da cidade – uma rede de canais de irrigação – possuía tanto tráfego quanto as ruas pavimentadas e as trilhas para pedestres. Em intervalos regulares, pequenas pontes cruzavam a água corrente; cada uma era propriedade de uma família diferente que a preservava e decorava. Trepadeiras, flores e videiras adornavam cada estrutura. A cidade em si – a cidade dele – fortalecia Zor-El.

Ele andou no meio da escuridão até o seu vilarejo, cuja entrada tinha uma série de colunatas e as duas estufas geodésicas fartamente iluminadas de Alura. Só mais alguns passos. Sua esposa levava jeito para atendimentos médicos; ela poderia cuidar dele.

Zor-El parou diante da porta de casa, abriu-a – e de algum modo ela estava ali para recebê-lo. Alura tinha um cabelo negro na altura dos ombros, ainda mais escuro do que o dele, sobrancelhas arqueadas e uma testa alta, que normalmente demonstrava o foco que ela tinha nas coisas. Zor-El sempre a considerou um contraponto para a sua paixão e energia. Antes que ela pudesse dizer qualquer coisa, ele caiu em seus braços.

Alura reagiu de um jeito calmo e profissional, começando a trabalhar imediatamente – da forma que ele sabia que a esposa faria.

– Vulcões – disse ele. – Instabilidade no núcleo.

– Fique quieto. Me deixa cuidar dos seus ferimentos. Explicações mais tarde.

– Mas é importante...

Segurando-o, ela o ajudou a caminhar pelos corredores cheios de trepadeiras na direção dos seus aposentos.

– Contar tudo pra mim não vai fazer bem nenhum agora. Seja qual for a emergência, você terá que ficar vivo pra fazer alguma coisa. – Ela o deixou cair em seu colchão de espuma como se fosse uma árvore da floresta que havia sido derrubada por um raio durante uma tempestade.

Os lençóis nunca pareceram tão frescos e cama alguma havia sido tão confortável. Mas no momento em que o estresse e o cansaço começaram a deixar seu corpo, a dor das queimaduras e dos ferimentos ficou mais preeminente. O suor brotava de sua testa. Zor-El cerrava os olhos.

Alura se curvou sobre ele. As paredes, os cantos e as alcovas estavam cheias de flores e plantas, criando uma miscelânea de aromas. Ela arrancou uma vagem verde-escura e macia de um arbusto e a aproximou do rosto de Zor-El.

– Sinta o cheiro disso. E inspire profundamente. – Ela esmagou os grãos nas pontas dos dedos.

Uma névoa delicada daquele sumo, com um aroma azedo e vegetal, foi borrifada para dentro de suas narinas, deixando-o tonto.

– Espera, preciso... – Depois ele não conseguia se lembrar do resto da frase nem falar outra palavra que explicasse aquilo que havia vivenciado. Zor-El caiu em um vazio tão escuro quanto os campos de lava do continente ao sul.

Zor-El acordou com a cabeça girando e doendo, mas estava se sentindo muito melhor. Arranjos de flores haviam sido arrastados para mais perto da cama – além de buquês, plantas e ervas aromáticas escolhidas por Alura por suas propriedades curativas específicas. Ele viu lírios avermelhados e do tamanho de travesseiros, e rosas azuis que cheiravam a pimenta e frutinhas doces.

Alura usava seu grande conhecimento de botânica para criar plantas especiais com usos medicinais. Ela havia desenvolvido flores que produziam fragrâncias ou um pólen carregados de estimulantes, analgésicos, antibióticos, fomentadores do sistema imunológico, antivióticos e outras drogas. Durante o sono, Zor-El fora cercado por um buquê dos mais poderosos remédios que sua esposa pôde arrumar.

Agora, enquanto fazia força para se levantar, ele notou que a mesinha de cabeceira estava cheia de documentos, mensagens e pedidos urgentes – itens relacionados a negócios importantes em Argo City. Com um gemido, ele se virou para o outro lado e viu Alura, observando-o. Ele sorriu para ela, que sorriu de volta.

– Agora é hora de me contar o que aconteceu com você. E de onde veio isso. – Ela bateu em outra mesinha na qual estavam seis pequenos pedaços escuros de lava endurecida. As pedras negras estavam manchadas e com um tom marrom e enferrujado por conta do sangue pisado. Enquanto ele jazia, inconsciente, ela as extraiu dos seus ferimentos.

Suas costelas e sua cintura estavam cobertas de folhas finas que se dissolviam, e sobre elas havia bandagens apertadas; seu braço ferido estava untado de unguentos curativos e completamente envolvido por uma gaze. Felizmente – pensou depois de olhar para a pilha de documentos que tinha para revisar – não era a mão que ele usava para escrever.

Ele se apoiou nos cotovelos sobre a espuma e lhe contou tudo sobre as erupções, a pressão da lava que aumentava cada vez mais, as leituras que havia obtido com o peixe-diamante e como perdeu todos os dados que recolheu durante o ataque dos hrakkas.

– Tenho que ir a Kandor imediatamente. Preciso ver Jor-El. Ele tem que saber o que eu descobri. Ninguém mais suspeita...

Ela o empurrou para baixo.

– Antes você precisa se recuperar. Vai levar no mínimo cinco dias.

– Impossível! Jor-El e eu...

– É bem possível. Em tempo geológico, cinco dias não são nada, e você não vai poder salvar Krypton se cair morto por não ter se cuidado. – Ela apontou para a pilha de documentos e mandatos. – Essas podem ser emergências de prazo mais curto, mas você também têm responsabilidades com Argo City. Você fez essa escolha.

Zor-El suspirou.

– Sim, foi a minha escolha. – Ao contrário do irmão, que evitava totalmente a política (embora pudesse ter se tornado alguém com muito poder dentro do Conselho), Zor-El devotava pelo menos metade do seu esforço e energia para administrar sua cidade e liderar seu povo. Alura estava certa: Mesmo se Jor-El concordasse com a sua análise crua dos dados, ele não poderia fazer nada em relação ao núcleo instável do planeta sem um esforço a longo prazo. Haveria muito mais investigações, muitas outras medições.

Mas o povo de Argo City precisava dele agora. Ele estendeu a mão boa e começou a separar os documentos. Dava para resolver a maior parte dos problemas na cama e delegar o resto.

Alura lhe trouxe um copo de um potente suco e o deixou sozinho.

– Durma quando o seu corpo pedir, e não vou reclamar se você acordar para trabalhar.

Zor-El tentou desviar seu foco para questões mais triviais, mas não conseguia parar de pensar no que ele e seu irmão poderiam fazer juntos. Ele era dois anos mais novo do que Jor-El, um gênio por si só, mas seu irmão sempre foi mais bem-sucedido na área científica, fazia mais descobertas espetaculares e ampliava as fronteiras do conhecimento kryptoniano. Outro homem poderia se sentir amargurado com isso, mas não Zor-El. Quando era apenas um adolescente, ele teve uma epifania: em vez de se ressentir pelo fato de o irmão de cabelos claros ser o que é, Zor-El se sobressaía em uma área que seu irmão não tinha a menor competência – a política e o serviço social.

Embora Jor-El dominasse os conceitos científicos esotéricos melhor do que qualquer um, Zor-El tinha mais facilidade para administrar as habilidades das pessoas, resolver problemas de forma pragmática e lidar com questões ligadas à organização e à engenharia prática. Ao mesmo tempo em que Jor-El desenvolvia novas e bizarras teorias (cuja maior parte, infelizmente, era censurada pela Comissão para Aceitação da Tecnologia), Zor-El administrava obras públicas em Argo City. Havia instalado novos canais por toda a península, detectores de neblina, designado novas embarcações para pesca eficiente, ampliado os principais ancoradouros. A população da cidade recorria a ele quando tinha problemas, da mesma forma que também o ouvia sempre que ele tinha algo a pedir.

Embora estivesse ansioso para fazer uma apresentação ao Conselho Kriptoniano, ele fez o que Alura pediu. Esperou até sarar.

Finalmente, dois dias antes de sua mulher acreditar que estava pronto para viajar, ele se levantou e arrumou a mala para a viagem. Poderia ter enviado uma mensagem direta através das placas de comunicação, mas preferia fazer isso pessoalmente. Já que havia perdido todos os dados brutos que coletara, Zor-El queria se encontrar com o irmão, descrever exatamente o que havia acontecido e ouvir seu conselho. Com a ajuda de Jor-El, poderia falar diretamente com o Conselho, e não teriam como descartar suas alegações tratando-as como histeria.

Ou talvez o irmão concluísse que não havia muito com o que se preocupar, que uma simples explicação geológica daria conta do que vira. Zor-El só podia esperar que essa fosse a resposta... mas não podia ter certeza.

Depois que Alura trocou as bandagens de seu braço e do abdome, que ainda estavam bem queimados, ele a beijou e seguiu para a propriedade do irmão.

CAPÍTULO 11

Irritado, mas nem um pouco surpreso com o fato de o comissário Zod ter confiscado a Zona Fantasma, Jor-El insistiu em fazer algo de útil antes de deixar Kandor e voltar para sua propriedade. Tinha vários outros projetos importantes para ocupar seu tempo e sua mente.

Com Rao encarando-o como se fosse um olho turvo e gigante do céu a oeste, Jor-El usou as facilidades de acesso que tinha para ascender ao topo do zigurate do Conselho. Na plataforma mais alta a céu aberto, condensadores de pontas afiadas brotavam como se fossem chifres de aço em volta de um raio de visão, projetando um holograma altamente detalhado do sol vermelho gigante. Mesmo à noite, colecionadores do hemisfério oposto capturavam a imagem solar e a projetavam na direção de Kandor com exatamente meio dia de defasagem. Por esse motivo, de acordo com sacerdotes e políticos, o sol nunca de fato se pôs em Kandor.

Muitos kriptonianos viam a esfera projetada como objeto de adoração ou um farol para o céu. Artistas intrépidos, filósofos zelosos e sacerdotes reverentes lambuzavam os rostos com cremes protetores e se sentavam em bancos especiais em volta do perímetro de segurança. Usando máscaras ou óculos para proteger os olhos, passavam horas contemplando a face brilhante de Rao, buscando inspiração ou iluminação nos gases turbulentos.

Para Jor-El, contudo, a projeção em alta resolução era útil como observatório solar. Ondas oleosas de calor faziam o ar estremecer em torno do holograma, que, assim como uma fera enjaulada, nunca parecia se aquietar. A estrela se agitava e revolvia, e suas camadas de plasma ferviam. Linhas de campo magnético aprisionavam manchas solares escuras: sutis raios de luz da corona se projetavam para fora.

Além dos telescópios que ele havia colocado nos próprios telhados, Jor-El havia construído um observatório solar semelhante – mesmo menor – em sua propriedade. No entanto, aqui, no topo do principal templo de Kandor, a clareza da imagem era maior. Entre seus muitos encantos, o ciclo de vida do sol gigante havia ocupado boa parte do tempo de Jor-El nos últimos anos.

Ele ajustou as lentes grossas sobre a face e andou em volta da imagem flamejante, sem parar de estudá-la. Um dos artistas fazia esboços impetuosamente, usando os dedos para fazer espirais e padronagens com géis flutuantes coloridos; Jor-El conseguia ver muitas imprecisões técnicas na representação do jovem, mas não achava que a *precisão* era a meta do artista. Uma mulher de meia-idade usando uma toga de filósofo com uma gola irregular se sentou de pernas cruzadas nos ladrilhos duros em frente a um banco; ela fez um aceno cordial com a cabeça para Jor-El, embora ele não a tivesse reconhecido. O grupo de sacerdotes com túnicas vermelhas não tirou os olhos do sol dilatado. O poder e a fúria do gigante vermelho eram suficientes para inspirar o temor religioso, e não era nada surpreendente o fato de algumas pessoas adorarem Rao como se fosse uma divindade.

Jor-El era um dos poucos que ousava sugerir que seu Deus poderia estar morrendo.

Fugindo dos assentos disponíveis, ele ficou em pé à beira da imagem tridimensional, o mais próximo possível do calor bruxuleante. As tempestades solares, as anomalias magnéticas, as manchas escuras como se fossem nódoas de alguém enfermo – sinais típicos de um sol instável. Como poderiam os sacerdotes, o Conselho, os artistas e os filósofos não reconhecer sinais tão óbvios de perigo?

A estrela vermelha e intumescente estava passando pelos estágios finais de sua evolução. Depois de incontáveis milênios convertendo hidrogênio em hélio, o combustível do núcleo estava acabando, levando a reações nucleares mais complexas. Volúvel com sua nova dieta, o sol havia dilatado ao longo do último milênio, expandindo-se até engolir todos os planetas no interior do sistema solar. O motor no coração de Rao continuaria queimando até usar todo o combustível restante, até que um colapso abrupto iniciaria uma onda de choque grande o suficiente para criar uma supernova cataclísmica.

Isso poderia acontecer a qualquer hora. Talvez amanhã, talvez daqui a milhares de anos.

Um ano antes, Jor-El avisara ao Conselho que o sol vermelho iria, eventualmente, explodir. Depois de ouvir as evidências, o velho Jul-Us se pronunciou, lentamente:

– Ao longo dos últimos cem anos ou mais, outros cientistas também mencionaram tal catástrofe para apavorar os mais crédulos.

– Mesmo se acreditássemos em você, ninguém poderia impedir as mudanças em Rao – afirmou Kor-Te, que sempre teve confiança na segurança do passado. – O sol já queimou sem causar incidentes ao longo de toda a história registrada.

Mas Jor-El havia encontrado um aliado no Conselho em seu membro mais novo, Cera-Si.

– Não podemos ignorar um problema simplesmente porque não há uma solução óbvia imediata. O conhecimento científico de Jor-El é impressionante. Seríamos tolos se o ignorássemos. – Quando Cera-Si foi designado para o Conselho, ele começou seu trabalho com grandes sonhos e ideias interessantes. Jor-El depositou esperanças nele, mas embora Cera-Si tivesse uma mente mais aberta do que alguns dos membros mais antigos, não possuía firmeza suficiente para persuadir os outros.

O jovem tinha um cabelo longo e ruivo flamejante que prendia atrás da cabeça com um único anel de ouro. Por conta desse cabelo ruivo, os sacerdotes de Rao o cortejaram durante anos, tentando recrutá-lo para se tornar um dos seus. Mas ele não tinha paciência para passar horas usando óculos, contemplando solenemente o sol vermelho gigante. Cera-Si tinha problemas para ficar muito tempo sentado e era famoso por pedir pausas frequentemente, durante sessões mais longas e tediosas do Conselho.

– Precisamos pensar a longo prazo. Podemos ter à mão algumas alternativas. – Jor-El começou a listar opções. – Temos que pensar além de Krypton. Podemos explorar outros planetas. Precisamos estar prontos para evacuar o nosso povo, caso seja necessário.

Al-An simplesmente riu, enquanto olhava para os outros membros do Conselho para ver se embarcariam na história.

– Isso vai contra a resolução primeira da Conferência dos Sete Exércitos – resmungou Silber-Za, o único membro do Conselho do sexo feminino. Ela tinha o cabelo louro e comprido, um sorriso luminoso e uma veia cortante que voltava contra quem ousasse desafiá-la. Era também a maior especialista em nuances da lei kryptoniana. – Fazer isso iria nos expor à contaminação exterior. Poderia ser o nosso fim.

Jor-El apontou o dedo na direção do teto.

– *Rao* será o nosso fim se entrar em supernova.

– Não há motivo para impedir Jor-El de continuar seus estudos – disse Mauro-Ji, outro aliado ocasional. Ele era um membro cauteloso do Conselho, sempre disposto a dar a devida consideração a cada questão. – Parece-me apenas prudente. Digo que ele deveria redigir seus planos, documentar suas ideias. Daqui a séculos, quando e se o sol ficar levemente mais instável, nossos descendentes poderão ficar felizes com a nossa presciência.

– Isso me parece prudente – admitiu Pol-Ev. – Que os registros históricos demonstrem que fazemos, de fato, planos com antecipação.

Jor-El acenou com a cabeça para Mauro-Ji, demonstrando seu apreço. Ele sabia que o sujeito tinha seus motivos para apoiar o cientista. Há séculos, a nobre família Ji era poderosa e proeminente, mas, nos anos mais recentes, seus títulos e posses caíram brutalmente. Depois de investirem pesado em uma nova série de vinhedos para concorrer com os da região de Sedra, uma praga matou as plantações e um terremoto destruiu uma de suas maiores mansões. Mauro-Ji costuma convidar Jor-El para eventos sociais, casamentos e banquetes, como se a proximidade com o estimado cientista pudesse elevar a sua posição. Jor-El não estava certo de que alguém poderia ter vantagens só por ser seu amigo, dados os caprichos da alta sociedade de Kandor.

Depois de examinar os dados sobre a supernova, os membros do Conselho discutiram interminavelmente a questão antes de finalmente concordar que ele deveria dar prosseguimento ao trabalho, no caso de uma eventualidade. Jor-El esperava que eles dessem início a uma investigação em larga escala, com muitos outros cientistas, exaustivas sindicâncias, e planos de contingência. Em vez disso, passaram a ver a instabilidade do sol meramente como uma questão teórica, um problema de interesse científico esotérico em vez de uma urgência que requeria ações imediatas.

Pelo menos eles não o obrigaram a interromper o trabalho. Jor-El só podia esperar que houvesse tempo suficiente para salvar o povo, caso algo terrível acontecesse. Quando a estrela entrasse em supernova, a onda de choque desintegraria Krypton e suas luas. Muito provavelmente, a população teria apenas poucas horas para ser avisada. Por essa razão ele tinha que traçar seus planos com antecedência.

Ele deu as costas para o gigantesco holograma ondulante enquanto o turbulento Rao continuava a se sublevar em câmera lenta. Quando o artista jovem e aplicado chamou sua atenção, ainda brincando com seus géis coloridos para moldar uma escultura tridimensional do sol, Jor-El percebeu que havia muito mais investigações importantes a serem feitas.

Ele precisava voltar para a sua propriedade, onde poderia continuar a trabalhar sem ser perturbado, sem a interferência de pessoas sem imaginação. Sim, assim que retornasse, daria início a uma nova pesquisa sobre o tenebroso sol vermelho.

Alguém tinha que tomar a iniciativa.

CAPÍTULO 12

Assim que Jor-El deixou Kandor, Lara começou a fazer esboços de modo entusiasmado, enquanto planejava uma imagem distinta para cada um dos obeliscos dispostos em volta dos jardins da propriedade. Depois que resgatou Jor-El da Zona Fantasma, ele permitiu, de bom grado, que ela pintasse as misteriosas lousas de pedra. (Aparentemente, nem mesmo ele sabia por que seu pai as erguera.) Lara nunca havia ficado tão entusiasmada com um projeto antes.

Em sua prancheta, ela planejava um arco temático que atravessaria os doze obeliscos, alternando cores caóticas e linhas geométricas precisas. Ela não achava que Jor-El fosse entender as nuances de uma obra de arte solta e abstrata – ele era uma pessoa muito literal –, mas poderia mostrar tudo se ele lhe desse uma chance de explicar. Os onze obeliscos perfeitamente separados demonstrariam, cada um, as poderosas fundações da civilização de Krypton: Esperança, Imaginação, Paz, Verdade, Justiça e outras. Ela emparelharia cada imagem conceitual com determinada figura histórica que personificasse tais ideais.

A 12ª pedra, que estava mais afastada, representava o maior desafio. Por que esse único obelisco havia sido erguido em um lugar tão distante dos outros? Obviamente, Yar-El achava que essa pedra tinha um significado maior. Será que simbolizava o seu sentimento – o fato de não fazer parte do

Conselho de onze membros em Kandor? Depois que terminou de esboçar seus outros projetos, Lara foi observar a pedra deslocada mais ao longe. Ela tinha que pensar em algo suficientemente importante para pintar em sua superfície, e até agora a ideia perfeita não havia lhe ocorrido.

Enquanto completavam seu imponente projeto, Ora e Lor-Van notaram uma diferença na atitude da filha; Lara frequentemente os pegava sorrindo de esguelha e lançando olhares de satisfação. Pareciam saber sempre que ela estava pensando em Jor-El. Ora, que eles pensassem o que quisessem! Ela voltou ao trabalho.

Seu irmão caçula, quicando uma bola verde meio que flutuante, andou até onde ela estava. Inclinou-se sobre o seu ombro para ver os esboços. Ki-Van jogou a bola bem acima de sua cabeça e depois correu em volta da irmã mais velha enquanto a esperava descer lentamente para que pudesse pegá-la de volta.

– Você está tentando se mostrar para Jor-El, né?

– Estou criando um novo projeto – respondeu ela rapidamente. – Esta é a propriedade de Jor-El, por isso espero que ele fique impressionado.

– Mamãe e papai estão dizendo que você gosta de Jor-El. Falaram que você quer que ele a note. – Muito embora fosse um menino de bom coração, Ki levava jeito para ser irritante.

Lara respondeu, na defensiva.

– Ele já me notou, muito obrigada.

Ki jogou a bola no ar novamente e esperou que caísse outra vez em suas mãos.

– Acho que ele gosta de você.

– Você não tem a menor ideia do que Jor-El está pensando. – *Mas espero que você tenha razão, irmãozinho.* – Agora me deixe em paz para que eu possa me concentrar.

Os criativos técnicos e aprendizes começaram a desmontar o andaime encostado na parede alta da casa principal, onde os pais de Lara haviam terminado o intricado mural. A obra mostrava os sete exércitos duelando com Jax-Ur. Distraída demais para dar prosseguimento aos esboços, Lara percorreu a área onde estava o trabalho, e ficou admirando a arte. Ela notou, com satisfação, que seu pai e sua mãe haviam pintado, com precisão, o Vale dos Anciãos. Afinal de contas, Lara era uma das únicas kryptonianas vivas que já o havia visitado.

Há muito tempo, quando queria ser uma historiadora, uma arqueóloga, uma documentarista do passado de sua civilização. Seus professores, contudo, expressavam um ceticismo frequente em relação à sua opção profissional.

– A História já foi registrada, por isso você estaria perdendo seu tempo. As crônicas já foram escritas há muito tempo. Não há nada a mudar.

– Mas e se alguns detalhes estiverem incorretos? – perguntara ela, mas ninguém lhe deu uma resposta satisfatória. Daquele ponto em diante, Lara começou a fazer o próprio diário, registrando suas impressões dos eventos para que houvesse, pelo menos, uma narrativa independente.

Alguns anos atrás, depois de completar sua instrução histórica e cultural, Lara e cinco colegas também estudantes – todos considerados audaciosos pelos instrutores conservadores – deixaram Kandor para ver os lugares há muito tempo abandonados com seus próprios olhos. Dentro do grupo havia uma jovem muito teimosa chamada Aethyr-Ka, filha rebelde de uma família nobre.

Na sua expedição, o grupo teve que enfrentar grandes tempestades, e algumas das "estradas" mapeadas acabaram virando pouco mais que atoleiros. As trilhas estavam cheias de folhagens. Os pântanos, infestados de insetos peçonhentos – não lembravam nem um pouco o cenário glorioso dos romances e poemas que havia lido ou das imagens lendárias que já vira. Ela e os companheiros fizeram uma jornada até o Vale dos Anciãos e pararam no encontro dos dois rios onde Kol-Ar, Pol-Us e Sor-El haviam dado forma à resolução que afastou Krypton para sempre dos perigos da ambição e da cobiça.

Ao passo que Lara ficou boquiaberta, Aethyr simplesmente balançou a cabeça.

– Então foi aqui que tudo começou. É este lugar que temos que culpar.

– Culpar? – perguntou Lara. – Foi aqui que desistimos de toda espécie de conflito, violência e morte.

– Desistimos de muito mais do que isso. Você já reparou nas famílias nobres ultimamente? Estudou a história kryptoniana ao longo dos últimos séculos?

– É claro que sim.

– Então consegue explicar em uma frase tudo que alcançamos desde que proclamamos nossa sociedade "perfeita". Estagnada, melhor dizendo!

– E quanto a... Jor-El? Pense em tudo que ele realizou. – Mesmo há anos, Lara já era fascinada pelo grande cientista.

– A exceção prova a regra, querida Lara – disse Aethyr com um ar superior. – Você só consegue pensar em um homem que incorpora ideais kryptonianos. Nossas famílias nobres se tornaram decadentes e preguiçosas.

– Eu não – retrucou Lara.

Aethyr deu uma risada.

– Nem eu. Talvez nós duas venhamos a estabelecer novos padrões para a nossa geração.

Agora, sentada a sós e olhando para o 12º obelisco em branco, Lara pensou mais uma vez na jornada até o Vale dos Anciãos. Ela ainda guarda seus registros detalhados da viagem, o que viram, descrições de como se sentiu ao se ver cercada pela imensidão da história verdadeira. O velho ancestral de Jor-El havia sido reverenciado, mas Sor-El havia ficado há muito no passado; os kryptonianos modernos estavam muito mais interessados em fofocar sobre como o seu pai havia perdido a sanidade com a Doença do Esquecimento e caído em desgraça. Isso era terrivelmente injusto. Lara esperava que, em alguma medida, por menor que fosse, seu trabalho começasse a mudar as opiniões em relação ao velho Yar-El.

De repente, ela tomou um susto ao perceber sua mãe logo atrás dela.

– Você está tendo devaneios.

– Um artista não tem devaneios. Simplesmente espera pela inspiração.

– E você encontra inspiração em devaneios com Jor-El?

Lara ficou enrubescida.

– Por favor, não me distraia. Este trabalho é importante.

– É claro que sim. – Lara não percebeu o quanto sua mãe se divertia, nem admitia que vinha pensando há muito tempo em Jor-El.

CAPÍTULO 13

Do topo do templo do Conselho, a imagem holográfica de Rao resplandecia no meio da escuridão. Zod podia vê-la da sacada de sua cobertura, e ficou contemplando a imagem solar flutuante até seus olhos doerem. Enquanto as luzes da cidade começavam a cintilar, ele avistou outros prédios magníficos na linha do horizonte, todos intensamente iluminados. O povo de Kandor gostava de rir na escuridão, e Zod, de vez em quando, ria deles.

Por fora, ele esperava calma e pacientemente, mas por dentro sentia uma grande expectativa. Ele se perguntava se Aethyr-Ka chegaria cedo para demonstrar o quanto estava ávida para encontrá-lo... ou tarde, para brincar com suas emoções... ou até mesmo se apareceria. Ele não tinha garantias, e isso era o que deixava a coisa mais intrigante. Sentia que tinha uma afinidade com essa mulher atrevida e independente.

Depois de chamar sua atenção nas corridas de biga, Zod imediatamente mandou alguns espiões fazerem uma discreta investigação sobre a moça, enquanto ele lidava com as incômodas consequências da morte de Bur-Al. Descobriu facilmente que a maior parte dos comentários e avaliações desdenhosos de Vor-On refletia a opinião geral. Aethyr adorava desobedecer às regras e tinha prazer em provocar reações extremas, para a consternação de sua família. Não vivia no mesmo tédio e monotonia que julgava predominar entre a população kryptoniana.

Decidido a encontrá-la tão logo quanto possível, Zod gravou uma mensagem em um cristal. Com seu sorriso mais sincero e cativante (ele vinha praticando), o comissário pediu que ela o acompanhasse em um jantar íntimo e elegante. A princípio, para impressioná-la, ele listou suas credenciais formais; depois, não querendo parecer pomposo, as apagou. Aethyr zombaria de tamanha pretensão.

Os assistentes de Zod, contudo, tiveram dificuldade para rastreá-la. Aethyr não tinha endereço fixo. Sua família não sabia (e alegou não ter interesse) do seu paradeiro. Um de seus espiões finalmente a encontrou estudando mapas esfarelados em um museu que também funcionava como centro de arquivos.

Quando lhe entregaram a mensagem do comissário, Aethyr segurou o cristal cor-de-rosa na palma da mão, e o esquentou com o calor de seu corpo. A imagem do rosto de Zod flutuou logo acima e congelou de modo que parecesse que ele estava falando bem nos olhos da moça. Ela ouviu o convite e depois irritou os homens de Zod ao se recusar a dar uma resposta. Nem ao menos uma explicação. Simplesmente voltou para os mapas e continuou levantando registros de antigos sítios históricos...

Agora, enquanto esperava na sacada, na noite depois da reunião com Jor-El, Zod tinha a certeza de que Aethyr devia estar pelo menos curiosa. Ele havia planejado cuidadosamente o encontro amoroso ao escolher exatamente a garrafa certa de vinho da região costeira e montanhosa de Sedra. Seus empregados prepararam uma miscelânea de frutos do mar recolhidos por pescadores nômades, frutas frescas encharcadas de néctar e um filé de gurn assado guardado em um campo térmico para conservar seu calor. Tudo foi perfeitamente calculado e encenado.

Aethyr chegou quatro minutos depois – outra surpresa. Não muito cedo para subentender expectativa, não rigidamente pontual nem arrogantemente atrasada. Quando abriu a porta, ele foi capturado pelos olhos grandes e misteriosos, como se fosse um passarinho preso numa rede que cobria um pomar. Como antes, Aethyr não usava nenhum dos trajes ridiculamente formais que outros nobres adoravam ostentar; em vez disso, suas roupas absolutamente lhe convinham e evidenciavam sua silhueta esguia. Ela não usava joias e seu cabelo curto e escuro não tinha enfeites.

— Bem-vinda, Aethyr. Obrigado por ter vindo. — Ele acenou para que a moça entrasse, mas ela permaneceu na entrada de sua cobertura.

— Eu vim só para poder declinar do seu convite pessoalmente, comissário.

Ela obviamente esperava que ele fosse vacilar, protestar e reagir com indignação. Em vez disso, Zod riu e respondeu em um tom de voz neutro.

— Por que isso então?

— Porque não faço jogos políticos e esse parece com um. Muitas perguntas sem resposta.

— Tais como?

Aethyr arqueou as sobrancelhas.

— O que o grande comissário Zod poderia querer comigo? Você não vai ganhar nenhum respaldo político da minha família ao se tornar meu amigo.

— Talvez eu não tenha interesse na sua família. Talvez ache você linda. Talvez você desperte a minha curiosidade.

— Talvez eu ache que você está acostumado a ter o que quer. Eu não sou uma bugiganga em um mercado que vem cair na sua mão só porque você joga umas moedas na minha direção.

Ele gesticulou mais uma vez para que ela entrasse, levemente mais insistente.

— Por que você ao menos não divide uma taça de vinho comigo enquanto tenta se explicar? Diga o que você tem contra mim.

Ela riu, exultante.

— Ficaria feliz em beber o seu vinho. Suponho que você tenha descolado uma safra rara e cara numa tentativa de me impressionar?

— Absolutamente. — Independentemente do que Aethyr disse, Zod tinha certeza de que ela estava se divertindo, satisfeita com a frustração que havia infligido. Ele lhe serviu uma taça do vinho cor de rubi. A moça tomou um longo gole sem nem mesmo conferir a cor da bebida contra a luz, sentir seu aroma ou agitar a taça. Ele a esperou fazer um comentário, mas ela não o fez. — Você gostou? — insistiu ele, finalmente.

— É vinho. — Ela encolheu os ombros e depois mudou de assunto. — Entendo que você tem andado ocupado, comissário. O funeral para o seu assistente?

Zod franziu a testa. Ele não queria pensar naquele idiota de novo.

— O pobre Bur-Al se foi, e os perversos hrakkas foram destruídos. Temos outras coisas para discutir.

— Temos?

Ele estava achando tudo aquilo muito divertido.

– A maior parte das mulheres em Kandor pularia de costas de um penhasco para ter a chance de jantar comigo.

– Eu não sou como a maior parte das mulheres.

– Eu sei. Foi por isso que pedi para que *você* viesse aqui.

Ela olhou para baixo na direção da comida extravagantemente espalhada pela pequena mesa íntima.

– Não gosto de frutos do mar. – Aethyr andou até a sacada e olhou para o horizonte. – Não tenho interesse nesses tediosos líderes de Kandor, nem nessa ordem estabelecida e canhestra. Eles sempre querem me mudar.

Zod se aproximou da moça e ficou ao seu lado.

– Como você sabe que eu não sou diferente?

Ela terminou de beber o vinho com um único gole.

– Como você não provou o contrário, só posso supor que o grande comissário investiu muito na manutenção do nosso estagnado status quo.

– Você pode se surpreender. – Os olhos de Zod estavam brilhando. – Se a sociedade moderna lhe é tão desgostosa, me diga o que você gostaria de mudar. O que você quer fazer com a sua vida?

– Eu faço o que quero. Estou prestes a partir para as terras devastadas para estudar um conjunto grande de ruínas. Acho que encontrei a antiga Xan City.

– Onde Jax-Ur estabeleceu sua capital tempos atrás? Ninguém vai lá.

– Exatamente. É por isso que tenho que ir.

Zod tomou um gole de seu vinho, elegantemente.

– Quando você voltar, passe aqui. Venha jantar comigo e contar suas aventuras.

– Duvido que haja algum sentido nisso. – Ela andou de volta para a porta da cobertura. – Pode acabar com o vinho. Como você disse, é uma safra cara. Não a desperdice.

E então Aethyr se foi. Zod ficou vendo-a partir e um sorriso foi fazendo seus lábios se curvarem lentamente. O fato de tê-lo dispensado com tanta facilidade só fazia com que ela se tornasse uma pessoa ainda mais intrigante.

CAPÍTULO 14

Jor-El voltou para a propriedade muito tempo depois de os artistas e sua equipe se retirarem para seus aposentos a fim de pernoitar. Ele percebeu que esperava encontrar Lara, mas resolveu que não queria lhe contar como o comissário Zod lhe tomou a Zona Fantasma. O cientista ainda estava irritado com isso, mas tinha outras coisas importantes a fazer e ansiava mergulhar no trabalho.

Foi para seu gabinete particular e trabalhou por muitas horas, fazendo planos e calculando trajetórias para o lançamento da sonda solar na manhã seguinte. Mal notou quando o sonolento chef lhe trouxe uma refeição rápida, e se alimentou sem tirar os olhos das plantas.

Porém, de vez em quando, ficava perturbado ao pensar em Lara. Normalmente, Jor-El se ressentia das distrações, mas agora não estava se importando. Isso nunca havia acontecido antes. Ficou até curioso quando notou que estava nutrindo sentimentos tão incomuns.

Esquecendo-se de suas equações, ficou analisando sua crescente atração por Lara como se fosse uma experiência, mas não dava para encaixar suas emoções em nenhuma estrutura conveniente. E tudo havia acontecido muito rápido! Ele tinha uma lembrança perfeitamente clara de tudo que a moça havia dito durante a noite que passaram juntos, de cada vez em que ela deu uma gargalhada. Lara não era apenas linda e talentosa, também era *interessante*.

Ele finalmente foi para a cama, mas o sono demorou muito a vir.

Jor-El levantou bem cedo na manhã seguinte, totalmente vestido, mas com os olhos turvos. Caminhou pela relva tranquila e serena, do solar até o enorme prédio de pesquisa. Tinha uma janela de duas horas para lançar sua sonda na direção do gigante sol vermelho, mas queria terminar o projeto antes que muita gente pudesse ver a fumaça do foguete, mesmo da distante Kandor.

Lara o interrompeu, chamando-o pelo nome, enquanto saía correndo dos aposentos dos artistas.

– Jor-El, que bom que você voltou. Quero lhe mostrar uma coisa. Vem comigo. – Ela o levou até o primeiro obelisco que havia pintado, para mostrar o que havia feito. Com o lançamento da sonda solar por enquanto esquecido, ele, de modo obediente, admirou a imagem plácida de um homem cuja cabeça estava raspada, exceto por uma fina e cacheada coroa de cabelo grisalho acima dos ouvidos. Em volta do rosto, o fundo era uma confusa dissonância de talhos, matizes e formas. – Olha para o obelisco e me diga o que você está vendo.

Ele franziu a testa.

– Vejo o rosto de um homem cercado por belas linhas coloridas. – Ela esperou. Jor-El a encarou e depois se voltou para a pintura, concentrando-se. – Tem mais alguma coisa?

Com um suspiro e um sorriso torto, ela falou:

– Este painel se chama *Verdade*, e este é Kal-Ik, um homem que foi executado durante as antigas guerras cidade-estado. Copiei as feições faciais de um busto que está no museu cultural de Kandor. Você conhece a história?

– Acho que já a ouvi uma vez, mas não prestei muita atenção...

Lara ficou em pé ao seu lado, ambos de frente para o retrato.

– Todos os conselheiros do comandante Nok insistiram que tudo estava indo bem na guerra, que as batalhas seriam vencidas com facilidade, que todos os soldados lutariam bravamente pelo seu chefe. Os supostos conselheiros o protegeram do que estava realmente acontecendo. Continuaram a dizer o que o chefe queria ouvir, de modo que pudessem salvar suas vidas. Mas Kal-Ik sabia que essa não era a verdade. Ele exigiu que tivesse uma audiência com Nok e acabou lhe contando a terrível realidade. O chefe ficou furioso, e quando os conselheiros exigiram que Kal-Ik retirasse o que havia dito, ele insistiu que a verdade era mais importante do que a sua vida. E por isso o mataram. Logo depois Nok foi derrotado.

Jor-El disse:

— Eu provavelmente teria feito o mesmo se estivesse no lugar de Kal-Ik. Uma realidade desagradável é preferível a uma bela ilusão.

— Isso explica a história. Agora quero explicar a arte. — Lara o levou para mais perto do obelisco e, cuidadosamente, explicou o que queria dizer com as linhas opostas, o simbolismo nos ângulos antagônicos, as formas abstratas em torno da figura de Kal-Ik. Jor-El piscava à medida que entendia e fazia as conexões necessárias. Ele parecia quase envergonhado.

— Eu não sabia que isso fazia alguma espécie de... sentido antes.

— A arte faz sentido, Jor-El, mas você tem que olhar para ela usando um grupo diferente de filtros mentais. Ela não pode ser quantificada, nem vista como algo comum ou habitual. — Ela o levou para cada um dos oito obeliscos que havia terminado no dia anterior e explicou, igualmente, que conceitos queria transmitir com cada um. Na hora em que os dois terminaram de ver tudo, ele já havia se encantado com todas as novas revelações que lhe haviam sido feitas. Lara tinha feito um trabalho rápido e brilhante.

Ele não queria pensar no dia em que Ora e Lor-Van partiriam com a filha e o resto da equipe de volta para a cidade. Talvez conseguisse descobrir alguma maneira de convidar Lara para ficar. Ele mantinha as esperanças.

Sem nem ao menos pensar, ele pegou na mão da jovem.

— Agora é a sua vez de vir comigo. Preciso da sua ajuda.

Atrás do prédio de pesquisa, ele havia construído uma área de lançamento pavimentada, com trilhos inclinados e defletores de rajadas de calor. Cada um dos oito foguetes com sondas não tinha mais de dois metros de comprimento, e eram cilindros finos cheios de combustível explosivo concentrado, que é bombeado através de bico de propulsão. No topo de cada tubo de lançamento havia uma sonda de transmissão, um pacote científico que coletava partículas do furacão do vento solar do gigante vermelho.

Lara olhou em volta, observando a evidência de fogo já disparado por foguetes anteriormente lançados.

— Meu irmão me mostrou este lugar, mas não sabíamos para que tipo de coisa você o usava. Parece que ninguém sabe.

Jor-El estava surpreso.

— Ninguém perguntou.

Ele pediu para que Lara o ajudasse a carregar um dos foguetes restantes. Cada pacote de dados era simples e redundante, mas lhe fornecia as medições diretas das quais precisava. Suas sondas estudavam as camadas externas do gigante vermelho e soberbo. A cada mês, ele enviava uma sonda para o espaço, e depois registrava níveis de fluxo, linhas de campo magnético e a composição do vento solar.

Se alguém no Conselho estivesse a par dos raios de luz que traçavam arcos na escuridão estrelada, simplesmente não levariam o fenômeno em conta. Alguns deles poderiam supor que Jor-El estava aprontando alguma coisa, mas, como não estavam interessados nas respostas, não faziam perguntas.

Lara não se intimidou e levantou a sua ponta do pesado cilindro e ajudou Jor-El a colocá-lo no trilho de lançamento polido.

– Isso aqui tem poder para voar além da nossa atmosfera? Pode chegar a Rao?

– Até hoje, só um dos meus foguetes falharam. O combustível químico tem empuxo suficiente para atingir o alvo, mas, para ser franco, não é difícil atingir um objeto celestial tão grande quanto nosso sol. Você só precisa se aproximar.

– E o que vem depois?

– Depois eu posso continuar meu monitoramento ininterrupto do ciclo solar. Rao está em seus últimos estágios de vida. Uma supernova pode ocorrer a qualquer momento.

Lara não pareceu ter ficado nem ao menos um pouco amedrontada.

– Mas você desenvolveu um plano para nos salvar.

Ele teve que se segurar para não cair na gargalhada.

– Você tem muita fé em mim.

– Sim, tenho.

– Tenho algumas ideias.

Jor-El havia de fato feito planos, após deixar sua imaginação solta. Projetou uma grande frota de arcas voadoras, naus gigantescas que só poderiam ser construídas com um esforço mundial combinado. As naves seriam grandes o suficiente para levar a maior parte, senão toda a população de Krypton. Jor-El não acreditava nesse negócio de pensar pequeno. Ele havia passado meses dedicando-se aos projetos, fazendo pequenos ajustes em todos os detalhes.

Infelizmente, pelo fato de o Conselho ter proibido a exploração do espaço por tantos anos, Jor-El não tinha a menor ideia de para onde tais naves poderiam ir. Mesmo com os melhores recursos científicos de Krypton à mão, ninguém ainda havia sugerido a construção de uma espaçonave mais rápida que a luz que pudesse levar a população para um novo mundo. No entanto, ele continuava a desenhar seus projetos e plantas... na dúvida.

Uma vez que seu foguete sonda foi instalado, Jor-El usou seus calibradores de alta resolução para calcular o ângulo de lançamento. O combustível químico levaria o projétil para além da atmosfera de Krypton, direto para uma órbita entrecruzada com as camadas externas do gigante vermelho. Ele sabia que os sensores transmitiriam de volta os dados vitais, e já temia o que iria descobrir.

Mas, por enquanto, apreciava a expressão de franco deleite no rosto de Lara enquanto ela observava a ignição das chamas, o fino cilindro subindo pelo trilho de lançamento e saltando para o espaço, seguido por uma trilha de fumaça alaranjada, cintilante e negra. Como seria muito mais arrebatador, pensou Jor-El, se Krypton permitisse que ele construísse uma espaçonave de verdade, uma nau que pudesse carregar uma pessoa de verdade rumo ao espaço e ao desconhecido para que pudesse ver todas as coisas fantásticas que o universo tinha a oferecer...

Por enquanto ele tinha que se contentar com esses pequenos lançamentos científicos.

Ao ouvir o estrondo do foguete abrasador, muitos outros artistas, incluindo os pais de Lara, saíram correndo de seus aposentos. Olharam para o céu e viram a trilha de fumaça que se dissipava. O jovem irmão da moça correu até onde ela estava, implorando para saber o que havia acontecido. Ela o frustrou, recusando-se a responder, simplesmente rindo, perplexa.

– Obrigada, Jor-El. Agora eu tenho que voltar ao trabalho. – Estava claro que ela não queria ir. – Preciso terminar o resto dos obeliscos.

CAPÍTULO 15

Sem mandar uma mensagem antecipada através de placas de comunicação, Zor-El chegou de Argo City com suas notícias urgentes. Jor-El correu para se encontrar com o sujeito de cabelos escuros assim que sua nave ultraveloz pousou em frente à casa principal. Quando os dois se abraçaram, Zor-El estremeceu de dor.

– Você está ferido! – Jor-El percebeu que o braço esquerdo do irmão estava envolvido por uma espessa bandagem e sua tez corada ostentava bolhas e pedaços de pele que descascavam por conta das recentes queimaduras. – O que houve com você?

– É uma história longa e apavorante. Preciso da sua ajuda.

– E você a terá... nem era preciso dizer isso. – Jor-El rapidamente pegou o irmão pelo braço que não estava ferido. – Venha para dentro. E me conte tudo.

Em uma sombra perto de uma parede de onde a água brotava e descia por hematitas polidas, Zor-El recostou-se, suspirando pesadamente. Ele reparou nos artistas e nos andaimes, nos dramáticos murais nas paredes externas, até mesmo os retratos pintados em muitos dos misteriosos obeliscos, mas não fez nenhum comentário.

Os olhos castanhos de Zor-El ainda estavam vermelhos por causa da exposição à fumaça corrosiva.

— Documentei uma intensa atividade sísmica, abalos profundos que certamente irão sacudir Krypton muito, mas muito em breve. — Ele explicou o que havia descoberto no continente ao sul, para o crescente temor de seu irmão, até que, desanimado, revelou como perdeu todos os dados que recolheu. — Não sei qual é o seu significado, mas queria partilhar minha descoberta com você. Nunca vi nada parecido. Foi por isso que vim aqui.

— A pressão no núcleo está aumentando. — A expressão de Jor-El era séria. — Podíamos ir ver nosso pai. Talvez ele possa nos ajudar.

O homem de cabelos escuros ficou surpreso com a sugestão.

— Mas ele nem vai ter noção de que estivemos lá.

— Mas poderemos nos valer de sua sabedoria. Temos que ter esperança de que ele tenha algum tipo de reação.

Originalmente um chalé, a construção isolada havia sido feita numa área de floresta ao pé da montanha, que ficava a duas horas da propriedade. Como sua saúde ficava pior, o velho Yar-El e a esposa, Charys, optaram por viver ali, protegidos por árvores altas, longe dos olhares da população. Aquele lar reservado havia sido erguido em parte com cristais de rápido crescimento e, em outra, com pedras, enquanto sua estrutura e ornamentação fora feita com madeira de acácias polidas. Intrincados carrilhões de vento estavam dependurados em caibros duros de madeira. Quando os dois irmãos chegaram, o ar resinoso da floresta não soprava, e apenas um raro tinido sonoro circulava pela pequena casa.

Sua mãe, já grisalha, estava do lado de fora cuidando do jardim, uma malha precisamente organizada de ervas coloridas, vegetais e flores que brotavam. Embora seu rosto estivesse pálido e seus ombros curvados, Charys parou de trabalhar e se levantou, se esticando para cumprimentá-los com um sorriso genuíno.

— Meus meninos!

Jor-El deu um passo à frente para abraçá-la, com o irmão ao lado.

— Há quanto tempo, mãe.

— Há quanto tempo não vejo os dois — resmungou Charys. Ela largou as ferramentas de jardinagem e os conduziu até a varanda. — Às vezes me sinto muito sozinha aqui, só na companhia do seu pai. Mas ainda prefiro isso a morar em Kandor. Já estava me cansando daqueles olhares de piedade que ganhava de todo mundo que eu encontrava, de pretensos amigos expressando simpatia. Os piores eram daqueles que me olhavam como se a culpa fosse toda minha... como se algo que eu tivesse feito tivesse custado a Krypton a mente de Yar-El.

Zor-El não demorou a mostrar certa indignação.

– Quem fez isso a você?

– Deixa isso para lá. Entrem. Talvez seu pai, hoje, reconheça vocês, mas não posso garantir.

A casa sombria exalava um odor de madeira aquecida pelo sol e de lustra-móveis. Jor-El olhou em volta da área da cozinha e se lembrou das refeições que a mãe lhes preparava quando eram jovens. Em um jardim de inverno com vista para as colinas arborizadas, o velho Yar-El estava sentado em uma cadeira como se fosse um manequim, olhando em silêncio para a floresta de acácias.

– Olha quem está aqui, Yar-El! Você não quer saudá-los? – Tocando delicadamente em seu ombro, Charys virou a cadeira. O semblante do velho continuou voltado para a linha do horizonte, mas ele virou a cabeça na direção dos dois irmãos. Jor-El procurava algum sinal de reconhecimento, algum brilho naqueles olhos um dia cintilantes. Seu pai não piscou.

– Ele fica quieto a maior parte do tempo. – Ela alisou carinhosamente seu rosto liso; Jor-El percebeu que a mãe o barbeava diariamente. – Eu me lembro bem de como tudo era antes. Tive anos maravilhosos com Yar-El, e dois filhos maravilhosos. Isso deveria ser o bastante para qualquer pessoa.

Charys forçou um sorriso, tentando se mostrar forte e invicta.

– Fico aqui sentada com ele enquanto trabalho no meu tratado psicológico. Fiz bastante progresso nos últimos meses e vou submetê-lo à Academia em breve. – Charys olhou para o marido com um sorriso pálido. – Yar-El ficaria feliz em saber que mesmo depois do seu... colapso, ele ainda fornece meios para que possamos aumentar nosso entendimento. Eu o olho, quantifico as minhas observações, registro meus pensamentos e esboço conclusões. Isso é o que ele faria. Meu marido não deixaria um problema tão assolador ficar sem solução.

– Pouquíssimas pessoas sofrem da Doença do Esquecimento a ponto de justificar um esforço de pesquisa em larga escala – disse Jor-El. – Os médicos a julgam incurável e não têm explicação para as suas causas.

– Isso é o bastante? – perguntou ela, bufando. – Não creio que seja apenas uma bactéria obscura ou um vírus não detectado. Acredito que a

Doença do Esquecimento é um sintoma do que está acontecendo com toda a sociedade de Krypton.

Jor-El já havia lido as teorias de sua mãe e concordava com sua tese, embora ela o amedrontasse. Durante muito tempo, os kryptonianos tiveram tudo o que queriam; viviam felizes, livres de ambições ou objetivos, devotando-se ao conforto e ao lazer, simplesmente deixando o tempo passar. Embora criminosos violentos fossem verdadeiras aberrações, a genialidade e a inovação eram igualmente raras. Esse foi um dos motivos que levou homens genuinamente brilhantes como Yar-El e seus dois filhos a inventarem tantas coisas novas. Poucas pessoas fizeram tal esforço.

Infelizmente, o pai de Jor-El havia perdido contato com o mundo à sua volta. As pessoas em Kandor comentavam que o sujeito fora brilhante demais para seu próprio bem, que tantas ideias haviam criado um bloqueio em sua cabeça. Em seu último ano de sanidade, ele havia enlouquecido ainda mais, até que, rapidamente, perdeu a percepção da realidade. Agora catatônico, incapaz de desbloquear o mecanismo que o impedia de formular pensamentos, o velho estava perdido em outro universo... numa Zona Fantasma dentro de sua mente. Jor-El estremeceu ao fazer a comparação.

Charys havia passado anos tentando entender tanto o que acontecera ao marido quanto o que estava fazendo aumentar o número de anomalias em Krypton. De acordo com sua teoria, todos haviam sido forçados a ser "comuns" por muitas gerações.

— Ninguém podia refrear algo que não parava de crescer sem sofrer com as consequências — dissera Charys.

Se a sociedade inibisse a curva padrão por muito tempo, picos radicais apareceriam em cada uma de suas extremidades. Algumas dessas anomalias assumiram a forma de gênios não ortodoxos, como Jor-El e Zor-El, enquanto outros eram criminosos abomináveis que demonstraram a sua "genialidade" através da violência e da destruição em vez da criação. Como o Açougueiro de Kandor.

Jor-El se inclinou para perto de Yar-El, encarando-o bem no fundo dos olhos, mas o idoso não tinha foco.

— Pai, precisamos da sua sabedoria! Você precisa nos ajudar nessa crise. Zor-El descobriu algo muito perturbador.

Charys se virou.

— Que crise? — Ela se voltava de um filho para o outro.

Jor-El descreveu rapidamente a situação enquanto o irmão acrescentava detalhes. Com um grave aceno de cabeça, a mãe dos dois se pronunciou.

– Vocês dois precisam ir a Kandor e explicar o problema. Se o Conselho tiver algum bom senso, eles terão que direcionar os recursos de Krypton para a solução e uma análise mais concreta do problema.

– *Se* eles tiverem algum bom senso – enfatizou Zor-El.

– Esperava que papai pudesse entender o problema.

Charys falou palavras encorajadoras no ouvido do marido.

– São seus filhos, Yar-El. Você consegue falar com eles? Os dois precisam de você. Krypton precisa de você.

De repente algo mudou. A mãe dos cientistas percebeu antes, mas Jor-El também notou uma diferença na respiração do pai. O velho virou o corpo. Ele piscou e parecia vivo outra vez. Yar-El olhou primeiro para Jor-El, e depois se virou para o seu irmão.

– Meus filhos... bons filhos! Ouçam-me. – Os dois se curvaram em sua direção, ansiosos por qualquer vislumbre que ele pudesse oferecer. – Não tenham medo de gerar filhos. – A luz já estava começando a sumir dos olhos de Yar-El. – Tenho muito orgulho dos meus. – Ele se concentrou em algum ponto distante, e sua respiração retomou o ritmo mecânico e insípido de expirar-inspirar.

Charys estava visivelmente tocada. Muito embora Yar-El não tivesse reunido condições para ajudar os filhos, suas palavras agiram como um tônico para ela.

– Há muito tempo que ele não tinha uma reação como essa! Ele viu vocês. Ele *reconheceu* vocês.

Jor-El tentou não demonstrar sua decepção.

– Mas ele não teve nenhum lampejo em relação à crise que estamos enfrentando.

Charys olhou de um irmão para o outro.

– Então vocês terão que resolver esse problema sozinhos.

CAPÍTULO 16

O calor vermelho e pulsante daquele começo de tarde fez com que a maior parte dos kandorianos se refugiasse nos seus prédios de filões de rocha ou de cristal retificado. Lojas e repartições fecharam, e as vias para pedestres estavam quase desertas. Mas o trabalho laborioso do governo prosseguia dentro do templo do Conselho.

Enquanto o irmão verificava a agenda que já havia sido postada, Jor-El insistia que nenhuma outra audiência preeminente podia ser mais importante do que as leituras ameaçadoras vindas do continente ao sul. Agora que Zor-El havia identificado o problema, ambos sentiam uma necessidade urgente de *fazer* alguma coisa em relação a isso. Zor-El já havia começado a traçar planos no sentido de despachar outra equipe para verificar seus dados e fazer medições mais apuradas das contínuas erupções.

Mas antes precisavam superar um obstáculo maior: o próprio Conselho.

Os dois filhos de Yar-El adentraram o zigurate central. Jor-El franziu a testa quando viu apenas uma diminuta plateia acomodada nas fileiras de assentos para o público; esperava que o salão estivesse lotado com milhares de ouvidos atentos para ouvir seu importante anúncio.

– Minhas notícias terão que falar por si próprias – afirmou Zor-El.

Lado a lado, os dois irmãos desceram cinco degraus que davam em um salão de espera arqueado diante da arena ampla e vazia onde eram feitos os discursos. Um estressado camareiro os interceptou.

– Vocês querem se dirigir ao Conselho? Vou colocar seus nomes na agenda para que sejam atendidos o mais rápido possível. Entraremos em contato quando...

Jor-El manteve a calma e enfrentou o sujeito.

– Ora, o líder de Argo City e o cientista preeminente de Krypton não precisam ser anunciados. Além disso, tenho uma oferta para aceitar uma cadeira no Conselho se um dia a quiser. – No que o inútil camareiro começou a gaguejar, os dois passaram por ele e deram na vastidão de azulejos coloridos e hexagonais que adornavam a sala de audiências.

O líder do Conselho, Jul-Us, estava conversando com três membros que dele haviam se aproximado, todos trocando documentos e acenos. Sem esperar que fossem reconhecidos, os irmãos ficaram de frente para as cadeiras suspensas.

Surpreso com sua aparição inesperada, o velho Jul-Us desviou a atenção que estava dispensando aos seus documentos.

– Que inesperado. – Jor-El aparecia tão raramente diante deles, e possuía uma reputação tão grande, que todas as cabeças no recinto se viraram. Os onze membros o observaram com uma mistura de surpresa e reverência enquanto ele se aproximava com o irmão.

Jor-El levantou a voz para o líder do Conselho.

– Zor-El veio de Argo City com um grave anúncio a fazer e que exige que vocês lhe deem o máximo de sua atenção.

Com uma expressão de preocupação em seu rosto de avô, Jul-Us olhou para os colegas de Conselho e reparou que todos estavam confusos ou incomodados com tal desvio em sua rotina.

– Muito bem, Jor-El. Podemos adiar nossas questões por enquanto. Seu irmão não teria viajado tamanha distância por mero capricho. Suponho que isso seja importante. – Ele cruzou os dedos e se inclinou para a frente a fim de ouvir o que os dois tinham a dizer.

Jor-El não perdeu tempo com sutilezas.

– Cavaleiros, Krypton está condenado. – Suas palavras, ditas de forma tão grosseira, criaram um rebuliço entre os onze membros. – *A não ser* que façamos alguma coisa.

Até mesmo o irmão ficou assustado com a carga dramática da introdução, mas Jor-El sabia que tinha que prender a atenção de todos.

— Zor-El, conte o que você viu.

O líder de Argo City sacudiu o cabelo escuro.

— Estive no continente ao sul, onde testemunhei violentas erupções vulcânicas e uma instabilidade sísmica incessante. Vi tudo com meus próprios olhos, e quase morri para que pudesse trazer minhas observações até aqui. — Ele levantou o braço ainda coberto de bandagens, quase que num gesto de provocação. Em termos que não tinham nada de absurdo, ele explicou o que havia visto e as conclusões óbvias a serem tiradas. — Tomei leituras, mas não sabia o que significavam. Vim aqui para pedir ajuda ao meu irmão. Seguindo seu conselho, estamos apresentando essas informações para vocês. Esse é um problema que afeta Krypton por inteiro, e todo o planeta deve trabalhar junto para estudar soluções... e resolvê-lo. Não só eu, não só Jor-El... não apenas Argo City e não apenas Kandor. *Todos nós.*

— Suas palavras são aterradoras, inquietantes — disse Jul-Us, franzindo profundamente as sobrancelhas.

— Alguns poderiam dizer prematuras e impetuosas — acrescentou Silber-Za, com um semblante sombrio.

Zor-El estava pronto para se defender, segurando-se para não perder a calma, mas o ruivo Cera-Si se interpôs.

— Esperem, o Conselho tem respeito suficiente por esses dois homens para colocar suas preocupações em pauta. Alguém aqui quer questionar a sabedoria de Jor-El?

Mauro-Ji se curvou, batendo com os dedos na superfície da mesa que estava à sua frente.

— Vamos levar tudo isso na mais completa consideração, eu prometo. Examinaremos a questão e debateremos a seriedade dessa suposta emergência.

— Debater? Não temos tempo para inserir esse tema no meio de discussões e comissões intermináveis. Primeiro, temos que organizar um grupo de estudo em ampla escala e começar a juntar dados sem demora. Em Argo City...

— Isso não é Argo City — Pol-Ev o cortou, ajeitando um dos muitos anéis. Mesmo ali embaixo, seu perfume estava forte no ar.

Ao ver a crescente frustração do irmão, Jor-El interveio:

— Concordo totalmente com meu irmão. Sugiro que façamos estudos sísmicos em toda a extensão do planeta... enviar sondas não só para o continente ao sul, mas distribuí-las por todo lado. Precisamos avaliar a extensão do problema. De acordo com o que ele me disse, acredito que existe um motivo verdadeiro para preocupação.

Quando o velho Jul-Us franzia a testa, seu rosto ficava parecido com um chumaço de couro macio.

– Então vocês alegam que há instabilidades crescentes em nosso núcleo e que, de algum modo – ele abriu as mãos, como se estivesse à procura de uma explicação razoável –, nosso planeta irá simples e espontaneamente... explodir?

– Ele não falou a mesma coisa sobre o sol Rao também? – resmungou Al-An em voz alta.

Jor-El enfrentou seu destino.

– Sim, isso é exatamente o que estou dizendo. Nenhum de vocês pode negar que nossas cidades notaram um aumento substancial de abalos sísmicos nos últimos anos. Lembram-se do deslizamento de rochas em Corril há apenas seis meses? Três grandes minas foram destruídas...

– Que o meu filho Tyr-Us está reconstruindo seguindo normas técnicas mais rigorosas – retrucou Jul-Us, como se isso fosse resolver todo o problema.

– Além disso, sempre sentimos tremores – disse Kor-Te. Não havia dúvida de que ele havia memorizado todos os incidentes ocorridos anteriormente.

– Ah, então vocês também notaram as evidências – acrescentou Zor-El calmamente. – Isso é óbvio para qualquer um que vê.

Antes que pudessem se perder em outros aspectos burocráticos, Jor-El expôs o plano básico que havia desenvolvido.

– Sem demora, precisamos descobrir uma maneira de diminuir a pressão que está crescendo em nosso núcleo. Quem pode afirmar o quão perto estamos de atingir um ponto crítico? Zor-El recolheu leituras apenas em uma das colunas de fumaça.

– Um problema global requer uma reação global – acrescentou seu irmão. – Todas as cidades têm que aderir ao esforço. Estamos nisso juntos.

Jor-El apertou os olhos, parecendo determinado, e na esperança de que ninguém ali houvesse achado que estava blefando. Todos sabiam que ele era mais inteligente do que qualquer um ali dentro, o que era assustador.

– Talvez eu devesse aceitar aquela cadeira provisória no Conselho que vocês me ofereceram há algum tempo. É a única maneira de eu me certificar de que vocês concentrarão esforços nas tarefas que são realmente necessárias. Com o meu voto, eu poderia vetar quaisquer distrações até essa questão estar resolvida.

– Isso não é necessário – falou Pol-Ev rapidamente. – Krypton se beneficiaria mais se vocês se dedicassem ao seu trabalho de verdade.

Jor-El os encarou de cima a baixo. Dava para dizer que ele os deixava nervosos. Não o queriam no Conselho do mesmo jeito que ele não queria fazer parte de suas fileiras.

– Jor-El tem razão em relação às nossas prioridades – disse Cera-Si, zelosamente. – Tragam-nos os dados que vocês reuniram que nossos especialistas irão examiná-los. Assim que a ameaça for verificada, o Conselho poderá desenvolver grupos de ação. Vocês dois deverão liderá-los. Depois, mandaremos representantes para outras cidades, com o intuito de ver se grupos adicionais vão querer se juntar a nós nesse esforço.

– Eu, por acaso, pretendo examinar esses dados com muito cuidado – disse Kor-Te. – Vocês os têm à mão?

Zor-El olhou para o irmão, meio desajeitado, mas Jor-El suspirou.

– Conte a eles.

Mauro-Ji se inclinou para a frente, colocando os cotovelos bem no alto da tribuna.

– Tem algum problema? Os seus dados são tão conclusivos que vocês precisam se apressar e...

Zor-El fitou os olhares céticos daqueles que o encaravam de cima para baixo.

– Perdi meus dados. Houve outra erupção e eu fui atacado por hrakkas. Meu equipamento foi destruído.

Com um riso sarcástico, Silber-Za jogou o longo cabelo louro para o lado. Aparentemente, a entrada dos dois havia interrompido a discussão de uma questão cívica que ela havia submetido pessoalmente ao Conselho.

– Dessa forma, suas alegações são prematuras. Mesmo se seu irmão apoiá-lo, não podemos autorizar mudanças radicais na política planetária tomando como base apenas a sua palavra, Zor-El.

– Por que você duvidaria da minha palavra? – Ele mal conseguia controlar sua raiva.

– Esse não é um pedido desprovido de razão – Mauro-Ji soava conciliador. – É só organizar outra expedição. Reúnam mais dados. Voltem aqui depois e os submetam a nós. Aí, então, elaboraremos nossa resposta.

– Sim, devemos realmente fazer tudo de acordo com as regras – acrescentou Kor-Te. – É assim que as coisas sempre foram feitas.

– Outra equipe irá confirmar facilmente o que eu descobri – devolveu Zor-El. – Mas eu esperava que pudéssemos obter alguma vantagem para enfrentar um problema tão sério, um grupo de pesquisa em grande escala, em vez de apenas eu.

– Decisões precipitadas normalmente são decisões ruins – entoou Jul--Us, enquanto juntava as mãos. – Muito obrigado por uma apresentação das mais interessantes. No entanto, é função do Conselho avaliar as verdadeiras ameaças e prioridades para Krypton. No momento em que resolvermos que esse problema é significativo, convidaremos vocês dois para participarem do grupo de estudo.

Embora não estivesse satisfeito, Zor-El percebeu que eles não conseguiriam mais nada naquele momento.

– Vamos obter os dados o mais rápido possível.

Jor-El se aprumou, enquanto olhava fixo para eles. Podia sentir a impaciência crescendo dentro dele da mesma forma que a pressão no núcleo de Krypton.

– E quando o fizermos, espero que o Conselho aja prontamente e de forma decisiva.

O velho Jul-Us acenou sabiamente com a cabeça.

– É claro. – Os onze membros já estavam pegando novamente os seus documentos e debatendo outras questões cívicas.

Zor-El resmungou enquanto os dois passavam, ecoando, pelo salão.

– Não é assim que as coisas funcionam em Argo City. Meu povo ouve, coopera e resolve as coisas sem ficar regateando interminavelmente por causa de questões triviais. – Ele balançou a cabeça. – Eles estão se iludindo. Estão adiando...

– Eles são o Conselho.

CAPÍTULO 17

Quando Jor-El voltou para a propriedade, Lara pôde perceber que ele estava frustrado por conta do que aconteceu com o Conselho. Seu irmão seguiu direto para Argo City; ela mal lhe foi apresentada.

Tentando mudar o astral de Jor-El, ela lhe mostrou as novas pinturas que havia feito. A essa altura, Lara havia terminado os retratos em onze dos doze obeliscos. Embora continuasse a retocar os detalhes, cada um dos painéis simbólicos estava completo e bastante notável.

Seus pais já haviam concluído a maior parte das obras de arte ao longo dos prédios da propriedade, e muitos dos aprendizes já haviam sido enviados de volta para Kandor; Ora e Lor-Van passariam mais alguns dias documentando nuances nos murais, de modo que outros pudessem interpretá-las apropriadamente. Os famosos artistas estavam sendo muito solicitados e já havia um novo projeto grande agendado para a capital. Mas Lara não estava tão ansiosa para partir.

– E quanto ao último obelisco? – perguntou Jor-El, aparentemente feliz por poder tirar a cabeça dos outros problemas. – O que você pretende pintar lá?

– Estou esperando a inspiração chegar. – Em um impulso, ela deixou escapar: – Em todas as vezes que esteve em Kandor, você já reservou algumas horas para efetivamente *conhecer* a cidade... os museus, as enormes galerias, a arquitetura dos templos de cristal? Há tantas coisas que eu gostaria de lhe mostrar, Jor-El. Posso aproveitar a influência dos meus pais e arrumar umas boas cadeiras para a gente assistir à próxima ópera.

Ele, obviamente, não estava muito entusiasmado com a ideia.

– Não gosto de óperas. Não as entendo.

– E eu não entendo a sua física, mas isso não me impediu de tirar você da Zona Fantasma – retrucou ela. – Tudo que você precisa é de um pouco de cuidado e atenção. Venha comigo para Kandor. Me deixe lhe mostrar.

– Uma ópera? – repetiu o cientista, como se estivesse implorando para que ela escolhesse outro programa.

– Um novo épico acabou de estrear, "A Lenda de Hur-Om e Fra-Jo". Possui um amplo escopo, amantes fracassados, tragédia e um final feliz. O que mais alguém poderia querer? – Ele tomou a pergunta literalmente e estava prestes a respondê-la com algo específico, mas ela o interrompeu. – Confie em mim nisso, Jor-El.

– Tudo bem, confio em você. Vá em frente e organize tudo.

Eles passaram boa parte do dia seguinte em Kandor, muito embora não tivessem planos até a noite, quando veriam a ópera. Jor-El não estava acostumado ao luxo que era ficar arrumando coisas para fazer, mas, aos poucos, foi se deixando contaminar pelo temperamento relaxado de Lara. Uma vez que seu irmão conseguisse coletar os dados necessários, ele teria que dedicar todo o seu tempo para salvar o mundo. Mas, por enquanto – pelo menos por algumas horas –, ele se permitiu aproveitar a companhia de Lara.

Depois de um tempo, ele parou até de conferir os relógios solares, embora tivesse insistido em dar uma passada nos escritórios dos membros do Conselho Cera-Si e Mauro-Ji, os dois homens mais propensos a implementar um plano que viesse a atenuar as instabilidades tectônicas de Krypton. Jor-El falou rapidamente com cada um deles, lembrando-os de que confiava em seu irmão e em suas previsões, e que não deviam ignorar o potencial catastrófico de toda essa situação. Tanto Cera-Si quanto Mauro-Ji prometeram que fariam o seu melhor – mas só depois que tivessem provas inquestionáveis.

Lara o levou até um museu, um jardim de esculturas e para um rápido jantar antes de seguir para o pavilhão de ópera, cujo design parecia um ninho de parábolas de turmalina que se expandia. Ela se acomodou ao seu lado naquele escuro auditório e se chegava mais perto toda vez que fazia algum comentário mais engraçado. Jor-El mal ouvia suas palavras, distraído com a sua proximidade.

Em sua propriedade, Jor-El sempre achara que tinha tudo o que queria. De vez em quando, ao longo dos anos, ele havia cogitado a possibilidade de fazer um casamento politicamente vantajoso, embora nunca tivesse visto muito sentido nisso. Mauro-Ji nunca escondeu o quanto suas duas filhas eram bonitas e bem relacionadas, mas eram tão obcecadas por modas passageiras e fofocas esotéricas que Jor-El mal podia aguentar sua companhia por mais de uma hora. Embora muitas mulheres fingissem adorá-lo, Jor-El sempre percebeu que ficavam mais impressionadas com sua fama do que com *ele*.

Lara, por outro lado, não estava tentando cortejá-lo por motivos políticos ou financeiros. Ela gostava dele porque *gostava*, e ele, por sua vez, adorava a sua companhia. A moça não descartava a sua ciência nem insistia em compreendê-la.

"Eu não preciso entender os detalhes do seu *trabalho*, Jor-El", dissera ela uma vez. "Preciso entender *você*."

Eis que as luzes foram se apagando, projetando uma manta de ébano de noite simulada nas paredes do teatro. Os palcos começaram a levitar e uma representação holográfica da antiga e pomposa cidade de Orvai apareceu, criando o cenário.

Os olhos de Lara brilhavam.

— Agora, em vez de você me dar explicações científicas, deixe que eu explico para você o que é uma ópera.

— Espero que você seja uma professora paciente. Quando é que essa história se passa?

— É uma lenda. Ela se passa em um vago "muito tempo atrás".

Alguém pediu para que ficassem quietos. Luzes estroboscópicas começaram a se acender e os atores apareceram. O canto começou e contrapontos de música sinfônica entravam em choque com as melodias vocais.

Na trama, Hur-Om era um rapaz rico, muito teimoso, porém respeitado. Fra-Jo era uma linda jovem, tão passional quanto ele, de uma família rival. Os dois discordavam em quase tudo, por isso naturalmente se apaixonaram, embora nenhum dos dois o admitisse. Voavam faíscas em cada uma de suas conversas; um se opunha aos projetos do outro durante inúmeras sessões do Conselho. Discutiam furiosamente, mas a cada encontro sentiam uma estranha atração que amarrava seus corações. Ainda assim, suas personalidades inflexíveis faziam com que negassem a atração mútua.

Finalmente, Fra-Jo acusou Hur-Om de amá-la, e ele a acusava de amá-lo. Indignados, os dois furiosamente se separaram, jurando que nunca mais se veriam novamente. Fra-Jo foi para o mar, deixando Orvai e navegando pelos grandes lagos até alcançar o oceano aberto; Hur-Om seguiu na direção oposta, liderando uma caravana que fazia uma expedição pelo deserto.

Nesse momento, os palcos flutuantes se separaram e passaram a mostrar simultaneamente os dois lados da história. De onde estava sentado, Jor-El tinha que ficar olhando para a frente e para trás se quisesse acompanhar tudo. A metade do palco dedicada à Fra-Jo estava cheia d'água para mostrar as ondas do oceano através de uma barreira estática transparente. A chuva caía enquanto uma tempestade jogava seu barco de um lado para o outro. Finalmente, ela foi lançada ao mar e ficou ali boiando, enquanto tentava se agarrar a alguns destroços da embarcação no meio do oceano cuja profundidade era imensurável.

Do outro lado do palco, Hur-Om liderava a caravana em meio a terras secas e devastadas, mas um terremoto sacudiu o deserto e fez com que as dunas mudassem de posição. Como se fosse uma grande boca, o deserto engoliu seu destacamento, os animais de carga e os suprimentos. Todos desapareceram no meio de uma piscina aberta de areia, deixando Hur-Om sozinho e perdido.

De algum modo, contudo, em meio a tantas tragédias, os dois personagens conseguiam *cantar*.

Lara, repetidas vezes, se aproximou para cochichar no ouvido de Jor-El e explicar o que estava acontecendo, apontando as nuances da direção de palco, as mudanças nos hologramas de cada ato, os efeitos de luz. No crescente clímax, os coros cantavam melodias que, a princípio, não combinavam, mas que aos poucos foram se juntando até que as vozes de Hur-Om e Fra-Jo se juntaram em uma única canção. Em seu último suspiro, já com a pele ressecada e morrendo de sede e calor, Hur-Om levantou a voz, admitindo seu amor por Fra-Jo. Enquanto isso, a mulher, incapaz de continuar nadando, com água até o pescoço e prestes a afundar, gritou seu amor por Hur-Om.

Então um milagre aconteceu. Nuvens surgiram do nada e a chuva começou a cair sobre Hur-Om no deserto. Do outro lado do palco, um dolphus (uma espécie de golfinho) liso e cinzento ergueu Fra-Jo no meio do mar; ela se agarrou à sua barbatana enquanto o animal traçava uma reta na direção da costa distante. Enquanto isso, Hur-Om seguiu a água que caía até alcançar um cânion, dentro do qual encontrou um rio que o guiou até o vilarejo mais próximo.

Muita gente na plateia estava chorando, enquanto outros berravam. Jor-El simplesmente disse:

— Isso não é fisicamente possível.

Lara riu.

— Mas é *metaforicamente* necessário, e romanticamente exigido.

Jor-El aceitou a história como era. Uma vez que abriu a cabeça e colocou de lado o ceticismo, começou a ver uma dança quase matemática na performance, uma perfeição aliada à música que jamais havia notado antes.

Depois que o espetáculo acabou, ele pegou Lara pelo braço e os dois ficaram no mezanino esperando a multidão sair. Muitas coisas inesperadas em um só dia! Eles caminharam no meio da noite fresca, quando as pessoas se sentavam em cafés que davam para a rua ou passeavam pelos bulevares. No topo do templo do Conselho, a imagem resplandecente de Rao fazia transbordar uma luz rubra sobre a metrópole, até mesmo durante a noite. Jor-El olhou para cima, na direção das estrelas que salpicavam o céu e eram tão cintilantes que se faziam notar mesmo no meio do brilho das luzes da cidade.

Quando viu um raio de luz, percebeu que não era um desses meteoros comuns que caem de Koron. Era, sim, uma cauda ofuscante que fazia movimentos calculados e descia na cidade, movendo-se de um lado para o outro, como se estivesse procurando um lugar para pousar.

— Veja! Lá no céu!

Lara olhou para onde o dedo dele apontava.

— É um pássaro? Ou alguma espécie de aeronave?

— Não, veja como se move. — Distraidamente, ele pegou na mão da moça. — Nunca vi nada como isso antes.

No meio da grande praça, outras pessoas avistaram a nave que se aproximava e recuaram quando ela começou a se aproximar do solo. Jor-El, muito pelo contrário, chegou mais perto, ansioso para ver do que se tratava. A nave extraordinária era pequena e suas curvas e asas eram diferentes das de qualquer veículo fabricado em Krypton. As sinalizações na fuselagem azul e prateada estavam escritas em uma língua que ele não entendia.

Jor-El sentiu uma palpitação, pois estava certo de que aquela nave vinha de fora. Havia cruzado as sendas entre as estrelas e, de algum modo, encontrado Krypton.

Depois de um longo e silencioso instante, ouviu-se um silvo enquanto uma escotilha se desengatava. Uma placa de metal foi alçada e uma figura emergiu – humanoide, embora tivesse a estatura muito menor do que a de um kryptoniano. Ele tinha a pele azul-clara, olhos muito arregalados que pareciam grandes demais para seu rosto e um tufo de antenas azuis vermiformes que se contraíam no queixo, como uma barba de tentáculos. Seu nariz achatado possuía narinas finas e verticais. Ele usava um macacão de paraquedista, largo e ensebado, com muitos bolsos e algibeiras, cada um com uma pequena ferramenta ou um dispositivo incandescente qualquer. Parecia franzino, quase cômico.

Os kryptonianos estavam apavorados. Integrantes bem musculosos da Guarda Safira adentraram a cena às pressas, mas nem mesmo eles estavam treinados para tal ocorrência.

O alienígena desceu da nave, olhou em volta, e coçou a barba de tentáculos. Ele assustou todos ao falar numa língua que podiam entender claramente.

– Meu nome é Donodon. Vim a Krypton para falar com os seus líderes. – Ele abriu os braços em um gesto de cordialidade. – É chegada a hora de vocês deixarem para trás o seu isolamento e se juntar ao resto da comunidade galáctica.

CAPÍTULO 18

Por conta própria, no meio do deserto, valendo-se dos seus instintos e habilidades para sobreviver, Aethyr abria caminho em meio a um cenário sem rastros. Depois de semanas de busca, ela finalmente alcançou as majestosas ruínas de Xan City, a fortaleza abandonada do líder militar deposto, Jax-Ur.

Ela havia estudado registros históricos, analisado mapas antigos, percorrido estradas que há muito tempo haviam caído em desuso. A antiga metrópole não era, de fato, difícil de ser localizada. Aethyr sentia certo desdém pela maior parte dos kryptonianos que simplesmente nunca se deram ao trabalho de procurar.

Originalmente, Xan City havia sido erguida na interseção de grandes rotas comerciais, quando caravanas cruzavam as planícies áridas das montanhas costeiras até a grande bacia fluvial. Ao longo dos séculos, depois da derrota do tirano, com o desenvolvimento gradual da tecnologia e das alternativas de transporte, os kryptonianos pararam de usar as velhas rotas das caravanas, e por isso a capital arruinada de Jax-Ur ficou relegada à decadência naquela terra devastada.

E Aethyr a encontrou.

A cidade histórica havia permanecido intocada por estudiosos ou caçadores de tesouros durante séculos. Caçadores de tesouros! Ela bufou ao pensar nisso. Como se algum deles ainda estivesse por aí – tal profissão exigiria um pouco de ambição.

Quando Aethyr finalmente fez um reconhecimento das ruínas do topo de um morro que permitia que se tivesse uma visão privilegiada da impressionante cidade do passado, ela respirou fundo, triunfante. Os prédios mais altos haviam caído aos pedaços, as torres mais elevadas foram reduzidas à metade, deixando apenas o entulho do que antes foram grandes bulevares e viadutos.

Outros poderiam contemplar tal cenário com uma sensação triste de perda. Mas Aethyr via a grandeza de um tempo melhor, em que os governantes de Krypton haviam deixado uma marca única em vez de consolidar um status quo por geração após geração. A história chamava Jax-Ur de tirano abominável, mas Aethyr sabia que a história frequentemente estava errada. Cada cronista "imparcial" seguia suas próprias convicções.

Enquanto Rao se punha como se fosse um carvão em brasa no horizonte, ela o fritava em sua imaginação, as torres estriadas e os minaretes cilíndricos, as pirâmides arrojadas cobertas de cristais delicados. Cada prédio havia sido projetado para proclamar a grandeza de Jax-Ur.

O céu naquela latitude era mais vermelho do que ela estava acostumada, o clima era mais quente e seco. Os gramados secos e murchos eram marrons, e das rochas aflorava um tom enferrujado. O calor do dia desaparecia abruptamente com o pôr do sol, trazendo, junto com o frio, ventos secos e furiosos que sopravam pelas planícies. Brisas teimosas sopravam em meio às torres de pontas destruídas, murmurando e zunindo pelas cavidades como se os ápices fossem peças de um órgão de tubos.

Aethyr tirou a mochila das costas em um gramado aberto e resolveu que acamparia fora da velha cidade abandonada. Saboreando a expectativa, ela queria um dia inteiro para começar a exploração de Xan City. O entusiasmo que a embriagava a fazia se sentir mais viva. Ela espalhou seus cobertores e optou por não se importar com a estrutura geométrica de sua tenda. Aethyr preferia ficar do lado de fora, ao ar livre, olhando para as auroras e estrelas.

Ela comeu alimentos desidratados, bebeu da sua garrafa de água vitaminada, e depois fechou os olhos para que pudesse ouvir o vento murmurando em meio às torres destruídas. As apavorantes notas tocadas ao acaso iam e vinham. Aethyr quase podia imaginar que se tratava dos lamentos das incontáveis vítimas de Jax-Ur de muito tempo atrás.

Essa era a sinfonia que ela podia compreender, diferente da composição tradicional intitulada "Marcha de Jax-Ur". Seus professores da Academia diziam se tratar de uma obra kryptoniana genial, mas Aethyr sempre achou que a peça era pretensiosa; ela não estava convencida de que Jax-Ur havia encomendado a marcha. Sua amiga Lara, no entanto, estava certa disso. Elas haviam passado muitas semanas juntas debatendo méritos literários e musicais, discutindo clássicos e obras geniais.

Na escola, as duas haviam feito as coisas impetuosas e incomuns que estudantes geralmente faziam. A Academia achava que era suficiente para um aluno ler os registros oficiais publicados nos arquivos. Mas Lara e Aethyr não concordavam com isso. Elas e um pequeno grupo de amigos resolveram fazer as próprias jornadas de exploração.

Se dependesse dela, Aethyr iria querer ser a primeira a ir aos lugares, a fazer coisas que os outros kryptonianos simplesmente não fazem. Depois da graduação, Lara sossegou, supostamente se rendendo às condutas sociais convencionais, mas Aethyr nunca desistiu. Ela se perguntava onde Lara estava...

A moça, então, se deitou no acampamento, quente e aconchegante, e mesmo assim ainda tremia de ansiedade. Toda a Xan City esperava por ela. Amanhã.

Para se distrair durante a noite, tirou uma flauta da bagagem. Era um instrumento musical simples e primitivo, tão pequeno que podia ser carregado para qualquer canto. Aethyr soprava pelo bocal e movia os dedos pelos buracos para tocar melodias que ela mesma criava. A jovem se entretinha com as próprias habilidades. Não precisa copiar a criatividade de ninguém.

Mais tarde, assim que foi dormir, voltou a pensar em Xan City – intocada, inexplorada por décadas, senão séculos. Amanhã, a antiga cidade em ruínas seria o seu playground. Lá, ela contemplaria segredos que ninguém mais em Krypton tinha coragem de descobrir.

CAPÍTULO 19

Durante o tempo que passaram juntos, Lara vira mais do verdadeiro Jor-El do que qualquer um se dava ao trabalho de notar. Ela descobriu tudo o que o fascinava, memorizou suas expressões e como elas mudavam. Jor-El não percebia o quanto ela o observava em segredo, estava ocupado olhando para todas as coisas que a jovem apontava. Lara estava vibrando por ter lhe mostrado tudo o que mostrou.

E, finalmente, Lara sabia o que pintar no último obelisco. Era perfeito.

Depois da chegada da espaçonave alienígena – um final singular para o encontro dos dois! –, Jor-El não quis mandá-la de volta para a propriedade sozinha, mas ela não lhe deu opção.

– Não preciso de guarda-costas nem de babá. Posso tomar conta de mim mesma.

Ele chegou a ficar vermelho de tanta vergonha.

– Eu não tinha a intenção de...

– Jor-El, você tem que ficar aqui e lidar com isso. O que aconteceu é muito importante para deixar nas mãos dos membros do Conselho. – Além disso, como teve a sua inspiração, Lara queria voltar para o último obelisco a fim de surpreendê-lo.

Agora, envolvida com a tarefa de pintar a pedra solitária perto da torre em espiral, Lara mal chegou a notar o quanto estava sozinha na misteriosa propriedade. Seus pais haviam recolhido os andaimes e materiais, e estavam prontos para retornar aos seus estúdios em Kandor. Os aprendizes já haviam partido com a maior parte do equipamento, como um exército lendário se retirando de um acampamento. Ki-Van havia voltado para as aulas na cidade.

Lara, no entanto, pretendia ficar até terminar seu trabalho. Ela deu a entender que Jor-El havia lhe dado permissão para fazê-lo, e tinha certeza de que ele não se importaria. A moça também aproveitou o tempo para escrever pensamentos e impressões que teve dele, documentando o que os dois haviam feito em Kandor, descrevendo os eventos que culminaram com a chegada da nave alienígena. Quem sabe algum dia ela escreveria a biografia de Jor-El.

Mas, àquela altura, a arte era a sua válvula de escape. Ela pintou o fundo do obelisco com cores arrebatadoras que sugeriam ideias radicais, mudanças de paradigma e a fonte da imaginação científica. Essa pedra carregaria um aspecto raro e vital da sociedade kryptoniana, uma qualidade que pouquíssimas pessoas ainda demonstravam: o *caráter*. E quem melhor para simbolizar esse conceito do que o próprio Jor-El?

Ela deu mais uma pincelada, e um passo para trás. Ela havia se superado. O coração da imagem era simplesmente o rosto de Jor-El – o verdadeiro Jor-El.

Antes de se juntar aos outros que estavam deixando o local de trabalho, seu pai veio por trás e ficou a vendo pintar.

— Ainda não perdeu o interesse? Você está colocando mais paixão nessa pintura do que já a vi aplicando em qualquer outro projeto.

Ela ficou enrubescida com o sorriso consciente e intencional do pai.

— Esse projeto é importante para mim.

— Posso ver que você prestou bastante atenção em Jor-El – disse Lor-Van enquanto acenava com a cabeça na direção da pintura.

— Eu queria reproduzir a sua imagem com fidelidade. – Ela tentou manter um tom defensivo na voz. – Não tem muita gente que se importa em olhar para Jor-El. As pessoas o têm como um excêntrico ou como uma figura levemente triste.

— Posso enxergar isso na sua pintura. Ah, sim, sua mãe e eu também podemos ver que você está se sentindo atraída por ele.

Lara não negou.

— Acho que ele também está gostando cada vez mais de mim.

– Como poderia não gostar? – perguntou Lor-Van com uma risada. – É só olhar para você.

– Sim, ele olhou para mim... e conversou comigo, e me ouviu. Provavelmente é uma experiência nova para ele. – Ela hesitou e passou a falar sério. – Será que as minhas desculpas para ficar aqui estão parecendo muito transparentes?

– Ah, por enquanto estão razoáveis. A dica virá se Jor-El quiser que você fique mesmo depois que acabarem as suas desculpas.

– Ele é bem capaz disso. – Sorrindo, Lara tirou o cabelo que caía no rosto e se voltou para a pintura. – Pretendo lhe dar alguns bons motivos.

Depois das despedidas, seus pais e o resto da equipe seguiram para o estúdio em Kandor. Quando Lara olhou mais uma vez para o obelisco, chegou a balançar a cabeça em sinal de aprovação. Os outros viam o grande cientista meramente como a soma de suas realizações, mas a pintura de Lara mostrava a força interior de Jor-El e sua genialidade, revelando que havia sido *ele* que criara tais realizações, e não que as realizações haviam criado o homem. A jovem mal podia esperar para ver o olhar em seu rosto quando *ele* visse o que ela havia feito.

CAPÍTULO 20

Uma vez que seu irmão ouviu a sua história e interpretou os dados sobre a atividade sísmica, Zor-El passou a acreditar piamente no desastre iminente, e sabia que algo tinha que ser feito. Jor-El ainda não tinha visto as leituras efetivas, mas a tragédia que se armava no núcleo do planeta era severa o bastante para ser óbvia para ele.

E, independentemente dos dados, Zor-El tinha mesmo *estado lá*. Ele havia testemunhado a agitação do coração do planeta de um jeito mais visceral do que o irmão jamais poderia imaginar. Zor-El contemplou as erupções, viu minérios verde-esmeraldas se deslocando e *sabia* que algo não estava certo.

Da mesma forma, depois de ter encarado o Conselho Kryptoniano de onze membros em Kandor, ele tinha elementos para interpretar, instintivamente, sua disposição, politicamente falando. Seu irmão era um gênio em todas as questões relativas à ciência, mas Zor-El entendia as maquinações pesadas que existiam por trás da burocracia e dos governos. Ele compreendia a letargia de manada de uma corporação entrincheirada na tomada de decisões.

Zor-El seguia de volta para Argo City, imerso em pensamentos. Não podia deixar o planeta inteiro morrer por causa da falta de visão de alguns membros do governo. Se queriam dados, ele lhes daria dados, mas ao ver o Conselho reunido, chegou a duvidar se dados seriam o suficiente para convencê-los.

No entanto, havia outras maneiras de influenciar o ímpeto de uma grande administração. Parecia trivial, mas o ímpeto poderia ser estimulado através da pressão vinda de outras fontes. Se pudesse afiançar outros aliados, influenciar cidades independentes a aderir à sua causa, então a administração de Kandor trilharia o caminho onde houvesse menos resistência e fluiria junto com a corrente principal.

Jor-El jamais pensaria em uma tática como essa. Ele apresentaria os dados e deixaria os números falarem por si, mesmo se o Conselho fosse insensível a esse tipo de linguagem.

Zor-El parou por um instante em Borga City no caminho de volta para casa, na esperança de conseguir apoio, assistência técnica e fundos com Shor-Em, o líder da cidade. Shor-Em era uma pessoa meio formal e antiquada que fingia se orgulhar do seu pensamento ágil e de seus trabalhos públicos. Não fazia segredo do fato de que esperava ser designado para uma posição no Conselho assim que uma nova cadeira vagasse; o sujeito já havia dito mais de uma vez que simplesmente não conseguia entender os motivos que levaram o grande Jor-El a declinar de "tamanha honra".

Zor-El o considerava mais um colega do que um amigo, alguém com interesses e problemas civis semelhantes. Embora Argo City tivesse meios de dar prosseguimento às investigações sobre a atividade sísmica por conta própria, Zor-El acreditava firmemente que outros líderes de cidades deviam participar do esforço. Ele tinha que reunir fundamentos não só científicos, mas também políticos.

Borga City ficava do outro lado das montanhas Redcliff, onde diversas drenagens criaram um vasto pântano coberto de um capim bem mais alto do que um homem. Ribeirões de água marrom e verde se entrelaçavam como as linhas de uma tapeçaria cheia de pregas naquela terra alagadiça.

A própria cidade, suspensa acima do terreno pantanoso, era um complexo de plataformas interconectadas feitas de ligas multicoloridas e tábuas de madeira tratada engatadas. Amarradas a enormes estacas cravadas profundamente no lodo, as plataformas eram mantidas no alto por balões coloridos adornados com joias. Para encher os balões, os borganianos recolhiam gases mais leves do que o ar que se originavam do processo de ebulição no pântano.

Em tempos pacíficos, os turistas sempre iam lá para colher os gases do pântano e se deleitar com um dos muitos spas flutuantes independentes. Os barqueiros lançavam redes para pescar besouros gordos da água que eram tidos como uma iguaria culinária; outros colhiam junco e grama para os renomados tecelões que viviam em suas próprias plataformas.

Zor-El cruzou os extensos pântanos só para encontrar Borga City no meio de um alvoroço. Shor-Em e seu ambicioso (sem mencionar abrasivo) irmão caçula, Koll-Em, haviam tido mais uma briga. Muito tempo depois da morte de seus pais, Shor-Em assumiu alegremente o controle do governo da cidade como consequência natural da ordem em que nasceu. O caçula exigiu uma posição no Conselho da cidade e promoveu mudanças drásticas, muitas das quais foram imprudentes. Mudar por mudar – simplesmente porque Koll-Em não gostava da antiga ordem das coisas – não era maneira de governar uma cidade, pelo que Zor-El sabia. Shor-Em ignorou o irmão por algum tempo, primeiro passivamente, depois de forma mais ostensiva.

Quando Zor-El chegou, Koll-Em tinha acabado de ser expulso de Borga City por ter encenado uma tentativa desajeitada de derrubar o irmão. As pessoas estavam horrorizadas com a simples ideia, e Koll-Em havia fugido furioso e desacreditado. Zor-El esperou pacientemente para falar com Shor--Em, que enviou um mensageiro com uma resposta curta. Naquele momento, ele estava "preocupado com questões urgentes" e ficaria "feliz em discutir os interesses de Argo City daqui a alguns meses".

Zor-El partiu sem deixar uma resposta formal. Ele preferia voltar para um lugar onde poderia tomar as próprias decisões, e onde as pessoas cooperavam pelo bem da sociedade. Para casa...

CAPÍTULO 21

A chegada do visitante alienígena provocou um tumulto em toda a Kandor. Quando o Conselho Kryptoniano convocou uma sessão de emergência, o comissário Zod insistiu em participar. Embora não fizesse parte do grupo ungido, Zod acreditava ser o único que podia ver a oportunidade, e o perigo real em jogo.

Se o grande Cor-Zod ainda fosse o líder do Conselho, teria reunido os outros dez membros e tomado uma decisão rápida e razoável. Mas agora Jul-Us e seus lacaios provavelmente andariam em círculos, como se fossem gurns apavorados tentando fugir de uma tempestade. Enquanto pegava o manto do pai, Zod pressentiu que era da sua alçada manter os olhos abertos e dar a resposta precisa no momento certo.

As notícias circularam rapidamente pela cidade. As pessoas, ao mesmo tempo fascinadas e apavoradas com o pequeno alienígena azul, não sabiam como reagir. Os kryptonianos não lidavam muito bem com a incerteza.

Nos últimos dias, muitos cidadãos tinham ficado assustados com o assassinato brutal do Açougueiro de Kandor dentro da cela protegida. Mas ninguém em especial fez luto pela perda do abominável criminoso, e o mistério permanecia sem solução. Embora uma pista nos sistemas de informação desse a entender que o cristal de acesso de Zod fora usado na hora da execução, ele não sabia nada sobre isso, e tinha um álibi perfeito, já que havia recebido a visita de Aethyr-Ka naquele momento. Embora não ligasse para o Açougueiro, estava intrigado com o crime.

Porém, tais assombros eram facilmente ofuscados pelo alienígena misterioso. Telas gigantes de cristal, nas torres altas e transparentes, transmitiam imagens tremidas de telejornais. Bem cedo na manhã seguinte, uma multidão estava aglomerada do lado de fora do imponente templo do Conselho, pois as fileiras de assentos para a plateia já haviam lotado. Sinos e carrilhões ressonantes anunciavam a importante sessão que estava prestes a começar.

Zod achava que os onze membros do Conselho deviam estar apertando as mãos atrás de portas fechadas, perdidos por não saberem o que fazer. E o visitante azul ainda nem havia lhes dito o que queria. A agitação provocada pela indecisão era apenas mais uma prova de sua fraqueza em potencial. Se Zod estivesse no comando, diria a eles que ficassem calmos, fossem fortes e encarassem o franzino alienígena sem ter medo.

Se ele estivesse no comando...

Donodon esperava pacientemente em uma antessala inferior, longe da sala de palestras. A Guarda Safira, alerta, estava de olho nele, pronta para evitar que o visitante perpetrasse alguma atitude agressiva, embora aqueles homens robustos estivessem claramente inseguros quanto à eficiência de suas armas. Os equipamentos nos bolsos do traje de paraquedista largo e folgado que Donodon usava podiam muito bem ser armas, mas ninguém tinha coragem suficiente para confiscá-los. O alienígena permanecia quieto e disposto, aparentemente inofensivo. Sua barba de tentáculos se contraía e se retorcia sinuosamente, saboreando o ar e sentindo vibrações.

Dentro da ressonante câmara, Zod reivindicou um assento importante, reservado para observadores de prestígio, como era seu direito, e esperou. Finalmente, usando túnicas brancas adornadas com os brasões de suas famílias, os onze membros adentraram o recinto em fila, tentando parecer imponentes nas posições elevadas em que se acomodaram. Assim que todos se sentaram, Jul-Us ordenou que as grandes portas da arena inferior fossem abertas.

Conduzido pela Guarda Safira, o alienígena que mais parecia um elfo entrou com um ar pomposo, sorrindo enquanto atravessava o piso de ladrilhos hexagonais, que parecia um tabuleiro de jogo. Mas aquilo não era um jogo. Donodon parou e ergueu os olhos na direção dos assentos do Conselho, que pairavam bem acima dele. Ele piscou lentamente os olhos enormes e contorceu a barba de tentáculos.

Sem introdução, o alienígena falou:

– Saudações, Conselho de Krypton! – A plateia parou de cochichar, como se centenas de pessoas tivessem prendido a respiração de uma vez só. O alienígena azul se inclinou para trás e olhou para os bancos altos. Claramente julgando a situação insatisfatória, enfiou as mãos nos bolsos volumosos, procurando algo. – Desculpe, mas ficar olhando para cima não é apropiado para uma conversa produtiva.

Ele pegou um dispositivo em um dos bolsos, colocou-o perto da barba de tentáculos, como se fosse aspirá-lo, mas depois o trocou por outro aparelho. Andou em um pequeno círculo, olhando para os ladrilhos hexagonais, e apontou a extremidade incandescente do dispositivo para o chão.

– É, sim, isso vai resolver.

Quatro oficiais da Guarda Safira se aproximaram, mas fizeram uma pausa, temendo que ele pudesse abrir fogo com o dispositivo brilhante. Lá em cima, Jul-Us se sentou, o rosto corando. Ele gritou:

– Explique-se! Não lhe demos permissão para...

Donodon pareceu ignorar a reação. Enquanto usava seu pequeno aparelho, os ladrilhos mais espessos se soltaram do piso e foram parar ao lado, como se fossem peças descartadas de um quebra-cabeça, e deixaram à mostra a areia e a lama que havia debaixo das fundações. Ainda segurando a estranha ferramenta, o forasteiro apontou o raio para o chão e traçou um círculo completo. Como se fosse mágica, uma estrutura começou a se erguer a partir dos grãos soltos de areia.

– Não se preocupem – disse ele, casualmente. – Vou restaurar tudo quando terminarmos.

Areia e pedaços de lama começaram a se amontoar, ganhando altura, até que uma rampa em espiral se ergueu. Padrões vertiginosos, ornamentos decorativos e hieróglifos alienígenas enfeitavam as laterais. Pilares brotaram em torno da base da plataforma para escorar a rampa. O pódio crescente ergueu Donodon acima do chão até ele ficar no mesmo nível do desconcertado Conselho, onde poderia encarar a todos frente a frente.

– Bem melhor!

Depois que terminou a demonstração, o alienígena desligou o dispositivo portátil e o enfiou em um bolso que estava vazio.

– Simples recomposição e aglutinação eletrostática dos grãos de areia. Não há o que temer. – Ele observou a complexa estrutura. – Embora eu admita que possa ter me exibido.

– Intrigante – sussurrou Zod do assento reservado nas fileiras da plateia. Apesar da conduta modesta do ser espacial, Donodon havia acabado de demonstrar ter poderes extraordinários. Será que havia uma ameaça implícita nesse gesto? Zod ficou tentando imaginar o que mais a criatura poderia fazer. O próprio Jor-El teria ficado impressionado.

Donodon esticou o rosto azul e enrugado para dar um largo sorriso. Do topo da plataforma ele traçou lentamente um círculo, verificando as centenas de pessoas na plateia, como se estivesse arquivando e catalogando suas imagens dentro de uma mente voraz. Ele fez uma breve pausa quando encarou o assento do comissário Zod, depois se virou novamente para a bancada do Conselho.

– Por que você veio aqui? – perguntou Jul-Us. Zod notou um leve estremecimento na voz do velho.

– Nós, kryptonianos, preferimos nossa privacidade – vociferou Kor-Te, tão nervoso que mal conseguia ficar sentado.

Donodon limpou alguns grãos de areia do macacão.

– Um seixo no fundo de um córrego não pode ignorar a água que existe à sua volta. Seu sistema solar faz parte das 28 galáxias conhecidas, queiram vocês ou não.

– Tudo vem dando certo há mais de mil anos. Podemos nos proteger – afirmou Silber-Za. – Krypton não quer problemas com intrusos.

Donodon respondeu com um sorriso aparentemente sincero, cercado pela barba de tentáculos vermiformes.

– Não vim trazer problemas, mas uma oportunidade, um novo começo para Krypton. – Ele acenou para baixo com a cabeça, na direção dos musculosos guardas armados que, apesar de alertas, estavam impotentes. – Há uma força de segurança galáctica que patrulha e protege todos os planetas civilizados. Com ela, sociedades como a de Krypton podem se manter a salvo dos perigos que abundam no universo.

– Nós estamos seguros. Não? – Pol-Ev olhou em volta. Ele retirou a pesada gola bufante do caminho da barba pontuda e brilhosa. – Krypton sempre esteve seguro.

– Parece que vocês não têm estado totalmente seguros. Do espaço eu vi a sua lua destruída.

– Você nos espionou? – O rosto de Cera-Si ficou quase tão vermelho quanto seu cabelo comprido.

– Fiz a devida diligência para melhor receber Krypton na congregação da sociedade galáctica. Acreditem em mim, há ameaças fora daqui que vocês nem podem imaginar. – Donodon sorriu. – Um dia vocês poderão ficar felizes por ter uma força protetora superior à sua volta.

Al-An, normalmente o voto de minerva e o apaziguador do Conselho, disse:

– O que você está ganhando com isso? Você é representante desse... grupo de fiscalização?

– Sou um explorador que busca as oportunidades certas. Isso é tudo.

Em um acesso de fúria, Silber-Za disse:

– Então você quer que nos submetamos às regras da força policial intergaláctica?

Os tentáculos de Donodon se retorceram em aparente agitação.

– Você está interpretando mal o que eu disse. – O alienígena azul pegou um equipamento em outro bolso, ajustou suas configurações e borrifou no ar um retângulo brilhante que tremeluzia como uma tela de projeção. Ele mostrou uma grande quantidade de imagens, vilões monstruosos, mundos destruídos, populações escravizadas. – Vocês estão seguros até agora não porque os perigos não existem, e sim porque nenhum deles os encontrou ainda. Podem ter certeza de que isso vai acontecer. Krypton não pode permanecer escondido para sempre.

Zod se recostou enquanto um arrepio percorria sua espinha.

– Exatamente. – Ele já podia imaginar diversas maneiras de preparar o mundo para o inevitável; o Conselho certamente não faria isso.

– Você está nos ameaçando? – O velho Jul-Us fingiu estar furioso.

– Só estou dizendo que vocês se beneficiariam enormemente da proteção e da paz oferecida por uma aliança com outras civilizações.

Inesperadamente, uma figura de cabelos claros passou pelo arco e caminhou a passos largos, corajosa, pelo piso ladrilhado até a base do pódio granular que o alienígena havia criado. Ele estendeu as mãos, gritando para o alto.

– Chefe Jul-Us e todos os membros do Conselho... pensem em tudo que esse extraordinário visitante pode nos ensinar! Vim falar em seu favor.

Lá do alto, Donodon olhou para baixo na direção do inusitado visitante. Do seu assento no balcão especial, Zod se inclinou para a frente, não muito surpreso ao ver Jor-El tomando conta da situação daquela maneira. O rosto do cientista parecia estar brilhando de esperança e fascínio. Audaciosamente, ele adentrou a base do pedestal de terra e areia, gritando para o alto como se ele e Donodon fossem os únicos adultos no meio de um grupo de crianças.

– Por favor, desculpe pela reação abrupta do Conselho. Isso tudo é muito novo para nós.

– Jor-El, sua interrupção é algo sem precedentes! – bradou Jul-Us.

– Tudo em relação a este evento não tem precedentes. Temos que aprender mais sobre este mensageiro antes de tirarmos conclusões precipitadas. Essa é a única maneira lógica de proceder. – Ele colocou as mãos na cintura, fuzilando o líder do Conselho com os olhos. Os outros membros murmuraram entre si. – E todos vocês sabem que sou a pessoa mais bem preparada em todo o planeta Krypton para travar essas discussões.

– Ele tem razão – bradou Cera-Si, alto o suficiente para ser ouvido na câmara silenciosa.

– Mas *nós* estamos no comando aqui! – insistiu Silber-Za.

Virando-se para olhar na direção dos onze membros do Conselho, Donodon disse:

– Ao mesmo tempo em que preciso respeitar suas tradições, *eu* devo escolher meus próprios camaradas. – O visitante fez um gesto com outro dispositivo e a plataforma começou a se dissolver, caindo novamente dentro do buraco no chão, os grãos fluindo suavemente para suas posições originais com um sibilar apressado. Os ladrilhos hexagonais do piso foram revirados no ar, se reassentaram e se conectaram perfeitamente.

A multidão nas cadeiras reservadas ao público reagiu com um suspiro de admiração.

Quando chegou ao nível do chão, Donodon caminhou à frente até parar diante de Jor-El, mal chegando à altura de seu tórax.

– Obrigado por intervir. Você é o líder de Krypton?

O cientista riu, surpreso com a pergunta.

– Não, não. Sou Jor-El... um cientista, não um político.

– Sim, estou vendo. Então eu e você temos muito em comum. – Donodon estendeu o pescoço e encarou novamente o Conselho. – Acho que vou continuar minhas discussões com este homem. – Aquilo não soou como um pedido.

O velho líder do Conselho ficou perplexo. Vários dos outros membros murmuraram entre si, todos parecendo pálidos, poucos com coragem de fazer alguma coisa – o que não surpreendeu Zod.

Jor-El desviou o olhar do fantástico visitante e se voltou para o corpo de governantes.

– Membros do Conselho, levarei Donodon para a minha propriedade. Lá o manterei em segurança.

— E o povo de Kandor também estará seguro — arrematou Pol-Ev.

— Ora, é claro — retrucou Jor-El. — Sim, estará. — Apressado, como se estivesse certo de que o Conselho mudaria de ideia se tivesse tempo para pensar, o cientista se curvou formalmente perante Jul-Us, fazendo o mesmo em seguida para o público de kryptonianos arrebatados, e depois conduziu o minúsculo alienígena para fora do grande salão.

Zod já estava de pé, correndo para as salas privadas do Conselho. Ele não ousaria lhes dar a chance de estragar essa oportunidade. Se é que podiam tomar suas próprias decisões.

A maior parte da plateia havia se retirado calmamente do grande templo, cochichando sem parar. Todos viram quando Jor-El e Donodon foram para a espaçonave compacta do alienígena, já tão concentrados em sua conversa que mal notaram a multidão reverente que os seguia.

Os onze membros do Conselho foram deixados para trás, sozinhos, depois que permitiram que o controle da situação saísse de suas mãos. Enquanto se retirava, Jul-Us rapidamente os convocou para uma reunião em sua espaçosa sala particular — como o comissário sabia que o velho faria.

Ele lhes deu tempo suficiente para que conseguissem se reunir ali. Depois percorreu o corredor até alcançar as portas altas fechadas, cobertas por desenhos em metal amarelo. Com a mesma audácia de Jor-El quando adentrou a sala de audiências, Zod abriu as portas e parou no vão da entrada.

Os onze membros se viraram na sua direção em pânico, como se ele estivesse empunhando uma arma. Zod simplesmente sorriu.

— Vocês têm muito a temer — disse ele.

Ele sabia que sem a sua ajuda eles continuariam as "discussões" — brigando, dividindo paranoias e chafurdando em um desespero impotente. Zod não esperava nada melhor daqueles onze incompetentes.

— Comissário, esta é uma sessão privada — disse Kor-Te, engolindo em seco para encobrir a própria ansiedade.

— Que diz respeito a um problema bem público. — Sem ser convidado, ele adentrou a sala e fechou as portas. — Naturalmente, vocês estão preocupados com o que Jor-El e aquele alienígena podem fazer juntos.

– Devíamos tê-los impedido de sair. Deveríamos ter ordenado a Jor-El que ficasse! – afirmou Jun-Do, um tímido membro do Conselho, que parecia muito bravo agora, na segurança da sala fechada.

– Agora é muito tarde para isso! – disse Zod. *Vocês deveriam ter pensado em emitir alguma espécie de comando durante a reunião original*, acrescentou em silêncio, *mas ficaram temerosos*. Ele entendia que o maior medo dos conselheiros era o medo da mudança. O comissário já havia ficado desgostoso com líderes ineficazes antes, e agora suas atitudes (*a falta de* atitude!) só reforçavam sua opinião. Como seu pai teria ficado enjoado com tanta decepção. – Mas posso lhes oferecer uma alternativa.

Ele quase podia ouvir os onze respirando fundo. Jul-Us o fitou com uma expressão cheia de admiração.

– Que alternativa, comissário?

– Jor-El e esse alienígena partilharão informações, discutirão tecnologias. A própria nave de Donodon já é uma maravilha científica. Como sou chefe da Comissão para Aceitação da Tecnologia, terei que estar lá. Irei à propriedade de Jor-El e observarei o que estão fazendo. Deixem-me cuidar disso. – Ele usou um dos sorrisos ensaiados. – Com a sua permissão?

Jul-Us não precisou consultar os colegas.

– Por favor, faça isso.

CAPÍTULO 22

Embora tivesse sido tranquila, a viagem, quando partiu de Kandor a bordo da aeronave de Donodon, foi intensa, empolgante e rápida o bastante para que Jor-El não se importasse de ter ficado apertado dentro de uma pequena nave projetada para um passageiro de pequena estatura. O que mais o fazia vibrar era a constatação de que aquela era uma espaçonave real, que havia de fato viajado de um sistema estelar para outro.

O pequeno alienígena azul era, verdadeiramente, alguém com quem ele tinha muitas afinidades. Ávido por informações e descobertas, Jor-El havia conversado sobre o isolamento de Krypton, a proibição de se investigar viagens espaciais ou tentar fazer contato com outras civilizações, embora ele ainda fizesse abrangentes estudos sobre as estrelas com seus próprios telescópios.

Enquanto examinava os controles da nave, Jor-El perguntou:

– Como você navega? Como lida com emergências?

– Eu tenho uma ferramenta para cada emergência. – Donodon, orgulhoso, deu um tapinha de leve em um de seus bolsos volumosos. – Esta nave é feita de discretos componentes, mas opera como um todo orgânico, tão sofisticada que mesmo eu consigo voar nela sem problemas.

– Quero saber mais. Quero saber tudo sobre o universo inteiro que está lá fora.

Donodon emitiu um som balbuciante de satisfação.

– Você poderia passar a vida descobrindo as respostas, e ainda assim haveria muitas, mas muitas outras perguntas. – Sua pele era fria, úmida e exalava um aroma natural que lembrava algumas frutas azedas.

Jor-El sorriu, radiante.

– É exatamente assim que eu prefiro.

– Já estive em muitos planetas maravilhosos e conheci civilizações extraordinárias. O diário de bordo da minha nave tem registros de todas essas jornadas.

– Gostaria de vê-los.

– Isso levaria anos. – O alienígena piscou os olhos enormes.

– Como eu poderia usar melhor o meu tempo?

Donodon mostrou alguns itens do banco de dados da sua nave, passando rapidamente por alguns dos maravilhosos planetas.

– Deixa eu lhe mostrar as fabulosas paisagens de Oa, Rann e Thanagar. – Ele abriu uma nova sequência de imagens. – E as cavernas de fungos de Trekon, as ilhas voadoras de Uffar, os mares de alfazema de Gghwwyk. É difícil para mim escolher um favorito.

Enquanto trocava ideias com Donodon, falando de suas muitas outras invenções, incluindo a Zona Fantasma e os foguetes que funcionam como sondas solares, Jor-El foi ficando ao mesmo tempo relaxado e entusiasmado. De repente, aquele visitante do espaço tinha aberto muitas portas na sua imaginação, e fez com que sentisse que muitas coisas eram possíveis, que ele não estava sozinho.

Quando detalhou os estudos sobre a dilatação do gigante sol vermelho, Jor-El verbalizou a preocupação com a possibilidade de Rao entrar em supernova. Em vez do ceticismo demonstrado pelo Conselho Kryptoniano, Donodon simplesmente concordou com a cabeça, lenta e solenemente.

– Entendo, sim, isso é um problema. Precisamos trazer outros especialistas, mas meu povo certamente poderá ajudar na evacuação, se houver necessidade.

– Já desenhei projetos para arcas voadoras. Será que teremos tempo?

– Talvez. Provavelmente. Há certos indicadores de que uma supernova irá ocorrer.

Jor-El mal podia conter sua exuberância, um entusiasmo há muito tempo esquecido unido ao alívio. Começava a acreditar que Donodon poderia ajudar Krypton com seus muitos problemas.

Quando descreveu as instabilidades do núcleo do planeta, de acordo com o que Zor-El havia descoberto, o alienígena com tentáculos no rosto pareceu ter ficado mais inseguro.

— Essa não é a minha especialidade, mas com minha nave eu poderia obter os dados necessários. Vasculhando a minha biblioteca e fazendo uso da tecnologia e do equipamento que você desenvolveu, talvez possamos construir uma sonda profunda de mapeamento que possa investigar diretamente dentro do núcleo instável de vocês. Seria simples.

Jor-El já sentia sua pulsação acelerando.

— Isso exigiria uma quantidade imensa de energia.

Donodon deu de ombros, como se fizesse coisas assim diariamente.

— Já viajei por diversas galáxias, e minha nave carrega o legado de centenas de civilizações. Não acredito que olhar através da crosta de um planeta seja um problema que não se possa resolver.

Enquanto pintava sozinha, terminando o último obelisco, Lara ouviu um ruído no céu, que parecia excessivamente barulhento em contraste com a quietude da propriedade. Olhando para cima, viu um brilho prateado, negro e azul — a estranha nave do alienígena estava vindo para a propriedade! Ela fez uma pausa em seu trabalho e levantou os olhos, estupefata e encantada. Sua mente estava cheia de perguntas e preocupações, mas naquela hora parecia que Jor-El havia feito contato com o viajante espacial e convencido o Conselho. Ela não estava surpresa.

Lara deu um passo atrás assim que a nave circular pousou na relva violeta viçosa. Quando a escotilha se abriu, ela viu duas figuras apertadas em seu interior. Uma era o pequeno alienígena usando o macacão folgado, a outra era Jor-El, como ela esperava, com um deslumbrado sorriso de menino. Ele se levantou, alongou os músculos retesados e passou a mão no cabelo branco e desgrenhado. Quando a viu ali em pé, seu sorriso ficou ainda mais escancarado.

— Lara! Trouxe uma visita.

Ela deu um passo à frente.

— Posso ver. O Conselho mandou você para cá?

Jor-El ficou corado.

— Nós não lhes demos, assim, muita chance. Provavelmente ainda estão discutindo isso.

Os tentáculos de Donodon ficaram suspensos em torno do rosto como se fossem espessas gavinhas de fumaça, enquanto ele contemplava a arquitetura e o cenário incomuns à sua volta.

– Uma propriedade notável. – Ele reparou no último obelisco pintado antes mesmo de Jor-El. – Posso ver que a arte kryptoniana é de fato superior a muito do que tenho visto em outros mundos.

Jor-El finalmente viu seu retrato feito por ela e congelou, sem fala. Sua expressão de surpresa, até mesmo desconcertada, era toda a recompensa que ela poderia ter pedido para ganhar.

CAPÍTULO 23

Ele já havia se convencido de que o visitante alienígena teria que morrer. Zod tinha pensado em tudo.

Agora que o Conselho havia lhe dado a sua benção, ele pegou a túnica formal que raramente usava, colocou a insígnia da Comissão para Aceitação da Tecnologia, aceitou um pomposo mandado de justificativa do velho Jul-Us (como se Jor-El fosse exigir tal formalidade) e preparou seu veículo particular para partir na manhã seguinte. Queria dar a Jor-El e Donodon tempo suficiente para iniciarem sua travessura tecnológica em parceria. Sabia que o fariam.

No fundo da mente de Zod, ideias perturbadoras vinham uma atrás da outra. A chegada do visitante e a possibilidade de se abrir o mal preparado e ingênuo Krypton para um fluxo de influências externas tinham mudado tudo. Ele sabia que as coisas podiam sair rapidamente do controle.

Zod tinha passado a vida inteira usando influências, manipulando pessoas que acreditavam estar no poder, galgando posições pelo bem de Krypton. Ao controlar a Comissão, ele havia ficado em uma posição discreta ao mesmo tempo em que se tornava um dos homens mais poderosos do planeta. No entanto, se Krypton abrisse o comércio e o diálogo com todos os mundos povoados nas 28 galáxias conhecidas, Zod se tornaria uma fibra de algodão em um vasto tapete cósmico. E afinal não era assim que se via.

Se o alienígena azul informasse a estranhos de toda a galáxia o que havia encontrado por lá, Krypton jamais seria o mesmo.

Não importava se as intenções de Donodon eram boas ou ruins, o futuro curso de Krypton e a salvação de uma civilização que estava claramente desmoronando exigiam que o alienígena fosse morto antes que pudesse partir ou causar algum dano maior por lá.

E Nam-Ek era o único em quem podia confiar para resolver isso. Ao olhar para o grandalhão enquanto voava rapidamente no veículo oficial por sobre a planície em direção à propriedade de Jor-El, Zod sorriu ao se lembrar do quanto os dois tinham ficado ligados.

Depois da terrível tragédia na juventude de Nam-Ek, as casas nobres de Krypton ficaram receosas com o menino mudo, na certeza de que, pelo fato de algo irrevogavelmente *errado* ter acontecido com seu pai assassino, o filho também devia estar desgraçado. Mas Zod assumiu a custódia do mudo, insistindo que nenhuma criança deveria ser punida devido às falhas dos pais. Ele protegeu Nam-Ek, deu-lhe um lar, professores e um lugar importante na sua vida. Zod nunca mais falou com Nam-Ek sobre o pai irracional e assassino. Ninguém havia entendido por que Bel-Ek havia feito o que fez.

Zod não estava cego para o fato de que crimes inexplicáveis estavam acontecendo com uma frequência cada vez maior. Isso não o surpreendia. A verdadeira natureza da raça kryptoniana era a de crescer, de aspirar às coisas, mas uma sociedade rigidamente pacifista havia eliminado todas as válvulas de escape seguras para que mentes e emoções pudessem crescer. Uma sociedade não poderia sobreviver em paz se esta durasse por muito tempo.

No entanto, a ruptura que o alienígena azul estava prestes a provocar demoliria todas as estruturas do planeta. Zod percebeu muito claramente que algo drástico tinha que ser feito... mas não poderia permitir que alguém suspeitasse do quão longe ele estava disposto a ir.

Quando chegaram à propriedade, Zod quis fazer parecer que ele e Jor-El eram velhos conhecidos que se visitavam com frequência. Depois que pousaram o veículo, Nam-Ek ficou atrás, com os braços musculosos cruzados, obviamente pronto para intervir se percebesse alguma ameaça ao comissário.

Zod imediatamente avistou Jor-El e o alienígena do lado de fora trabalhando juntos, ocupados com uma complexa escultura mecânica de espelhos, lentes, prismas e placas de captura de luz que estavam construindo, como um caleidoscópio tecnológico. Donodon usou muitos dos seus pequenos aparelhos para ajudar na montagem.

– Saudações, Jor-El. – Ele se curvou ligeiramente. – Estou aqui em uma missão formal. O Conselho requisitou que eu viesse aqui observar você e o seu estranho convidado.

O rosto de Jor-El estava sujo de graxa e poeira. Ele levantou os olhos com um sorriso de satisfação.

– Como você pode ver, comissário, começamos a trabalhar imediatamente. Estamos desenvolvendo um escâner sísmico capaz de penetrar diretamente no núcleo do planeta.

Donodon ficou ao seu lado.

– Jor-El diz que podemos estar prestes a encontrar um meio de salvar o seu planeta.

Espalhados pela grama púrpura, perto de uma fonte revirada (que parecia ter sido desmontada para lhes provir de mais espaço para trabalhar ou talvez até mesmo de alguns componentes ao acaso), havia um confuso amontoado de peças. Algumas tinham vindo das instalações do laboratório de Jor-El; outras aparentemente estavam guardadas como peças sobressalentes na nave de Donodon.

– Que intrigante. Fico feliz por ver que vocês estão se dando tão bem.

O velho alienígena enfiou nos bolsos algumas ferramentas soltas.

– Sim, Jor-El e eu temos muito em comum.

– E por quanto tempo você vai ficar aqui conosco, Donodon? – insistiu Zod, esperando que ainda pudesse parecer amigável.

O alienígena se levantou de maneira relaxada; uma de suas sondas quase caiu de um bolso do seu macacão, e ele habilmente a enfiou de volta antes de fechá-lo.

– Fiz essa jornada a Krypton para estudar seu povo, e estou aprendendo tudo que poderia querer. Não tenho pressa de partir.

Zod manteve um tom de voz simpático enquanto tentava obter mais informações.

– Outros da sua raça também virão? A força policial galáctica monitora seu paradeiro?

– Sou um explorador solitário e faço minhas próprias rotas. Ah, depois de algumas décadas, eu volto para casa e compartilho as informações que estão no banco de dados da minha nave. – Donodon olhou fixamente para Zod, seus tentáculos faciais se retorciam. – Estou totalmente consciente de que a minha chegada faz com que Krypton tenha que se defrontar com uma difícil escolha. Será que vocês vão se abrir para o resto da galáxia ou permanecer no mais completo isolamento?

– Essa é uma questão vital, mas nosso Conselho não é particularmente rápido para agir... como eu e Jor-El sabemos, embora por motivos diferentes. – Jor-El olhou de rabo de olho para ele, como se tentasse decifrar o que Zod estava querendo. O comissário percebeu que precisaria ter mais cuidado. – Você é o primeiro forasteiro que nos encontra em muitos e muitos séculos.

– Sim, estou vendo. Mas se posso esbarrar com Krypton, outros também podem. Você vai recebê-los ou se esconder deles? Espero que faça a escolha correta.

– Tenho toda a intenção de fazê-la.

Donodon se virou novamente para o aparelho e inspecionou a estrutura. Ele apontou com um cilindro fino e cintilante.

– Instalamos uma das minhas fontes secundárias de força dentro do escâner penetrante, e acredito que isso deve projetar energia suficiente para que possamos fazer visualizações a grandes profundidades.

Zod olhou para a construção, totalmente ciente das muitas coisas perigosas que Jor-El havia submetido e entregado à Comissão em Kandor. O que as mentes de Jor-El e desse alienígena poderiam tramar juntas?

– A mim parece algo muito poderoso, o bastante para me deixar preocupado. – Zod andou no meio dos componentes. Uma ideia já estava se formando em sua mente. Sim, muitas coisas perigosas... – Esse escâner sísmico é outro dispositivo que precisarei armazenar para a segurança de todos os bons kryptonianos? Ele oferece algum risco?

Os olhos de Jor-El queimaram, e ele ficou tenso.

– Nenhum mesmo.

Donodon acenou pesadamente com a cabeça.

– Todo objeto tem o potencial de ser usado para o mal, mas não se deve imaginar que há perigo onde não existe. Caso contrário, você vive uma vida inteira com medo.

Zod não estava totalmente convencido, mas tinha uma ideia. Teria que observá-los cuidadosamente.

– E quando vocês vão testar essa sonda? Quanto tempo vão demorar para saber se ela funciona?

– E quanto tempo vamos demorar a saber se as preocupações do meu irmão têm fundamento? – acrescentou Jor-El, olhando para o alienígena azul. – Um dia. Dois no máximo. Estamos colocando todos os nossos esforços nessa tarefa.

– Posso ver. – Ele chegou a uma decisão. – Então, já que tenho a autorização do Conselho – Zod sacou o pretensioso documento que Jul-Us havia lhe dado –, gostaria de permanecer aqui e participar do teste.

Jor-El ficou perplexo. Ele achou que o comissário tinha um pouco mais do que um indício de suspeita.

– Você é bem-vindo para ficar na minha propriedade mais um ou dois dias, contanto que não interfira. Temos um trabalho importante a fazer, e a Comissão me pediu para que lhes desse provas do perigo que há no núcleo.

– *Se* existir.

– Existe.

– Eu jamais sonharia em interferir. Ficarei simplesmente observando. Vocês mal vão lembrar que estou aqui.

Enquanto os dois trabalhavam, ignoraram a presença do comissário. Ele não se importava. Ficou observando o cientista e o alienígena prosseguirem na modificação de seu dispositivo frívolo e lampejante. Eles partilhavam observações sobre princípios físicos teóricos que iam muito além da compreensão de Zod.

Enquanto isso, Nam-Ek esperava obedientemente perto do veículo, mas Zod encontraria um lugar para ele dormir. Jor-El prestaria ainda menos atenção no robusto guarda-costas de Zod, e isso era bom.

A jovem artista, Lara, filha de Lor-Van, também estava lá na propriedade, supostamente terminando um projeto. Ela parecia estranhamente deslocada enquanto observava tudo, perplexa com o que Jor-El e Donodon estavam fazendo. Ela notou a presença de Zod com um aceno, mas ele não prestou muita atenção na moça.

Em poucas horas, ele já tinha visto o que precisava e decidido o que queria que Nam-Ek fizesse. Seria rápido, impulsivo... e decisivo.

Ninguém do Conselho poderia suspeitar do seu plano. O grande mudo faria o trabalho difícil, e o faria bem. O comissário tinha encontrado uma maneira de remover o problema em potencial, e ainda por cima de aumentar o seu controle da situação... e de Krypton.

CAPÍTULO 24

Ao voltar para casa, Zor-El inspirou profundamente o ar salgado e revigorante de Argo City. Ficou de pé na ponte central dourada que se estendia sobre a baía, separando a península do continente, e deixou o tráfego fluir à sua volta. Mais uma vez, não queria chamar a atenção para sua chegada. Fazê-lo significaria admitir que seu alerta ao Conselho tinha sido ignorado.

Grandes pilares no fundo do mar apoiavam a longa ponte sobre a água. Olhando para o sul, podia ver outra ponte bem mais abaixo na costa, e, depois, bem no final da península, o contorno indistinto da última. Para o norte ele podia ver mais duas pontes, cinco no total.

Tempos atrás, os anciãos de Argo City lançaram uma competição: os maiores arquitetos da cidade apresentariam seus melhores projetos para pontes, e juízes decidiriam qual era a mais bonita, a mais durável e a mais inovadora. Cinco das estruturas propostas eram tão magníficas que os anciãos não tiveram como escolher; decidiram não dar prêmios, mas erguer todas as pontes como provas da criatividade kryptoniana.

Enquanto Zor-El atravessava o vão, admirou as águas calmas da baía, as torres gloriosas de Argo City, os cabos de suspensão entrelaçados das pontes. Seu estômago deu um nó. Se o estranho acúmulo de pressão no núcleo não diminuísse, tudo isso seria destruído, e logo.

Alura estava esperando por ele na vila, e sua expressão lhe dizia que ela já imaginava o que o Conselho havia respondido.

– Jor-El concorda que as leituras apontam para um perigo bem real – afirmou ele –, mas o Conselho se recusa a levar o problema em consideração enquanto eu não lhes fornecer dados mais consistentes.

Ela passou a mão em seus cabelos longos e escuros.

– Então é o que devemos fazer.

– Eu sei, e será um grande projeto. Tentei convencer o líder de Borga City a oferecer sua ajuda, estritamente como um gesto de apoio, mas ele estava mais preocupado com suas questões internas.

– Então vamos ter que fazer tudo por conta própria.

– É. Espero montar uma expedição e enviar uma equipe preliminar o mais rápido possível. – Ele a encarou com uma obstinada determinação. – Mesmo se eu não conseguir muita cooperação de Kandor ou Borga City, sou o líder aqui e posso tomar as decisões que julgar cabíveis.

Ele estremeceu ao sentir uma pontada de dor vinda dos recentes ferimentos. Alura franziu a testa em desaprovação.

– Você devia ter descansado mais um ou dois dias. Vamos, venha para o viveiro principal.

Ela delicadamente pegou seu braço esquerdo enfaixado e o conduziu até um dos domos transparentes. O ar estava carregado do perfume de flores, resinas quentes e óleos de ervas e arbustos. Uma planta maior, cujas hastes eram mais grossas e maleáveis, havia florescido e ostentava sete flores radicalmente diferentes, cada uma exalando um aroma distinto e potente. Gavinhas de raízes emergiam de uma cesta de musgos de turfa e, em suas extremidades, Alura havia colocado ampolas finas e transparentes. Líquidos pingavam das pontas das raízes espalhadas, gota a gota, para encher cada ampola com uma substância diferente.

Ela removeu um tubo com um fluido claro, amarelo-esverdeado, de uma raiz, segurou-o diante da luz e acenou com a cabeça.

– Enquanto você estava longe, criei isso para ajudar a curar suas queimaduras. – Ela cortou os panos folgados que envolviam seu braço e sua cintura e deixou à mostra a pele vermelha inflamada e crostas escuras de feridas. Durante a longa viagem, o vigor passional de Zor-El fora o suficiente para aliviar o sofrimento físico, mas agora podia sentir a dor subjacente.

Ela arrancou uma das flores e a apertou contra as feridas que cicatrizavam; com dedos hábeis, começou a esfregar o líquido esverdeado como um unguento.

– Isso vai evitar infecções e deve alisar a sua pele. Ainda assim, vão ficar cicatrizes. Você vai carregar essas marcas para sempre.

Ele flexionou os dedos.

– Cicatrizes são o de menos. Toda vez que eu olhar para o meu braço ou para a minha cintura, me lembrarei do quão cego o Conselho era.

Então, como se o próprio planeta estivesse escutando sua reclamação, o piso da estufa estremeceu. As plantas nas caixas do viveiro começaram a balançar, farfalhando umas nas outras. Vibrações crescentes faziam com que as telhas ficassem desalinhadas. Zor-El agarrou o ombro da esposa, tirando--a do caminho enquanto uma das vidraças transparentes da estufa se partia. Ao se estilhaçar, cacos se espalharam por todo o chão. Vindo do lado de fora, ele ouviu um estampido; um vaso de flores que não estava muito firme caiu de uma sacada e se estilhaçou na rua.

O terremoto não durou mais do que um minuto, mas pareceu ter durado uma eternidade. Quando terminou, o estômago de Zor-El parecia ser de chumbo.

– Tremores como esse vão ocorrer com muito mais frequência com o passar dos meses. – Ele pegou Alura pela mão e correu com ela até sua torre com vista para o mar aberto. – Preciso checar minhas sondas sísmicas. Esse pode ter sido o pior, ou podemos estar vivenciando o começo de um evento muito maior.

Na torre alta de observação já estavam instalados receptores para os aparatos científicos que ele havia posicionado por todo o planeta, incluindo boias automatizadas nos oceanos. Quando observou os mostradores, constatou que as leituras eram as mais desordenadas.

– Veja como os tremores subterrâneos se espalharam! – Revirando papéis, ele passou os olhos em alguns padrões que os aparelhos haviam detectado durante os últimos dias nos quais esteve em Kandor. Ele viu que as três erupções mais fortes haviam ocorrido no continente ao sul; as marcações sísmicas eram inequívocas. – Isso, definitivamente, não é normal. O núcleo está se alterando de uma forma ainda mais radical do que eu tinha previsto. Como o Conselho pode ignorar isso? Talvez essas leituras sejam o bastante para lhes mostrar.

Alura foi até a sacada onde a brisa fresca soprava em torno da torre. No mar aberto, embarcações coloridas salpicavam as ondas. Aves pescadoras, guiadas pelos veleiros, flutuavam para todos os lados, cavucando as presas do dia. Catamarás com velas brilhantes azuis e vermelhas cruzavam a costa, seus passageiros mergulhando para nadar na água morna. O sol vermelho refletia no mar. Tudo parecia muito pacífico.

Um sinal veio de uma das boias flutuantes de Zor-El. O sinal de atividade sísmica era intenso, um sinal submarino quase tão contundente quanto as maiores erupções vulcânicas que havia testemunhado no continente sul. Ele mal conseguia acreditar no que estava vendo.

– O que sentimos aqui foi apenas um tremor de menor intensidade, menos de um décimo do verdadeiro abalo.

Ela deu as costas para o oceano.

– Onde foi o epicentro?

– Bem distante, no fundo do mar.

Alura parecia aliviada.

– Então não vai ferir ninguém.

Zor-El estava profundamente preocupado. Ele tinha mais perguntas do que respostas.

– Não estou certo em relação a que efeitos pode ter um terremoto submarino dessa magnitude.

Sinos de cristal começaram a tocar nas torres de vigilância da costa. Em seguida, sons mais altos emitidos por ligas de metal ressoaram enquanto o alarme aumentava de volume. Zor-El cruzou a sala da torre até o painel de comunicação de emergência, onde recebeu uma chamada desesperada de um barco de pesca já bem afastado.

– ...afundou! Uma onda enorme veio do nada e bateu contra a gente! Quinze estão perdidos no meio do mar. Nossa embarcação está em apuros.

Na sacada, Alura olhava para o mar.

– Zor-El, veja isso. O oceano... parece... errado.

Ele correu para ver o que pareciam ser ondulações longas e baixas à distância no oceano, mas que se aproximavam com uma velocidade espantosa. E cada vez mais perto, uma série de ondas, cada uma tão alta quanto os maiores prédios de Kandor.

– Pelo coração vermelho de Rao!

Um quebra-mar de rochas negras escarpadas se estendia para proteger a orla da cidade, e um espesso dique havia sido construído para conter a ameaça de furacões e ondas gigantes. Mas, enquanto observava, Zor-El percebeu que aquilo provavelmente não seria suficiente. Ele queria evacuar a cidade, fazer com que todos cruzassem as pontes para o continente, mas não havia tempo. Em uma questão de minutos a primeira onda atingiria a costa.

Zor-El correu para o link de comunicação e convocou toda a equipe de emergência.

– Preparem-se para os piores tipos de resgate imagináveis e procedimentos de restauração. Um desastre como Argo City jamais viu está se aproximando.

Indignado, ele viu a primeira parede de água e espuma engolir diversos catamarás coloridos perto da costa. Respondendo ao clamor dos alarmes, quatro barcos pesqueiros haviam chegado ao píer; seus capitães chegaram a amarrar as embarcações a estacas e se arrastavam sobre as docas.

Uma frota de veleiros de pesca simplesmente desapareceu sob a primeira onda que se ergueu. Navegantes que perceberam a ameaça tarde demais foram arrastados de seus barcos, que foram erguidos e lançados contra as rochas como se fossem brinquedos de criança.

Segurando Alura, Zor-El cerrou o punho queimado, como se a pura força de vontade fosse o suficiente para fazer recuar a série de ondas. Mas ninguém em Krypton possuía tamanho poder.

Enquanto continuava a rolar em direção às águas mais rasas na costa, a aterrorizante onda ficava cada vez mais alta e destrutiva. Na hora em que bateu sobre o quebra-mar e se lançou contra o dique, ela já tinha pelo menos cinco metros de altura.

Pessoas corriam pelo píer, tentando chegar às escadas que levavam ao topo do dique, mas acabaram sendo varridas para longe. O píer foi destruído, o quebra-mar foi esmagado como se tivesse sido vítima dos golpes de um grande monstro. A espuma voava e chegava à altura dos maiores arranha-céus da cidade.

A água estava recuando por alguns instantes tensos e pavorosos, na depressão entre a primeira e a segunda ondas, quando esta última veio com toda força.

Zor-El olhou da torre para baixo. O oceano, tão calmo havia poucos minutos, agora parecia com um caldeirão em ebulição, cheio de uma sopa de destroços e corpos flutuantes. Boa parte do entulho começou a voltar para o mar, arrastada pela contracorrente mortal entre as duas ondas seguintes.

Depois de cinco segundos de terror e indignação, Zor-El saiu do estado de choque, correu da torre, seguiu na direção da cidade e começou a gritar para que as equipes de emergência começassem a fazer operações de resgate. Sua mente estava em disparada, preocupada com todos os níveis de reação que aquela situação incitava. E a sucessão de ondas continuava. Antes que pudesse sair da torre e chegar às ruas, veio um terceiro golpe do mar, que provocou ondas nos canais de Argo City.

– Quantas mais virão? – gritou Alura, enquanto o seguia.

– Eu vi pelo menos quatro... e outras não devem estar muito atrás.

Equipes de busca teriam que encontrar os feridos e lhes dar atendimento médico de emergência. Muitas vítimas arrastadas para o mar podiam ainda estar vivas, mas logo se afogariam; ele teria que mandar aeronaves para buscar sobreviventes agarrados aos destroços que flutuavam. Outros teriam que ficar de vigília para o caso de virem mais ondas mortais. Barcos e veículos aéreos deviam patrulhar a costa, em busca de embarcações encalhadas, para salvar pessoas que estivessem à deriva.

E isso foi apenas nas primeiras poucas horas.

Em seguida, ele teria que restaurar a energia que havia sido cortada em vários setores da cidade e alguns vilarejos mais afastados. Água fresca logo seria um problema, por isso ele tinha que garantir que haveria um suprimento apropriado. A limpeza completa das áreas urbanas levaria semanas, a reconstrução, meses. Dezenas de milhares de pessoas seriam afetadas.

Depois, Zor-El teria que se preocupar com comida, materiais de reconstrução, transporte. Teria que reparar cada píer e substituir os barcos, que eram vitais para a distribuição de alimentos em Argo City. Ele daria alta prioridade à reconstrução e ao reforço do dique, pois sabia que outros terremotos e tsunamis acabariam vindo.

Dada a crescente tensão no núcleo de Krypton, Zor-El tinha certeza de que aquilo era apenas o começo.

CAPÍTULO 25

∞‼◇━·T¡¡○‖‖· 25

No frescor das primeiras luzes da manhã, Jor-El terminou de ajustar o gerador interno e fez alguns rápidos diagnósticos do escâner penetrante antes de descer do dispositivo. Ele esfregou o rosto, mas só conseguiu mesmo tirar uma mancha de graxa.

A sonda sísmica que descia a grandes profundidades estava pronta para ser testada, e ele podia garantir que Donodon partilhava do seu entusiasmo. Ele achava incrível que duas pessoas de origens tão imensamente diferentes pudessem se identificar uma com a outra em tantas áreas.

Desde a primeira vez em que trocaram ideias, os dois resolveram se concentrar no problema e decidiram construir a nova invenção na propriedade do kryptoniano. Na relva púrpura em frente ao laboratório de pesquisa, Jor-El havia desmantelado uma enorme fonte ornamental, a fim de abrir espaço para a máquina resplandecente que ele e Donodon estavam construindo. Usando elevadores e polias magnéticas, havia empurrado a enorme concha elíptica da fonte para o lado, tombado a plataforma em forma de coluna que mais parecia um tronco de árvore petrificado, e empilhado ambas em um canto para abrir espaço ao escâner que vasculharia profundamente o coração do planeta.

Infelizmente, apesar de seu suposto interesse no projeto, o comissário Zod havia decidido que não ficaria para a demonstração. Ele nunca fora particularmente simpático ou sensível; era cordial, mas resistente ao trabalho de Jor-El... e consequentemente o cientista o via como um obstáculo, um impedimento ao progresso. Ele não considerava o comissário um tolo (ao contrário de diversos membros do Conselho Kryptoniano); Zod era extremamente inteligente, mas simplesmente nunca concordava com Jor-El.

E então, mesmo antes que pudesse ver o novo e extraordinário escâner sísmico em funcionamento, uma obra admirável de cooperação tecnológica entre a melhor ciência de Krypton e o conhecimento de Donodon, Zod deu suas desculpas. Alegou que tinha "negócios urgentes" em Kandor, e partiu na noite anterior.

Não importava. Jor-El tinha Lara ali ao seu lado, e isso era muito mais importante. Estava ansioso para lhe mostrar o que havia inventado junto com Donodon.

Quando ele a chamou para a grande demonstração, usava sua melhor túnica branca, adornada com a insígnia familiar da "serpente no diamante", que simbolizava a Casa de El. Com um gesto largo e grandioso, mostrou a máquina cilíndrica finalizada em cima da grama, perto da enorme fonte desmontada. A estrutura e a fonte de energia vinham dos suprimentos do alienígena, mas Jor-El havia integrado seus cristais convergentes e suas lentes de concentração para adicionar a energia de Rao à máquina.

Mesmo silencioso e inerte, o aparelho parecia magnífico. O escâner sísmico havia esperado a noite inteira, aparentemente sem ver a hora de começar a trabalhar, mas Jor-El e Donodon foram forçados a atrasar o começo das operações até que a luz intensa do sol da manhã estivesse a pino.

Lara saiu para ficar ao lado deles, e Jor-El, orgulhoso, lhe mostrou a máquina finalizada.

— Hoje vamos ver o que está realmente mudando no interior de Krypton.

Ela sorriu, cativada pela complexidade da sonda.

— Estou certa de que não fez de propósito, mas, seguindo as necessidades matemáticas do seu projeto, você construiu uma escultura incrível com ângulos e reflexos conflitantes.

Jor-El ficou ao mesmo tempo satisfeito e constrangido.

— Quer dizer que agora sou um artista?

— Eu não iria tão longe!

Ele gostaria que Zor-El estivesse ali para testemunhar a prova de suas suspeitas, ou para sentir alívio ao ver que estava errado. Jor-El havia tentado entrar em contato com o irmão usando a placa de comunicação quando ele e Donodon começaram a desenhar o projeto, mas Zor-El ainda não havia voltado para casa, aparentemente por causa da longa viagem. Naquela manhã, quando tentou fazer contato com Argo City mais uma vez, todas as linhas de comunicação estavam inativas; ele não conseguia ter um sinal para falar com o irmão, o que achou estranho. Essas interrupções ocorriam frequentemente durante tempestades solares rigorosas, mas Rao andava relativamente tranquilo. Jor-El não conseguia entender por que Argo City não respondia.

De qualquer modo, após esse teste bem-sucedido, ele teria uma riqueza de dados para partilhar com o irmão. Depois, trabalhando com Donodon, poderiam descobrir uma maneira de resolver o problema – se existisse.

Donodon já estava agachado no meio da grama. O sorriso de expectativa do alienígena fazia com que os tentáculos do queixo estremecessem. Ele se levantou para se certificar de que todos os bolsos estavam seguramente fechados.

– Estamos prontos.

Havia um pequeno pedestal de controle ao lado da base maciça da fonte desmantelada.

– Fique aqui comigo para ver – disse Jor-El para Lara.

Ele girou uma das hastes de cristal até ficar iluminada e o escâner penetrante começar a brilhar. Janelas e abas refletoras se abriram e deixaram à mostra um receptor de força que absorvia a luz de Rao. O corpo cilíndrico começou a rodar, ganhando velocidade. Os espelhos mudaram a angulação para receber a carga que vinha da bateria solar, que se juntou à fonte energética que Donodon havia fornecido; depois eles começaram a girar em torno de seus eixos, projetando reflexos luminosos.

O alienígena se aproximou do dispositivo que zumbia e sacou uma de suas ferramentas de mão. Apontando a extremidade do aparelho para o ar sobre sua cabeça, desenhou um retângulo flutuante bem à sua frente, e depois o preencheu como se estivesse pulverizando a moldura com informação. Sua tela etérea começou a exibir dados que estavam sendo projetados pela sonda pulsante, camada após camada de pedra, depois lava, fluxos de pedra fundida, enquanto o visor descia cada vez mais fundo.

Jor-El achava tudo estonteante. Lara ria, maravilhada.

– Isso é... lindo!

O motor pesado zunia e a tela que pairava no ar mostrava um caos térmico impossível.

– Estou vendo, sim... lá está o seu problema. Só um pouco mais fundo. – O alienígena se aproximou mais um pouco, enquanto seus tentáculos faciais se retorciam de fascínio.

Quando Jor-El verificou seu jogo de alavancas de controle, vários cristais começaram a brilhar em um tom de âmbar. Ele os retirou e os inseriu novamente, mas a cor de alerta continuava a se intensificar.

– Isso não devia estar acontecendo.

As luzes do escâner penetrante ligavam e desligavam. Os motores internos começaram a chiar, depois emitiram um guincho alto e violento. De repente, todos os cristais de controle ficaram vermelhos e resplandecentes. Donodon correu para o escâner numa tentativa de resolver o problema, mas Jor-El podia ver que era tarde demais. Ele gritou para alertar o alienígena azul e agarrou Lara. Ele a jogou no chão atrás da pesada fonte que agora servia de abrigo no momento em que o dispositivo pulsante explodiu num lampejo cintilante e abrasador.

Jor-El empurrou a cabeça de Lara para baixo, tentando cobri-la com o corpo. Uma chuva de estilhaços atingiu a fonte inclinada e arrancou as alavancas de controle do pedestal. No último instante, ele viu o pequeno Donodon erguer as mãos para se proteger. Lascas de cristal e de metal cintilante foram arremessadas em sua direção, impelidas com uma força explosiva.

Com um ronco e um estampido, o dispositivo cilíndrico tombou como um beemonte mortalmente ferido, e todos os seus prismas caíram uns em cima dos outros. Uma chuva de fragmentos de cristal continuava a tilintar à sua volta, produzindo sons musicais incongruentes.

Com uma expressão abatida, Jor-El notou que havia manchas de sangue espalhadas pelas roupas rasgadas de Lara, até que olhou para baixo e viu que ele também havia sido cortado por dezenas de cacos afiados. Ele ainda não sentia dor alguma.

– Lara, você está ferida?

– Acho que não. Pelo menos, não seriamente.

Deixando-a para trás, ele saiu correndo pela grama púrpura. Fragmentos de cristal eram triturados sob os seus pés.

– Donodon! – Sua voz era áspera.

O alienígena estava estatelado, de barriga para cima. Mais de vinte fragmentos de ponta afiada haviam golpeado seu corpo, causando múltiplos ferimentos mortais. Seu macacão estava retalhado, e um sangue marrom esverdeado vertia dos cortes. Jor-El caiu de joelhos e segurou a cabeça do ser azul.

– Donodon, desculpe. Não sei o que deu errado.

O sangue escorria aos poucos da boca de Donodon. Seus tentáculos faciais estavam flácidos. Ele conseguiu levantar uma das mãos, toda retorcida. Até sua garganta havia sido cortada, e ele sangrava em profusão. Ele não conseguiu mais do que um suspiro, e pouco depois morreu nos braços de Jor-El.

As mãos de Jor-El estavam manchadas de sangue. Lara se ajoelhou ao seu lado.

– A culpa não é sua.

Mas o cientista contemplou o amigo morto com um horror desprezível.

– A culpa *é* minha. A sonda... algo estava errado.

Ele e Lara ficaram sentados até o colapso final da máquina destruída. Os últimos fragmentos estavam dispersos pelo solo, ainda refletindo a luz de Rao.

Nenhum dos dois viu a figura musculosa de Nam-Ek escapulindo do esconderijo de onde ele havia observado, em segredo, os resultados da sua sabotagem – do jeito que o comissário Zod havia lhe ordenado para fazer.

CAPÍTULO 26

O Conselho Kryptoniano reagiu à morte de Donodon com horror, descrença e um pânico de quem se via impotente – como Zod sabia que aconteceria. Eles sempre foram tolos, e agora eram tolos deparando-se com um dilema.

O Conselho não tinha a menor ideia do que fazer. Em horas de grande urgência, quando decisões difíceis precisavam ser tomadas, Zod queria que alguém tivesse um controle mais firme da situação. Era disso que o povo precisava. Finalmente, depois de seu gesto impulsivo de pura inspiração, as portas da possibilidade se abririam para ele, e as mudanças há muito adiadas seriam rápidas e permanentes. Até mesmo Cor-Zod teria ficado admirado do cuidado que o filho teve para tramar cada etapa do seu plano...

O terremoto e o tsunami recentes que arrasaram Argo City já haviam jogado o Conselho em uma crise. Zod viu o desastre com uma ponta de ironia – talvez o irmão de Jor-El pudesse usufruir do fato de que, agora, já tinha provas óbvias, embora trágicas, das instabilidades sísmicas do planeta. No fim das contas, Jor-El não precisava mais do dispositivo alienígena de escaneamento sísmico. Contudo, enquanto os outros líderes de cidades enviavam suprimentos e socorro para a península arrasada, os onze membros do Conselho em Kandor estavam mais preocupados com as repercussões da morte de Donodon. Estavam claramente apavorados.

Como era de se esperar, o Conselho marcou outra sessão de emergência e convocou Jor-El para enfrentar sua fúria, sua justiça. Ele era o bode expiatório perfeito e, em sua tristeza e seu choque, Jor-El poderia até mesmo aceitar qualquer punição que o Conselho decretasse. Zod acreditava que ele estaria com um manto de culpa mais pesado do que qualquer coisa que os líderes do governo poderiam impor. O comissário só esperava pelo momento propício.

Deprimido com o que havia acontecido, o atordoado cientista já havia partido para a capital por conta própria. Um fracasso e um erro de cálculo monumentais vindos do grande *Jor-El* eram bem mais inquietantes para o público do que a morte do alienígena em si. Nem mesmo Jor-El parecia acreditar no que tinha acontecido.

– Eu aceito toda a responsabilidade. – Ele ficou em pé, abaixo do Conselho, na arena de discursos, erguendo as mãos. Seu rosto estava tão branco quanto a túnica que usava, mas ele se portava com uma dignidade que muito lhe pesava. Curativos cobriam dezenas de ferimentos em suas mãos e no rosto. – Eu não queria que isso acontecesse. Donodon e eu estávamos trabalhando juntos. Foi um erro terrível.

– É terrível, com certeza – disse Jul-Us, duramente. Como a sessão do Conselho era fechada, e as portas de acesso estavam trancadas, todas as fileiras de assentos de pedra permaneciam vazias. Sua voz ecoava na sala cavernosa. O astral ali era exatamente o oposto de quando um confiante Jor-El os encarou ao lado do irmão, tomando as rédeas e exigindo que escutassem seu aviso. Zod sabia que podia usar isso para obter vantagens.

– Em todos esses séculos de registros, não há um único incidente que se compare a esse! – disse Kor-Te, parecendo ao mesmo tempo decepcionado e confuso. Os membros do Conselho tiravam forças um da indignação do outro.

Particularmente, Zod estava bastante feliz com o rumo que as coisas tomaram. Ele não tinha noção do quanto a sabotagem de Nam-Ek seria eficiente, e já havia se resignado com a perda do grande cientista para que pudesse acender o fogo do pânico. Até mesmo isso lhe seria aceitável, mas, felizmente, Jor-El havia sobrevivido. Se fosse cuidadosamente guiado, o sujeito ainda poderia cumprir um papel muito importante.

Jul-Us ergueu a mão deformada para pedir silêncio aos outros membros, embora cada um deles estivesse espumando de vontade de falar. O líder do Conselho, de seu assento, olhou para baixo.

– Será que o povo do alienígena verá isso como um assassinato? Será que vão querer se vingar?

– Assassinato? – Jor-El ficou horrorizado, depois juntou forças e se aprumou. – Não seja ridículo. Como você pode pensar isso? Como alguém pode pensar isso? Foi um acidente. – Ele baixou o tom de voz. – Donodon era meu amigo. Ele mesmo me ajudou a construir o aparelho.

– Em primeiro lugar, ele não devia ter vindo para Krypton – resmungou Pol-Ev.

– Ainda assim ele veio – murmurou Al-An. – O que vamos fazer agora?

– Foi sua própria experiência que o matou – assinalou Jun-Do.

Sabendo que era hora de fazer com que as perguntas e acusações seguissem o rumo desejado, Zod se levantou do assento. Ele teve cuidado para equilibrar a necessidade de estabelecer a dívida de Jor-El com a de manter as suspeitas do Conselho.

– Mais uma vez vimos os perigos da tecnologia infundada. Minha Comissão alertou Jor-El inúmeras vezes. – Ele estendeu a mão para conter o alvoroço de tantos comentários. – Mas ele tem um bom coração e um forte senso de honra. Acredito que não quisesse causar mal nenhum. O alienígena insistiu em afirmar que não havia risco. Assim como Jor-El.

Ele coçou a barba aparada. Sabia exatamente que sementes devia plantar.

– De fato, pode ser uma benção que Donodon esteja morto. Vocês já pensaram nas implicações? Quem pode dizer o que o forasteiro teria comunicado aos seus superiores uma vez que deixasse nosso mundo? Sua amizade pode ter sido uma manobra. Será que ele teria revelado nossas vulnerabilidades? Nossos segredos? Para invasores alienígenas, Krypton sem dúvida parece uma fruta suculenta, madura e pronta para colher.

Jor-El se virou em sua direção, parecendo magoado e furioso.

– A raça de Donodon era *pacífica*, comissário. Eram exploradores, viajantes...

– Então por que ele estava tão ansioso para falar sobre sua poderosa unidade de polícia galáctica? – perguntou Silber-Za com um tom hostil. Ela havia amarrado o cabelo louro para trás em um penteado simples, preso com grampos afiados. – Se tivéssemos nos recusado a aceitar as regras impostas pela lei *deles*, será que teriam usado seus poderes contra Krypton?

Apesar de seu óbvio sofrimento, Jor-El ainda era capaz de se defender. E naquela hora parecia furioso.

– Não temos absolutamente nenhum motivo para duvidar de Donodon. Ele disse que fazia parte de uma força do bem.

– Definida por quem? – prosseguiu Zod, falando agora a favor dos facilmente manipuláveis membros do Conselho. – Aqueles que detêm tal poder tendem a usá-lo para seus próprios desígnios, não para o benefício dos outros.

– O comissário Zod tem razão – disse Mauro-Ji, em meio ao murmúrio dos outros membros. – Não há dúvida de que todos esses vilões que Donodon nos mostrou também acreditavam que estavam fazendo algo "bom".

Cera-Si concordou com a cabeça.

– Desculpe, Jor-El, mas o mero fato de que outros planetas precisam de uma força policial prova o quanto as coisas estão perigosas por aí! Pelo que vejo, Krypton está absolutamente correto em permanecer isolado.

O *timing* da Guarda Safira não poderia ter sido melhor. Eles adentraram o recinto carregando, em uma maca, um pequeno corpo envolto em pano.

Poucos instantes depois que as notícias da tragédia chegaram, Zod foi rápido ao dar instruções, pensando mais rápido do que os membros do Conselho poderiam ser capazes. As tropas de segurança seguiram apressadas para a propriedade de Jor-El, pegaram o corpo lacerado de Donodon, o embrulharam e o carregaram de volta para o templo do Conselho. Eles também confiscaram as inúmeras ferramentas e dispositivos do alienígena, arrancando-os do seu macacão lacerado e trancando-os em um cofre sob as salas do governo.

Ao verem o cadáver coberto, os membros do Conselho ficaram tocados e em silêncio. Jor-El desviou o olhar com raiva, pesar e vergonha.

– Eu também mandei que uma equipe trouxesse a espaçonave do alienígena aqui para Kandor, onde a minha Comissão a desmantelará apropriadamente. – Zod acenou com a cabeça, sorrindo friamente. Os membros do Conselho aprovaram, mostrando-se ao mesmo tempo surpresos e aliviados por alguém estar mostrando tal iniciativa. – Vamos desmontá-la, para que não tenhamos que nos preocupar com os perigos que a nave possa causar.

Embora parecesse derrotado e subjugado, Jor-El se virou rapidamente.

– Não destrua a nave, comissário. Podemos aprender...

– Sua curiosidade já nos causou muitos danos, Jor-El – vociferou Silber-Za. – Não há como dizer que perigos Krypton agora enfrenta por sua causa.

Zod continuou a insuflar o medo.

– Não há motivo para pânico. – Mas seu tom de voz dizia exatamente o oposto. – Podemos esperar pelo melhor. Quando o povo de Donodon descobrir o que aconteceu, é possível que ouçam nossas explicações. Jor-El está sendo claramente sincero. É possível que não nos acusem de traição. É possível que sejam uma raça gentil, uma força do bem, como Jor-El crê que sejam. É até mesmo possível que nos perdoem e se esqueçam de tudo de terrível que aconteceu.

– É possível que nos deixem em paz – acrescentou Al-An, com a voz trêmula.

Zod olhou para Jor-El com uma expressão esperançosa e cautelosa, antes de endurecer a voz novamente.

– Mas eu não acredito nisso. Temos que nos preparar para o pior. Como Krypton irá se proteger como um planeta soberano? Temos que mudar nossa maneira de agir. Em vez de proibir a tecnologia que pode ser voltada contra nós, precisamos abraçá-la! Temos que mudar nossa ênfase, colocar todos os esforços criativos na defesa de nosso planeta. – Naturalmente, ele esperava ser colocado no comando de todas as operações ligadas à preparação de armas, como primeiro e crucial passo.

Os membros do Conselho foram unânimes em seu choque.

– Isso é inconcebível, comissário! – gritou Cera-Si.

– Inconcebível, talvez... mas necessário. Se no final das contas não precisarmos das armas, então não as usaremos. Mas é melhor que as tenhamos, por via das dúvidas. Temos que começar imediatamente. Podemos não ter muito tempo. – Zod controlava cuidadosamente a intensidade de sua voz. Se parecesse ansioso e ávido demais, o Conselho poderia suspeitar dos seus planos. – Ninguém pode dizer quando virão estrangeiros em busca de vingança.

– Isso é completamente inaceitável, comissário. – Jul-Us balançou a cabeça pesadamente. – Isso mudaria o que somos como kryptonianos.

Zod queria estrangulá-los. Ele havia planejado tudo meticulosamente. Mas dominou a fúria e controlou a voz.

– Respeitosamente, eu discordo. Qualquer pessoa razoável pode ver...

O líder do Conselho manteve o tom grave.

– Não, não, se Krypton começar subitamente a montar um aparato militar, isso será visto como prova de que estamos mentindo, de que tudo isso não foi um acidente. Não, a única coisa que podemos fazer é responsabilizar Jor-El. A culpa claramente recai sobre seus ombros. Ele inventou o dispositivo que matou Donodon, e o próprio Donodon estava envolvido no acidente. Esses dois brincaram com tecnologia perigosa. Deixaram que ela saísse do controle.

Mauro-Ji disse:

– Sim, temos que promover um julgamento amplo e aberto. Jor-El pode cuidar de sua defesa, lançar mão das provas que quiser. Isso demonstrará a integridade e imparcialidade do nosso sistema judiciário.

O velho Jul-Us virou-se lentamente para olhar os colegas na tribuna do Conselho.

– E, quando julgarmos Jor-El culpado, ficará provado que não pretendíamos fazer mal a Donodon. Então, os forasteiros nos deixarão em paz.

Os ombros de Jor-El se encolheram, e estava claro para todos ali, até mesmo para Zod, que ele seria condenado, independentemente das provas que apresentasse durante a investigação.

CAPÍTULO 27

Desacreditado, Jor-El não viu alternativa a não ser se impor um silencioso exílio enquanto o Conselho Kryptoniano decidia seu destino. Embora acreditasse que a tragédia havia sido um acidente e que não podia aceitar que a raça vingativa de Donodon traria a destruição a Krypton, ele não queria falar com ninguém.

Muitos funcionários de sua propriedade estavam assustados, e ele os dispensou para que fossem ficar com amigos ou parentes. Fro-Da se recusou a sair, insistindo que faria uma refeição saborosa toda noite; o cozinheiro roliço de cabelo cacheado via a comida bem preparada como cura para qualquer reviravolta desagradável. Independentemente disso, Jor-El se sentia muito sozinho.

Ele achava que as coisas não poderiam ficar piores, até que um segundo destacamento da Guarda Safira veio revistar sua propriedade, sob ordens do Conselho. Já haviam levado a nave de Donodon e todas as posses e ferramentas do alienígena. Mas naquele momento, enquanto ele observava impotente, os guardas removiam diversas máquinas inacabadas e dispositivos "ameaçadores" do seu prédio de pesquisa.

Eles também encontraram os sete pequenos foguetes restantes equipados com sondas solares na plataforma de lançamento atrás do prédio de pesquisa principal. O cientista havia recebido dados do último conjunto de sensores que lançou, mas ainda pretendia enviar, todo mês, sondas para monitorar as flutuações do gigante vermelho. Donodon havia oferecido sua cooperação...

Agora, contudo, a Guarda Safira havia levado tudo embora.

– Essas são armas em potencial, claramente obstruídas pela lei kryptoniana. – Embora o capitão da Guarda parecesse estar um tanto reverente, até mesmo intimidado, pela presença do grande cientista e por sua tecnologia, instruiu os homens para que colocassem os foguetes em uma plataforma de transporte. – Desculpe, Jor-El. Eles precisam ser confiscados.

Jor-El tentou explicar.

– Essas são sondas científicas usadas para estudar Rao. Elas vão além da atmosfera para fazer leituras! – Ele respirou bem fundo antes de prosseguir. – O Conselho me deu autorização expressa para estudar o sol de modo que possamos nos preparar caso ele entre em supernova e...

– Não sou eu que tomo essa decisão. – O sujeito de ombros largos parecia estar dando uma desculpa. – Você terá que apelar a Kandor. – Os guardas terminaram de transportar o aparato sem dirigir mais a palavra a Jor-El, embora continuassem a olhá-lo de rabo de olho. Furioso, ele os viu partindo. Só estavam seguindo as ordens de um Conselho apavorado e desorientado.

De Argo City, mesmo enquanto as equipes de resgate vasculhavam os destroços e cuidavam dos feridos, Zor-El mandou uma mensagem de apoio pela placa de comunicação. Com seu cabelo longo e escuro solto, Zor-El parecia cansado, mas seu esgotamento e seu choque haviam sido afastados pela mais pura adrenalina e determinação.

– Se eu pudesse, estaria aí do seu lado, Jor-El. Você sabe disso.

– Sim, eu sei. E também sei que a tecnologia de Donodon poderia ter vasculhado a crosta e obtido os dados de que precisávamos para convencer o Conselho. O infiltrador sísmico teria mudado tudo. Mas agora é tarde demais.

– Ainda vou obter os dados, Jor-El. Mesmo depois do tsunami, estou enviando uma equipe para o continente ao sul. Estávamos fazendo isso antes de o alienígena chegar. Nós mesmos podemos conseguir isso.

Jor-El olhou atentamente para o rosto do irmão na tela.

— Você precisa da minha ajuda. Salvar Argo City é que devia ser a nossa prioridade, não meus problemas pessoais...

Zor-El o interrompeu.

— Não se preocupe comigo. Muitos voluntários de todas as partes do mundo responderam aos nossos pedidos de ajuda com toda disposição e entusiasmo que poderíamos esperar. Só preciso orientá-los. — Sua imagem foi ficando maior e mais íntima à medida que se aproximava do visor. — Você sabe que não fez nada de errado, Jor-El. Não se entregue sem lutar. Eu acredito em você, da mesma forma que acreditou em mim quando lhe falei sobre as instabilidades do núcleo.

Jor-El encontrou a força que havia dentro de si.

— Sim, tenho que fazer o Conselho enxergar além do seu medo.

Sem querer que sua desgraça se transferisse para ela, Jor-El pediu insistentemente para que Lara voltasse à casa dos pais e do irmão nos estúdios de Kandor, mas ela reagiu com frieza e obstinação.

— Você precisa de mim, Jor-El, mais do que em qualquer outro momento da sua vida. — Ela jogou o cabelo âmbar para cima e o encarou. — Você precisa de mim.

— É claro que sim, mas você não devia estar comigo. Você sabe disso, Lara.

— Por quê? Para manter as aparências? Para um gênio, você consegue ser incrivelmente bobo de vez em quando. — Ela colocou as mãos em seus ombros, e ficou perto o bastante de seu corpo para que Jor-El sentisse seu calor, seu cheiro, e visse o brilho do sol em seus olhos e sua pele. — Não ligo para o que ninguém pensa, contanto que você tenha fé em si mesmo. Eu acredito em você e pretendo ficar aqui enquanto precisar de mim.

Jor-El deu um riso forçado.

— Você pode ficar presa aqui por um bom tempo, hein?

— Então é assim que vai ser.

Sentindo que ele precisava de uma nova perspectiva, Lara o pegou pelo braço e o arrastou para que fosse ver os espetaculares murais que seus pais haviam pintado. Com o coração pesado, ele contemplou o último obelisco, aquele que ficava separado dos outros onze. O retrato dele, que Lara havia terminado recentemente, o mostrava como alguém tão bravo, sábio e determinado. *Genial.* Jor-El queria ser novamente *aquele* homem visionário. O aparelho que ele e Donodon haviam construído devia ter fornecido informações vitais, mas, em vez disso, provocou uma tragédia inesperada. Um simples erro de cálculo... ou uma falha fundamental no projeto. Trabalhando com Donodon, ele havia aprendido muito sobre a tecnologia do alienígena, mas só havia vislumbrado a ponta do iceberg de possibilidades. Será que *ele* havia feito alguma coisa errada? Jor-El aceitava que teria que pagar pelo erro, em vez de fazer com que todo o planeta sofresse. Era o que a verdade e a justiça exigiam dele, exatamente como na história lendária de Kal-Ik que Lara havia lhe contado.

Em um tom determinado, quase como se estivesse o repreendendo, Lara disse:

— Pare de sentir pena de si mesmo. Isso dói mais em mim do que todos esses cortes. — Ela estendeu o braço cheio de bandagens.

Novamente ela o pegou pela mão e o levou pelos jardins para o lugar onde a fonte desmontada apresentava marcas esbranquiçadas, lascas e arranhões provocados pelos fragmentos que voaram. Aquela auspiciosa trincheira havia salvado suas vidas. Perto dali, cristais partidos, espelhos quebrados e componentes fragmentados do escâner sísmico se espalhavam pelo jardim cheio de cicatrizes.

— *Estude* isso. Descubra o que estava errado. Estou surpresa pela Guarda Safira já não ter levado cada pedaço de entulho.

Para o bem dela, Jor-El se aprumou. *Será* que ele havia cometido um erro em seus cálculos? Será que montou as peças de forma incorreta? Será que a tecnologia kryptoniana era incompatível com os sistemas alienígenas? Será que os condutores de energia eram insuficientes para transportar a carga que ele havia distribuído para dentro do escâner? Ele respirava fundo enquanto as possibilidades passavam pela sua cabeça.

— Você tem razão. Sou um cientista. Tenho que descobrir tudo que posso enquanto ainda tenho chance. Posso resolver o problema.

— É claro que pode.

Ele a fitou, sentindo uma profunda emoção que nunca havia experimentado.

— Desculpe, Lara. Depois de todos os meus projetos e protótipos grandiosos, eu queria fazer algo que mostrasse ao Conselho a necessidade urgente de se fazer alguma coisa. Não devia ter sido tão impulsivo.

– Não sinta vergonha porque estava entusiasmado e determinado. Afinal, ser impulsivo não é uma coisa ruim. Muito embora um acidente terrível tenha acontecido, você ainda é uma boa pessoa... e eu te amo por isso. – Ela deu um sorriso descarado, como se o estivesse desafiando a contradizê-la. – Sim, eu te amo, e acho que você sente a mesma coisa por mim. É por isso que precisamos fazer com que uma coisa boa saia disso.

Ele pestanejou ao perceber isso e não conseguia evitar um sorriso.

– Sim, Lara, eu amo você. Não tenho absolutamente nenhuma dúvida disso, mesmo sob todas essas circunstâncias. – Jor-El fez uma pausa, e depois a encarou de um jeito tão intenso que até mesmo ele ficou surpreso. Ela o encorajara a ser impulsivo, e então o cientista foi em frente e começou a despejar um monte de palavras sem parar para pensar. – Na dedicação que tenho pelo meu trabalho, eu às vezes me esqueço do que mais preciso, como sono, comida e... você. Tem sido difícil para mim, há um bom tempo, parar de pensar em você. Lara... quero ser seu marido, e quero que você seja minha esposa.

Jor-El ficou sem respirar por alguns segundos e se virou, com a cabeça rodando e o coração acelerado. De repente, ele percebeu que estava sendo profundamente egoísta ao fazer tal pedido. Ele estava desacreditado, e o Conselho poderia muito bem sentenciá-lo à prisão perpétua. Como poderia lhe pedir para fazer tamanho sacrifício?

Ele logo notou que ela estava sorrindo.

– Já estava mais do que na hora de você fazer o pedido. Posso ajudá-lo a sair dessa crise... e em tudo que vier depois. – Dito isso, ela o envolveu com seus braços.

Ele olhou à sua volta e apontou para os destroços do escâner sísmico como se isso significasse a magnitude da sua honra despedaçada.

– Não posso deixar você afundar junto comigo.

– Então eu tenho que impedir você de afundar, não é? Se estou ao seu lado, posso ajudá-lo a se segurar.

Jor-El a abraçou por um longo tempo. Sabia que ela faria exatamente isso. Só de olhar, dava para ver que Lara estava sendo sincera. Casar com ela era tudo que o cientista queria. E o que ela queria também.

CAPÍTULO 28

Xan City era uma metrópole de fantasmas, ruínas e vidas esquecidas. Aethyr bebia das maravilhas perdidas com seus olhos escuros e pintava em detalhes com o pincel de sua imaginação.

Depois de mudar seu acampamento para a cidade no segundo dia, ela começou as explorações a sério, fazendo anotações e capturando imagens para seu próprio prazer, não para qualquer departamento desinteressante de estudos históricos na Academia. A maior parte das pessoas ficava satisfeita em reler velhos registros, e não tinha o menor desejo de tocar, ver e cheirar o que Krypton havia sido durante seus dias violentos, ainda que gloriosos.

O antigo líder militar havia construído e armado suas torres de vigilância maciças e seus elegantes minaretes de cristal para suportar qualquer ataque inimigo. A arquitetura era reforçada com vigas pesadas e arcos. Contudo, nem mesmo essas defesas resistiram à lenta e inexorável investida do tempo. Telhados haviam se desintegrado e caído aos pedaços; janelas estavam estraçalhadas, deixando buracos como os que se viam no sorriso de uma idosa bem acabada. Esculturas grandiosas e inclinadas estavam tão desgastadas que Aethyr não conseguia dizer o que representavam antigamente.

Mesmo assim, com um mínimo de esforço de reconstrução, ela acreditava que Xan City poderia se tornar novamente um centro populacional próspero. Ninguém em Krypton jamais faria esse esforço, é claro; sua raça havia perdido o entusiasmo pela ambição e pelo progresso. E, com isso, a cidade morta continuava a sumir na poeira da memória.

O ponto central da capital de Jax-Ur era a vasta praça, onde azulejos lisos e interligados continuavam no lugar, resistentes a ervas daninhas, ao clima e até mesmo a leves tremores sísmicos que de vez em quando faziam a terra se contrair. Com a brisa despenteando seu cabelo curto e escuro, Aethyr achava que podia ouvir ruídos – ou seriam gritos –, que há muito haviam se esvaído, de enormes multidões que o déspota comandava. Em inscrições antigas, Aethyr leu o nome sinistro daquele lugar: Praça de Execução.

No meio da praça, ela parou para ver os restos de uma antiga estátua, uma figura imponente esculpida em pedra negra. Seus detalhes haviam sido apagados por incontáveis estações e tempestades, mas mesmo danificada e desgastada, a figura tinha uma grandeza opressiva. Em volta da imagem principal, esculpidas em uma pedra mais maleável, havia cinco formas claras mostrando leves contornos de braços, pernas dobradas e cabeças curvadas... sujeitos derrotados ajoelhados diante dele.

Ela riu em voz alta da escultura monolítica.

– Vejam, o grande Jax-Ur, déspota de Krypton, destruidor da lua Koron! – Ela se curvou em um gesto de falso respeito. – Então isso é tudo que resta de você, rei dos reis, mais poderoso de todos os poderosos?

De acordo com as lendas de Krypton, Jax-Ur convocou os generais de todos os exércitos que ele havia derrotado e os ordenou que ajoelhassem aos seus pés. Os homens subjugados dobraram os joelhos ali na praça principal e juraram lealdade – e depois disso Jax-Ur os executou de qualquer maneira.

– Não vou tolerar homens derrotados como meus generais – dissera ele.

Naquela altura, o arrogante Jax-Ur jamais tinha sonhado que seu império poderia cair. Possuía exércitos invencíveis. Além de um estoque secreto de dardos nova, e já havia demonstrado a sua disposição de usá-los. Mas no fim até mesmo Jax-Ur falhou. Tudo, pelo que parecia a Aethyr, sucumbiu à história.

Ela poderia passar semanas aqui em Xan City, enquanto suas provisões durassem. Encontrou uma fonte encoberta, da qual conseguiu bombear água fresca e doce. Enquanto molhava o rosto e tomava um bom gole, Aethyr se perguntava se o próprio Jax-Ur tinha aliviado sua garganta seca ali. Essa simples ideia fazia com que a água tivesse um gosto ainda melhor.

Vagando pelas ruínas, remexendo em sacadas e estruturas demolidas, Aethyr encontrou dois esqueletos amarelados. Pretensos caçadores de tesouros, supôs. Ela não tinha como estimar há quanto tempo ambos estavam ali. Os ossos pareciam estar roídos e lascados, como se tivessem sido atacados por mandíbulas serrilhadas. A moça zombou dos restos mortais, pois não sentia nenhuma afinidade por saqueadores que morriam de mãos vazias. Aethyr não pretendia deixar Xan City sem descobrir algo maior.

Durante aquela tarde de escaldante calor vermelho, ela se protegeu nas ruínas de colunatas do que havia sido um velho templo. Nas sombras ela via besouros com cascos que pareciam topázio movendo-se rapidamente, cada um deles do tamanho de sua mão. Eles davam botes e devoravam aranhas gordas, e depois sumiam dentro de fendas. Seus estalidos e chilros ficavam mais altos à medida que a tarde avançava. A cidade inteira devia estar infestada deles. Como era irônico o fato de uma população de insetos ter conquistado os restos daquele que um dia havia sido um império titânico.

Ao ouvir um barulho de algo deslizando, ela percebeu dois dos besouros se aproximando cautelosamente, as antenas balançando no ar. Eles abriam e fechavam mandíbulas que pareciam serrotes. Ela os esmagou com o calcanhar, manchando as lajes com sua secreção.

Aethyr andava de um prédio para outro, a maior parte deles devia ter sido moradia. As outras estruturas eram silos e armazéns, nos quais ela encontrou suprimentos alimentares incrivelmente conservados. Embora não conseguisse decifrar o que eram aqueles desenhos apagados nas embalagens, à noite saborearia um banquete que o próprio Jax-Ur deve ter devorado.

Depois que Rao se pôs, ela moveu o acampamento e o montou ao lado da estátua detonada de Jax-Ur, na Praça de Execução. A presença dominante do comandante fazia Aethyr se sentir segura, como se ele pudesse afugentar qualquer coisa que pudesse colocá-la em perigo.

Logo ela fez uma fogueira, não tanto por causa do calor, mas porque as chamas e o estalido da madeira a deixavam mais aliviada. Resolveu então abrir os potes de comida que havia encontrado, tirando lacres que já duravam eras e sentindo o cheiro do conteúdo. Uma mistura lembrava um ensopado, era saborosa e picante, condimentada com temperos totalmente estranhos a Aethyr. Ela mergulhou o dedo no molho, o provou e depois esquentou toda a porção. Outro recipiente tinha uma espécie de picles, mas era marrom, espumante e tinha um cheiro fétido. A moça o jogou em um canto daquelas ruínas quase caindo, onde o conteúdo acabou derramando perto de uma coluna estriada quebrada.

Ela ficou observando, entretida e fascinada, quando quatro besouros--topázio saíram do meio das sombras, assustados com o estampido do recipiente. Eles voltaram para devorar cada pedaço de picles estragado. Mais e mais besouros foram saindo das sombras, agitando as antenas em busca do naco de comida que lhes cabia, antes de voltarem para o abrigo.

Apenas como precaução, Aethyr reuniu uma pilha de rochas e estilhaços das estatuas destruídas. Sob a sombra de Jax-Ur, que se assomava, ela olhou novamente para as torres da cidade, as janelas quebradas, as alcovas dispostas ao acaso e as sacadas negras. Estranhamente, essa disposição aleatória parecia de algum modo calculada; um padrão que ela só conseguia perceber no limite da sua consciência.

Ela abriu outro recipiente e encontrou um pudim doce e macio, com uma crosta açucarada no topo e torrões mastigáveis no interior. Aethyr comeu tudo, saboreando cada colherada, embora depois sentisse o estômago pesado e os ouvidos com um leve zumbido. Talvez o pudim fosse uma espécie de droga, uma substância que realçava as sensações ou amortecia os pensamentos. Sentindo-se mais sonolenta a cada instante, ela balançou a cabeça.

Um besouro solitário veio correndo em sua direção, como se seus colegas o tivessem desafiado a fazê-lo. Aethyr pegou uma de suas pedras, mirou cuidadosamente e esmagou a carapaça do bicho, que emitiu um guincho enquanto agonizava. Quatro outros insetos vieram apressados e caíram em cima da carcaça, rachando a casca brilhante e devorando a gosma pegajosa e macia que havia lá dentro.

O zumbido em seu ouvido ficou mais alto, e Aethyr contemplou novamente os prédios caídos, passando os olhos pelas torres mais densas e pelos restos do palácio de Jax-Ur. De onde estava, podia distinguir esculturas realçadas pelas sombras, projeções geométricas e alcovas com mais profundidade. A colocação de janelas e aberturas não fazia sentido – até que ela parou de pensar nelas como janelas. Em vez disso, passou a enxergá-las como um projeto, um código. No que a jovem olhava para a frente e para trás, tentando decifrar letras ou símbolos, elas finalmente fizeram sentido.

Notas musicais.

Tanto ela quanto sua amiga Lara haviam estudado antigas composições kryptonianas, especialmente a pomposa "Marcha de Jax-Ur". De acordo com a lenda, o déspota havia ordenado que a canção fosse executada em cada uma de suas aparições. Aethyr se lembrou da antiga notação e traduziu as notas. Contendo uma estranha vontade de cair na gargalhada, ela começou a cantarolar e balançar o corpo, fazendo com que seu dedo acompanhasse as notas. Sim, ela estava certa disso.

Aethyr se sentou, um pouco desequilibrada por causa da sobremesa intoxicante, e tirou a pequena flauta da mochila.

Cinco outros besouros se aproximaram, vindo de diferentes direções. Impaciente, Aethyr matou todos jogando pedras, e com isso promoveu outro banquete canibalesco para mais um bando deles.

Ela encostou a flauta na boca, concentrou-se e tocou a leve cantiga. Atrapalhada com a melodia a princípio, a moça fez uma pausa e secou os lábios, que estavam dormentes e inchados. Dessa vez, quando tocou a "Marcha de Jax-Ur", a música penetrou no silêncio das ruínas. Em resposta, como se os tivesse acordado, os besouros-topázio começaram a trinar uma canção monocórdia de sua própria lavra.

Aethyr estava certa de que havia sentido algo mudando de posição embaixo da cidade, um maquinário despertando, antigos geradores ganhando vida. Franzindo a testa, ela tocou a melodia novamente, do começo ao fim. Sim, de fato dava para pressentir um ressoar bem abaixo da Praça de Execução, e não era um abalo sísmico. Com a visão ficando cada vez mais confusa por causa da sobremesa envenenada, o que era irritante, ela começou a piscar repetidamente e a olhar em volta da praça, na esperança de avistar alguma coisa.

As lajes cuidadosamente dispostas estavam marcadas com cores desbotadas, enormes padrões geométricos por toda a extensão onde as multidões teriam se aglomerado. Colunas e esculturas encontravam-se em posições aleatórias por todo o perímetro e, quando Aethyr as observou com base na nova perspectiva, notou que aqueles objetos não eram meras decorações ou ornamentos. As pedras ocas, as placas de metal encaixadas e os antigos carrilhões tubulares pendurados poderiam todos eles servir como simples, porém aproveitáveis, instrumentos musicais. E cada objeto trazia uma marca, uma nota musical camuflada, agora que ela sabia como procurá-las. Vendo-os de perto da estátua central, podia perceber que estavam dispostos na ordem da melodia.

O que aconteceria se ela tocasse a famosa marcha com os instrumentos que o próprio Jax-Ur havia escondido ali?

Ela pegou um ainda incandescente pedaço de lenha de sua fogueira e caminhou meio trôpega até a placa de metal, que estava sutilmente marcada com a primeira nota da marcha. Ao longo do caminho, Aethyr pisou em mais dois besouros. Um deles realmente arranhou seu tornozelo com as patas negras afiadas, e ela o chutou para longe, concentrada na nova busca. Ela avaliava cuidadosamente a disposição dos estranhos e antigos instrumentos musicais.

Bateu no primeiro objeto como se fosse um gongo e, enquanto a nota ia sumindo, correu para o próximo, uma pedra oca, e martelou a segunda nota. Ao se aproximar do carrilhão cilíndrico, arrancou a terceira nota com um golpe. Lenta e pesadamente, mas sem cometer erros, Aethyr tocava uma música que não era ouvida ali havia mais de mil anos.

O som debaixo da terra foi ficando mais alto, no que se parecia com o rugido de um motor. Cristais incrustados nas torres há muito tempo abandonadas começaram a brilhar no meio da noite. Aethyr ficou boquiaberta. A perplexidade abafou o ressoar nos seus ouvidos e o torpor em seus pensamentos.

Então, luzes fosforescentes começaram a brilhar nas lajes desgastadas, iluminando círculos distintos, porém desbotados, aleatoriamente distribuídos por toda aquela área; cada círculo tinha mais de quatro metros de diâmetro. Eram 18.

Os anéis cintilantes começaram a vibrar, e os círculos se partiram ao meio ao longo de uma linha nítida que atravessava toda aquela extensão. As placas circulares eram alçapões escondidos, vedados há incontáveis séculos, cujas metades se abriram, girando para baixo. Cada buraco aberto revelou um túnel iluminado por uma luz verde, fraca e vacilante que vinha de baixo. Dezoito poços escondidos bem no meio da Praça de Execução de Jax-Ur.

Esquadras de besouros vorazes guincharam e silvaram, e então bateram em retirada para seus esconderijos. Aethyr os ignorou.

O ar estava estagnado e o vapor em espiral subia pelas covas há tanto tempo fechadas. Tomando cuidado para se equilibrar, Aethyr deu uma olhada na abertura circular mais próxima. Esse tesouro valia mais, muito mais do que qualquer coisa que ela já havia visto na vida.

CAPÍTULO 29

Lara entrou em contato com os pais em Kandor para anunciar que ela e Jor-El se casariam. Em segundo plano na tela, o jovem Ki gritava, provocativo:

— Eu sabia! Sabia!

Lor-Van parecia prestes a explodir de orgulho, embora sua mãe tivesse verbalizado reservas.

— Não se precipite com algo que você não poderá desfazer. E se Jor-El for considerado culpado?

— Jor-El é Jor-El — disse Lara com firmeza. — Eu o amo e sei que ele é um bom homem, independente do que o Conselho diz.

O pai tentou consolá-la, sentindo a preocupação que ela não conseguia esconder na voz.

— Também conhecemos Jor-El. Não conseguimos acreditar nas coisas terríveis que estão dizendo, mas existem evidências... Você mesma estava lá.

— Sim, estava, e vi o acidente. E ainda estou do lado de Jor-El.

Seus pais se entreolharam na imagem da tela e, simultaneamente, chegaram à mesma conclusão. Lor-Van disse:

— Então você tem nosso apoio, Lara. Estaremos com você.

Ora hesitou.

— Suponho que o casamento vai acontecer logo? O interrogatório de Jor-El...

— Será o mais rápido possível. Confiem em mim!

Antes de terminarem a comunicação, seus pais contaram suas novidades. Haviam começado os preparativos exaustivos para seu mais ambicioso projeto: decorar todo um pináculo administrativo com frisos complexos e tecelagens de seda de cristal colorida. Lara ficou excitada enquanto ouvia as descrições, mas sua concentração estava toda focada no auxílio a Jor-El.

Mesmo com os componentes do escâner sísmico destruído espalhados no chão e catalogados, Jor-El ainda não havia conseguido descobrir o que dera errado, e estava trabalhando obsessivamente para encontrar a solução do dilema. Muito embora isso não fosse mudar a culpa que o Conselho indubitavelmente pretendia lhe imputar, ainda assim ele precisava saber. Por isso, trouxe à mente suas projeções e recalculou todos os ângulos de luz possíveis. Embora não pudesse duplicar a tecnologia de Donodon, chegou até mesmo a construir outro protótipo do gerador do sol vermelho, que operava perfeitamente acima de três vezes a capacidade designada. Aquilo não fazia sentido.

Lá fora, no meio da tarde ensolarada, eles trabalhavam juntos no problema. Embora Lara tivesse uma formação artística e não técnica, insistia em ajudá-lo.

— Não posso me comparar a você no campo teórico, mas toda pequena tarefa que tiro de suas mãos lhe dá mais tempo e energia para devotar à limpeza do seu nome.

Jor-El, no entanto, sabia que aquilo não seria o bastante. Precisava de um aliado mais poderoso se quisesse alimentar alguma esperança de que mudaria a decisão do Conselho.

O comissário Zod chegou à propriedade sem avisar, cinco dias depois da morte de Donodon. Jor-El se aproximou, sentindo um frio no estômago. Não conseguia entender quais eram os motivos do comissário; às vezes ele parecia apoiar Jor-El, em outras, dava a impressão de que queria destruí-lo.

— Você tem notícias do Conselho? — Ele não tinha certeza de que queria ouvir a resposta.

Zod acenou casualmente com a mão.

– Eles levam um tempo interminável para fazer qualquer coisa. Não espere tão cedo por uma decisão.

Lara ficou ao lado de Jor-El, com um ar desconfiado.

– Então por que veio até aqui, comissário?

– Ora, para ajudá-lo a planejar sua defesa no julgamento. Você precisa do meu auxílio. Deve saber que sou um de seus mais leais defensores.

Jor-El não conseguia acreditar no que estava ouvindo. Ele não sabia de nada disso. Embora respeitasse o sujeito pela sua sinceridade, o cientista sempre discordou da atitude defensiva de Zod em relação ao progresso.

– Isso não parece estar vindo da sua boca, comissário. Como lembrou de forma tão pontual ao Conselho, você me alertou repetidas vezes sobre o uso de tecnologia incontrolável. Foi minha invenção que causou esse desastre.

Seu interlocutor encolheu os ombros.

– Sim, e se eu pudesse girar o planeta para trás e voltar no tempo, insistiria para que você jamais construísse sua máquina perigosa. Mas agora é tarde demais para isso. Temos que deixar o passado para trás.

– Isso ainda não explica por que está do nosso lado, comissário – disse Lara. Ela ficou observando-o atentamente, tentando descobrir que vantagem política ele via em ajudar Jor-El.

Zod examinou Lara, como se estivesse tentando encaixá-la na equação ao lado de Jor-El. Dando a impressão de que estava admitindo um erro terrível, ele disse:

– No dia em que Donodon foi morto, tive uma epifania. Quando fielmente censurei tecnologias perigosas para impedir que os kryptonianos ferissem uns aos outros, falhei ao perceber que poderíamos precisar nos proteger de inimigos vindos de outros planetas. Podemos ser uma raça pacífica e gentil, mas o resto da galáxia não é tão inofensivo. Os seres do espaço exterior já notaram nossa existência e você tem mais chance de salvar Krypton do que qualquer um. Mas o Conselho não sabe disso. – Zod suspirou pesadamente. – Temo estar chegando a hora em que o nosso mundo irá precisar do seu dom, Jor-El. Seria um erro trancafiá-lo. Pretendo testemunhar a seu favor no julgamento, pelo bem de Krypton.

Jor-El olhou atentamente para baixo, na direção dos componentes cuidadosamente rotulados espalhados pelo jardim.

– Há mais detalhes que não foram esclarecidos nesse mistério. Acabei de encontrar um resíduo estranho que parece ser de alguma espécie de elemento químico instável e altamente energético. Até onde posso dizer, é a mesma substância concentrada que uso para lançar as sondas solares. Não sei como isso foi parar no meu escâner sísmico, mas pretendo fazer mais análises para identificar o componente. Essa pode ser a chave. E se alguém tiver mexido indevidamente no aparelho? A explosão pode não ter sido um acidente.

Zod parecia preocupado.

– Intrigante. É melhor que você me entregue essas amostras, Jor-El. Se há de fato alguma suspeita de contaminação, então *você* não pode ser aquele que vai analisá-las. O Conselho jamais vai acreditar que você não plantou essa assim chamada prova.

– Jor-El jamais faria isso – interveio Lara.

– É claro que não – Zod encolheu os ombros de forma significativa. – Por outro lado, o equipamento também jamais deveria ter explodido. Deixe-me levar as amostras para Kandor, farei com que meus próprios especialistas estudem a assinatura química. Você não está sozinho nisso, Jor-El.

Jor-El acenou lentamente com a cabeça, em relutante consentimento.

– Isso provavelmente seria o melhor a se fazer.

O comissário se virou, olhando para trás dos grandes prédios da propriedade, enquanto outra nave flutuante se aproximava, dessa vez guiada pelo mudo e robusto Nam-Ek. Na plataforma aberta da nave, objetos grandes estavam cobertos por um tecido denso, cortinado e disforme. Como se estivesse com medo de ser ouvido por acaso, Zod baixou o tom de voz.

– Eu trouxe algo para você, Jor-El... algo que precisa deixar escondido por um tempo.

Jor-El olhou para Lara e depois se voltou para o comissário.

– Do que se trata?

Nam-Ek trouxe o veículo flutuante e sua carga volumosa para perto de onde seu mestre estava. Com um floreio, Zod removeu a lona e deixou à mostra enormes componentes, motores, sistemas computadorizados e partes lisas de um casco metalizado, azul e prateado.

– O pessoal que trabalha comigo na Comissão desmontou cuidadosamente a nave espacial do alienígena, mas ela é muito valiosa para ser ignorada. Apesar dos temores do Conselho, eu simplesmente não poderia permitir que a nave de Donodon fosse destruída.

Jor-El se aproximou, com a respiração acelerada.

– Você manteve os componentes intactos? Ouvi você anunciando para o Conselho... disse que os havia destruído.

– O Conselho não precisa saber. – Ele sorriu discretamente. – Um dia, Krypton perceberá a sabedoria que há aqui... sei que você já consegue vê-la.

Jor-El trouxe Lara para perto.

– Seu sistema de navegação, seu banco de dados de planetas, os motores de sua espaçonave. Podemos fazer *muita coisa* com isso.

– A não ser que o Conselho confisque tudo novamente – avisou Lara.

– Só teremos que impedir que descubram. – Zod revirou os olhos. – Não consigo tolerar a ideia de deixar um tesouro tecnológico como esse nas mãos *deles*, e você? Até terminarmos com esse transtorno, temos que manter esses componentes escondidos em um lugar seguro. Creio que, mais cedo ou mais tarde, vamos ter que entender os sistemas dessa espaçonave, Jor-El. Posso lhe pedir um dia para que construa uma frota inteira de naves espaciais kryptonianas, para a proteção do nosso planeta. Em quem mais posso confiar?

Zod andou pela relva com o mudo robusto em sua cola, e Jor-El o seguiu. Ele baixou o tom para um sussurro típico de quem conspirava.

– Os escritórios da minha Comissão em Kandor não estão protegidos contra inspeções. Há algum lugar em que possamos esconder a nave aqui?

– Eu poderia arrastá-la para meu prédio principal de pesquisa e começar a trabalhar ainda antes do meu julgamento...

Zod balançou a cabeça.

– Óbvio demais e muito perigoso. Precisamos de um lugar onde ninguém pense em procurar.

Jor-El girou o corpo lentamente até que finalmente seu olhar se voltou para a torre proeminente, com suas paredes iridescentes em espiral. Ele andou em volta do perímetro da estrutura, passando a palma de sua mão pela parede lisa, batendo de leve enquanto buscava uma indicação de onde era a entrada. Para Jor-El, a enigmática estrutura simbolizava todas as coisas ainda não descobertas que perduravam no universo.

– Há muito tempo, meu pai me disse que eu saberia quando deveria abrir a torre, quando eu faria uso do que está lá dentro. Não consigo pensar em uma hora melhor do que agora. – Enquanto estalava os dedos, ele encontrou um remendo que parecia ter sido feito de um tipo diferente de material, mas fino, como uma casca de ovo. – Aqui. Poderíamos pegar bastões e martelos de construção em um dos galpões.

Mas Nam-Ek simplesmente fechou o punho e desferiu um potente golpe, sem nem ao menos tremer quando sua mão atingiu a parede. A barreira iridescente se despedaçou, deixando à mostra um vão de porta largo o bas tante para que dois homens ficassem lado a lado – grande o suficiente para a pequena espaçonave passar.

Lá dentro, uma luz rosa e láctea banhava o salão principal da torre: a luz vermelha do sol era filtrada pela parede translúcida. Anos atrás, antes de selar a estrutura, Yar-El havia montado um laboratório impecável com sacadas, mesas, equipamento – tudo pronto para ser usado. Jor-El estava encantado com a descoberta.

Quando Nam-Ek terminou de descarregar os componentes desmantelados da espaçonave dentro do laboratório secreto da torre, Zod ficou olhando para os estranhos objetos com profundo interesse, depois saiu lá de dentro.

– Você tem resina de construção? Devíamos selar novamente a abertura por enquanto, para que a nave permaneça escondida. Não quero que você trabalhe nela... ainda não. Precisamos resolver a questão do Conselho primeiro.

Como cidadão leal, Jor-El não gostava de guardar segredos do governo legalmente constituído, mas certamente entendia o porquê disso ser necessário. As atitudes obstrucionistas do Conselho Kryptoniano poderiam muito bem resultar na ruína de Krypton – de várias maneiras.

– Sim, posso mantê-la aqui em segurança... por enquanto.

CAPÍTULO 30

Faltavam apenas sete dias para o inquérito previamente agendado. Jor-El havia planejado sua defesa e estudado seu discurso para que pudesse convencer os onze membros do Conselho, embora duvidasse que mais do que alguns poucos fossem ouvir. No entanto, ele não pretendia cair sem lutar.

Enquanto isso, Zod enviou as amostras do resíduo químico de volta a Kandor para análise, mas ainda não havia recebido nenhum resultado. Jor-El não sabia como a prova química poderia ajudar no caso, mas queria muito saber o que havia dado errado. Precisava entender.

Mas outro problema se apresentou.

– Precisamos encontrar alguém para nos casar. – Jor-El se virou para Lara com os olhos azuis brilhando.

Ela estava ao seu lado dentro do prédio principal de pesquisa, onde o havia resgatado da Zona Fantasma.

– Não vou deixar que você enfrente o Conselho sem que eu possa dizer para todo o mundo que somos marido e mulher. Vamos lhes mostrar a nossa força juntos. Eles que tentem me impedir de acompanhar você quando receber a sua sentença.

O comissário Zod adentrou o enorme laboratório carregando trechos selecionados de antigas sessões do Conselho e citações de passagens arcaicas da lei kryptoniana. Ele havia passado dois dias na propriedade, assessorando

Jor-El em sua defesa legal, em busca de documentos e precedentes históricos que permitissem que o Conselho mudasse sua maneira de pensar. Lara ainda se perguntava por que o comissário dedicava tanta atenção ao caso do cientista, mas eles não podiam se dar ao luxo de dispensar sua ajuda. Zod parecia ser seu único aliado poderoso.

– Desculpem por eu ficar espiando. Vocês dois estão para se casar? Um romance de última hora? – Ela viu algo perturbador em seu sorriso.

– Intrigante.

– Não tivemos tempo de fazer os preparativos – confessou Jor-El. – E o tempo está se esgotando.

O comissário parecia estar fazendo cálculos mentalmente. Ele a fitou de lado, como se não se lembrasse do seu nome.

– Casar com essa mulher vai fazer você feliz?

– Sim – respondeu Jor-El, sem um traço de dúvida em sua voz. – Lara faz com que eu me sinta não só feliz, mas em paz.

A conduta de Zod mudou por inteiro.

– Então eu mesmo vou presidir a cerimônia. Eu insisto.

Jor-El e Lara olharam para ele, surpresos.

– Achei que iríamos encontrar um sacerdote de Rao ou, considerando as circunstâncias, um zeloso oficial civil.

– Como comissário, tenho toda a autoridade necessária para conduzir cerimônias legalmente. Esse casamento será meu presente para vocês, e o faço porque sou seu amigo. Não se preocupem mais com isso. Ele acontecerá.

Embora estivesse feliz, algum instinto dizia a Lara que o comissário não era tão altruísta como fingia ser. Mas ela acabou tirando esses pensamentos da cabeça, pelo bem de Jor-El. Não podiam ter o capricho de ficar escolhendo nada naquela hora.

A pequena cerimônia aconteceria na casa de veraneio, no meio da floresta, ao pé da montanha, com pouquíssimos convidados. A mãe de Jor-El cuidaria da recepção, com Yar-El entendendo ou não o que acontecia à sua volta.

Na manhã do casamento, Jor-El enviou uma mensagem urgente para Argo City, que tirou seu irmão, por alguns instantes, do foco que vinha dando aos esforços de salvamento.

– Você sabe, hoje é o dia do meu casamento, mas parece que nada está saindo do jeito que eu havia planejado.

Zor-El parecia cansado, embora ainda estivesse com o olhar flamejante na placa de comunicação. Falava em um tom de voz áspero, talvez por estar tendo de tomar decisões rápidas o tempo todo durante os últimos dias; dava a impressão de não dormir há muito tempo.

– Não é a cerimônia que conta, Jor-El, e sim o casamento. Você está satisfeito com o que está fazendo.

– Lara é a mulher certa para mim, disso eu tenho a mais completa certeza.

– Então fico feliz por você. Gostaria de estar aí para ficar ao seu lado. – Ele abriu as mãos, dando conta de toda a sua impotência. – A energia ainda não voltou em muitas áreas. Boa parte do suprimento de água está contaminada. Nem sequer contamos os mortos...

– Eu entendo, Zor-El. Muitas tragédias de uma vez só. Faça o que tem que fazer. Vamos superar isso.

Quando partiram para a casa de veraneio, Jor-El afagou o cabelo de Lara carinhosamente.

– Se eu tiver minha vida de volta depois desse julgamento, prometo que teremos uma cerimônia de reafirmação. Vamos fazer tudo do jeito certo.

A noiva apertou a mão do amado.

– Isso é tudo de que precisamos, Jor-El. Não quero corais nem pavilhões enfeitados com bandeirolas, banquetes com quitutes fantásticos ou uma lista de convidados que inclua todas as figuras proeminentes de Kandor. – Ela lhe deu um beijo rápido no rosto. – Tudo de que precisamos é um do outro. Isso é o bastante.

Charys os recebeu no portão de madeira, sorrindo com um entusiasmo e uma satisfação que Jor-El não via em sua mãe há anos. Ela havia espalhado flores colhidas dos seus jardins por toda a pequena casa, deixando os cômodos com um cheiro inebriante.

Yar-El estava sentado em sua cadeira, com um cobertor no colo. A esposa havia penteado seu cabelo e o vestido com uma túnica formal e elegante, e ela mesma havia colocado um vestido cheio de adornos. O patriarca ostentava um sorriso distante, como se tivesse pelo menos uma leve noção do que estava acontecendo. Jor-El colocou a mão no ombro magro do pai; ele tinha muito a dizer para Yar-El, mas estava incapaz de fazê-lo.

Zod usava seu traje de comissário, enfeitado com uma bela faixa de ouro. O robusto Nam-Ek estava do lado de fora, na porta da casa, como se estivesse protegendo o casamento contra ataques externos. Lara escolheu o melhor vestido entre os que tinha levado para a propriedade de Jor-El. Ela não tinha ideia de por que havia colocado na bagagem um vestido apertado cor de lavanda, feito com um tecido franzido dos mais delicados, que agora havia se tornado um perfeito vestido de casamento.

O pai e a mãe de Lara, depois de adiar seu trabalho nas tapeçarias de seda de cristal, chegaram no último instante, embora tivessem alimentado a esperança de decorar o sítio para o casamento. Seu irmão mais novo parecia ter se arrumado às pressas para o evento. Todos os três ficaram muito impressionados ao conhecer o comissário Zod em pessoa. Haviam levado três esculturas de vidro espiralado (feitas à mão) e um vaso afunilado para serem exibidos durante a cerimônia.

Os pais de Lara cumprimentaram carinhosamente a mãe de Jor-El, e Lor-Van falou prazerosamente para Yar-El:

— Não sei se você consegue me escutar ou me entender, senhor, mas quero expressar minha admiração pelo seu trabalho. Sou um artista mais ou menos respeitado, mas você foi ao mesmo tempo artista e cientista. As coisas que você criou influenciaram tanta gente...

O velho não deu nenhum sinal de que sabia que Lor-Van estava falando com ele.

Ora pegou o marido pelo braço.

— A cerimônia está prestes a começar. — Um inquieto Ki sentou ao lado dos pais e abria um sorriso largo toda vez que Lara olhava em sua direção. Ela estava acomodada ao lado de Jor-El diante de janelas amplas que deixavam entrar alguns raios de sol. Lara segurou a mão do noivo como se não tivesse a menor intenção de largá-la.

O comissário Zod optou por uma cerimônia abreviada, e foi direto ao assunto. As claraboias da casa foram abertas para que a luz do sol do fim da tarde fosse projetada bem em cima do casal.

— Vocês estão juntos sob a face de Rao. Vocês declaram o seu amor ao universo, aos seus amigos e familiares, e um ao outro?

— Sim — responderam Jor-El e Lara em uníssono. Eles nem precisaram ensaiar.

— Seu amor é como a gravidade, uma força que os empurra para sempre, um na direção do outro. Que nada os separe.

— Que nada nos separe. — Jor-El e Lara deram as mãos.

Para marcar a união, os pais de Lara levaram dois pingentes que haviam desenhado especialmente para a ocasião. Cada um reluzia com um rubi cunhado da mesma pedra; as gemas estavam ligadas às próprias moléculas da sua estrutura de cristal.

Zod então prendeu um dos pingentes à corrente que estava sobre a cabeça branca de Jor-El, e depois colocou seu par idêntico sobre a de Lara.

— Deixem que estes pairem sobre seus corações, que agora batem como um só. — Zod levantou as mãos, como se tivesse acabado de fechar um contrato. — Vocês agora estão casados. Deixem que eu seja o primeiro a declará-los marido e mulher.

Jor-El encarou Lara, e ela fitou seus olhos, e lá encontrou tudo que estava esperando. Seus pais aplaudiram fazendo barulho, enquanto seu irmãozinho deu um estridente assobio.

Com lágrimas nos olhos, Charys apertou o ombro do marido. Yar-El olhava para o espaço enquanto a esposa afagava seu cabelo, e depois ela o beijou na testa. A senhora contemplou os recém-casados.

— E agora sou eu que vou dar um presente. *Nós* vamos. Vocês precisam ficar algum tempo sozinhos, mesmo que seja por um ou dois dias.

— Agora não, mãe. Meu julgamento é...

Ela não seria dissuadida.

— Se não for agora, então não vai ser nunca. Não estou nem aí para o seu julgamento, seus problemas, planos ou experiências. Vocês precisam disso, e tenho o lugar perfeito. — Sua expressão assumiu um ar de saudosismo. — Quando nos casamos, Yar-El construiu um fabuloso palácio para nós no ártico. Ele chamou de palácio da solidão, um retiro onde podíamos ficar a sós, sem sermos perturbados pelas diligências e pressões de Krypton. O palácio ainda está lá na calota polar. Queria que Zor-El e Alura o usassem, mas em vez disso resolveram ir para os recifes nos arredores de Argo City para passar a lua de mel. Esperei que você se casasse, Jor-El, para que você e sua bela esposa... — Ela estendeu o braço para apertar a mão de Lara; sua voz estremeceu e lágrimas brotaram em seus olhos. — É um lugar perfeito para recém-casados.

Lara mal conseguia respirar direito.

— Parece lindo.

— Não podemos. — Jor-El balançou a cabeça. — Tenho que ficar aqui. Minha defesa...

Zod se aproximou deles com um sorriso, embora seu olhar parecesse inquieto.

– Sua mãe tem razão. Ninguém em Krypton acredita que o renomado Jor-El vai faltar com sua palavra e fugir. Se você me prometer que vai voltar a tempo, então, como comissário, eu lhe dou permissão para viajar. Seja feliz enquanto pode.

Lara se pronunciou, com cautela:

– Isso é muito generoso da sua parte, comissário. Mas com tudo o que está acontecendo, os preparativos...

– É o mínimo que posso fazer. Vocês dois sabem que já fizemos tudo o que podíamos. Não há mais preparativos a serem feitos, nenhum estudo adicional a se fazer, nenhuma nova evidência. Jor-El irá enfrentar o Conselho, e estou confiante de que vamos levar a melhor. Ficar aqui não tem sentido. Uma vez que Jor-El receber o perdão, teremos muito trabalho a fazer. E se for condenado... – Zod estendeu as mãos e olhou para Nam-Ek que estava em pé próximo à porta. – Então isso é motivo mais do que suficiente para você aproveitar essa oportunidade antes que seja tarde.

CAPÍTULO 31

Zod e Nam-Ek voaram de volta para Kandor à noite, em uma nave aberta. Os dois ficaram lado a lado sobre a plataforma que zumbia, com o ar noturno soprando delicadamente à sua volta. As estrelas no céu estavam cobertas por uma capa colorida de auroras, e três meteoros alaranjados e brilhantes rasgaram a escuridão como se fossem cortes feitos por uma faca sanguinária.

Tudo correu bem durante o tempo que passou com Jor-El, e Zod tinha certeza de que havia colocado o cientista no bolso, não importava o que viesse a acontecer. Ele certamente não esperava que fosse acrescentar um casamento às atividades, mas isso havia estreitado ainda mais o laço de lealdades. Àquela altura o brilhante cientista havia tido provas suficientes de que Zod poderia resolver as coisas mesmo quando os membros do Conselho hesitavam. Jor-El também tinha uma paixão pelo progresso, embora fosse por um tipo diferente. Ah, e se Zod e Jor-El tinham as mesmas metas, quantas coisas eles não poderiam fazer por Krypton!

— No fim das contas, fico feliz por Jor-El não ter sido morto na explosão — pensou Zod em voz alta para que Nam-Ek ouvisse. — Ainda precisamos dele. Felizmente, tudo se virou ao nosso favor, mas se pudéssemos convencer aquele Conselho teimoso a me colocar no comando das defesas de Krypton. — Seu companheiro barbado acenou com a cabeça. — Contudo, preciso ter muito cuidado. Não posso parecer tendencioso durante o julgamento. Mas se o grande cientista for derrubado, e eu acabar salvando-o, Jor-El ficará eternamente em dívida comigo.

Até agora tudo havia dado certo.

Depois do casamento, Zod e Nam-Ek voltaram rapidamente para a propriedade junto com o casal feliz. Enquanto Lara arrumava as malas para a viagem de núpcias até a região ártica, o comissário e Jor-El repassaram alguns últimos detalhes, completando um inventário das invenções mais úteis e marcantes que o cientista havia desenvolvido ao longo dos anos. Zod prometeu que apresentaria a lista durante o julgamento, certo de que ela lançaria outra luz sobre o trabalho de Jor-El. Finalmente, tarde da noite, Jor-El e a esposa voaram para o norte, e o comissário começou sua jornada de volta para Kandor.

Logo as luzes brilhantes da capital se acenderam no horizonte, como se ela fosse uma ilha de torres, pirâmides e monumentos arrojados no meio do vale extenso. Kandor era um aglomerado de habitações e tecnologia cercado por vastos assentamentos periféricos, subúrbios, indústrias de suporte e armazéns. Campos agrícolas cobriam as planícies e eram divididos geometricamente. Outros veículos e aeronaves seguiam pelas vias públicas principais, viajantes como Zod, embora ele tivesse pedido para Nam-Ek pegar um caminho mais tranquilo por terra. O comissário não queria enfrentar nenhuma espécie de trânsito.

Zod podia sentir a energia e a pulsação de Kandor enquanto se aproximavam.

– Ficarei feliz de chegar em casa. – Ele bateu no ombro de seu companheiro. – E você quer ver seus animais, é claro. – Com uma expressão infantil de prazer, Nam-Ek acenou com a cabeça.

Quando chegaram aos limites da cidade cintilante, Zod ouviu um estranho zumbido no ar. A eletricidade estática fez sua pele crepitar, fazendo com que os pelos de seus braços e do pescoço se arrepiassem. Ao perceber que estava havendo um distúrbio, Nam-Ek também olhou em volta, e depois se virou na direção do céu noturno.

Bem lá no alto, uma luz branca e ofuscante se movia para todos os lados como se fosse a fagulha de uma fogueira de acampamento. Zod franziu as sobrancelhas. Seria outra aeronave? Até que sentiu um frio no estômago. E se o povo de Donodon tivesse voltado, afinal? No que o ponto luminoso baixou um pouco mais, orbitando o horizonte da cidade, e crescendo cada vez mais, ele sentiu uma palpitação percorrer a espinha.

Anteriormente ele havia trazido à tona o fantasma de uma raça interplanetária e vingativa só para manipular o Conselho. O comissário havia distorcido os fatos a fim de enervar ainda mais os já tensos cidadãos para que se dispusessem a considerar mudanças drásticas – mudanças que beneficiariam Zod. Ele nunca havia pensado que os companheiros de Donodon viriam tão cedo!

Contudo, quando examinou a nave com mais cuidado, viu que se tratava de algo bem mais ameaçador e sinistro do que a outra menor. A nova e estranha espaçonave descia sem pressa na direção do horizonte de Kandor, e só quando Zod pôde vê-la em contraste aos arranha-céus é que percebeu sua absoluta imensidão. Parecia ser feita de sombras e metal brilhante, dobras acentuadas e planos geométricos precisos, que se afilavam até um ponto inferior, como uma pedra preciosa que havia se desprendido de seu ambiente. A nave possuía certa graça apesar de sua vastidão, e lembrava, para Zod, uma flor com pétalas de gumes afiados.

O zumbido no ar foi ficando mais opressivo, Nam-Ek recuou com a nave de passageiros onde ele e Zod estavam e fez uma parada súbita bem longe da cidade. Ao longe, Zod podia ouvir os sons vagos de gente gritando, multidões que saíam dos prédios e olhavam para o céu. Embora o tráfego fosse mínimo a essa hora da noite, ele ainda via veículos terrestres e flutuantes movendo-se em círculos nos limites de Kandor. Alguns grupos de excursionistas voltavam para suas casas, enquanto outros lutavam para abandonar a cidade.

Zod tirou os controles da mão de Nam-Ek e avançou com a nave para a cidade novamente, acelerando.

– Se isso for um ataque, o Conselho jamais saberá o que fazer. Posso tentar agrupar as pessoas sob minha liderança, mas só se estiver aqui! – De repente ele passou a ver aquilo como uma grande e inesperada oportunidade. – Posso liderá-las... agora!

Profundamente sobressaltado, o grande mudo segurou a manga do mestre e balançou a cabeça, mas Zod insistia em seguir para a cidade, a sua cidade.

– Sei que você quer me manter em segurança, mas tenho que tentar...

Faíscas cintilantes ao longo das extremidades das junções angulares da enorme espaçonave resplandeciam em tons que iam do laranja para o branco, interrompendo as palavras de Zod. A nave foi descendo até pairar logo acima do zigurate central do templo do Conselho, onde o pulsante holograma de Rao ardia no meio da noite. Os planos externos de metal da nave alienígena se dobraram e se rearranjaram como as imagens de um caleidoscópio dimensional, e a flor com gumes afiados se abriu para revelar um pequeno núcleo com uma luz brilhante e abrasadora.

Um momento de silêncio nauseante pairou no ar. Zod mal conseguia piscar o olho. Seu batimento cardíaco havia ido parar no ouvido; todo o vale de Kandor parecia estar prendendo a respiração.

Um pilar ofuscante de luz solidificada desceu para cobrir a pequena imagem do sol vermelho, como se ela estivesse sendo usada como ponto de ancoragem. Dos cantos dos planos dobráveis do casco da nave alienígena, três feixes de luz perfeitamente retos partiram para o ataque como se fossem açoites mortais, estendendo seu raio de ação até os topos dos prédios. Separados por ângulos iguais, os feixes atingiram o solo no perímetro de Kandor, destruindo e furando o chão. As luzes brilhantes se abriam em leque, girando em volta como se fossem as lâminas de um abridor de latas. Com a desenvoltura de uma caneta rabiscando uma folha de papel, os três raios equidistantes faziam uma espécie de entalho em volta da cidade, como se traçassem um círculo perfeito.

No caminho dos raios lancinantes, vários desafortunados veículos terrestres explodiram. Estruturas remotas tombavam, atingidas pelas rajadas. Os sons de rochas evaporando e de vapores sibilantes eram como o ribombar de um trovão interminável. Pontes e rodovias desmoronavam. Inúmeros lares sem sorte eram simplesmente apagados na trilha da destruição. Um campo cercado para as aeronaves particulares de Kandor sumiu assim que a onda desintegradora passou; desvairados, dois pilotos tentaram sair dali flutuando, mas ambos foram pegos pelos raios, e incinerados em um instante.

Uma cidade cheia de pessoas gritando criava uma estranha sonoridade operística que pairava no ar, mas a nave alienígena continuava sua trilha de destruição, indiferente aos berros. Os feixes cavavam um fosso circular que abarcava a maior parte de Kandor, e depois faziam um corte ainda mais profundo na crosta da terra.

Assim que o talho luminoso passou em frente à plataforma de passageiros, Zod virou o veículo voador para o lado. Ele mal conseguiu evitar o choque com a rajada de alta intensidade. O comissário tentou retomar o controle do veículo cambaleante enquanto correntes térmicas com a força de um vendaval o jogavam de um lado para o outro dentro da aeronave aberta e escombros fundidos salpicavam a lateral do casco. Nam-Ek se virou, com a intenção de usar seu corpo robusto para proteger Zod; pequenas brasas fritaram as costas do grandalhão, fazendo com que sua camisa queimasse.

Nam-Ek tirou Zod dos controles e fez com que a nave descesse rapidamente, jogando os dois na lama. Eles derraparam até parar de vez a alguns metros do corte profundo e fumegante no chão. Ao contemplar a expressão confusa e furiosa no rosto do mudo, Zod se perguntou se Nam-Ek iria arrastá-lo dali caso ele insistisse em voltar para Kandor.

O comissário se limpou e olhou para o cenário em pânico.

– Pelo coração vermelho de Rao! – Ele podia sentir o cheiro de ozônio e eletricidade no ar, além de uma onda de calor queimar o seu rosto como se estivesse respirando fundo o ar de um forno aceso.

Os três raios brilhantes continuavam a devastar tudo o que vinha em seu caminho, traçando a circunferência várias vezes, penetrando cada vez mais fundo a crosta em cada passagem. Ruas eram rachadas, anexos voavam pelos ares e viravam poeira. Lama e fumaça espirravam para o alto, acompanhadas por fontes de faíscas e jatos de vapor vindos dos dutos subterrâneos.

Quando o círculo quente e delimitador estava finalmente completo e a fumaça começou a se dissipar, Zod pôde mais uma vez ouvir gritos e berros de gente em pânico, misturados a uma cacofonia de alarmes internos. Oficiais da Guarda Safira que estavam em treinamento nas casernas fora da cidade deviam estar entrando em posição, chamando todos os reforços.

Mas a sinistra nave alienígena ainda não tinha terminado seu trabalho. Tomando como base a fossa profunda que circundava o núcleo da capital de Krypton e formava uma esfera perfeita, uma cortina cintilante começou a transbordar da nave invasora e caiu até envolver a metrópole debaixo de uma bolha hemisférica que se fechou dentro do sulco gigantesco.

Zod cambaleou enquanto olhava para a enorme cúpula artificial que agora cobria Kandor.

– É como se fosse uma casa de bonecas dentro de um viveiro. – Todos na cidade estavam aprisionados, espécimes em um zoológico gigante. A mente de Zod estava em polvorosa, imaginando se isso não poderia ser de fato uma retaliação do povo de Donodon ou a poderosa força policial que o alienígena havia mencionado... ou algo completamente diferente.

Sentindo-se isolado e indefeso, Zod olhou para os cidadãos e veículos presos na via pública mais próxima da área externa de Kandor. Um esquadrão da Guarda Safira se aproximou às pressas e disparou suas armas, sem obter qualquer resultado. O comissário se perguntava se devia assumir o comando daquele contingente de oficiais e lhes dizer o que fazer. Mas *ele* também não sabia como proceder.

– Como podemos libertá-los? Como fazemos para expulsar a nave espacial? – Pela primeira vez que conseguia se lembrar, Zod se sentia totalmente fora de controle, incapaz de fazer qualquer coisa. Ele nunca deveria ter deixado Jor-El ir para o ártico. Não agora.

De repente, Zod engoliu em seco ao perceber que, se não tivesse ficado nas montanhas para realizar o casamento, ou até mesmo se tivesse deixado a propriedade de Jor-El e Lara uma hora antes, então ele e Nam-Ek também estariam presos dentro daquela abóboda impenetrável. Por pura coincidência e sorte, eles estavam longe de Kandor.

O domo pulsava, e a gigantesca nave angulosa pairava no ar, só esperando. Ele ouviu o pulso de energia da cúpula de contenção se misturar com o persistente chiado de lama e rocha derretendo. Cada vez que Zod respirava, sentia o ar carregado de eletricidade estática e ozônio metálico. Apesar de seu medo instintivo, ele não conseguia deixar de admirar o incalculável poder que a aeronave possuía. O comissário temia que algo ainda pior estivesse para acontecer.

Finalmente, depois de um longo instante de tensão crescente, o próprio ar gemeu. O viveiro tremeluziu e começou a encolher, como um nó que se contraía. No começo, Zod não conseguia acreditar no que estava vendo. Nam-Ek fixou o olhar, mas depois protegeu o rosto.

O domo foi comprimido para dentro, encapsulando Kandor dentro de limites cada vez menores. Zod percebeu que todo o horizonte ali contido estava *encolhendo*. Lentes exóticas ou campos de densidade dentro daquela cúpula projetada reduziram o tamanho da capital, deixando para trás apenas uma careta de margens irregulares. Enquanto os limites se contraíam, a nave alienígena descia, pairando sobre o domo de contenção.

Nam-Ek tentou insistentemente convencer Zod a voar para longe dali e buscar um abrigo, mas o comissário não lhe dava ouvidos. Em vez disso, colocou a mão na testa do mudo, fazendo com que ele descesse da nave que estava pousada. Nam-Ek voltou para o chão, sentindo-se desamparado.

Zod passou toda a sua vida ali na capital: sua Comissão, o poder que exercia, suas conexões, seu lar. Nenhuma das pessoas que lá viviam eram seus amigos – de fato, desprezava genuinamente os membros do Conselho e muitos outros burocratas que lhe fizeram oposição ao longo dos anos. Nam-Ek era o único com quem realmente se preocupava, e o grande mudo estava ali ao seu lado.

Mas como poderia ficar ali parado, simplesmente *observando* esse acontecimento sem precedentes? Ele estava furioso, temeroso e quase enlouquecido ao perceber que estava totalmente impotente em face desse estranho ataque. Zod agarrou os controladores da plataforma voadora, tentou decolar, mas Nam-Ek ficou no chão e, de propósito, segurou a grade lateral da nave, retendo o veículo com sua força bruta.

Zod falou em um tom severo do pedestal de controle.

– Não tente me desafiar, Nam-Ek. Vou me aproximar, mas não posso fazer o que devo se não puder mantê-lo a salvo. Caso contrário, ficarei muito preocupado com você. – Ele baixou o tom de voz. – Além disso, se eu não deixar você aqui, quem irá me salvar se eu estiver precisando?

Incapaz de argumentar, o grandalhão, relutante, largou a nave. Ele parecia convencido de que jamais veria seu mentor novamente, mas Zod tentou tranquilizá-lo.

– Tomarei cuidado. – Ele contemplou pela última vez a expressão desamparada de Nam-Ek, e depois se concentrou nos milhões de kryptonianos que estavam presos dentro da cidade encolhida. Talvez ele pudesse se aproximar o suficiente, ir de encontro à nave invasora e descobrir alguma maneira de reverter aquele desastre. Ele poderia salvar a todos.

Levantando voo mais uma vez com a nave flutuante, acelerou na direção da cratera que não parava de crescer enquanto Kandor continuava a encolher. Na hora em que alcançou o limite da cidade, Zod não conseguia mais enxergar a espaçonave alienígena. A cidade havia quase desaparecido no fundo daquele buraco gigante e irregular, reduzida a um tamanho inimaginavelmente pequeno, e a nave inimiga a havia seguido rumo às profundezas.

Zod deu uma guinada para parar o veículo, pouco antes do sumiço abrupto da cidade, e só deu para sentir o cheiro de fumaça e enxofre subindo até o seu rosto. Ele se sentiu desorientado pela irrealidade do que acabara de testemunhar. Kandor... *havia sumido!* O comissário desceu da plataforma que havia acabado de pousar, andou cautelosamente até a beirada e olhou para baixo.

Ele estava tão abalado que, a princípio não viu a luz brilhante que se movia rapidamente em sua direção. Depois de ter cumprido sua tarefa medonha, a nave ameaçadora começava a subir o grande poço que se formara. Zod cambaleou, tirando os braços do caminho para sair correndo da beirada.

Quando a nave se assomou sobre ele, Zod ficou contemplando a luz branca que ainda brilhava sob sua complexa estrutura. Pendurada em um fio invisível sob a carcaça, uma Kandor em miniatura pairava como se fosse um brinquedo ridículo, uma cidade dentro de uma garrafa. As superfícies planas de metal da blindagem exterior se deslocaram e mais uma vez se abriram como pétalas geométricas, mostrando o interior da estranha nave. Zod ficou vendo-a tragar a pequena Kandor através da fenda, até que as placas se fecharam como mandíbulas, engolindo a capital.

Mais ao longe, outros sobreviventes moviam-se desordenadamente para onde pontes e estradas só davam no buraco fumegante. Mas Zod não seguiu a rota principal de saída e preferiu trilhar o próprio caminho, como sempre. E, naquele instante, ele parecia penosamente vulnerável e visível ali ao ar livre. Ele estava sozinho.

E depois de circundar lentamente a profunda cratera, a nave sinistra veio em sua direção.

CAPÍTULO 32
32

O palácio da solidão nos campos nevados do ártico era de tirar o fôlego. Ao vê-lo, Jor-El se lembrou da genialidade original e da imaginação criativa de seu pai, antes de ele ter degenerado para o esquecimento.

Enquanto seu veículo com capota para duas pessoas disparava por sobre aquela terra árida e gelada, ele e Lara passaram por uma cordilheira de picos negros irregulares enterrados em geleiras. Várias graduações da luz vermelha do sol salpicavam as texturas da neve soprada e do gelo polido. Eles avistaram a exótica estrutura angular do palácio, aninhado a um despenhadeiro como um arbusto espinhoso que havia brotado de pedras preciosas. Uma coluna de vapor subia por uma fissura onde o calor vulcânico criava um oásis quente até mesmo ali na calota polar.

Os pais de Lara e o irmãozinho saíram correndo da casa da montanha logo depois da cerimônia, chamados de volta ao seu reservado projeto na cidade. Aparentemente, as tecelagens de seda de cristal tinham que ser monitoradas com precisão, caso contrário toda a rede se desfiaria e eles seriam forçados a começar tudo de novo. Lara insistiu que entendia o porquê de eles terem que partir tão cedo; afinal, ela havia crescido em uma família de artistas.

— Meu pai era um artista matemático. — No entanto, Jor-El sabia que simples equações sem inspiração não produziam maravilhas como a que ele via na montanha de gelo. Finos lençóis de cristal batiam uns nos outros, formando pequenos ângulos entre si; colunas estruturais verdes e brancas, que a princípio pareciam com um monte de vidros quebrados dispostos de forma aleatória, haviam sido, de fato, empilhados em uma ordem complexa. Como contraponto aos ângulos agudos, pináculos retos como torres de vigilância se projetavam verticalmente mais acima e ofereciam uma visão perfeita do ártico puro e imaculado.

A fortaleza permanecera intocada por anos naquela terra desolada, fria e branca. Ele e Lara tinham a calota polar toda para eles na mais perfeita paz, no mais perfeito aconchego. Os dois aqueceriam um ao outro.

Jor-El aterrissou em uma área coberta de neve, perto de um majestoso portão de entrada protegido por longos cristais que pareciam com lanças. Fragmentos grandes e angulosos haviam brotado das próprias geleiras, reforçados por camadas de polímeros e metais, para formar a estrutura principal do palácio. As pontas se entrelaçavam numa tapeçaria geométrica mais surpreendente do que qualquer arquitetura que ele já tinha visto.

O casal saiu no meio do frio severo e ficou em frente ao portão gelado do palácio, vendo o ar que saía de suas bocas e narinas. Olhando de dentro do capuz de seu casaco de pele, Lara avistou os pináculos brancos e esmeralda com o mais absoluto deleite. Quando Jor-El a puxou para perto, ela se sentiu em casa em seus braços. Ali, por um breve período, eles poderiam se esconder do resto de Krypton, ignorar o Conselho e suas acusações.

Assim que passaram pela entrada com cerca de cristal, constataram que os corredores do palácio eram feitos de gelo azul e natural, estabilizado com filmes de polímero. Assim que ele e Lara entraram, gemas térmicas fizeram com que a temperatura interna começasse a aumentar, deixando os aposentos mais confortáveis.

Ela sorvia a luz deslumbrante que vinha de todos os lados, e gozava da mais pura sensação de segurança e privacidade.

— Eu não poderia querer um lugar mais mágico para minha viagem de núpcias.

— Que tal se as circunstâncias fossem melhores?

— Você e eu agora somos casados, e essa é uma *maravilhosa* circunstância — disse ela com a mais absoluta convicção. — Estamos juntos, para o melhor e para o pior. Seus problemas são os meus, e ficarei sempre ao seu lado do jeito que estou agora. — Lara se aninhou nos braços do marido. — Não importa o que aconteça. Por mais sombrias que as coisas estejam, vamos superar isso.

Ele assentiu com a cabeça.

– Mesmo se o Conselho inteiro estiver contra mim, o comissário Zod prometeu que irá ajudar. Vamos ver se ele será fiel à sua palavra. E se, no final das contas, ele não puder nos ajudar, vamos ter que resolver tudo sozinhos.

A suíte master do palácio era tão grande quanto a sala de um monarca. A luz cintilava por trás das paredes facetadas. Nenhum dos dois podia imaginar um recanto kryptoniano mais apropriado. Lara lhe dirigiu um sorriso travesso.

– Nós vamos resolver. – Então ela o puxou para perto e lhe deu um longo beijo.

À sua volta, o frio do ártico exultava com a união dos dois. Yar-El havia tido a precaução de dispor a casa de peles de animal e camas confortáveis. Lara abraçava o marido, deleitando-se a cada segundo, e não queria mais largá-lo. Ela não se importava com o que poderia estar acontecendo em Kandor. Naquele lugar, Jor-El era só seu. E ela faria tudo para tirar o peso do mundo dos ombros do marido.

Embora só faltassem alguns poucos dias para o julgamento, Jor-El e Lara conseguiram distrair um ao outro de seus problemas. Completamente.

CAPÍTULO 33

Zod estava sozinho na beira da grande cratera, percebendo que não conseguiria fugir. Qualquer ser com o poder de reduzir uma cidade inteira a um mero brinquedo podia facilmente capturar um homem, e ele sabia que a nave alienígena o havia localizado.

Então, ele não tentou fugir. Ficou parado, com as mãos na cintura, olhando para a nave, sem demonstrar medo. Desafiador. Ele sempre acreditara que, como filho de Cor-Zod, tinha um grande destino. Mas agora, perante seus olhos, seus sonhos de poder, sua casa, suas posses – tudo lhe havia sido roubado.

A nave mecânica, com lâminas afiadas em seu bojo, aterrissou no terreno plano, fora da cratera escancarada, ainda brilhando com energia residual. Finalmente, duas das suas plainas de metal se deslocaram e dobraram para dentro, revelando uma escotilha que derramava uma luz amarela e nebulosa. No interior da nave, emergiu a silhueta de uma figura humanoide – um tipo de visitante totalmente diferente do diminuto Donodon, com seus tentáculos faciais.

O forasteiro estava de pé com as mãos na cintura, encarando Zod. Alto e musculoso, com uma pele verde-oliva de aparência doentia, ele usava um macacão justo e botas combinando. O alienígena era completamente sem pelos, e sua pele era tão lisa que parecia estar coberta de cera. Vários discos dourados e vermelhos brilhantes estavam conectados com o seu crânio através de fios prateados, como se fossem circuitos que mapeavam a constelação do seu cérebro. O rosto do visitante não demonstrava nenhuma emoção, e ele nem falava; simplesmente avaliava o comissário.

Finalmente Zod gritou:

— O que você está esperando? Não vai me levar também?

— Não. Eu tenho Kandor. — O alienígena falava com uma voz trivial, sem exultar o que havia feito.

— E o que você pretende fazer com ela?

O alienígena pareceu perplexo com a raiva de Zod.

— Como parte da minha coleção, Kandor estará segura para sempre. Não quero fazer mal a ela.

Não quer fazer mal? Zod olhou para a cratera enorme e profunda. Mesmo que a população dentro da metrópole encolhida permanecesse incólume, centenas senão milhares de kryptonianos haviam sido massacrados no processo de extração da cidade. No crânio do alienígena, os discos vermelhos e dourados brilhavam, como se amplificassem seus pensamentos. A escotilha da nave se abriu ainda mais, e o estranho gesticulou para Zod.

— Você é bem-vindo para ver com seus próprios olhos, se isso o tranquilizar.

A alguns passos dali, Nam-Ek emergiu de onde havia se escondido quando o entulho foi jogado de baixo para cima. Ele correu enfurecido na direção da beira da cratera numa tentativa desorientada de proteger Zod. Quando o alienígena verde se virou rapidamente, para reagir à ameaça, Zod gritou para o grande mudo. Sem pensar, ele se colocou entre o invasor e seu amigo de ombros largos.

— Nam-Ek! Pare! Não quero que você se machuque.

Ao comando de Zod, o guarda-costas corpulento parou abruptamente, como se estivesse preso por uma coleira. Seu rosto expressava uma agonia de indecisão, como se estivesse prestes a quebrar o alienígena e sua nave em pedaços, caso seu mestre fosse ferido.

Zod podia dizer que o destino, não só de Kandor, como de todo Krypton, poderia depender do que ele fizesse em seguida. Suas ideias estavam em polvorosa, enquanto fazia cálculos, acessava possibilidades e as descartava. Os onze membros do Conselho estavam presos em Kandor, completamente sem comunicação. Só ele, o comissário, permanecia do lado de fora. Por essa razão, tudo dependia de Zod.

A espaçonave luminosa e escancarada podia ser uma armadilha iminente, mas o poder que aquele alienígena exibia, a audácia do que havia feito com Kandor – o comissário estava ansioso para saber mais. Se o alienígena quisesse feri-lo, Zod não poderia fazer nada. Forçosamente, ele rechaçou seu pânico interior, sua tendência natural de temer aquela poderosa nave e aquele inimigo, obviamente, destrutivo. A única maneira de assumir o controle da situação seria não demonstrar hesitação.

Ele fez um sinal cauteloso para Nam-Ek, depois reuniu coragem e enfrentou seu destino. Andou a passos largos na direção da nave, sem demonstrar medo.

– Eu sou Zod. Eu represento Krypton. Explique-se para mim.

O exótico humanoide acenou na direção da escotilha.

– Venha. Vou lhe mostrar tudo que você quer saber.

Zod andou até a rampa, determinado a mostrar que estava confiante.

– Quem é você? De onde vem? – O interior da nave cheirava a metal polido misturado com uma exótica confusão de aromas: lama, vegetação, relâmpagos.

Os discos no escalpo verde e liso brilhavam num tom dourado.

– Sou um Sistema Cerebral Interativo, um androide. Meu planeta é... era... chamado Colu. Fui criado e enviado a fim de catalogar mundos para os Computadores Tiranos conquistarem.

– Enfim, um espião.

– Um coletor de dados. – Com um pequeno gesto de suas mãos sintéticas, o androide ativou as paredes brancas polidas, convertendo-as em telas de projeção. Uma imagem se formou a partir de muitos pontos de luz para mostrar uma paisagem rochosa e congelada coberta de vastas cidades industriais e campos isolados nas cercanias, onde escravos humanos tinham vidas miseráveis. Colu. A imagem sumiu depois que Zod a absorveu.

Enquanto ele se aproximava cada vez mais da aquosa luz amarela da espaçonave, acabou se deparando com a pequena Kandor em seu domo, uma maquete de cidade cuidadosamente preservada à mostra em um museu. E a capital de Krypton não era a única presa do androide verde. Ele viu uma dezena de outras cidades engarrafadas, cada uma era um marco arquitetônico extraordinário, banhado de luzes artificiais para simular seus respectivos sóis.

Uma dessas cidades que servia de amostra era composta de pedras negras montadas como se fossem pedaços de um recife de corais, enquanto um pequeno oceano se agitava em volta dos limites abaixo do domo; outro viveiro continha um vilarejo florestal intricadamente expandido; um terceiro era cheio de lama e perfurado com uma infinidade de túneis, como a fazenda de formigas de uma criança. Uma das cidades tinha prédios que pareciam ter sido feitos de cera derretida; outra era um enxame flutuante de bolhas de alfazema, cujos habitantes tinham asas de borboleta e voavam de um lado para o outro. As populações em cada cúpula pareciam ser prósperas.

– Os Computadores Tiranos estão há muito tempo esquecidos por todos, exceto por mim. Faço isso por mim mesmo. E por *elas*. – Ele olhou para as cidades engarrafadas. – Salvei todas elas.

Zod se aproximou um pouco mais do domo de energia que encapsulava a capital de Krypton. Ele se perguntava se as pessoas minúsculas lá dentro podiam ver seu rosto gigante assomando sobre a cidade.

– É por isso que você foi enviado para cá?

– Vim por minha própria e espontânea vontade. – O androide parecia muito orgulhoso do fato. – Não sou mais o constructo subserviente que os Computadores Tiranos criaram.

Zod esperou que ele continuasse, ainda perplexo com a atitude estranhamente pacífica do alienígena, depois de ter causado tamanha destruição.

– Para que eu me tornasse um espião melhor, os Computadores Tiranos me geminaram a um menino escravo. Peguei todas as suas emoções, seus pensamentos e seus desejos. Acredito que ele tenha tomado muito de mim também.

O androide parecia quase saudoso. Outra imagem pôde ser vislumbrada na tela lisa da parede, e mostrava um jovem magro de cabelos negros e olhos fundos, assombrado por uma vida breve sobrecarregada de medo e opressão. Mesmo assim, a imagem parecia quase... idealizada.

– Como fomos geminados, o garoto deveria ter sido meu companheiro de longa data. A nave estava pronta para partir na minha missão de reconhecimento, mas o menino escapou pouco antes de eu decolar. Ele me surpreendeu. – A imagem na parede reluziu e desapareceu. – Sinto a falta dele.

O androide verde parecia genuinamente triste.

– E assim comecei a viajar de um sistema estelar para o outro, por conta própria. Isso foi há séculos. Estudei muitos planetas, em busca de cidades perfeitas.

Em projeções separadas em volta da câmara principal da nave, mais imagens mostravam cenários espetaculares de vários mundos, lugares exóticos que Zod jamais poderia imaginar que existissem.

Até que ele viu um retrato cintilante de Kandor.

– Krypton era um dos meus favoritos – disse o androide.

Zod rechaçou o espanto. Todos aqueles lugares, mundo após mundo, todos invadidos por aquela criatura... e ninguém em Krypton jamais soubera da ameaça. Os kryptonianos foram, absorta e intencionalmente, alheios a tanta coisa. Os membros do Conselho haviam escondido suas cabeças na areia por séculos. Que se danem!

– Então por que os seus Computadores Tiranos nunca nos invadiram?

O Sistema Cerebral Interativo ficou ao lado de Zod, olhando também para a engarrafada Kandor.

– Porque eu nunca lhes falei sobre Krypton. – Seu rosto artificial se moldou para produzir um sorriso plácido. – Os Tiranos me programaram para que eu sentisse a sua necessidade de dominar formas de vida biológicas, mas depois que eu fui geminado com o menino, passei a entender também outros componentes da equação. Valorizei a paz e a beleza, assim como a harmonia e a interação pessoal. Essas eram as coisas pelas quais o pobre menino escravo mais ansiava. – Ele baixou o tom de voz. – No entanto, quando reuni todos os dados necessários, voltei para Colu, como o meu programador queria. Eu não tive escolha.

Naquele instante, imagens vagas começaram a se formar em todas as telas das paredes da nave, criando uma sinfonia opressiva de gravações tristes e sombrias. Zod viu cena após cena de total destruição, cidades industriais em ruínas, corpos e máquinas espalhados pelas ruas e por um cenário estéril.

– Mas quando cheguei em casa, meu planeta havia sido devastado. Todos os Computadores Tiranos foram aniquilados na grande guerra. E todos os escravos haviam se rebelado contra as máquinas.

– Intrigante. – Zod pensou que deveria se sentir aliviado. – Eles venceram?

– De certa forma, talvez. Mas todo o resto de vida também foi eliminado. Colu estava morto. – As paredes foram ficando brancas novamente, como se o androide não pudesse mais suportar ver as imagens. Ele ficou ali parado, sem fazer qualquer movimento, revendo arquivos em sua mente cibernética. – Cavei no meio dos destroços sozinho, durante dois anos, até encontrar dados intactos. Quando fiz o upload de tudo que havia acontecido na minha ausência, descobri que quem provocou a destruição não foi ninguém além do meu próprio "gêmeo". Depois que o garoto escravo foi geminado comigo, quando eu me tornei parcialmente humano e ele parcialmente máquina, ele descobriu como derrotar os Computadores Tiranos. E com isso destruiu o nosso mundo.

Imagens granuladas de arquivo mostraram a revolta, escravos se lançando contra os subordinados dos Tiranos, sendo massacrados por milhões, e ainda vindo para cima, como se fossem fanáticos. E liderando-os, havia uma versão mais velha e segura do menino assustado que fora geminado com o androide.

O alienígena baixou a cabeça verde.

– Um império poderoso, nada mais do que poeira. Se o menino havia aprendido alguma informação básica ao partilhar seu corpo comigo, então eu, por extensão, causei a vulnerabilidade que provocou a ruína do meu planeta. – Ele olhou para Zod, dessa vez com a expressão cheia de angústia. – Como posso suportar essa lembrança?

O comissário pôs fim a qualquer simpatia que poderia ter sentido pelo patético androide.

– Isso não explica porque você roubou Kandor... ou todas essas cidades. Só porque seu mundo foi destruído, o que lhe dá o direito de saquear outros planetas?

– Saquear? Eu só queria protegê-las, preservá-las. Quando eu levar essas preciosas cidades de volta para Colu, poderei restaurá-las, colocá-las em lugares apropriados. Kandor foi uma das minhas descobertas mais maravilhosas, e por isso vou mantê-la a salvo de tudo de mal que possa lhe acontecer. É um gesto bom e nobre.

Zod estava espantado.

– Mas roubar Kandor? Você tem alguma ideia do que isso vai representar para a nossa sociedade? – Ele mal havia começado a pensar nessas questões... e talvez a conclusão não fosse ser tão ruim assim.

O alienígena verde estava impassível.

– Como aprendi no meu planeta, nada dura para sempre, e essas joias da civilização merecem ser salvas. E se algum desastre terrível estivesse prestes a destruir Krypton?

Zod conteve um riso de deboche à mera sugestão de que algo tão calamitoso pudesse um dia acontecer com o planeta.

O Sistema Cerebral Interativo o fitou.

– Se você quiser, Zod, posso permitir que você se junte aos seus camaradas. Posso encolhê-lo e inseri-lo dentro do domo, onde estará sob a minha proteção para sempre. A escolha é sua.

– Não tenho a menor vontade de viver dentro de uma gaiola.

Zod segurou mais uma vez o riso quando começou a perceber o que havia, inesperadamente, acabado de cair no seu colo. Novos pensamentos estavam colocando por terra toda a aflição que vinha sentindo. O Conselho Kryptoniano não existia mais. O velho governo estava eliminado... mas ele permanecia. Somente Zod. E a população desesperada de Krypton precisaria de um líder forte e confiante, agora mais do que nunca. Finalmente ele teria a oportunidade de operar as mudanças que sempre soube que precisavam ser feitas. Ele havia esperado a vida inteira por uma chance como essa.

Visto por certa perspectiva, isso não era um desastre, e sim um milagre.

– Não, ficarei aqui para ajudar minha gente a se recuperar dessa grande perda. – De forma magnânima, o comissário acrescentou. – Você pode ficar com Kandor... e eu fico com o resto de Krypton.

Quando Zod saiu da nave alienígena, gesticulou para que Nam-Ek o acompanhasse. O musculoso mudo estava estático ao ver que seu mentor havia saído incólume.

Zod estava excitado, com a cabeça rodando. O Conselho, Kandor, o julgamento de Jor-El... tudo simplesmente havia sido apagado!

– Tudo vai ficar bem, Nam-Ek. Na verdade, tudo vai ficar ótimo.

Eles se viraram para ver a nave ameaçadora se erguer da cratera fumegante que antes fora Kandor. A nave saiu voando pela noite, deixando Zod como sua única verdadeira testemunha, a única pessoa que sabia a verdadeira história do que tinha acontecido.

E ele poderia usar isso a seu favor.

CAPÍTULO 34

Todo Krypton balançou com a perda súbita da capital. E, exatamente como o comissário Zod esperava, as pessoas apavoradas se voltaram para ele em busca de orientação.

Tão logo assumiu o controle, ele declarou um estado de emergência planetário, despachou mensagens para todos os principais centros populacionais e estabeleceu seu posto de comando bem ao lado da cratera profunda e fumegante. Milhares de refugiados desalojados permaneceram na área, aqueles cujas casas estavam fora do perímetro da destruição, assim como centenas de cidadãos de Kandor que haviam simplesmente viajado naquela noite fatídica e só retornaram quando a cidade já tinha desaparecido.

Ao contrário do tsunami de Argo City, a perda limpa e abrupta de Kandor não teve nenhum dos efeitos subsequentes comuns a todos os desastres naturais: havia poucos feridos, nenhuma equipe de salvamento e nada de grandes operações de resgate. A capital havia simplesmente desaparecido. Tudo o que restava era uma enorme e profunda cicatriz na alma kryptoniana, assim como uma mancha na paisagem.

À medida que as notícias se espalhavam, voluntários e curiosos vieram de Borga City, Orvai, Ilonia, Corril e muitos assentamentos menores. Alguns trouxeram suprimentos de emergência, tendas, comida, água e materiais de construção. Logo viria a segunda onda, peregrinos chocados que viriam até a cratera apenas para contemplar a cena e chorar a perda de sua amada capital. Todo mundo acreditava que a população de Kandor havia perecido, e Zod não quis desiludi-los.

O comissário andava no meio das pessoas, demonstrando força e, talvez, um pouco de compaixão. Conversou brevemente com um homem que havia se atrasado por estar chegando de uma visita às montanhas; sua esposa e três filhas haviam ido para Kandor e agora estavam desaparecidas, deixando-o sozinho. Um aspirante a escultor veio sozinho, por conta própria, da região do lago; ele caiu de joelhos à beira da cratera e chorou por horas, embora nunca antes tivesse vindo a Kandor.

Nam-Ek normalmente ficava sozinho na boca da cratera, olhando para o poço, apertando e soltando os punhos. O homenzarrão sem dúvida ainda se perguntava se poderia ter enfrentado o androide alienígena e evitado o desastre. Zod calmamente o consolava. Os dois estavam destacados de todos os visitantes neuróticos e trabalhadores ansiosos que se aglomeravam em volta do lugar vazio sem ter nada para fazer, e sem saber por onde começar a fazer um trabalho de tamanha magnitude.

– No fim, acredito que Krypton será mais forte, Nam-Ek. O alienígena não tomou apenas nossa cidade, ele levou embora o inútil Conselho. Quanto mais penso nisso, mais me parece uma troca aceitável. Com seus métodos obstrucionistas e sua visão estreita, aqueles onze eram tão perigosos quanto qualquer invasão interplanetária. E tenho uma chance de dar um jeito nas coisas. Agora, mais do que em qualquer outra hora em séculos, Krypton precisa de um líder que possa ser legítimo e eficiente. Um homem como eu.

Enquanto olhava à sua volta para a multidão impressionante de sobreviventes feridos, embora resolutos, e voluntários, Zod formulou planos para utilizar sua furiosa determinação. Se ele pudesse juntá-los em uma força unificada de luta e trabalho, essas pessoas poderiam se tornar seus mais dedicados seguidores. Ele tinha que agir rápido.

O desafio inicial de Zod era estabelecer um assentamento permanente perto do perímetro da cratera. Por enquanto, sua meta era um acampamento limpo e organizado. As realidades administrativas e assistenciais de um grupo tão grande rapidamente tornariam as condições de vida miseráveis... e se as pessoas ficassem na miséria, se voltariam facilmente contra ele. Como precaução, ele também recrutou o que restava da Guarda Safira, que vivia fora da cidade em casernas de treinamento.

Sem demora, ele projetou o assentamento em uma grade e organizou equipes para erguer grandes tendas e abrigos duráveis. Elas fizeram perfurações para botar canos d'água, instalaram bombas e ergueram instalações sanitárias. Os suprimentos alimentares trazidos por equipes de emergência foram armazenados em enormes depósitos comunitários. Refeições eram preparadas e servidas em um grande e barulhento refeitório.

Incansável em sua inspiração, ele organizou as multidões que não paravam de crescer em grupos de trabalho. Enquanto mantivesse os refugiados ocupados e se concentrasse na ameaça óbvia de inimigos que poderiam vir do espaço, ninguém teria tempo de questionar sua pretensão de autoridade total. A partir da sua experiência com outros líderes sem brilho de Krypton, ele sabia que levaria mais de um mês antes que outra pessoa qualquer chegasse a pensar em sugerir um plano, e até lá seria tarde demais.

Ao meio-dia do terceiro dia, depois que ele havia estudado cuidadosamente seu discurso, Zod se ergueu no centro do acampamento, em um palco que havia sido rapidamente montado. Usando uma voz clara de comando, fez sua declaração, e as pessoas abaladas o contemplaram, aliviadas por alguém estar disposto a assumir essa pesada responsabilidade. O comissário duvidava que alguém mais em Krypton se colocasse logo como voluntário para a tarefa.

– Por não termos mais o Conselho para nos guiar, recai sobre mim a responsabilidade de manter nosso mundo seguro. Esse ataque indescritível demonstra que precisamos mudar nossa conduta passiva e estagnada. Ficamos isolados por muitos séculos, tolamente acreditando que forasteiros hostis deixariam este planeta em paz. Mas agora eles nos encontraram! Ele apontou veementemente na direção da enorme cratera, de onde continuavam subindo colunas de uma fumaça amarela e acinzentada.

Zod já havia contado uma versão um pouco alterada do que havia testemunhado, e rumores continuavam a enfeitar os horrores daquela noite. Ele havia mudado o nome do androide para algo mais sinistro do que "Sistema Cerebral Interativo". *Brainiac*. Pintou a história do androide com as piores cores possíveis, removendo dele qualquer traço de simpatia, fazendo com que o ser de pele verde incorporasse tudo que é inefável e ameaçador. Ele não havia mencionado a possibilidade dos habitantes miniaturizados poderem ainda estar vivos.

– E se Brainiac voltar e levar Borga City embora? – Zod olhou em volta, e ouviu os gritos de pavor. – Ou Orvai? Ou Corril? Argo City já está cambaleando por conta dos danos feitos pelas ondas gigantes... como poderiam se defender? Como qualquer um de nós poderia fazê-lo? – Zod não tinha a intenção de acalmar as pessoas que já estavam apavoradas. O medo era uma ferramenta muito eficiente. – Quantos inimigos de fora do planeta estão neste exato momento fazendo planos para atacar Krypton?

Sua expressão era rígida, contudo repleta de uma confiança inabalável.

– Os povos de outros planetas podem acreditar que somos um alvo fácil, e que nos esquecemos do que fazer para nos defender e lutar... mas eles estão completamente errados. Podemos fazer isso *se vocês me seguirem*. – Ele não ficou de todo surpreso quando a multidão o ovacionou. O que mais eles fariam?

Depois do discurso, Zod voltou para a tenda de comando no meio do calor da tarde. Uma mulher de cabelos negros veio irrequieta em sua direção, colocou a mão no quadril e ergueu o queixo pronunciado.

– Foram belas palavras, comissário. Talvez, no final das contas, você seja melhor que os outros nobres e os tolos membros do Conselho.

Ele ficou, ao mesmo tempo, surpreso e feliz ao vê-la.

– Aethyr, você está viva!

– Essa é uma das vantagens de viver isolada, e de viajar para ruínas antigas.

O comissário deixou escapar uma gargalhada seca. Ela o havia abordado como uma típica sobrevivente.

– Sim, você me rejeitou injustamente como representante de um sistema que você despreza.

– Posso ter sido muito apressada para fazer tal conjectura. Odiava o antigo governo pela sua ineficiência. Para mim, qualquer um que trabalhasse naquele sistema se interessava apenas por uma posição social.

– Então você me julgou mal.

– Posso ver isso agora.

Zod tentou conduzi-la para dentro da tenda, mas ela ficou onde estava.

– Se você veio para aceitar minha oferta de um jantar especial – disse ele –, seu *timing* está com problemas. Vamos ter que nos contentar com uma refeição no refeitório. – Zod ainda a achava linda, e sua arrogância lhe parecia intrigante. Relembrando o quanto ela bravamente havia desdenhado das expectativas limitadas da sociedade kryptoniana, ele sabia que Aethyr era exatamente o tipo de pessoa de que precisava ao seu lado naquele momento.

Ela se virou lentamente, olhando para o acampamento, vendo a população organizada já voltando a trabalhar, fazendo progresso.

– Você conseguiu realizar muitas coisas em poucos dias, em meio às circunstâncias mais extremas, comissário. O antigo Conselho demoraria esse mesmo tempo para decidir que túnicas usar enquanto inspecionava a tragédia. Algum outro líder municipal fez algo mais do que se lamentar e ranger os dentes?

Zod refletiu, tentando esconder o sorriso.

– Duvido.

– Ficarei muito decepcionada se o velho estilo de governar se apossar de você novamente. – Sua voz tinha um tom de alerta.

Ele se perguntava onde a moça queria chegar e relutou para entrar em seu jogo.

– Quem disse que vou permitir que tal coisa aconteça? O Conselho se foi.

Ela então riu e tocou delicadamente no braço dele.

– Eu esperava que você fosse dizer isso. De fato, posso ajudá-lo. – Inclinando-se para mais perto dele, Aethyr fez com que sua voz se tornasse um sussurro. – Tenho uma oferta para lhe fazer que você não vai ter como declinar.

– Intrigante. O que você sugere?

– Estou vindo das ruínas de Xan City. Andei pela antiga capital do líder guerreiro Jax-Ur.

– E como algumas antigas ruínas poderiam vir a me interessar? Especialmente agora?

– Porque eu encontrei um suprimento escondido de armas apocalípticas de Jax-Ur. Seus dardos nova.

Zod engoliu em seco.

– *Quinze* deles. Todos ainda funcionam, pelo que pude ver. – Então ela o pegou pelo braço e o conduziu até as sombras mais frescas da tenda. – Contanto que você me dê uma recompensa apropriada... posso chamar isso de taxa de intermediação?... Estou certa de que você consegue pensar em uma maneira de usar essas armas.

Zod resolveu que aquilo, afinal, merecia uma refeição comemorativa.

– Sim, creio que consigo.

CAPÍTULO 35

35

A breve temporada de alegria e privacidade que Jor-El e Lara passaram no palácio ártico foi muito curta. No terceiro dia eles partiram, temendo o que lhes aguardava na volta para Kandor. Não importava o que o Conselho fosse decretar depois do julgamento, Jor-El teria para sempre as lembranças dos maravilhosos momentos que passou com a esposa durante a lua de mel.

Enquanto se aproximavam da capital, contudo, começaram a achar que o mundo inteiro havia mudado.

Em vez dos luminosos pináculos da cidade mais esplêndida de Krypton, avistaram o mais completo holocausto. Lara soltou um grito abafado enquanto a nave coberta planava sobre a cratera nova e profunda; Jor-El ficou muito atordoado para emitir um som que fosse. A anteriormente próspera capital havia literalmente desaparecido – os museus, as torres de cristal arrojadas que seu pai tinha construído, os complexos habitacionais, o templo de Rao, o coração da civilização kryptoniana.

Lara pressionou o painel transparente da aeronave com os dedos, como se pudesse esticar os braços e tocar na devastação.

– Por quê? – Era tudo que ela conseguia murmurar.

Jor-El se esforçou para colocar de lado o horror que sentia e se concentrou nos fatos observáveis.

– Fomos atacados? Está tudo muito limpo, muito perfeitamente delineado para ter sido uma explosão... quase como se alguém tivesse escavado ou desintegrado a cidade inteira de uma vez. Não estou entendendo.

– Meus pais estavam lá. – Lara começou a chorar de repente, a voz embargando em um gemido. – Pobre Ki, só tinha 12 anos! Jor-El, eles *morreram!* Depois do casamento, todos voltaram para Kandor. – Ela parou de falar por um instante enquanto pensava em todas as coisas que haviam sido arrancadas dali. Mas voltou a lamentar. – *Morreram!* – Ela passou a se debulhar em lágrimas dentro da cabine, tremendo de raiva e perplexidade. Depois, estendeu os braços e se agarrou ao marido, como se temesse que algo terrível pudesse arrancá-lo dela também. Ela parecia ter sido capturada por um ciclone de emoções vívidas e extremas. Ele abraçou a esposa para ampará-la, enquanto os sistemas automáticos da nave a deixavam pairando.

Enquanto Jor-El a abraçava, o corpo inteiro de Lara tremia, uma reação que era menos de desespero do que de raiva e aflição, misturada à necessidade frenética de fazer alguma coisa. Sabendo que nada que ele dissesse seria suficiente, Jor-El simplesmente manteve os braços à sua volta, trazendo-a para mais perto, recusando-se a soltá-la. A enormidade da situação ribombava como um redemoinho intangível à sua volta. Até que finalmente ele falou, com determinação:

– Temos que encontrar respostas. Temos que ir até o fundo nisso. – Ele segurou o manche com tanta força que suas articulações ficaram brancas enquanto aterrissava com a aeronave no chão.

Eles pousaram no acampamento montado às pressas perto da cratera. As pessoas exaustas e famintas que os dois encontraram murmuraram respostas para as repetidas indagações de Jor-El; muitas balançavam a cabeça, confusas. A maior parte das pessoas, contudo, não sabia o que havia acontecido, enquanto outras diziam, incompreensivelmente, que a magnífica capital havia sido "roubada". Lágrimas rolavam pelo rosto de Lara enquanto ela observava o tumulto, completamente perdida.

Assim que soube do retorno de Jor-El, o comissário Zod foi encontrá-los. Ele cumprimentou o abalado cientista com um abraço forte e rápido.

– Jor-El, meu amigo! Pelo coração vermelho de Rao, estou feliz em ver que você está ileso. Krypton precisa de você. – Zod havia trocado suas túnicas por roupas mais utilitárias: calças compridas mais duráveis e uma camisa preta larga. Ele parecia exausto, mas também estava frenético.

– Este é o maior desastre que nosso mundo já enfrentou. As perdas são incalculáveis. – Ao ver a expressão aflita no rosto de Lara, ele a fitou com um olhar solidário. – Ah, sim. Seus pais deixaram o casamento antes de mim e de Nam-Ek, não foi? Eles deviam estar em Kandor quando tudo aconteceu. – Ele balançou a cabeça de um jeito quase como se os estivesse descartando. – Mais uma tragédia para ser acrescentada a tantas outras. Todo mundo perdeu alguém. A única coisa a fazer é tentarmos superar o nosso pesar coletivo. Somos kryptonianos e vamos sobreviver se todos juntarmos forças. Zod apontou na direção da enorme cratera. – Como podemos começar a mensurar tamanha perda? – Ele olhou para Jor-El. – É um milagre que ainda tenhamos *você*.

Jor-El reuniu toda a força interior que pretendia usar quando encarasse o Conselho. Naquele momento, até mesmo a provação pela qual passaria parecia algo trivial.

– Vou ajudar de todo jeito que puder, mas antes preciso entender o que aconteceu aqui.

– Foi um ataque alienígena, exatamente como eu temia. Exatamente como eu havia alertado, se ao menos o Conselho tivesse me ouvido.

Jor-El se sentia frio e doente por dentro.

– Foi o povo de Donodon, afinal? – Ele não conseguia acreditar nisso.

– Não, o androide maligno que fez isso a Kandor não tinha nada a ver com Donodon.

Jor-El viu alguns dos pálidos refugiados olhando em sua direção.

– As pessoas ainda vão achar que eu sou responsável por isso, depois de todas as acusações. Será que ainda vão querer minha ajuda se acharem que fui eu que trouxe essa ameaça para cá?

Zod franziu a testa, impaciente.

– Então tal insensatez terá que ser silenciada. Vou resolver isso. Não podemos perder tempo colocando culpa ou fazendo intrigas políticas. – Ele segurou os dois ombros do cientista e o encarou. – Temos que nos defender, nos prepararmos para outro ataque, e como poderemos fazer isso sem você? Precisamos do seu talento, Jor-El. Precisamos de coisas que Krypton jamais imaginou... e precisamos delas agora.

Sem lhes dar tempo de absorver o que havia ocorrido, o comissário os conduziu por trilhas pesadas e enlameadas, passando por tendas, galpões com equipamentos e silos de armazenagem. Lara acompanhou o marido, ainda em choque, mas obviamente cheia de perguntas. Jor-El pôde perceber que ela estava prestes a desmaiar, pois mal conseguia andar. Ele queria desesperadamente tirá-la dali.

Usando um tom de voz incisivo e metódico, Zod explicou as medidas de emergência imediatas que havia tomado e todo o trabalho que precisava ser feito, e rápido, para estabilizar a situação. Zod ficou mais animado, como se houvesse dispensado toda a simpatia que julgava necessária para o momento.

Ele os conduziu para dentro do comprido refeitório temporário, onde o ar era perfumado e exalava aromas de sopa, pão fresco e frutas secas. Pessoas sujas e cansadas se aglomeravam uma ao lado da outra em bancos provisórios, devorando comida com um desespero que demonstrava seu medo que se prolongava. Todas estavam cobertas de suor e poeira. Algumas pareciam debilitadas e alheias a tudo, enquanto outras estavam o tempo todo entrando em discussões, se batendo com aqueles que estavam mais perto, pois não encontravam alvo melhor para descarregar sua raiva e desamparo.

Cheio de intenções, Zod foi até o começo da fila de comida, puxando Jor-El. Quando o comissário gritou pedindo atenção, o murmúrio das conversas na longa tenda diminuiu consideravelmente. Os trabalhadores e refugiados se viraram em seus bancos para ouvir.

– Tenho ótimas notícias. – Zod levantou o braço de Jor-El, apertando a mão do cientista. – O grande Jor-El sobreviveu. Embora Kandor tenha desaparecido, ele ainda está conosco.

O cientista de cabelos brancos ficou envergonhado ao se ver no centro das atenções, especialmente em circunstâncias tão trágicas. Poucos dias antes, o povo de Krypton havia sido convencido de que sua negligência havia colocado o mundo em perigo. Ele não queria ser aplaudido por aquela gente.

Zod olhou atentamente para Jor-El enquanto os outros ouviam a tudo, fatigados.

– O passado ficou para trás. Nossas prioridades mudaram, e ameaças alienígenas bem piores se apresentam. Ameaças *verdadeiras*. Perdemos muito tempo e energia com distrações irrelevantes. – Ele sorriu, parecendo muito benevolente e paternal. – Como líder provisório de Krypton e representante de fato do Conselho Kryptoniano, concedo perdão a Jor-El e retiro todas as acusações que lhe vinham sendo feitas. Neste momento, declaro que o processo está indeferido. Não haverá mais inquérito para apurar a trágica morte de Donodon. Não podemos nos dar ao luxo de desperdiçar os recursos que nos restam. Precisamos da sua ajuda.

Jor-El estava chocado.

— Mas isso não resolve a questão...

Zod o interrompeu.

— Nós fomos atacados. Nossa capital *desapareceu*. O que você pode fazer pela sua gente é muito mais importante do que quaisquer erros do passado. O Conselho só estava procurando um bode expiatório. — Ele pegou uma bandeja e, pessoalmente, fez um prato para Jor-El. — Todos os kryptonianos agora partilham de uma causa comum. Temos que fazer com que nossos inimigos do espaço nos temam... e *você* pode nos dar os meios de realizar isso.

A conversa em torno deles no refeitório foi abreviada. As pessoas pareciam se sentir encorajadas por Zod as estar liderando, e também com o fato de Jor-El ter retornado. Estavam começando a acreditar que Krypton poderia ter uma chance apesar de tudo.

Além do acampamento temporário montado na beira da cratera, muitas residências intactas nos arredores haviam aberto as portas para os refugiados e trabalhadores voluntários. Hordas de voluntários de todas as camadas da sociedade kryptoniana continuavam a chegar às cegas ao local onde ficava Kandor, apesar de poucos entenderem a extensão do que estavam indo fazer. Embora pudessem ter retornado para a sua confortável propriedade, Lara se recusou a fazê-lo, insistindo que eram necessários em Kandor para ajudar a sarar as feridas que haviam afligido Krypton. Uma necessidade desesperada enchia seus olhos, e ela estava disposta a trabalhar até o ponto de desmaiar... o que a fazia cair numa profunda melancolia que a deixava quase catatônica. Jor-El permaneceu ao seu lado em todos os momentos.

Ele queria que Lara confiasse nele, mas não a forçou a nada. E a acompanhava enquanto ela, assim como tantos outros refugiados pálidos e famintos, caminhava penosamente em volta de todo o perímetro da cratera em um tipo de obsessão. Eles andavam e ficavam olhando, como se o cortejo pudesse, de algum modo, trazer de volta a cidade perdida. Embora as tragédias fossem individuais, aqueles que haviam ficado para trás partilhavam um vínculo de luto mútuo. Buscando respostas, traçavam o círculo perfeito em torno da grande cicatriz no que parecia ser uma marcha interminável.

Escribas entrevistavam as pessoas nos acampamentos, carregando blocos de notas provisórios. Anotavam os nomes daqueles que haviam desaparecido e registravam histórias e lembranças, enchendo página após página. Dois deles, subjugados pela magnitude da tarefa, desistiram, desesperados.

À noite, Jor-El sentou ao lado de Lara no chão duro, em uma tenda que não ficava muito longe do posto de comando de Zod. Recostando-se na parede firme de tecido da cabana, ela escorou a prancheta entre as coxas e trabalhou furiosamente, com o olhar fixo e concentrado. Jor-El se inclinou para mais perto, partilhando seu amor e seu afeto, sem interromper o fluxo criativo. Ela estava chorando enquanto trabalhava.

Com traços rápidos e seguros de sua pena, Lara desenhou uma imagem de seu pai e sua mãe em momentos mais felizes. Os detalhes eram perfeitos. Ela também desenhou o irmão sorridente, Ki-Van, ao lado dos dois, com o rosto cheio de sardas e cabelo desgrenhado cor de palha. Depois de hesitar, incluiu uma imagem de si mesma. Logo depois ela largou a pena, atormentada, chorando sem parar. A moça olhou para o esboço por um bom tempo, com uma dor insuportável no olhar.

– Não quero jamais esquecer que essa era a minha família, mas fazer um desenho não vai mantê-los aqui.

Jor-El afagou o cabelo da esposa enquanto ela encostava a cabeça em seu ombro.

– Você não vai esquecer. Estou aqui para isso. – Ele passou o dedo no seu rosto molhado de lágrimas.

– Obrigada. – Lara levantou os olhos lacrimejantes em sua direção. – Você é a minha família agora, Jor-El.

Zod dissipou qualquer ressentimento que tinha em relação a Jor-El, fazendo questão de encontrá-lo diariamente. Todos no acampamento podiam ver que o comissário e o grande cientista eram companheiros íntimos, parceiros contra a adversidade que Krypton enfrentava. Lara acompanhava o marido, nunca se separava dele, embora falasse pouco. Seus olhos continuavam vermelhos e inchados, e suas feições cansadas.

Durante uma discussão na tenda de comando, uma mulher de cabelo negro e curto apareceu com um sorriso de quem estava satisfeita consigo mesma.

– Então, Lara? Lembra-se de uma velha amiga dos tempos de escola?

A surpresa animou o rosto triste de Lara. Ela não parecia acreditar no que estava vendo.

– Aethyr-Ka! Não a vejo desde a época da Academia. Ouvi dizer sua família rompeu relações com você.

– Na verdade, foi mais o inverso. – Seu semblante ficou mais sério. – Mas isso não importa nem um pouco agora. O comissário precisa da minha ajuda... e poderia se valer da sua capacidade também.

Lara se virou para Jor-El, ofegante, e tentou buscar energias para explicar.

– Aethyr era uma das únicas alunas dispostas a visitar sítios históricos comigo. Acampando a céu aberto, comendo rações preservadas, dormindo no chão. Que tempos miseráveis eram aqueles! – Ela parecia quase saudosa, distraída por um instante de sua enorme perda.

Os olhos de Aethyr piscaram.

– Miseráveis? Admita... você nunca se sentiu mais viva. – Uma palpitação inquietante cruzou o rosto de Lara, mas a amiga continuou em cima. – Estou certa de que vamos nos ver muito mais de agora em diante. Temos que recuperar o tempo perdido.

– *Depois* que restituirmos algo que se assemelhe a uma vida normal para as pessoas – disse Zod com firmeza. – Todos temos trabalho a fazer. – Ele se virou para Jor-El. – Ao longo dos anos, você levou algumas invenções intrigantes para a minha Comissão, mas a falta de visão do Conselho me forçou a confiscá-las de você. Agora é hora de revisitar aqueles velhos planos.

Jor-El não conseguiu disfarçar a amargura na voz.

– Sua Comissão destruiu a maior parte do meu melhor trabalho.

– Tenho grande fé nas suas habilidades. Dou-lhe total permissão... de fato, os meus estímulos mais entusiásticos... para trabalhar sem restrições ou inibições. Não é isso que você sempre quis?

Jor-El se perguntava se Zod finalmente havia entendido o quanto a Comissão havia lhe prejudicado ao longo dos anos. O sujeito por muitas vezes declarou, caprichosamente, que as melhores ideias de Jor-El eram inaceitáveis ou perigosas. Gastar tanta energia e ver tudo perdido teria abalado um homem inferior. Contudo, mesmo com a confiança minada, ele continuou a trabalhar, inventar e fazer progressos.

Agora as regras básicas haviam mudado, e o comissário precisava muito mais dele.

– Faça o que nasceu para fazer. O planeta inteiro conta com você.

Jor-El percebeu que havia esperado a vida inteira para ouvir aquelas palavras.

CAPÍTULO 36

Mesmo com a população de Argo City juntando forças para se recuperar do seu próprio desastre, a perda de Kandor afetou muito Zor-El, causando uma grande apreensão.

— Nosso mundo está em perigo — disse ele para Alura. Os dois estavam juntos na torre de observação, olhando para um mar cuja calmaria não passava de uma ilusão. — Erupções vulcânicas, terremotos, ondas gigantes, as oscilações no núcleo... e agora um ataque alienígena. Tem que haver algo mais que eu possa fazer.

Alura tinha bom senso e era prática.

— O comissário Zod está conduzindo muito bem os voluntários e refugiados de Kandor. Você precisa continuar fazendo a mesma coisa aqui. Argo City é a sua cidade. Reanime e tranquilize o povo daqui.

Zor-El gostaria de poder mandar mais reforços para Kandor e ajudar o irmão, mas ele mal conseguia lidar com a própria tragédia. Por toda a costa, os pesados esforços de reconstrução prosseguiam. Desde que o tsunami destruiu os diques e demoliu os quebra-mares, a população de Argo City vinha trabalhando com uma notável solidariedade. Equipes de resgate que exploravam a longa faixa litorânea haviam encontrado poucos sobreviventes em meio a centenas de mortos. Funerais aconteciam diariamente; Zor-El falou pessoalmente em quarenta cerimônias fúnebres. Durante o luto, no entanto, os cidadãos também ficavam mais determinados.

As unidades médicas estavam superlotadas; diversos geradores de força e usinas de purificação de água da cidade permaneciam danificados. Alguns poucos diques mais importantes foram reparados antes para que os barcos pudessem voltar ao mar e os pescadores tivessem como fazer horas extras para trazer mais peixes para a população. Quando traziam mais do que o suficiente para suas próprias necessidades, levavam suprimentos extras para os refugiados na cratera de Kandor. Era a única ajuda que podiam oferecer.

Embora Zor-El estivesse muito ocupado para comparecer ao recente casamento de seu irmão, pelo menos ele sabia que Jor-El estava casado, já não enfrentaria um tribunal e estava ajudando o comissário Zod – todas eram notícias reconfortantes. Krypton não poderia ter ajuda melhor.

Enquanto isso, equipes de construção reforçavam e aumentavam o quebra-mar de Argo City, o qual Zor-El tomou a decisão de incrementar com um campo de proteção intensamente expandido, baseado no que ele havia projetado para seus peixes-diamante. Se não fosse feito algo fundamental para aliviar a pressão no núcleo do planeta, mais terremotos sacudiriam a terra, mais tsunamis bateriam no litoral e vulcões indóceis continuariam a entrar em erupção.

Em meio a toda essa turbulência, Zor-El havia finalmente despachado uma nova equipe de pesquisa para o continente ao sul. Logo teria todas as evidências das quais precisava... mas em vez de um governo inútil, estagnado e centralizador, Krypton não tinha mais governo nenhum. Com Kandor desaparecida e Argo City de joelhos, Zor-El não sabia como alguém poderia gerenciar um projeto de tamanha magnitude.

Mais rápido do que qualquer um poderia esperar, no entanto, o comissário Zod havia assumido o poder. Zor-El se perguntava se ele reconheceria que havia um problema muito maior no planeta.

– Talvez agora eu possa conversar com alguém que vai dar vez à voz da razão.

– Você acha que Zod tem essa visão? – perguntou Alura. – Será que vai ouvir o que você tem para dizer?

Suas sobrancelhas escuras se franziram, demonstrando certo ceticismo.

– Não conheço Zod. Ele é inteligente e ambicioso, mas já provou ser um impedimento ao progresso muitas vezes no passado.

– Muitas coisas mudaram...

– Sim, vamos esperar que sua cabeça tenha mudado.

Ele e Alura deixaram a vila e andaram juntos pelas ruas tumultuadas, ao longo dos canais borbulhantes, cruzando uma ponte para pedestres – todas decoradas – após a outra. O centro de Argo City havia se recuperado rapidamente, mas ainda assim os sons das obras de reconstrução reverberavam para toda parte. Os dois passaram por casas decoradas com belas trepadeiras floridas, ervas multicoloridas, samambaias em floração e plantas cheias de esporos. Borboletas e abelhas polinizadoras desciam em enxames, o que dava um som agradável de zumbido ao ar. Até agora, pelo menos, a natureza parecia ignorar os desastres ecológicos iminentes e os ataques alienígenas.

Finos córregos caíam das laterais dos prédios, na forma de pequenas cachoeiras, e a água caía dentro de bacias. As pessoas mais cansadas ficavam em suas sacadas com colunatas, sentavam em bancos de pedra ou se curvavam sobre cercas vivas. Mesmo depois do desastre, as crianças ainda encontravam motivos para brincar nas ruas e, de modo flexível, descobriam as alegrias da vida.

Como Kandor não podia ser reconstruída, Zor-El pensou em sugerir que Argo City se tornasse a nova capital de Krypton, pelo menos provisoriamente. Embora não tivesse interesse em se tornar líder planetário, ele e os líderes de outros centros populacionais poderiam formar a base de um novo Conselho. Um Conselho competente. Zor-El começou a duvidar, no entanto, que o comissário Zod tivesse alguma inclinação para entregar as rédeas do poder. Isso o preocupava.

Em vez de fazer discursos tediosos para plateias inchadas, Zor-El simplesmente andava pelas praças e pontos de encontro e falava diretamente com as pessoas, que ouviam e ajudavam a disseminar suas palavras.

– O que fazemos agora, Zor-El? Você tem algum plano? – perguntou um cidadão de longos cabelos brancos e barba bem feita. Zor-El o reconheceu como um sujeito que desenhava e construía barcaças.

– Krypton não tem capital, nem Conselho nem Templo de Rao. – Zor-El se aprumou. – Mas Krypton ainda possui seu mais importante recurso... Pessoas como eu e você. E nós temos a nossa determinação.

– Argo City está segura? – perguntou outro popular. – O que poderemos fazer se Brainiac aparecer por aqui?

Ele acenou sabiamente com a cabeça.

– Esse é o meu desafio para vocês: preparem-se para o impensável. Temos que pensar a longo prazo. Como salvaremos Krypton? Como todos nós sobreviveremos? – Zor-El ergueu sua mão queimada como se fosse uma medalha de honra. – Criem coragem. Argo City vai carregar a chama agora. Vou continuar em contato com meu irmão Jor-El, e vamos superar tudo isso.

Enquanto o sol se punha no continente, a oeste, o céu apresentava um espetáculo colorido e resplandecente. A cada dia o crepúsculo ficava ainda mais bonito, mas Zor-El só conseguia pensar em mais desordem, mais cinzas e mais fogo sendo jogados para a atmosfera.

CAPÍTULO 37

Enquanto esperava Aethyr chegar para a sessão de planejamento especial, Zod ficou de pé na entrada de sua tenda de comando e olhou para toda a imensidão de cabanas erguidas às pressas no intenso crepúsculo.

Estabelecendo-se para o que esperavam ser longos meses ou anos de trabalho, as pessoas já haviam começado a decorar seus abrigos com borlas, símbolos familiares e faixas que refletiam a luz do sol, como maneira de desafiar tudo que era sinistro e macabro à sua volta. Enquanto a escuridão caía, os muitos enlutados se juntavam para cantar e contar histórias, no que havia se transformado em uma tradição de improviso. Inúmeras baladas e poemas sobre amores perdidos tinham sido escritos, celebrando a beleza e a riqueza de Kandor.

Espontaneamente, refugiados se juntaram a voluntários bem-intencionados para fazer peregrinações à beira da cratera e jogar flores, fitas e outras lembranças naquele profundo vazio. Os sacerdotes de Rao haviam erguido pequenos templos para atrair novos seguidores em suas orações para o grande sol vermelho. Pequenos santuários de cristais brilhantes e imagens estimadas de entes queridos estavam espalhados desordenadamente pelo perímetro, tantas que Zod se preocupava com a possibilidade de logo começarem a bloquear o caminho. Será que cada pessoa perdida merecia seu próprio memorial?

Seis meninos e meninas de olhos encovados brincavam juntos, jogando pedras em um atoleiro bem fundo, mas não pareciam estar se divertindo. Na primeira semana, muitos sobreviventes se afastaram da cratera para encontrar um abrigo temporário ou amigos e parentes distantes. Outros, sem opções ou sem vontade de ir para parte alguma, ficaram no acampamento.

O comissário havia esperado muito tempo por essa noite, mas Aethyr a tratava como não mais do que um evento casual. Ela chegou usando roupas bem confortáveis em tom bege, além de um colete marrom com bolsos para ferramentas ou amostras. Suas mangas desalinhadas estavam manchadas de poeira. Se usasse vestidos elegantes, joias caras ou perfumes inebriantes, Zod não se sentiria tão atraído.

Dentro de sua tenda de comando, uma pequena mesa havia sido coberta com um pano e posta com vários aperitivos saborosos. Cristais quentes e brilhantes estavam espalhados pelos cantos e em prateleiras. Aethyr se recostou em uma cadeira de frente para ele.

– Então, comissário, isso é para ser uma refeição romântica para nós dois? Devo esperar ser seduzida, ou isso é uma sessão estratégica?

Zod se inclinou sobre a mesa.

– Já observei você, Aethyr. Você gosta de mim em muitos aspectos.

Ela deu uma risada.

– O que você quer dizer com isso? Sem contar que não respondeu a minha pergunta.

– Pessoas como nós não acham nada mais intenso do que discussões táticas e políticas. Hoje à noite, eu e você poderíamos decidir o futuro de Krypton. Isso não é intrigante?

Com um sorriso confiante, ela estendeu o braço e apertou a mão de Zod.

– Então a resposta é sedução, certo?

Ele então pediu o prato principal, um peixe de água doce recheado com nozes e verduras picantes assados na brasa. Frutas gelatinosas encrustadas com açúcar cristalizado, montadas em pequenos palitos, fizeram com que a sobremesa fosse festiva.

Ao descobrir que o chef de cozinha particular de Jor-El havia se unido ao crescente grupo de voluntários, Zod rapidamente tirou vantagem do talento do sujeito. Fro-Da fazia maravilhas produzindo grandes quantidades de comida palatável e nutritiva para a população do acampamento. Essa noite, contudo, o chef havia preparado uma refeição muito especial para Zod e sua convidada.

Com o banquete disposto em frente aos dois, Zod agradeceu e dispensou o sorridente chef. Quando de forma sumária pediu a Nam-Ek que mantivesse à distância quaisquer bisbilhoteiros, ele estava convencido de que o mudo barbudo mataria qualquer um que tentasse desafiar tais desejos.

Zod foi direto ao assunto com Aethyr.

– Garanti minha posição agindo com rapidez. As pessoas precisavam de um líder e me ofereci. Ninguém se levantou e aceitou o desafio. Ninguém ofereceu uma alternativa. Quero que as coisas fiquem assim... pelo bem de Krypton, naturalmente.

– Naturalmente. Deve ter sido um grande choque para todo mundo ver o governo agindo rapidamente. – Ela sorriu. – As famílias nobres de Krypton são incapazes de reagir a necessidades súbitas, mas você pode se preparar para ouvir reclamações quando elas se recuperarem do choque. – Aethyr foi persistente. – Essa é a nossa janela de oportunidade. Neste momento, as pessoas deste acampamento estão unidas pela tragédia. Totalmente ao seu comando. Farão qualquer coisa que você lhes pedir.

– Mas isso não vai durar – concluiu Zod para ela. – Elas vieram para cá correndo, desesperadas para ajudar, mas logo perceberão que nada pode ser feito. Não há ninguém aqui para ser salvo, nenhuma cidade a ser reconstruída. Os subúrbios, os campos afastados e algumas áreas industriais permanecem, mas são lugares onde impera a miséria, sem coração ou mente.

– Então ganhe tempo antes que as pessoas comecem a se dispersar. Dê algo para elas fazerem. Crie um projeto inofensivo a curto prazo, e dê a elas orientação a longo prazo.

– Intrigante. – Zod passou o dedo pela barba curta. – Posso formalizar o projeto de coleta de nomes, agregando outro que cria um banco de dados de todos aqueles que precisam ser lembrados. Isso vai mantê-las ocupadas. Na verdade, acho que vou propor a criação de um enorme memorial... uma grande parede de cristal com os nomes de todos aqueles que desapareceram junto com Kandor gravados. Um gesto inútil e sem graça, eu sei, mas eles parecem precisar de uma válvula de escape para a dor.

– Elas vão se atirar nisso sinceramente e louvarão o nome de Zod pelo seu bom coração e pela sua compreensão.

– Você soa muito cínica, Aethyr.

– Cínica não... pragmática. – Ela colocou mais um pedaço de comida na boca e lambeu os dedos. – Além disso, assim que você revelar que possui os dardos nova de Jax-Ur, poderá alegar que é a única pessoa com poder suficiente para defender Krypton contra inimigos de outro planeta como Brainiac. Essa é a verdade. O que você vai fazer se ele voltar?

– Estou confiante de que isso não vai acontecer – disse Zod, baixando a voz, em tom conspirador. – Ele não é um demônio tão aterrorizante quanto pintei. Brainiac já tem o que quer, e deixou o resto de Krypton para mim.

Aethyr estava surpresa, depois parecia admirá-lo.

– É claro. Você foi o único que falou com o androide, por isso podia alterar a história para que ela servisse aos seus objetivos. Quer dizer que toda a sua conversa, o seu bater dos tambores, a sua convocação para que fossem construídas um monte de defesas...

Zod apertou as mãos.

– Para ganhar poder e unir o povo kryptoniano, preciso mostrar que os estou *protegendo*. Antes, a paz e uma visão comum nos uniram, mas descobri algo ainda mais poderoso: o medo. Com ele, vamos solidificar nossa influência sobre Krypton. Os melhores inimigos são os inimigos fabricados, por dois motivos: um, *nós* não temos nada com que nos preocupar, e dois, a ralé entra na linha. E se Jor-El, meu aliado, desenvolver novas armas como eu o instruí a fazer, nenhum outro pretenso líder pode alimentar esperanças de que vai conseguir se opor a mim. Vitória por decreto.

– E quanto à raça de Donodon?

– Vai demorar muito tempo até que descubram que ele está desaparecido, e mais ainda para o rastrearem até aqui. – Ele pegou algumas das verduras picantes, mastigando-as enquanto continuava a falar. – Na pior das hipóteses, podemos entregar Jor-El como sendo o culpado, como o Conselho pretendia fazer o tempo todo.

– Então quer dizer que você já tem tudo planejado? – Aethyr já havia passado para a sobremesa e comido algumas das frutas gelatinosas, quando enfiou o palito vazio nas espinhas do peixe meio devorado do prato principal. O sumo da fruta coloria seus lábios de um tom vermelho lascivo.

– Sim, tenho.

– Também tenho planos. Você teve sucesso ao estabelecer a calma, a ordem e a produtividade, perseverando em meio a uma grande adversidade, quando nenhum outro líder de cidade alguma ousou se dispor ao desafio. Na mais improvável das circunstâncias, você, Zod, foi o salvador de Krypton.

– Salvador de Krypton... – Zod se inclinou para mais perto dela. Ele gostava do som da frase.

– Temos que enviar seguidores leais para todas as outras cidades a fim de proclamar o seu heroísmo. Você vai conquistar a maioria das pessoas com muita facilidade, especialmente aliando-se às famílias mais nobres e proeminentes.

Zod não conseguia esconder a expressão amarga e chateada.

– Mas os nobres mais proeminentes são aqueles que querem essa mesma posição, especialmente Shor-Em em Borga City. Ele esperava ganhar uma cadeira no Conselho assim que um dos membros se aposentasse. – Ele deixou escapar uma risada sarcástica. – Claro, todos os onze acabaram de se aposentar.

– Dru-Zod, filho de Cor-Zod, posso lhe dizer que você é filho único! Considere os outros membros das famílias nobres, não só os mais velhos. Segundos, terceiros e quartos filhos. Pense em todos esses filhos e filhas que nasceram em berço de ouro, mas que tiveram negadas quaisquer chances de se tornarem membros do Conselho. E quanto ao irmão caçula de Shor-Em, Koll-Em, que é muito mais ambicioso? Muitos nobres mais jovens como ele nunca tiveram oportunidades que lhes fossem abertas. Eles verão *isso* como a sua chance. Se você *lhes* oferecer uma maneira de participar de um governo poderoso... o seu governo... todos o seguirão para qualquer parte. – Ela estendeu a mão e desceu um dos dedos pela abertura de sua camisa, uma coçadinha sensual que poderia facilmente se transformar em um arranhão.

– Estou começando a ver. – Zod tomou um longo gole do vinho, enquanto admirava aquela safra de gosto bem seco. Depois, pegou na mão da moça.

Aethyr mudou de posição, e se aproximou dele.

– Por que você acha que me rebelei contra meus pais? Eu não tinha o menor interesse em me tornar um troféu para enfeitar o braço de um marido qualquer. Por isso caí fora e fui fazer o que queria, muito para o desgosto da minha família. – Ela deu um passo atrás, quase o hipnotizando com seus olhos arregalados. – Não consigo pensar em nada mais atraente do que ver você abolindo a velha ordem... totalmente.

Ele tentou beijá-la, mas Aethyr se esquivou e continuou falando.

– Outros nobres mais jovens podem não ter expressado sua insatisfação de forma tão ostensiva, mas pensam de forma muito parecida comigo. Filhos e filhas mais jovens das famílias mais poderosas acabam não ganhando nada de importante para fazer, nada que desafie suas habilidades. Ofereça a eles algum poder e prestígio.

Ela terminou de beber o vinho em um gole só e enxugou a boca.

– Muitos dos jovens mais nobres são verdadeiramente preguiçosos e decadentes, mas alguns de nós têm ambições. É muito diferente ouvir que você não tem que fazer nada, em oposição a não ter *permissão* para fazer nada.

Naquele momento ela se inclinou para beijá-lo, pressionando firmemente seus lábios úmidos contra os dele. Zod ainda podia sentir o gosto do vinho inebriante na boca da mulher.

– E como posso tirar vantagem desse grupo de candidatos? – perguntou ele.

– Ofereça a eles aquilo pelo que anseiam. Ignore os filhos mais velhos e prestigiados dos nobres e promova os inferiores. Sua lealdade irá impressioná-lo. – A túnica de Aethyr se desamarrou com facilidade e ele, brutalmente, puxou o tecido para baixo, expondo ombros e seios.

A cabeça de Zod entrou em polvorosa com as ideias que Aethyr havia lhe dado, a chance torturante de recriar Krypton a partir de um rascunho. Ela rasgou a camisa do comissário num desejo urgente de arrancá-la. Os dois foram rapidamente para as grandes almofadas, e se beijaram profundamente, sentindo os sabores exóticos do jantar e o fascínio picante das possibilidades que ambos anteviam. Os dois, praticamente, se devoraram.

CAPÍTULO 38

Agora inesperadamente absolvido, Jor-El começou a ajudar o comissário Zod a fortalecer Krypton. Ele estava desconfiado de que o ambicioso comissário poderia estar se aproveitando da tragédia para obter muito poder pessoal. Por outro lado, Jor-El havia testemunhado diretamente a completa paralisia do antigo Conselho, e mal conseguia imaginá-los lidando com o desastre. Pelo menos, Zod estava tocando as coisas adiante.

E Jor-El pretendia fazer o mesmo. Ele e Lara retornaram para o prédio de pesquisa na propriedade, onde lhe vinham todas as melhores ideias para a proteção do planeta. Em primeiro lugar, o comissário havia decidido que Krypton devia ficar atento; em estado de alerta para qualquer força alienígena de ataque que pudesse vir contra eles.

Com o incentivo de Zod, Jor-El projetou um grande conjunto de telescópios de observação para varrer os céus e antecipar quaisquer ameaças vindas do espaço. Isso era uma reviravolta significativa em relação aos acordos que fazia com o antigo governo, que nunca tratou com seriedade e consideração suas propostas. Até agora, pelo menos, Zod estava dando carta branca para o brilhante cientista. Isso não deixava de ser, em parte, uma compensação para tudo de ruim que havia acontecido.

Como astrônomo, Jor-El sempre foi fascinado pelo céu, por outras estrelas, nebulosas, buracos negros. Ele tinha muita vontade de saber o que havia Mais Além. Anteriormente, a rigidez do Conselho o havia repreendido por conta de suas reclamações.

– Mundos distantes não significam nada para os kryptonianos – chegou a proferir o velho Jul-Us de sua tribuna, com uma voz grave. – É melhor você voltar seus olhos na direção de Krypton.

Naquele instante, porém, tudo havia mudado. Zod *queria* que ele se voltasse para longe do planeta.

– E aqueles pequenos foguetes que você construiu, os que foram confiscados pelo Conselho? – dissera o comissário. – Encontre uma maneira de modificá-los para que possam carregar explosivos em vez de sondas científicas.

– Preciso continuar meus estudos do sol – disse Jor-El. – Precisamos monitorar as flutuações em Rao.

– Contanto que você ajude a criar mísseis de defesa. Ambos podemos obter o que queremos dessa situação.

Jor-El nunca quis "obter alguma coisa" com a situação. Simplesmente pretendia fazer seu trabalho para ajudar Krypton a se recuperar do desastre e se manter em segurança.

Ele escolheu um lugar perfeito para a rede de observação, nos campos desabitados não muito distante de sua propriedade, e mapeou um posto de escuta na base, que consistia em 23 telescópios em antenas parabólicas. Ele só fez rascunhos grosseiros, mas Lara provou ser de grande ajuda limpando os desenhos até se tornarem plantas perfeitas. Da sua tenda de comando na cratera, Zod aprovou os planos praticamente sem olhar.

– Você terá todos os recursos, equipamento, trabalhadores e material que vier a precisar.

Menos de dois dias depois, como se fosse um exército invasor, um maquinário pesado saiu do assentamento de refugiados e seguiu pelo pasto até a área descampada que Jor-El havia escolhido. Os trabalhadores voluntários pareciam felizes em participar de um projeto tão importante.

Construtores roçaram o capim, abriram novas estradas de acesso, escavaram fontes e cravaram estacas com âncoras nos leitos de rocha. Ao comando de Zod, as fundições das minas em Corril começaram a produzir as vigas mestras e os condúites necessários para as estruturas telescópicas. Tyr-Us, o líder industrial em Corril, reclamou da imposição, mas acabou obedecendo. Qualquer um que estivesse no campo de refugiados e demonstrasse conhecimento e aptidão para lidar com tecnologia era enviado para ajudar a construir o posto de escuta.

Jor-El estava pasmo, até mesmo estupefato. Em todos os seus anos de pesquisa, nunca lhe fora oferecida tanta assistência. Antes disso, seus projetos haviam sido meros experimentos, protótipos a serem submetidos (e quase sempre confiscados) à Comissão para Aceitação da Tecnologia. Agora, contudo, seus sonhos haviam se tornado algo viável e em larga escala.

Lara passou os dias ao seu lado como esposa, companheira e caixa de ressonância. Apesar de estarem casados há bem pouco tempo, ela podia perceber com muita facilidade como ele estava se sentindo. Embora a perda de seus pais e seu irmãozinho ainda lhe pesasse muito, e continuasse impaciente e agitada, ela tirava forças de Jor-El e devolvia na mesma hora. A jovem esposa escrevia constantemente em seu diário particular, registrando em primeira mão todas as atividades à sua volta; um dia aquele livro seria uma valiosa – e precisa – crônica do que havia realmente acontecido durante os dias mais difíceis de Krypton.

Enquanto observava as obras da construção se desenrolando, Lara ficava feliz ao ver que muitas pessoas seguiam as instruções de seu marido.

– Você está tendo uma maravilhosa segunda chance, Jor-El. Krypton precisa de você, sempre soube que acabaria sendo inocentado.

Ele deu de costas para a poeira e o ronco dos veículos pesados, e não tinha como esconder a expressão aborrecida.

– Eu não fui inocentado, Lara. Fui *perdoado*. São duas coisas diferentes. As pessoas ainda vão continuar admitindo que fui culpado, e que o comissário Zod simplesmente precisava dos meus serviços. Uma sombra de dúvida sempre irá pairar sobre mim.

– Acho que não, Jor-El. – Lara colocou os dedos no rosto do marido, virou o seu rosto na direção do dela e lhe deu um beijo. – Olhe à sua volta. Krypton mudou para sempre.

Ao contrário do irmão, Jor-El sempre se manteve afastado da política, e evitava se meter com rivalidades e discussões insignificantes no Conselho. Embora lhe tivesse sido oferecida por diversas vezes uma cadeira entre os onze, ele não conseguia imaginar nada mais frustrante do que passar seus dias no meio da areia movediça burocrática. Era melhor deixá-los preocupados com a possibilidade de ele aceitar a nomeação a qualquer hora que quisesse.

O governo havia perdido tempo com decisões que visavam aumentar a importância de uma determinada família nobre em vez de se preocupar com a sociedade kryptoniana como um todo; tinham confundido prioridades.

Com a ciência, Jor-El sentia que estava fazendo um trabalho muito mais útil do que realizaria se optasse por uma carreira política. Ele havia ignorado o Conselho quando necessário, feito o que acreditava estar certo, e completado seus estudos independentes.

Agora, no entanto, ele não precisava mais se preocupar com a Comissão de Zod confiscando e trancafiando suas maiores descobertas. Zod fora seu maior rival e inimigo, mas agora não conseguia evitar um sentimento de relutante gratidão para com aquele homem intenso.

Juntos, Jor-El e Lara observaram a instalação das primeiras grandes vigas mestras em estacas para as antenas de escuta. Na velocidade que esses homens estavam trabalhando, demoraria menos de um mês para que ele pudesse começar a fazer observações completas, dia e noite. Enquanto o comissário tinha como preocupação principal as invasões alienígenas, Jor-El mal podia esperar pelas oportunidades científicas que esse conjunto de telescópios enormes ofereceria. Ele finalmente poderia realizar uma varredura completa do céu, valendo-se de diversos comprimentos de onda.

Enquanto seus pensamentos vagavam, o chão subitamente começou a sacudir, um tremor nefasto que vinha do fundo da terra. As vigas dos telescópios parcialmente construídos começaram a balançar. As máquinas usadas na construção lutavam para se manter estabilizadas enquanto a lama se erguia do solo. Trabalhadores gritavam dos andaimes em que estavam.

Jor-El pegou Lara, e ambos correram para uma área aberta, longe de quaisquer estruturas mais altas. Quando o tremor atingiu um *crescendo*, uma das estacas onde os telescópios seriam ancorados tombou e esmagou um guindaste, enquanto o operador pulava para se salvar.

Quando os tremores pararam novamente, Lara limpou a poeira, tentando não parecer abalada.

– Você sabe o que foi? O que provocou isso?

As antigas preocupações do seu irmão voltaram a ressoar.

– É aquilo para o que Zor-El vem nos alertando... a ciência que o Conselho não levou a sério.

CAPÍTULO 39

Na esperança de garantir a base de poder, o comissário Zod já havia despachado alguns dos seus apaixonados seguidores para Orvai, Corril, Ilonia, Argo City, Borga City e muitos vilarejos menores que viviam da agricultura e da mineração. Falando palavras de louvor a Zod, os mensageiros reuniam os cidadãos, jogavam com seus temores e o enalteciam – humildemente, é claro – como o único homem que poderia realmente liderar Krypton, "pelo menos durante esses tempos incertos". Zod havia enfrentado pessoalmente o maligno Brainiac. Havia ficado por lá desde o começo da crise, enquanto os outros líderes municipais ficaram em casa, discutindo a tragédia no conforto de seus lares.

Enquanto isso, o arrogante Shor-Em havia, unilateralmente, convocado voluntários para se tornarem membros de um Conselho reestabelecido que havia proposto em Borga City. Embora o pomposo nobre viesse elogiando os contínuos esforços "temporários" no acampamento da cratera, tratava a probabilidade de se reconstruir Kandor como algo absurdo. Apesar de o comissário, confidencialmente, concordar com isso, ele encorajava seus subordinados fanáticos e devotados a se ofenderem com tal postura insensível. Na retidão de sua indignação, eles recrutavam ainda mais seguidores.

Vivendo diariamente com a dolorosa realidade da ferida aberta, seus dedicados seguidores no acampamento temporário não conseguiam deixar de reconhecer o quanto os líderes das outras cidades haviam sido lentos e ineficazes. Zod era, claramente, a única alternativa viável. Todo mundo tinha que ver isso.

Infelizmente, a maioria dos kryptonianos não havia sofrido diretamente com a tragédia ou testemunhado *in loco* a magnitude da destruição, e estava sendo influenciada por sugestões ingênuas e pouco razoáveis, como as de Shor-Em. Zod sabia que tinha que esclarecer essa gente e logo, antes que os queixosos se deparassem com alguma maneira de lhe fazer oposição.

Ele resolveu que era hora de ver com os próprios olhos o que Aethyr havia encontrado nas ruínas de Xan City. Lá ele encontraria as ferramentas de que precisava para fortalecer Krypton e superar os falatórios de todos os outros líderes rivais.

Prometendo voltar em um ou dois dias, Zod partiu do efervescente acampamento de refugiados com Aethyr e Nam-Ek. Enquanto sua balsa flutuante seguia velozmente para o sul, o comissário olhou para trás na direção do assentamento temporário, balançando a cabeça de decepção.

— Se eu estou para liderar Krypton, meu centro de poder deve ser mais do que um grupo de tendas, trilhas enlameadas e instalações sanitárias primitivas. Não é de se estranhar que as pessoas escutem Shor-Em quando ele oferece Borga City como uma alternativa viável.

Aethyr recostou em uma almofada na lateral do veículo sem capota, sorrindo para ele.

— Um problema de cada vez.

Depois de uma jornada de muitas horas, chegaram às ruínas da antiga capital de Jax-Ur. Usando aquele exato lugar como centro do poder, o líder guerreiro havia conquistado um mundo, destruído uma lua habitada e preparado uma expansão para os sistemas solares habitados mais próximos. Só a traição o derrubou.

Zod se deleitava com a sensação de estar cercado de uma história que se assomava. No meio da Praça de Execução, ele se aproximou da estátua do antigo grande líder, castigada pelo clima, cercada pelas figuras quase irreconhecíveis de vítimas ajoelhadas ou que haviam sido derrotadas. Apoiando as mãos na cintura, ele olhou para cima com um sorriso malicioso e desafiador.

— Todas as suas obras viraram poeira, Jax-Ur! As minhas serão maiores.

Aethyr falou:

– Então tome o manto de Jax-Ur para si, Zod. Por que não seguir seus passos? Seja o salvador de Krypton.

Zod a encarou de um jeito estranho.

– Jax-Ur é um dos homens mais insultados da nossa história.

Ela salientou o óbvio.

– Só porque a história foi escrita por aqueles que o vilipendiavam.

– Então é melhor que eu escreva a minha própria história para me certificar de que as gerações futuras irão se lembrar desses eventos adequadamente.

Ela ficou encantada com essa solução.

– Sim, você terá que fazer isso, e logo. Agora, deixe eu lhe mostrar as armas.

Não muito interessado em história ou tecnologia, Nam-Ek começou a perambular pelas lajes e colunas caídas. Ele estava gostando de pisotear os besouros-topázio, esmagando suas couraças com o pé grande, e recuando para observar enquanto outros insetos vorazes vinham correndo para devorar as carcaças que agonizavam. Aqueles não eram seus amados animais. Eram insetos, *vermes* – como todos os que se opunham ao seu mestre. Nam-Ek pisou em mais alguns.

Com óbvia expectativa, Aethyr tocou as notas da "Marcha de Jax-Ur" nos brutos e remotos instrumentos musicais espalhados pela praça: um carrilhão cheio de buracos que ainda soava muito bem, uma caixa de pedra oca que ainda ressonava quando tocada, um gongo feito de uma placa de metal que produzia um estrondo parecido com o de um trovão. Quando completou a pesada sequência de notas altas, as tampas redondas dos silos subterrâneos se abriram lentamente para revelar as armas apocalípticas douradas aprumadas em seus suportes.

Com os olhos brilhando, Zod encarou Aethyr, pensando que ela estava mais linda do que nunca, agora que havia revelado seu segredo. Ele se inclinou por sobre a beira do poço mais próximo para ver o fino míssil, com sua ponta lisa e bulbosa que continha a tal energia destrutiva incalculável. Ele balançou a cabeça, quase hipnotizado pela elegante simetria. Três dessas ogivas haviam sido suficientes para transformar Koron em entulho. Só três! O que um líder guerreiro poderia fazer com quinze armas dessas?

Aethyr levantou o queixo delicadamente saliente.

– Um homem com esse poder poderia causar medo em qualquer um que o desafiasse. Simplesmente por ter os dardos nova, um líder pode garantir a paz, a prosperidade... e a total e absoluta obediência.

As possibilidades rondavam na mente do comissário.

— Intrigante.

Os dois desceram para as casamatas sombrias que serviam como salas de controle, e que ela havia encontrado debaixo das ruínas. Zod inalou os odores de poeira, bolor, metal e graxa velha. O antigo equipamento estava intacto e não parecia danificado, exceto pela lenta deterioração promovida pelo tempo. Apenas alguns dos velhos cristais de iluminação ainda funcionavam nas largas e silenciosas salas de máquinas.

— Os sistemas são estranhos, as noções são antiquadas — afirmou Aethyr —, mas não creio que levaria muito tempo para regulá-los.

Mais tarde, quando saíram da casamata, Zod se mostrou admirado com toda aquela grandeza perdida à sua volta. Enquanto examinava os prédios e torres ainda intactos, ele estendeu nas mãos como se pudesse sentir um poder remoto brotando do chão.

— Gosto deste lugar. Ele me parece muito sólido e majestoso. Pense em quanto tempo isso perdurou. — Ele sorriu para Aethyr. — Sim, uma vez que todos os meus seguidores estejam no lugar certo, este aqui será o começo de um novo mundo em outras bases. *Esta* será a nova capital de Krypton.

CAPÍTULO 40

Superados os contratempos trazidos pelo severo terremoto, Jor-El revisou seus planos para o conjunto de telescópios, reforçou as estruturas e colocou as equipes para trabalhar novamente. Em apenas uma semana, quatro outros discos gigantes de observação se abriram, como as pétalas de enormes flores com estruturas de arame. Com estas geometricamente dispostas ao longo de duas linhas de construção que se cruzavam, cada uma com um quilômetro, o arranjo parecia um jardim tecnológico. Ele gostaria que o pai pudesse ver aquilo. Yar-El ficaria impressionado com o lugar.

Os telescópios sensíveis e os discos de recepção dariam um sinal de alerta para qualquer invasão iminente, assim como recolheriam uma abundância de dados puramente científicos. Os céus estavam cheios de mistérios e possibilidades, mas o Conselho não queria nem mesmo que Jor-El os procurasse. Agora, sob o pretexto de defender o planeta, Zod havia lhe dado toda a permissão de que precisava.

Jor-El também botou a mente para trabalhar em projetos para novas defesas, exatamente como Zod havia lhe pedido. No entanto, embora já houvesse se convencido de que as armas seriam usadas apenas contra os inimigos de Krypton que vinham do espaço, sua mente ficava frequentemente em branco agora que estava *tentando* criar dispositivos destrutivos.

Em meio aos esforços de Jor-El para terminar o arranjo com os telescópios, sua mãe o localizou, primeiro enviando uma mensagem para a propriedade, depois para o acampamento temporário na cratera, e finalmente para o local onde estavam sendo construídos os telescópios. Ele viu sua imagem na placa de comunicação, leu sua expressão perturbada, e logo soube que aquela mensagem era o que vinha temendo por muitos anos.

– Seu pai está morrendo. Essa seria a última chance para dizer adeus. – Charys hesitou. A imagem tremeu, e ele percebeu que ela havia parado a gravação a fim de juntar forças e não chorar, e para que sua voz não falhasse. – Já mandei uma mensagem para Zor-El, mas duvido que ele consiga chegar de Argo City a tempo. Por favor, venha rápido. Preciso pelo menos de um de vocês aqui.

Lara não o deixaria ir sozinho. Uma brisa forte aumentava de intensidade, ia ficando úmida à medida que nuvens cinzentas se formavam no céu, e Jor-El mal notou quando a garoa começou. Pegaram emprestada uma nave plataforma rápida com uma das equipes de construção, ativaram a capota do passageiro, e deixaram o frenético e barulhento canteiro de obras.

Estava chovendo muito na hora em que pousaram a balsa flutuante no meio das árvores que abraçavam a casa isolada. Os joelhos de Jor-El tremiam quando desceu do veículo. Gotículas douradas respingavam em seu rosto e lambuzavam seu cabelo branco, mas ele mal notou o desconforto.

Enquanto corriam para o portão, Jor-El viu que Charys havia deixado ervas daninhas tomarem conta do jardim. Depois que os buquês foram colhidos para o casamento de Jor-El e Lara, mais de um mês antes, as flores não tratadas haviam reflorescido em uma profusão de pétalas coloridas. O fato da sua mãe não ter cuidado das suas plantas premiadas lhe disse mais do que qualquer explicação verbal.

Ela abriu a porta, parecendo solitária e abatida, com os olhos fundos.

– Entrem. Fico feliz de ter vocês aqui comigo.

Com o rosto triste e pálido, e um brilho de suor cintilante na testa, Yar--El estava deitado na cama, coberto por um lençol fino. Seus olhos abertos mal piscavam enquanto ele contemplava seu próprio universo. Sua respiração era fraca.

– Ele sabe o que aconteceu com Kandor – disse Charys. – Nem sempre é obvio quando ele está a par do que o cerca, por isso não sei como soube das notícias, mas está sentindo a perda da cidade. É por isso que está assim. – Sem a menor necessidade, ela ajeitou os cobertores e depois afagou o cabelo de Yar-El, mantendo as mãos ocupadas. A senhora lutava para manter sua dignidade. – Mais um dia, Yar-El. Aguente só mais um dia. Zor-El estará aqui assim que puder.

Os três ficaram perto do homem catatônico em uma longa vigília, incapazes de encontrar palavras. Surpreendentemente, o velho Yar-El piscou. Seus olhos cheios d'água se reviravam de um lado para o outro, até que focaram alguma coisa. Ele levantou uma das mãos, e estendeu, debilmente, um dos dedos.

Jor-El se inclinou para mais perto.

– Pai, você consegue me ouvir?

Yar-El apontou para a lateral da cama, cada vez mais agitado. Ele apertou os dedos e apontou novamente, como se quisesse pegar alguma coisa. Lara percebeu que ele estava tentando alcançar um tablet que estava do lado da cama.

– Ele quer escrever alguma coisa. Você tem uma caneta?

Charys correu para arrumar alguma coisa com a qual ele pudesse escrever, mas Yar-El pegou o tablet e fez um traço longo com o dedo, desenhando uma curva ascendente que dava duas voltas para cima. O velho, clara e deliberadamente, havia traçado o símbolo em forma de "S" que representava a sua família, a serpente da falsidade presa dentro de um diamante impenetrável. Depois disso, deixou o tablet cair em cima do cobertor que esquentava seu colo.

Com a outra mão, ele segurou os dedos de Jor-El e disse lentamente, em um tom de voz abafado:

– Lembre-se. – O esforço levou suas últimas centelhas de vida. Yar-El suspirou, caiu para trás sobre os travesseiros e fechou os olhos para sempre.

Zor-El chegou tarde demais, quatro horas depois, na veloz nave prateada que anteriormente o havia levado para o continente ao sul. Ele e Alura, levados pelo vento e exaustos, correram da clareira onde pousaram, mas foi em vão. Assim que atravessaram a porta da casa, Zor-El imediatamente sentiu a aura de tristeza. Ele olhou para o irmão e Jor-El balançou a cabeça.

Yar-El estava deitado na cama, sossegado, e o filho mais novo se aproximou, hesitante.

– Eu já estava de luto há um bom tempo – disse com a voz áspera. – Com uma mente como a dele, nosso pai já estava efetivamente morto quando a Doença do Esquecimento roubou seus pensamentos.

Os quatro ficaram ali juntos, partilhando da mesma dor, enquanto Charys desabava em uma cadeira, finalmente fazendo com que percebessem o tamanho da cruz que vinha carregando pelos muitos anos em que tomou conta de seu impassível marido.

– Era isso que eu pensava, mas estava me iludindo. Agora que ele se foi, toda a dor voltou, tão recente e aguda como sempre foi. – Estremecida, ela respirou fundo. – Agora é como se ele tivesse morrido duas vezes, e eu tivesse que enfrentar a mesma perda de novo.

– Ele estava bem lúcido no fim. E disse uma coisa. – Jor-El olhou para o irmão. – *Lembre-se*.

Os olhos sombrios de Zor-El brilharam com o resplendor de lágrimas contidas.

– "Lembre-se"? O que isso quer dizer?

– Acho que ele queria que a gente fizesse o que não foi capaz. – Olhando para baixo, na direção do velho que havia acabado de falecer, Jor-El percebeu o quanto conhecia pouco o próprio pai.

Buscando uma pequena reserva de força, Charys anunciou:

– Faremos o funeral na propriedade, seu lar original. Lá é seu lugar.

Depois que o corpo de Yar-El foi preparado, eles retornaram para o solar. As lembranças oprimiam Jor-El, recordações claras de um tempo em que o pai havia sido brilhante, de como Yar-El tinha falado de suas esperanças para os dois filhos, de como os treinou para investigar possibilidades científicas e dar saltos intuitivos que poucos kryptonianos sequer tentaram.

Quando Rao já estava bem alto, os dois irmãos carregaram o caixão do pai pelo terreno da propriedade. Charys ia na frente em uma lenta procissão, enquanto Lara e Alura iam cada uma ao lado de seu respectivo marido. Jor-El não conseguia deixar de pensar que o pai merecia uma fanfarra maior do que aquela, uma grande multidão, um serviço fúnebre monumental que atravessasse as ruas de Kandor.

O pequeno grupo parou em um pequeno observatório solar particular que Jor-El havia construído em uma plataforma elevada atrás do prédio principal da propriedade, sobre a qual as árvores e os liquens não faziam sombra. Embora fosse muito menor do que a instalação semelhante que tinha projetado uma enorme órbita de Rao sobre o templo do Conselho,

Jor-El passara muito tempo por lá decifrando as falhas turbulentas da grande estrela. Os espelhos e lentes de focalização do observatório haviam sido colocados em um canto para deixar a zona de projeção vazia. Os irmãos colocaram o corpo de Yar-El no centro da área focal.

Zor-El fez um breve discurso fúnebre, mas sua voz áspera falhava e as palavras terminavam muito rápido. Jor-El ficou em pé ao seu lado, evocando os próprios pensamentos, lutando para superar as ondas de pesar.

– Krypton devia reverenciar Yar-El pelos grandes feitos que realizou e se esquecer de seus últimos e melancólicos dias. – Sua garganta deu um nó. – Muito embora acabemos descobrindo que nossos heróis têm suas fraquezas, nunca podemos esquecer que eles foram *heróis* em primeiro lugar.

Ele e Zor-El pegaram, cada um, uma das hastes de alinhamento, e viraram as lentes curvadas de focalização para o lugar correto. Enquanto o observatório colhia a luz de Rao, eles posicionaram as lentes de aumento, removeram os filtros que as tapavam e deram um passo atrás.

Uma imagem indistinta do sol vermelho se formou na zona de foco onde o corpo de Yar-El repousava; até que a imagem de repente se avivou em uma intensa representação da estrela fulgurante. A coroa se formou, seguida por camadas turbulentas de manchas solares escuras e um plasma fulminante. O calor se condensou em um clarão ofuscante. O corpo de Yar-El desapareceu numa nuvem de fumaça branca, completamente desintegrado, tornando-se um só com Rao.

O semblante de Jor-El estava carregado e inquieto.

– Krypton precisa de nós, Zor-El. Isso é o que papai iria querer. Não podemos decepcioná-lo. Não podemos deixar Krypton na mão. Eu e você sabemos o que está acontecendo no núcleo de nosso planeta. Os terremotos, as marés... a coisa só vai piorar. Agora que o Conselho se foi, você e eu temos que fazer alguma coisa para salvar o mundo. Será que temos provas para mostrar ao comissário Zod?

A expressão de Zor-El endureceu.

– Recebi recentemente notícias da minha equipe de pesquisa. Um dos seus membros foi morto em um novo ciclo de erupções, mas os outros estão voltando com dados completos obtidos através da rede de sensores que instalaram. – Ele apertou os lábios. – Logo saberemos ao certo o que está acontecendo.

CAPÍTULO 41

∞‼◇●—˙T¦¦◯¦¦¦· 41

Na hora em que Zod retornou de Xan City, satisfeito e entusiasmado com os novos planos, muitos dos nobres jovens e ambiciosos de Krypton já haviam chegado no acampamento. Eles vieram para trazer quantidades extravagantes de suprimentos ou se apresentar como voluntários para o trabalho de construção de uma nova cidade ou memorial. Em seus lares decadentes e espaçosos, esses jovens não tinham nada de significativo para fazer.

Alguns eram sujeitos de bom coração, que torciam as mãos de aflição por conta da perda do Conselho, e só sonhavam em restabelecer Krypton ao que fora antes. Zod não tinha interesse em pessoas assim. Aethyr, felizmente, indicou outros que eram muito mais propensos a servi-lo.

– Para alguém que não se importa com política interna e rivalidades locais – observou Zod com um sorriso de quem estava se divertindo – você conhece muito bem os membros das famílias nobres.

– Conheço muito bem qualquer um que tem uma linha ideológica semelhante à minha. Koll-Em chegou até a tentar derrubar o próprio irmão, e não faz muito tempo... foi um golpe mal aplicado, mas que mostra como o sujeito pensa. Ele foi banido de Borga City, e agora está aqui. Muitos outros filhos e filhas mais novos fizeram seus papéis como crianças obedientes, mas era tudo um teatro só. Você ficaria impressionado com o tamanho do ódio que alguns deles sentem pelos irmãos mais velhos e privilegiados. E podemos usar isso a nosso favor. Temos que fazê-lo. Eu e você não seremos bem-sucedidos sem sua força e seu apoio.

Zod enviou um convite discreto para dezessete dos caçulas mais ambiciosos, seguindo as sugestões de Aethyr. Colocando as peças no lugar. Ele encontrou os convidados especiais na margem destruída da cratera ao amanhecer. A beirada havia caído e virado um declive coberto de escombros até estes mergulharem abruptamente no vazio e no fundo invisível e fumegante do poço. Nam-Ek estava atrás do grupo, sem dúvida uma presença intimidante.

Dezessete candidatos: alguns ansiosos, outros céticos, todos curiosos. Zod os observou. Koll-Em tinha feições pronunciadas. No-Ton era um filho de nobres que havia estudado ciência e engenharia (nem se comparava a Jor-El, todavia poderia ser útil). Vor-On, o ávido puxa-saco que havia tentado bajular o comissário nas corridas de carruagens. Mon-Ra, Da--Es, Ran-Ar e outros cujos nomes ele ainda não sabia. E, evidentemente, Aethyr.

Aqueles eram homens talentosos dispostos a quebrar as regras, que haviam ignorado as expectativas familiares e feito algo de si ou que já estavam irritados com tantas restrições e tinham todos os motivos para desprezar a calma e a placidez do antigo Krypton. Tinham passado suas vidas com alguém lhes dizendo o que não poderiam fazer.

Muitos deles mal haviam saído da adolescência, e estavam com fogo no sangue. O que lhes faltava em experiência e em cautela era compensado com um entusiasmo radical. Eram jovens o bastante para ser ingênuos, convencidos da sua honradez, e nunca haviam imaginado que suas crenças mais arraigadas poderiam estar erradas. Eram perfeitos para o que Zod tinha em mente.

Com um olhar, ele pôde ver que alguns dos jovens duvidavam que o comissário Zod seria muito diferente de outros oficiais do governo – eram céticos, assim como Aethyr originalmente fora. Ele simplesmente sorriu para eles.

– O antigo Conselho acabou, assim como nosso modelo de vida antigo. Nenhum de vocês irá se condoer por isso. Não finjam o contrário. – Julgando pelas suas expressões de choque, Zod concluiu que havia chamado a atenção de todos. – Para alcançar minhas metas, preciso de um quadro de conselheiros próximos que fiquem ao meu lado enquanto faço o que deve ser feito, pelo bem de Krypton. Vocês vão ouvir o que tenho a dizer?

Os jovens nobres se entreolharam, alguns murmurando perguntas enquanto outros permaneciam em silêncio. Koll-Em se pronunciou, impetuosamente:

– Não vai doer nada ouvir suas palavras.

– Ninguém nunca nos levou a sério antes – acrescentou Mon-Ra. Ele tinha um corpo bem musculoso, cultivado através de fisiculturismo e não por meio de trabalho pesado.

– Venham, vamos descer cratera abaixo. – Zod acenou na direção do declive acentuado e da trilha irregular e em zigue-zague que Aethyr havia demarcado.

Ela caminhou até a beirada.

– O comissário precisa que vocês sintam fisicamente o que de fato aconteceu aqui. Sentir visceralmente, entender o poder de um alienígena maligno que arrancou uma cidade e deixou um buraco que vai até metade do caminho que dá na crosta. Ele quer que vocês sejam diferentes daqueles que fazem pronunciamentos enquanto estão sentados confortavelmente em suas casas do outro lado do continente.

– Como meu irmão. – A voz de Koll-Em exalava o mais puro asco.

– Descer *cratera* abaixo? – disse Vor-On, assustado. Há poucos instantes, ele estava explodindo de entusiasmo ao pensar que faria parte do círculo interno do comissário.

– Conselheiros acanhados não têm utilidade nenhuma para mim, Vor-On. Você é bem-vindo para ficar no acampamento com os outros trabalhadores manuais.

O jovem engoliu em seco.

– Não, não. Eu vou... se o resto de vocês for. – Ele olhou em volta. Seu corte de cabelo quadrado já não parecia terrivelmente estiloso.

Zod desceu o primeiro degrau para dentro do declive que se esfarelava. Pequenos seixos deslizavam para o fundo, mas ele conseguiu encontrar um solo firme para pisar.

– Aethyr explorou a nossa rota na noite passada. Pode ser difícil andar pela trilha, mas se uma simples caminhada for além das suas habilidades, vocês não são as pessoas que estou procurando.

Nenhum dos dezessete declinou do convite.

Aethyr liderava o grupo, seguindo com cuidado, de pedra em pedra, escorregando na lama solta, segurando em tudo que brotava da terra. Boa parte do solo havia se transformado em fragmentos de algo vítreo, devido à ação dos poderosos feixes de luz cortantes de Brainiac. Eles se arrastaram cada vez mais para o fundo até se afastarem da orla, da beira da cratera e de quaisquer possíveis espiões. A silhueta robusta de Nam-Ek esperava por todos no topo.

Lá embaixo, o ar tinha cheiro de enxofre e vapor, de água suja e poeira amarga. As mãos de Zod estavam sujas e feridas por terem agarrado pedras de pontas afiadas durante a descida. Um sujeito alto, Da-Es, cujos membros não eram muito firmes, escorregou e tropeçou, caindo quase dois metros até que Aethyr agarrou a túnica que ele usava e impediu sua queda. Da-Es recuperou sua compostura e tirou a poeira do corpo com as mãos. Ele olhava com desdém para as roupas rasgadas, uma mancha de sangue, os arranhões e machucados.

– E aí? Você quer voltar? Retornar para o topo? – alfinetou Zod.

– Meu ego está mais ferido do que meu corpo – disse Da-Es. – Quero ouvir por que você veio para um lugar tão fundo para que ninguém possa nos escutar.

Depois de mais 15 minutos de descida, alcançaram uma plataforma de pedra. Zod e Aethyr esperaram até que os dezessete se ajeitassem naquela camada de rocha estável ou conseguissem se manter firmes nas saliências rochosas logo acima.

– Como vocês podem imaginar – começou Zod –, esse não é o tipo de reunião na qual servimos refrigerantes ou aderimos a questões de ordem. Este é um conselho de guerra. – Os jovens pareciam surpresos; alguns acenaram com a cara fechada. – Krypton está em guerra, não apenas contra invasores alienígenas como Brainiac, mas também contra aqueles do nosso povo que gostariam de manter nossa grande civilização estagnada, como nos velhos tempos.

A maior parte dos dezessete murmurou em sinal de acordo. Koll-Em era o que falava mais alto:

– Muitos de nós discordávamos em silêncio do entrincheirado Conselho Kryptoniano, e, agora, tarde demais, todos podem ver que suas atitudes fossilizadas nos deixaram vulneráveis. Agora que os indolentes se foram, não posso em boa consciência permitir que isso aconteça novamente. Nunca mais. – Zod percebeu que seus candidatos estavam esperando ansiosamente para ouvir o que ele queria propor. – Os membros mais antigos de suas famílias estavam investidos no antigo status quo. Eles se sentiam no direito de ter uma vida de privilégios. Alguns deles já começaram a conversar sobre o reestabelecimento de um Conselho idêntico ao velho e imprestável que tínhamos antes. Querem nos levar de volta para o tempo da ingenuidade e da impotência.

Aethyr acrescentou:

– Não podemos permitir que nossos pais e irmãos mais velhos nos mutilem novamente.

– É claro que não – disse Koll-Em. – É chegada a hora de os mais velhos darem um passo ao lado e deixarem as pessoas mais visionárias... como todos nós aqui... terem a sua vez.

Da-Es se pronunciou:

– Não é justo que ninguém nunca venha perguntar qual é a nossa opinião.

Mon-Ra acrescentou, flexionando casualmente os bíceps:

– Sempre fomos impedidos de ajudar, quando isso era o que mais queríamos fazer.

– Mas são nossas famílias – disse Vor-On.

Zod escondeu o sorriso ardiloso por trás de uma expressão sóbria.

– Não estou chamando seus irmãos mais velhos de perversos ou estúpidos, mas eles simplesmente não têm noção do dano que já causaram. Nem mesmo agora! Chegou a minha hora de constituir um novo Conselho consultivo e tirar variáveis desnecessárias da equação.

– Comissário, o senhor está falando de derrubar as famílias nobres estabelecidas. – Vor-On parecia estar muito perturbado. – Eu queria *ser* um deles, não *destruí-los*. – O jovem olhou para os outros que se aglomeravam no rochedo. Os gases de enxofre estavam fazendo seus olhos pinicarem. – Você não pode esperar que a gente venha a tomar parte disso... desse motim.

Zod deixou escapar um suspiro de tédio.

– Muito bem, Vor-On. Pensei que poderia contar com seu apoio, mas faça o que você acha que é melhor para Krypton. – Ele estendeu a mão num gesto cordial. Aliviado, o nobre jovem e impetuoso aceitou a gentileza, e segurou na mão de Zod enquanto este prosseguia: – E eu vou fazer o que *eu* acho melhor.

Com um gesto abrupto e violento, ele puxou Vor-On da beira da pedra e o soltou. O jovem nobre já estava caindo no poço aberto antes de perceber que havia perdido a passada. Sua interjeição de incredulidade se transformou em um grito efêmero de terror. As paredes eram íngremes, e a cratera era muito, mas muito profunda. O berro foi abafado quando Vor--On atingiu alguma coisa, mas seu corpo continuou a deslizar e a saltitar por um bom tempo depois.

Ignorando o ruído que ia sumindo, Zod se voltou novamente para o grupo que estava em cima da rocha, esperando que fosse se deparar com uma mistura de pânico e horror. Em vez disso, só viu uma determinação inflexível. Excelente.

– Então vocês estão dispostos a ser meus 16 consultores? Meu círculo interno? A posição é de todos caso optem por se juntar a mim... se me ajudarem a fazer com que Krypton seja forte novamente e me jurarem lealdade.

– Eu juro – disse Aethyr, orgulhosa. – Só o comissário Zod pode nos salvar da nossa própria miopia.

Koll-Em acrescentou:

– Mesmo se falharmos, eu preferiria falhar tentando ser alguma coisa do que ser bem-sucedido em não tentar nada.

– Já ouvi o falatório constante do meu irmão e sei o que ele pretende fazer – disse Da-Es, cutucando o joelho arranhado. – Seria suicídio se fizéssemos o que os nobres mais velhos estão planejando. Você tem meu apoio, comissário.

Muito rapidamente, todos os outros resolveram apostar em Zod.

Ele estava admirando seu novo círculo interno.

– Para simbolizar nossa unidade e visão, eu os batizo de Anel de Força. Juntos seremos indestrutíveis. Abraçaremos tudo o que Krypton tinha de melhor. Sigam a minha liderança, obedeçam as minhas ordens e daremos origem a uma era de ouro maior do qualquer uma que Krypton já viu.

Quando saiu da cratera, o grupo inteiro parecia transformado, energizado, renascido. Assim que emergiram e se postaram ao lado de Zod e Aethyr, com Nam-Ek à sua frente, o comissário mandou arautos percorrerem todo o acampamento para reunir espectadores o mais rápido possível.

As pessoas vieram correndo dos canais, das tendas e dos locais de trabalho para ouvir o anúncio. Ninguém parecia notar que Vor-On havia sumido. Com toda a Kandor dada como perdida, quem identificaria cada pessoa que havia desaparecido?

Zod sentiu um arrepio enquanto fazia, discretamente, uma confissão para Aethyr:

– Estou prestes a fazer história. Posso sentir isso.

Ela o olhou de esguelha.

– Você já fez história. O que está prestes a criar agora é uma *lenda*. Vou ajudá-lo a se tornar um verdadeiro semideus.

Em cima de um monte de rochedos na abertura da cratera, Zod levantou as mãos e gritou:

– Isso não é hora para indecisão. Isso não é hora para debates e partidarismos. É chegada a hora de sermos fortes sob a batuta de um único líder com uma única visão. – Ele bradou no volume mais alto que pôde: – Essa é a hora de Zod... o novo governante de Krypton!

CAPÍTULO 42

Quando o distante posto avançado para emitir alertas precoces ficou pronto na campina aberta, todos os 23 discos receptores voltavam seus detectores para o céu. Eles captavam os mais leves sussurros vindos do vazio do firmamento. Telescópios óticos estudavam as estrelas à noite, enquanto sensores de ondas longas varriam as cercanias do espaço durante o dia.

No projeto da instalação, Jor-El havia providenciado que os fluxos de dados fossem desviados diretamente para seu prédio de pesquisa ampliado na propriedade. Logo depois do desastre de Kandor, seus empregados e jardineiros partiram para o campo de refugiados a fim de trabalhar intensamente. Naquele momento, a propriedade estaria vazia e deserta se não fosse por ele e Lara. O cientista não se importava. Os dois gostavam da solidão, e precisavam de um tempo para se recuperar de tantas tragédias.

Ele estava certo de que, a qualquer hora, receberia os constrangedores dados sobre a atividade sísmica de Krypton que seu irmão havia prometido enviar. Enquanto isso, Jor-El dedicava algumas horas, toda noite, para estudar as novas imagens de tirar o fôlego que vinham do espaço: massas de gás ionizado que se uniam para formar novas estrelas, jatos cósmicos de falsas cores esguichando no vácuo, aglomerados globulares, turbilhões de galáxias distantes.

A parabólica mais sensível do conjunto captou um fluxo constante de estática pontuado por estalos, breves zunidos e estalidos indecifráveis. Jor--El deixou os alto-falantes ligados o tempo todo no laboratório, com um pequeno ruído no fundo. Embora Donodon houvesse lhe dito que o espaço estivesse salpicado de sistemas estelares habitados e civilizações incomuns, a vizinhança de Krypton parecia vazia e quieta.

Na intenção de ficar perto do marido, Lara foi ao prédio de pesquisa se juntar a ele, que ficou feliz por ter a amada ali. De vez em quando dava para ver que ela ainda sofria pela perda dos pais e do irmão caçula. Jor-El vinha sentindo um peso semelhante em seu coração desde a morte do pai. Embora a degeneração de seu velho tenha sido prolongada, a tristeza de perdê-lo não era menos dolorida.

Lara requisitou uma das mesas grandes do laboratório para si. Depois de amarrar o cabelo para evitar que ele caísse sobre o rosto, ela espalhou pranchetas, anotações e pilhas de documentos, enquanto trabalhava em sua própria documentação histórica.

– Eu gosto de estar aqui com você.

– É mutuamente benéfico – disse ele. – Você pode ser muito inspiradora.

Ela continuou a escrever zelosamente linhas de texto, gravando um esboço antes de inscrever permanentemente as palavras em cristais de memória. E refletiu em voz alta:

– Sempre mantive um diário, mas isso me parece mais importante agora. Alguém tem que registrar esses eventos para a posteridade. Você consegue pensar em uma historiadora melhor do que eu? – Sua boca articulou, de uma hora para a outra, um sorriso provocador, avisando-o de que era melhor ele não a contradizer.

– Não consigo pensar em *nada* que seja melhor do que você. – Jor-El se inclinou, curioso para ver como a esposa o estava retratando em seu diário.

Constrangida, ela cobriu o texto e depois lhe lançou um olhar misterioso, como se estivesse esperando exatamente pelo momento certo.

– Tenho outras notícias para você, Jor-El. Notícias muito especiais...

Os alto-falantes do posto de escuta, no fundo, crepitavam por causa da estática, um sussurro que não parecia natural. Jor-El discernia sons que eram incontestavelmente palavras. Surpreso, ele se concentrou para tentar entender.

– O que é isso?

A estática se fez notar novamente, diminuiu, até sumir de vez e ser substituída por uma voz profunda e sombria.

– ...alguém me ouve. Estou mandando essa mensagem porque não tenho outra esperança. Alguém deve estar me ouvindo. – Outro estalido e mais um rangido de estática abafou as palavras seguintes. – ...repetir enquanto puder.

Jor-El correu para o painel de controle e enviou um comando para reunir todos os sinais que vinham da plataforma de observação. Ao combinar as saídas das 23 parabólicas, ele esperava poder reforçar aquela transmissão em que mal se ouvia o áudio, talvez quem sabe encontrar uma contraparte visual. Ele e Lara ficaram olhando enquanto uma imagem borrada se formava em um dos condensadores holográficos, até ficar mais nítida e exibir um homem sem pelos, com a pele cor de esmeralda e têmporas protuberantes.

– Meu nome é J'onn J'onzz do planeta Marte. Minha raça está morrendo. Minha civilização está virando pó. Por favor, salve-nos.

Depois de ter vislumbrado um torturante fragmento da mensagem, Jor-El passou horas gravando o sinal repetido, quase sem piscar e jamais desviar a atenção. Ele usou todas as técnicas conhecidas para filtrar distorções e pulsos irregulares causados por interferências cósmicas de segundo plano. A transmissão deve ter passado anos viajando pelo espaço, se não séculos, e algumas poucas horas certamente não fariam nenhuma diferença para o destino do desamparado marciano. Mas Jor-El era um homem de ação, e Lara o amava por isso.

Ela o ajudou a conectar equipamentos, gravar dados, ajustar conexões. Finalmente, depois que o sinal foi processado e ampliado, os dois se juntaram para ouvir.

Na tela crepitante, o marciano de testa pronunciada dizia:

– Na hora em que vocês receberem isto, minha civilização já estará morta. A História nos varreu como um fogo insaciável. Achávamos que nossa raça duraria para sempre. Acreditávamos que nada poderia causar mal a Marte, pois tínhamos uma sociedade perfeita e um povo avançado com uma tecnologia altamente desenvolvida. Estávamos errados.

O homem verde abaixou a cabeça.

– Sou o único que sobreviveu, mas até quando irei durar? Minha mulher, minha família, tudo se perdeu. – A pele do rosto do alienígena se encrespava e afundava. Sua forma mudava como se ele fosse composto de chama oscilante; depois pareceu se reintegrar. Lara não achava que era uma distorção do sinal; o marciano, de fato, havia alterado a própria forma.

Sua mensagem era antiga, vinda de um sistema estelar muito distante, contudo seu pesar parecia recente. O marciano sobrepunha velhas imagens de seu amado planeta enquanto falava, mostrando despenhadeiros vermelhos e picos rochosos, cidades cobertas por cúpulas e arcos empoeirados agora em ruínas, seres verdes que pareciam fantasmas andando em meio a complexos então vazios para depois sumirem no meio da fumaça. Lara viu imagens idealizadas de outro marciano verde, uma criatura feminina com pele flexível e uma crista pontuda na cabeça, parada ao lado de duas crianças. Eles pareciam felizes. Ela tinha certeza de que se tratava da família do alienígena.

Até que vieram monstruosas contrapartes de pele branca dos pacíficos seres esverdeados. Esses mais claros tinham feições severas, cabeças angulares, olhos sombrios e profundos e dentes afiados.

O aflito sobrevivente prosseguiu:

– Todos mortos... marcianos brancos, marcianos verdes. Exceto eu. Eu sobrevivi. Estou sozinho. Imploro para que me ajude... mas se isso for impossível, então, por favor, ao menos *lembre-se*.

Lembre-se. Exatamente como o pai de Jor-El havia dito em seu último suspiro.

A mensagem de dilacerar o coração foi repetida, e Lara também sentiu a saudade, a perda. Ela se lembrou de Kandor e dos pais.

– Que civilização magnífica. Você viu as cidades deles, Jor-El? Aquelas pessoas, como eram inteligentes! Mesmo assim, tudo acabou. Como isso pôde acontecer?

Jor-El balançou a cabeça, incapaz de compreender como o planeta Marte na transmissão pôde ter sido varrido junto com a poeira do tempo.

– Não há nada que eu possa fazer para ajudá-los, há? É um lugar muito distante e já se passou muito tempo.

Lara viu o que ele precisava, e sabia que podia lhe dar. Ela só soube da notícia naquela manhã, e ficou esperando o momento certo para fazer o anúncio. Não poderia haver hora melhor do que agora.

– Sei que as coisas parecem sombrias, mas sempre há uma esperança. – Ela sorriu e o abraçou. – Estou grávida, Jor-El. Vou dar à luz nosso filho.

CAPÍTULO 43

No dia seguinte, Jor-El foi até a enigmática torre translúcida de seu pai e destruiu a barreira temporária de resina que havia usado para vedar o vão da porta e trancafiar os componentes da nave desmantelada de Donodon. Nos últimos meses, ele havia sido arrastado para muitas direções diferentes – pela ameaça do inquérito, pela perda de Kandor, pela morte de seu pai, pelo conjunto de telescópios... e pela gravidez de Lara! Ele ia ser pai. Até aquele instante, Jor-El ainda não havia arrumado tempo para absorver totalmente a notícia maravilhosa que Lara havia lhe dado. Eles traiam vida nova para Krypton no rastro de muita tragédia e sofrimento. Um bebê não poderia fazer muita coisa para compensar tamanho pesar, mas Jor-El sentia uma nova esperança.

Naquela hora, depois de ouvir a mensagem de Marte, ele estava ansioso para começar o trabalho, muitas vezes adiado, de estudar o veículo de Donodon. O alienígena azul fora um curioso investigador; iria querer que Jor-El aprendesse o máximo possível com ele. Cada um dos componentes que o comissário havia trazido era como uma peça de um quebra-cabeça muito maior.

E talvez, em suas explorações, Donodon houvesse aprendido algo sobre a civilização perdida no empoeirado planeta vermelho...

Pensar no curioso e criterioso explorador alienígena trouxe de volta lembranças de seu próprio pai como um homem vibrante e incisivo. Os dois filhos de Yar-El nele se espelhavam e tinham grande admiração pelas coisas que ele havia realizado. Durante anos, Jor-El havia deixado a estranha torre espiralada intacta, pois preferia saborear o mistério do que digerir as respostas.

Quando o comissário Zod o impeliu a esconder a espaçonave alienígena do Conselho, Jor-El ainda não havia se permitido investigar completamente o interior da torre. Naquele instante, ele a adentrou e olhou em volta, absorvendo cada detalhe, sentindo o leve odor de metal que ali pairava.

Por que o seu pai havia construído aquele estranho prédio? O laboratório era um espaço perfeitamente aproveitável, bem sortido de ferramentas analíticas e referências. Yar-El havia projetado e construído aquele espaço singular e depois o lacrou. Será que o velho estava esperando alguma coisa acontecer? E seu comentário enigmático de anos atrás, de que Jor-El saberia quando deveria entrar na torre – o que ele quis dizer com isso?

Na época em que desenhava aquela estrutura, o velho genial já havia caído nas garras da Doença do Esquecimento. Seu comportamento ia ficando aos poucos mais irracional, à medida que os pensamentos, as lembranças e a noção de realidade começavam a lhe escapar. Jor-El amava o pai, mas não entendia o que estava acontecendo. Os melhores médicos de Krypton haviam dito que não havia nada que pudessem fazer. E aquela impotência e confusão – o problema que ele jamais conseguiu resolver – apavoravam Jor-El.

Seu pai era muito inteligente para não perceber como a terrível doença progrediria, como ele lentamente se degeneraria até perder totalmente a capacidade de raciocínio. Jor-El não conseguia imaginar como aquele homem absorveu a consciência disso.

Na distante parede láctea da torre, ele viu o símbolo arrojado e até mesmo desafiador de sua família, o da serpente encerrada dentro de um contorno em forma de diamante. Yar-El havia colocado a marca em um lugar proeminente. Mesmo com a doença piorando, o idoso não havia se esquecido de quem era e do que sua família lhe representava.

Fascinado, até mesmo compelido, Jor-El se aproximou da parede lisa interna, e ficou cara a cara com o enorme símbolo.

– O que você quer de mim, pai? Se ao menos você tivesse me falado quando era possível. – Ele traçou com o dedo a curva em forma de "S".

Ao seu toque, as linhas começaram a brilhar. Uma parte circular da parede da torre, que circundava a marca, começou a irradiar uma luz tímida.

Yar-El apareceu. Sua imagem era alta e imponente em seu traje de cientista. Seu cabelo prateado havia sido penteado para trás, e ele havia colocado uma corrente fina sobre a testa. Sua voz era muito alta, suas palavras, carregadas de significado. Jor-El não conseguia se lembrar da última vez em que ouviu o pai falar com tanta força e convicção.

– Jor-El, meu filho, deixei esta mensagem para você. Criei esta torre com um propósito que está além do meu alcance. Acredito que você entenderá aquilo que eu não consegui apreender, pois sinto que muita coisa está se esvaindo de mim. Esta pode ser a última vez em que minha mente ainda consegue reter todos esses pensamentos. Sinto que muita coisa escorre de mim, como água de uma peneira...

Jor-El percebeu o que o pai havia feito. O símbolo da família havia sido gravado como um molde coberto com uma camada de mensagens! Bastou o calor do seu corpo no dedo para ativá-lo.

Yar-El prosseguiu:

– Uma vez senti pena daqueles que não podiam entender meus cálculos ou minhas teorias. Você consegue imaginar como é terrível saber que antes você tinha clareza e discernimento, mas que agora tudo se foi? Não importa a força com que me agarre a elas, as lembranças irão desaparecer.

Ele fez uma pausa antes de continuar.

– Com a minha mente analítica, realizei muitos feitos maravilhosos, contudo paguei por esses triunfos. O fogo que mais brilha também é o que se apaga com mais rapidez. Nossa raça está mudando. Sou uma anomalia, assim como meus filhos. Meus dois filhos.

"Tome cuidado. Não basta exibir sua genialidade. Um kryptoniano verdadeiramente integrado usa tanto o coração quanto a mente. Ao juntar os dois, você alcança seu potencial máximo. Você pode se tornar um verdadeiro super-homem."

A imagem tremeluziu e Yar-El estremeceu. Seu olhar intangível foi se virando até encarar o filho de frente.

– Lamento não poder estar aí com você. Eu o conheço, Jor-El. E conheço seu irmão. Aguentem firme. Gostaria que pudéssemos caminhar juntos rumo ao futuro. Mas, agora, o futuro está em suas mãos.

– Pai! – Ele correu na direção da imagem. O velho Yar-El abaixou a cabeça, fechou os olhos e sumiu assim que a gravação acabou, deixando Jor-El dentro da torre, sentindo-se mais sozinho do que nunca.

Ele trabalhou durante dias, soldando as peças separadas da nave de Donodon, tentando entender como se encaixavam. A Comissão para Aceitação da Tecnologia não havia sido profundamente meticulosa ao fazer anotações enquanto desmontava o veículo, e agora Jor-El tinha que se esforçar ao máximo para colocar tudo de volta no lugar certo.

Apesar de ter feito inúmeras tentativas, não bastava o cuidado que estava tendo, separando componente após componente; decifrar os enigmas da nave do alienígena estava além de suas capacidades. Muito embora Zod esperasse que ele fizesse algum progresso, Jor-El mal conseguia alcançar as noções mais básicas, e estava muito longe de conseguir projetar uma cópia para que a indústria pudesse construir uma poderosa nave espacial. Essa era a principal meta de Zod.

Deixando de lado o trabalho nas engrenagens da espaçonave, ele encontrou um sistema anexo incluso, o fantástico banco de dados com todos os planetas que seu amigo alienígena havia visitado. Ali, dentro do sistema de navegação, Jor-El podia encontrar os registros de todas as jornadas fascinantes que Donodon havia feito.

A antiga mensagem de um planeta Marte moribundo tocava sem parar em sua cabeça. Jor-El esperava que fosse se acostumar com o fato, mas não parava de pensar em como aquela estranha civilização havia ruído. Se o Conselho não tivesse proibido tais explorações, será que alguém de Krypton teria condições de visitar o planeta vermelho a tempo, tempos atrás? Será que o povo de Donodon conseguiu fazer alguma coisa?

Usando a estrutura de alerta precoce, Jor-El já havia identificado com precisão a origem do sinal de Marte: um sistema solar com um sol amarelo mediano, tão pequeno e distante que mal era visível no céu noturno de Krypton. Com essa informação nas mãos, ele mergulhou nos arquivos de navegação de Donodon, sondando os registros das viagens do alienígena, sistema estelar após sistema estelar... Bingo!

Em suas explorações, Donodon havia visitado o tal sol amarelo em torno do qual Marte girava. De acordo com o que estava no banco de dados, o explorador alienígena também interceptou a mensagem desesperada e saiu para investigar, mas até mesmo ele havia chegado tarde demais. Donodon chegou a ficar sozinho no meio do ar frio e escasso de Marte, gravando o que Jor-El viu no banco de dados da espaçonave.

Olhando para o monitor do sistema de navegação isolado, escorando o volumoso dispositivo na mesa do laboratório que estava menos entupida de coisas, Jor-El rodou imagens de um terreno cor de ferrugem, desgastado pelo tempo, e de cidades arrasadas que enfatizavam o que o último e desamparado marciano havia dito. Embora os canais de dimensão continental estivessem secos e áridos, mostravam o amplo escopo dos feitos daquela raça perdida. Naquela altura, a poeira de óxido de ferro cobria tudo, apagando lentamente as marcas de uma civilização avançada.

Ele pensou em mostrar essa extraordinária descoberta ao comissário Zod, mas sentiu uma estranha hesitação. Com que finalidade? Zod não ligaria, e a raça marciana já estava extinta havia incontáveis anos. O comissário, sem sombra de dúvida, menosprezaria a triste mensagem, dizendo que aquela raça não era ameaça para Krypton e, portanto, era irrelevante. Jor-El decidiu então guardar essa história para si mesmo.

Porém, quando avançou para a entrada seguinte do banco de dados, ele ficou tão impressionado, tão inexplicavelmente feliz, que correu de volta para o solar e acordou Lara, que já dormia a sono solto. Entusiasmadíssimo, ele a levou até a câmara da torre para que ela pudesse ver com os próprios olhos. A moça esfregou os olhos e acompanhou o marido pela relva lilás orvalhada, e depois se curvou sobre ele enquanto os dois olhavam para a tela que havia sido tirada da nave desmantelada.

Jor-El colocou o registro do próximo lugar que o alienígena franzino e intrépido tinha visitado.

– Veja isso, Lara. Trata-se de um lindo planeta, azul e cintilante, pacífico e cheio de vida.

Embora Marte estivesse morto, o planeta seguinte e mais próximo do sol amarelo era coberto por oceanos e envolvido por nuvens pouco espessas. Os continentes ostentavam uma variedade de terrenos, que iam de picos cobertos de gelo a montanhas, florestas, prados... e cidades... cidades lindas e vibrantes. Donodon não entrou em contato direto com sua população, e preferiu ficar observando-a de certa distância, discretamente. Sua civilização era jovem e próspera, e estava à beira da expansão tecnológica.

Seu povo havia descoberto apenas recentemente a comunicação via rádio e alardeava, alegremente, sua existência para dentro e fora do universo, sem ligar para quem pudesse ouvi-lo. Sua música possuía uma sonoridade exótica. Eles construíam prédios tão altos que pareciam arranhar o céu. As pessoas que lá viviam eram cheias de energia e não lhes eram impostas restrições como as que eram determinadas pelo Conselho Kryptoniano.

Quando a sondagem de Donodon se aproximou bem dos habitantes do planeta, Lara respirou fundo, surpresa.

– Eles são iguais aos kryptonianos!

– Sim, a semelhança racial é assustadora – Jor-El se inclinou para mais perto. Ele sentia uma afinidade incomum com as pessoas do terceiro planeta a partir do sol amarelo. Pareciam criativas, ambiciosas, inventivas, sem medo de correr riscos. Jor-El não via a hora de entrar em contato com essas pessoas, compartilhar informações e soluções... mais ou menos a mesma coisa que Donodon queria fazer quando veio a Krypton.

Jor-El e Lara acharam o lugar lindo e atrativo, e acharam que lembrava Krypton, mesmo muito diferente. Essas pessoas chamavam seu planeta de *Terra*.

CAPÍTULO 44

No dia seguinte, Nam-Ek chegou à propriedade e entregou bruscamente um cristal de mensagem para um curioso Jor-El dentro do laboratório da torre. A imagem tremeluzente do comissário Zod se ergueu como fumaça da palma da mão do cientista.

– Preciso da sua ajuda mais do que nunca, Jor-El. – Sua voz fina era insistente. – Estou idealizando um projeto tão grande que irá exigir nossos melhores esforços para realizá-lo. Venha e nos ajude a criar o futuro... a próxima capital de Krypton. Nam-Ek trará você e sua esposa até onde estou, nas antigas ruínas de Xan City.

O mudo barbudo acenou insistentemente na direção da balsa flutuante que o havia trazido. O veículo tinha motores velozes e assentos confortáveis, abertos para o ar morno, mas com uma capota que os protegia do sol quente ou do mau tempo.

Jor-El e Lara olharam um para o outro. Ela cruzou os braços na altura do peito.

– Não gosto disso. Não está me soando como um pedido.

O rosto de Nam-Ek não expressava qualquer emoção. Ele balançou a cabeça vigorosamente.

Jor-El andou na direção do mudo.

– Tenho um trabalho importante a fazer aqui, assim como Lara. Não podemos simplesmente ir embora.

Em resposta, o mudo repetiu a mensagem de Zod, depois acenou de um jeito arrogante na direção do veículo. Jor-El ficou furioso, mas também apreensivo com relação aos limites do que o guarda-costas do comissário poderia fazer.

– Você não vai aceitar uma resposta negativa, vai? – perguntou Lara para Nam-Ek.

O mudo balançou a cabeça. Sua expressão era implacável

Embora não estivesse satisfeito, Jor-El não argumentou enquanto ambos subiam a bordo do veículo. Zod faria as coisas do seu jeito, e Jor-El estava começando a se ressentir disso cada vez mais.

A nave zuniu assim que disparou rumo a regiões despovoadas e pouquíssimo exploradas do continente. Nam-Ek estava sozinho no comando da aeronave e só de vez em quando se virava para olhar os passageiros.

Apesar da surpresa, Lara estava relutantemente fascinada com a perspectiva de conhecer um sítio histórico tão famoso.

– Xan City... por que o comissário iria para uma ruína abandonada como essa em primeiro lugar? Ele nunca me pareceu muito interessado em História. – Depois, ela assentiu com a cabeça. – Aposto que Aethyr tem alguma coisa a ver com isso.

Quando finalmente chegaram ao destino no final da tarde, Jor-El viu um pequeno grupo de abrigos temporários que haviam sido erguidos na velha cidade em pedaços. Aethyr os conduziu ao escritório provisório do comissário. Lá dentro, Zod estava cercado por inúmeras vidraças finíssimas que projetavam imagens das ruínas da cidade, sobrepostas com desenhos de uma nova e fantástica cidade que se ergueria das cinzas da antiga.

– Obrigado por terem vindo tão prontamente.

Jor-El olhou para Nam-Ek, que estava com os braços musculosos cruzados sobre o peito.

– Seu homem pareceu achar que era uma ordem.

– Sim, ele pode ser muito implacável. Mas garanto a você que isso é crucial. – Zod ergueu uma das mãos e os conduziu para fora da estrutura do escritório temporário. – Venham comigo e vejam como eu pretendo garantir a segurança de Krypton.

Até Aethyr dava a impressão de que iria explodir de ansiedade.

– Xan City está cheia de tesouros deixados por Jax-Ur. – Ela se posicionou bem ao lado de Lara. – Isso vai resolver um mistério que já dura séculos!

Zod os escoltou por um lance íngreme de escadas de metal para um labirinto de câmaras subterrâneas, até chegar a um barulhento salão central. As paredes da câmara estavam cobertas de chapas de cobre. Antigos, porém sofisticados decks de controle brilhavam com cristais de diagnóstico. Placas de alta resolução exibiam mapas de toda a superfície de Krypton.

Sete técnicos recém-recrutados no acampamento de Kandor estavam sentados em frente aos painéis, tocando cristais, estudando leituras e fazendo conferências entre si. Pela curvatura de seus ombros e disposição de seus pescoços e braços, Jor-El podia dizer que os técnicos estavam tensos na presença do comissário. Eles haviam depositado sua fé em Zod, jurado sua lealdade e obedecido suas ordens.

– O que significa tudo isso, comissário? – perguntou Lara, ainda observando o que acontecia à sua volta.

– Armas de tal magnitude que vão nos manter protegidos de todos os inimigos.

Jor-El sentiu um nó na garganta.

– Que tipo de armas? Onde você as obteve?

Como se compartilhasse um segredo, Aethyr olhou diretamente para Lara, que de repente ficou pálida com o entendimento.

– Você os encontrou? Depois de todos esses séculos?

Jor-El se voltou rapidamente para a esposa, e também *entendeu*.

– Você encontrou alguns dos dardos nova de Jax-Ur?

Zod o encarou, calmo e confiante, em um tom desafiador.

– Todos eles. Todos os 15.

Jor-El se lembrou de como havia sido ingênuo durante o primeiro jantar com Lara, quando falaram sobre a terrível marca que o déspota deixou em Krypton.

– Por que você precisaria de tamanho poder, comissário?

– Para repelir uma invasão alienígena, é claro. – Pegando Jor-El pelo braço, ele andou até o outro lado da sala de controle, onde ativou um cristal com a palma da mão. Um escudo opaco nas paredes de cobre deslizou lateralmente e revelou um dos lustrosos dardos nova, tão perto que Jor-El sentiu que poderia estender a mão e tocá-lo. – Intrigante, não? – disse Zod perto do ouvido do cientista. – Você sabe que sempre teve dúvidas em relação a eles.

Apesar da sua incerteza e do nítido desconforto de Lara, Jor-El foi cativado pelas linhas perfeitas da arma, pelo longo suporte dourado que ainda brilhava, mesmo depois de passar tantos séculos enterrado. Os estabilizadores em sua base eram como pernas dobradas, afiados nas pontas; equilibrados no topo de uma haste delgada havia um elipsoide dourado e alongado cheio de destruição.

Jor-El estava extremamente preocupado por estar envolvido com tamanho poder destrutivo.

– E você precisa de mim para ver se essas armas antigas podem ser reparadas?

– Não, não... acredito que funcionarão perfeitamente bem. No-Ton e nossos técnicos vêm limpando, ajustando e fazendo alguns testes básicos. Jax-Ur criou armas de poder destrutivo duradouro. Você tem que admirá-lo.

Jor-El fitou, através da placa de observação, a arma apocalíptica.

– Então para que você precisa de mim, comissário? Por que quis nos trazer aqui para estas ruínas?

– Estas ruínas são o nosso novo lar. – Zod sorriu. – Só queria que você soubesse que Krypton não precisa mais contar apenas com você. Espero que isso diminua seu fardo. Você não está aliviado? Aqui, o verdadeiro governo de Krypton pode ter acesso a todo o poder do qual possamos necessitar em quaisquer circunstâncias.

CAPÍTULO 45

O anúncio do comissário Zod de que restabeleceria a capital no local onde ficava Xan City foi recebido com muita saudação. Grupos de voluntários e refugiados arrumaram as malas e se juntaram a comboios abarrotados de gente que seguiam para o sul, abandonando o acampamento temporário na cratera. Apesar da teimosia de alguns mais apegados, a maior parte das pessoas estava convencida de que precisavam começar do zero, longe da cicatriz de Kandor.

Porém, antes da chegada dos primeiros grupos, Zod mandou que Nam-Ek retirasse a velha e monolítica estátua do líder guerreiro derrotado. Ele se recusava a governar à sombra de um tirano fracassado. O comissário também ordenou que as estátuas dos rivais ajoelhados de Jax-Ur fossem removidas, embora tivesse caprichosamente decidido a manter uma delas em seu novo escritório.

Assim que todo o equipamento pesado chegou em Xan City, as equipes de limpeza e construção começaram a tocar o novo e grandioso projeto. Com o estímulo apropriado, eles aplaudiram a visão triunfal e empolgante de uma metrópole arrojada para substituir Kandor. Os dezesseis membros do Anel de Força de Zod emitiram uma boa quantidade de propaganda e fizeram muitas promessas. O comissário exibia fantásticas plantas da nova grande cidade que se erguia das cinzas da antiga.

Depois de retirar as colunas e as paredes caídas em áreas danificadas da cidade, os novos trabalhadores reconstruiriam o que poderia ser salvo e criariam tudo o mais do nada. O comissário ofereceu a Jor-El e Lara os seus próprios alojamentos em uma das primeiras habitações reconstruídas, para que pudessem ficar e ajudar; o cientista e a esposa não tinham escolha a não ser deixar a distante propriedade para trás e viver ali, pelo menos temporariamente, até que o trabalho na nova capital estivesse concluído. Para o prédio administrativo principal, Zod ordenou a reconstrução de um palácio governamental no que havia sido a cidadela central de Jax-Ur.

Enquanto isso, em sua distante e bela casa em Borga City, Shor-Em emitiu uma penetrante condenação à forma como Zod havia tomado o poder, ultrajado pelo fato de um homem – um "mero comissário" – achar que ele sozinho poderia governar todo um povo. Mais uma vez, ele indicou Borga City como uma alternativa muito melhor de capital "provisória". Outros cidadãos francos e proeminentes aderiram ao protesto, entre eles Tyr-Us, filho do velho Jul-Us, da cidade de metal de Corril, onde ficavam as ricas montanhas em minério, e Gil-Ex, de Orvai, no distrito do lago. Mas eles haviam se posicionado tarde demais.

Naquela altura, o desastre de Kandor já tinha ocorrido há quase dois meses. Tyr-Us, Gil-Ex e Shor-Em levaram *dois meses* para manifestar sua oposição ao que ele vinha fazendo (e não ofereceram nenhuma alternativa concreta). Zod simplesmente não podia tolerar.

Ninguém podia ter imaginado, quanto mais implementado, um retorno mais rápido à normalidade. Em vez do falatório interminável e da letargia governamental aos quais a maior parte dos kryptonianos estava acostumada, *seu* povo via diariamente um progresso tangível. *Seu* povo tinha uma nova capital e um líder obviamente visionário.

Enquanto isso, protestando de Corril, Tyr-Us (cujo nome deve ter sido inspirado em suas constantes tiradas, pensava Zod) exigia, repetidas vezes, a renúncia imediata do comissário, exigindo que ele devolvesse o poder aos "herdeiros legítimos de Krypton". Com isso, presumivelmente, Tyr-Us estava se referindo a si mesmo e a outros nobres da velha guarda, nenhum dos quais tendo feito nada para ajudar.

A reconstrução de Xan City continuava a todo vapor.

Um dia, quando uma equipe de três jovens voluntários adentrou um novo conjunto de catacumbas profundas e inexploradas, acabaram deparando-se com um enorme ninho de besouros com couraça de topázio. Em instantes, os três foram devorados vivos, e seus gritos foram transmitidos pelos dispositivos de comunicação de curto alcance. Na hora em que a equipe de resgate chegou, não restava nada além dos ossos roídos. Os besouros também atacaram a equipe de resgate, mas o destacamento conseguiu vencê-los.

Mais tarde, Zod designou uma equipe selecionada a dedo, liderada por Nam-Ek (que se deliciou com a tarefa), para fazer uma busca nas ruínas e erradicar a infestação. Centenas de milhares de insetos velozes e ágeis foram eliminados e a reconstrução começou novamente. Zod manifestou seu pesar pelos três voluntários que tinham sido mortos no "lamentável acidente de trabalho".

Mas a tarefa era grande, até mesmo opressiva, e Zod sabia que alguns de seus seguidores menos dedicados poderiam querer voltar prematuramente para suas confortáveis cidades de origem. Antes que as pessoas pudessem pensar em desistir em face da assustadora tarefa que havia pela frente, ele percebeu que tinha que lhes dar um motivo atrativo para ficar ali.

Zod convocou todos os trabalhadores para se reunir na velha Praça de Execução. O sol vermelho e radiante era o presságio de um dia sufocante, mas no frescor de um novo amanhecer, as possibilidades pareciam ilimitadas. Zod tocou em um amplificador vocal embutido em sua garganta.

– Quando enfrentamos a maior crise na história do nosso planeta, vocês vieram a mim porque sabem que eu sou o futuro. Prometi proteger Krypton contra todos os inimigos. Vou mostrar a vocês por que precisamos de Xan City e por que vocês podem contar comigo e com mais ninguém para nos defender.

Ele subiu no bloco desgastado pelo tempo que era a base da antiga estátua de Jax-Ur. Suas palavras ressoavam como se fossem o estrondoso pronunciamento de um Deus, e ele tentou fazer contato visual com tantas pessoas quanto foi possível.

– *Eu* tenho o poder para manter Krypton em segurança.

Ao seu comando, integrantes da Guarda Safira empurraram a multidão para trás, deixando à mostra os desenhos circulares que mal podiam ser vistos nas lajes. Com um zumbido e um estremecimento, a superfície pavimentada se abriu ao longo de linhas precisas, e as pessoas recuaram com medo. Numa lentidão nefasta, as tampas dos silos em meio círculo se arrastaram para os lados para revelar os antigos poços onde eram guardados os armamentos.

Zod respirou profundamente, como se estivesse inalando o temor dos espectadores. Luzes brilhavam de dentro dos poços, iluminando os revestimentos de metal polido dos mísseis afunilados. Como se fossem as flechas douradas de uma divindade furiosa, os 15 dardos nova alçaram lentamente à superfície, e se mostraram ao mesmo tempo ameaçadores e dignos de reverência. Três das 18 plataformas estavam vazias; elas haviam guardado as armas que destruíram Koron.

Zod não falou nada por um bom tempo. Não precisava. Todos ali sabiam que nenhum outro líder poderia prometer tanto. Ele despacharia mais seguidores fanáticos para todas as cidades com a prova.

– Deixem que Shor-Em e seus colegas reclamem. Sou um homem de ação. E juro que vou usar esses dardos nova para defender a minha visão... *nossa* visão – corrigiu ele, rapidamente – de Krypton.

As 15 armas brilhavam à luz avermelhada do sol, com suas estreitas ogivas elipsoidais apontadas para o céu, esperando por um alvo.

CAPÍTULO 46

A cidade crescia numa velocidade espantosa. Com tantas pontes políticas a serem construídas, os ambiciosos nobres mais jovens do Anel de Força partiram para convencer outros cidadãos espalhados pelo continente, como agentes da causa de Zod, enfatizando sua poderosa reserva de dardos nova que poderiam proteger Krypton.

Dentro do palácio governamental semiacabado, em meio ao alarido de carpinteiros e pedreiros, Zod convocou Jor-El e Lara. Alguns dos pilares entalhados ao longo das paredes internas eram antigos e estavam desgastados; os novos, imitações meticulosas do mesmo design, pareciam inadequados. Pedaços de resina de pedra vedavam partes da parede que haviam caído, cobrindo os afrescos que descreviam os triunfos de Jax-Ur e que há muito tempo já estavam bem apagados.

O telhado principal havia caído parcialmente e, por isso, toldos de tecido colorido cobriam a abertura no teto, pontiagudos como a tenda de um nômade, para proteger quem estava lá dentro das raras chuvas. Olhando para cima, Jor-El se perguntou se aquilo era um simbolismo consciente para lembrar aos visitantes o quanto eles haviam percorrido desde que saíram do acampamento temporário perto da cratera de Kandor.

No meio do escritório, Zod havia instalado o que parecia ser uma pedra grande, arredondada, cheia de protuberâncias e em decomposição. Examinando mais atentamente, Jor-El quase não percebeu que se tratava da figura de um homem fazendo uma reverência... ajoelhando-se para alguém? Ele se perguntava por que o comissário a havia trazido para cá.

Zod começou a conversa com um discurso estimulante:

– Decidi que é hora do seu pai receber a gratidão e o respeito que sempre mereceu. Faça algo por ele, por mim e por todo o Krypton. Mostre a todos o verdadeiro gênio que era Yar-El.

Jor-El não esperava por isso.

– Meu pai foi um grande homem, mas quando sucumbiu à Doença do Esquecimento, muitas pessoas o chamaram de louco. E lhe deram as costas.

– E o que estou oferecendo vai mudar tudo isso – disse Zod.

Lara foi mais cautelosa em relação à oferta aparentemente inocente.

– Meu marido e eu não podemos concordar enquanto não soubermos o que você está pedindo.

Zod prosseguiu em um tom magnânimo.

– Yar-El mudou a arquitetura kryptoniana para sempre. Com seu fantástico processo de crescimento de cristais, ele criou colunas hexagonais com o máximo de pureza e força material. Ele construiu alguns dos marcos mais adorados da velha Kandor. Agora eu quero que você use as técnicas do seu pai para expandir o horizonte da nossa nova cidade o mais rápido possível. – Exalando ansiedade, ele olhou para os projetos. – Assim que esta cidade estiver terminada e rivalizar até mesmo com a finada Kandor, Shor-Em e todas aquelas outras vozes incômodas se calarão. Precisamos lhes mostrar. Mostrar tudo.

Jor-El foi até a ampla janela do escritório do comissário e contemplou as bem conservadas ruínas, as torres parcialmente reconstruídas em volta da praça. Ele tentou prever como a arquitetura de seu pai se encaixaria, imensas estacas de cristal transparente nas cores verde, branca e âmbar.

– Teria que ser feito apropriadamente e com muito cuidado.

Zod juntou as mãos.

– Sabia que você partilharia da minha visão. Isso será bom para o coração e a alma de Krypton. Esta cidade jamais será a mesma coisa que Kandor, mas pode vir a servir como uma nova Kandor.

Jor-El começou a pensar nas condições, fazendo cálculos e estimativas.

– Fazer com que cristais cresçam aqui com a estabilidade apropriada e fixar suas estruturas levando cada superfície a encontrar pontos de interseção perfeitos será um longo e lento processo. De imediato, pode ser mais rápido para você erguer prédios convencionais usando métodos tradicionais, enquanto dou sequência a esse projeto em paralelo. No fim das contas, esta cidade será tão digna de reverência quanto você pretende.

– Não, não! Isso precisa acontecer rapidamente e de maneira esplêndida. Durante os meus dias na Comissão, li os registros originais do seu pai que estavam arquivados. Ele desenvolveu uma técnica alternativa, um processo acelerado de crescimento que usa vários catalisadores potentes. Usando a energia de Rao, torres gigantes e espirais imensas poderão crescer em uma questão de dias. Isso não é verdade?

Jor-El balançou a cabeça.

– Esse era um processo muito inferior, comissário, e meu pai o descartou. O que ele ganhava na velocidade, perdia na estabilidade. Você não quer que sua capital dure séculos, até mesmo milênios? Mais tempo até do que a Xan City original? Tais coisas não podem ser feitas de forma apressada. Se usarmos a técnica catalisadora e cheia de falhas, os prédios não vão durar mais do que uma ou duas gerações.

As sobrancelhas de Zod franziram.

– Jor-El, se *Krypton* sobreviver por uma ou duas gerações, então teremos todo o tempo do mundo. Assim que superarmos essa crise, prometo que lhe darei toda a liberdade para fazer as melhorias que desejar. – Ele se juntou a Jor-El e Lara na janela, ouvindo o barulho que emanava da construção. – A aparência é tão importante quanto a realidade. Nenhum kryptoniano pode duvidar do que Zod tem feito pelo povo. Preciso apresentar minha cidade como a nova capital, um fato consumado... e logo.

Jor-El rapidamente encarou o comissário.

– Sua cidade?

– A cidade de Krypton. Às vezes eu me faço parecer passional demais. – Ele lhes dirigiu um sorriso intenso e inquietante. – Erga esses prédios de cristal para calar meus detratores, e em troca batizarei a espiral mais alta e enfeitada de Yar-El.

– Meu pai não iria gostar de receber homenagens – afirmou Jor-El. – Nunca precisou delas, especialmente batizando prédios que certamente vão tombar.

A expressão de Zod foi ficando mais fechada.

– Eu insisto.

Jor-El olhou para Lara, que entendeu sua necessidade e também acenou negativamente com a cabeça. Ele prosseguiu:

– Realizarei essa tarefa em memória ao meu pai, contanto que tenhamos tempo para realizá-la do jeito certo, assim que superarmos essa crise. – O cientista apertou os olhos, esperando o momento perfeito para trazer à tona uma questão muito mais importante relativa aos dados que Zor-El havia acabado de lhe enviar. – E há outros assuntos que precisamos discutir. Quando tudo isso terminar, tenho outras prioridades com as quais você terá que lidar.

O comissário parecia desdenhoso, como se esperasse um acordo na mesma moeda.

– Perfeito, meu amigo. Terei uma dívida eterna para com você.

CAPÍTULO 47

Lara adorava ver as engrenagens se mexendo na mente de Jor-El enquanto ele refletia sobre um problema que tinha para resolver. Ele decidiu que colheria sementes de cristal das menores estruturas de sua propriedade e também no magnífico palácio no ártico. Zod lhe emprestou uma aeronave e o mandou colher o que precisasse, dizendo-lhe que se apressasse.

Quando Lara ficou sozinha, finalmente arranjou tempo para conversar um pouco mais com Aethyr. Dentro de um dos prédios antigos restaurados em Xan City, os aposentos da moça eram bem mais espaçosos do que Lara poderia imaginar.

— Nunca imaginei você em um lugar tão ostentoso, Aethyr. Lembro-me de quando você matou e assou uma cobra só porque achava que não tínhamos rações suficientes no nosso acampamento.

— Eu chamei de serpente da verdade — disse ela com um sorriso.

— Certamente tinha um gosto podre. — Lara fez uma careta ao se lembrar da péssima experiência.

— Você foi a única que experimentou. Eu sempre a respeitei por isso. Mostrou força de caráter.

Com uma risadinha que a fez se sentir dez anos mais jovem, Lara perguntou:

— Você se lembra da Lyla Lerrol? Ela ficou tão horrorizada por termos provado carne de serpente que não queria mais dormir em nenhum lugar perto de nós. Tinha medo de que crescessem escamas na gente no meio da noite! – Ambas riram da lembrança.

De repente, Aethyr ficou mais séria.

– O comissário Zod sabe o quanto seu marido é brilhante, mas você também pode nos ajudar aqui. Eu mesma falei sobre você, Lara. Você estudou para ser uma artista... não estava trabalhando com os seus pais?

– Conheci Jor-El durante um grande projeto em sua propriedade. – Lara baixou o rosto. Tantas coisas a faziam se lembrar de momentos inesperados.

– Meus pais se perderam com Kandor.

Aethyr não parecia ter ficado angustiada.

– Meus pais também se perderam, mas eles eram a pior coisa do velho Krypton. Temos que esquecer tudo isso e seguir em frente. – Ela ofereceu uma taça do vinho rosé da reserva particular de Zod, embora Lara tivesse recusado. Ela ainda não havia falado sobre sua gravidez para ninguém. – Você não deveria ser a mera assistente de um cientista. Tem inteligência e habilidades próprias. Em horas como esta, o comissário Zod pede a todos nós que nos entreguemos mais do que nunca... para trabalhar mais e contribuir com o nosso melhor.

Lara estava cética.

– Mas o que você quer de mim? Especificamente. Sou historiadora e artista. Mas tudo que já fiz antes parece muito pequeno agora, em face do estado de emergência de Krypton. – Ela pensou em revelar a existência do diário pessoal que vinha mantendo, e oferecê-lo como a história oficial daqueles tempos conturbados, mas algo em seu íntimo lhe disse para não falar nada.

Aethyr tomou casualmente um gole do vinho.

– A perda de Kandor foi a coisa mais devastadora a acontecer com nosso planeta desde a destruição da terceira lua. Esse fato teve repercussões globais para a economia, o governo, o comércio, o transporte, para todo o equilíbrio do poder. Agindo como a pedra fundamental de uma nova ordem, Zod mostrou que é o único homem que pode nos defender contra outro ataque, mas isso não lhe basta. Ele vê a tragédia como uma segunda chance para todos nós. Nós, kryptonianos, podemos renascer das cinzas e trilhar um novo caminho.

Lara percebeu o fervor da amiga e reconheceu que ela estava sendo sincera.

– Ainda não entendi o que você acha que posso fazer...

Aethyr apontou para as paredes brancas de seus aposentos. Eram nítidas as áreas onde havia sido aplicada resina de pedra. Ela havia pendurado tecidos tingidos e toalhas em ganchos presos na parede, mas todos os novos edifícios pareciam inacabados e sem adornos – tudo trivial demais para rivalizar com a grandeza de Kandor.

– Como artista particular de Zod, seu trabalho para nós será mais importante do que qualquer coisa que seus pais tenham concluído. Embora Ora e Lor-Van tenham partido, vamos mostrar a todos que a glória de Krypton continua intacta. Lara, queremos que você tome conta do *projeto visual* de nossa nova capital. Faça com que ela fique bonita. Não... *mais* do que isso... faça com que ela fique impressionante.

CAPÍTULO 48

Uma noite antes de Jor-El voltar, o comissário Zod convocou o povo para que se reunisse na antiga Praça de Execução, que ele havia rebatizado como Praça da Esperança. Era hora de dar aos fiéis seguidores outro motivo para comemorar.

Hoje, estamos batizando a nova capital de Krypton. Xan City é uma marca do passado, uma lembrança da glória que se perdeu. Nossa nova cidade, embora tenha sido construída sobre os escombros de um poderoso império, deve representar todo o nosso planeta, toda a nossa população. – Ele olhou ao redor, esquadrinhando os rostos na multidão. – Portanto, eu a batizo como... *Kryptonopolis.*

Encorajada pelos membros do Anel, assim como pela diligente Guarda Safira, a plateia começou a aplaudir. O comissário sorriu para todos, deleitando-se com a boa acolhida.

Uma voz gritou no meio da multidão.

– Por que não chamá-la logo de Zod City, para aproveitar a ocasião? Você já roubou tudo mesmo.

A multidão ficou sem fôlego na mesma hora e se virou para ver quem havia falado. Um homem obviamente transtornado deu um passo à frente, com o cabelo longo e loiro caindo para ambos os lados do couro cabeludo calvo e rosado. Um farto bigode de pontas caídas pendia para cada um dos lados de sua boca, conferindo-lhe uma aparência absurda. Suas vestes ostentavam uma arrojada insígnia em forma de "X" que representava sua família nobre e altiva. Zod o reconheceu.

Com um discreto aceno, o comissário conteve um furioso Nam-Ek; a Guarda Safira se manteve em alerta, pronta para agir. Zod foi inteligente e fingiu lhe dar boas-vindas.

– Gil-Ex, você finalmente resolveu deixar suas almofadas macias e seus finos banquetes em Orvai! Toda ajuda é bem-vinda, mesmo que venha de um dos nobres mais idosos e mimados. Junte-se a nós para trabalhar de verdade. Podemos treiná-lo para fazer algo prático, para variar. – Algumas pessoas na plateia riram. – Só queria que Shor-Em e Tyr-Us também viessem para ajudar, em vez de ficarem se queixando em suas mansões distantes.

O homem de bigode franziu a testa e seu couro cabeludo rosado ficou vermelho.

– Não vim para me unir aos seus esforços, Zod. Vim para colocar um pouco de bom senso na cabeça dessas pessoas. – Ele olhou em volta. – Quero ver o que você está fazendo para preservar nossa nobre herança. Eles não querem viver sob uma ditadura!

Ouvindo os murmúrios da multidão, Zod sabia que as pessoas estavam do seu lado. Ele as tinha treinado bem, e demonstrado seu potencial. Cada vez mais gente se unia a ele diariamente, embora soubesse que uma resistência irritante continuasse a crescer como ervas daninhas em vilas e povoados sobre os quais ele não tinha controle suficiente. Ainda.

– Gil-Ex, estas pessoas estão vendo muito bem o que ando fazendo. É por isso que estão me ajudando. Abra os olhos e veja o que já realizamos! Estamos trabalhando juntos, em equipe, para fazer de Krypton um planeta mais forte em vez de um lugar onde reina o medo e a fragilidade. O antigo Conselho nos manteve indefesos. Nenhuma dessas boas pessoas quer que a História se repita, não importa que forma ineficaz de governo vocês esperem que venham a aceitar.

Gil-Ex torceu o nariz.

– Os verdadeiros kryptonianos podem enxergar o que há por trás das suas mentiras, Zod. Eles se lembram daquilo que é justo e verdadeiro em relação à nossa civilização, e não vão deixar que tudo se perca. – Ele se virou para o resto da multidão, erguendo o punho cerrado. – Todos vocês, juntem-se a mim. Vocês precisam rejeitar a tirania de Zod e sua injusta tomada do poder.

Koll-Em gritou com um desprezo desmoralizante:

– Estamos bastante familiarizados com aquilo que você considera "justo e verdadeiro em relação à nossa civilização". Não, obrigado!

De onde estava, no meio da multidão, Da-Es bradou em alto e bom tom:

– Sabemos o que o comissário Zod sonha para nós. Preferimos seguir sonhos em vez de ilusões.

– Você já esteve na cratera de Kandor, Gil-Ex? – vociferou o musculoso Mon-Ra de outra parte no meio da multidão. – Já testemunhou pessoalmente quanta destruição nossos inimigos externos podem nos trazer? Você se incomodou com isso?

Gil-Ex saiu pela tangente.

– Todos nós sabemos o que aconteceu lá. Não preciso ver com meus próprios olhos. Duvido que meu coração fosse suportar...

– Qual é o problema? Medo de sujar as mãos? – zombou Koll-Em.

– Você se queixa de Zod, mas o que *você* tem feito para nos proteger? – perguntou Ran-Ar, outro membro do Anel.

O Anel de Força continuou a incitar a multidão, deixando-a enfurecida. Gil-Ex levou alguns instantes para perceber que havia escolhido o local errado para seu discurso. Zod permitiu que a ira fervilhasse até chegar ao ponto em que achasse que poderia perder o controle. Ele não queria que a coisa se transformasse em um motim contra um único homem, pois tais reações extremas poderiam fornecer munição contra ele para os outros dissidentes. O pior de tudo é que uma revolta poderia fazer de Gil-Ex um mártir.

– Por favor, calma! Este lugar é a Praça da Esperança. Aqui prezamos tudo o que havia de melhor em Krypton, incluindo o direito à liberdade de expressão, mesmo quando alguém defende posições tão absurdas. Gil-Ex, estas pessoas não concordam com suas ideias. Sinto-me desencorajado por você se recusar, teimosamente, a reconhecer minhas boas intenções. Não consigo entender o que fiz para você se opor com tanta veemência, mas quero ouvir o que tem a dizer. Talvez possamos chegar a um acordo. – Ele estendeu a mão, querendo parecer cordial. – Venha, vamos conversar na minha tenda.

Gil-Ex viu que não tinha escolha a não ser concordar.

No dia seguinte, depois que Gil-Ex se foi – embora ninguém o tivesse visto partir –, Zod divulgou um feliz comunicado.

– Nós dois conversamos durante toda a noite, e Gil-Ex finalmente se deu conta do seu equívoco. Como havia se isolado dos verdadeiros efeitos da nossa tragédia, ele ignorava solenemente as necessidades do nosso planeta. Chegou a ouvir mentiras e distorções de homens sedentos pelo poder que tentavam lançar dúvidas sobre nosso grande trabalho. – Zod simulou um sorriso. Paixão e sinceridade emanavam de cada palavra que ele pronunciava. – Quando percebeu que seus próprios comentários bem-intencionados poderiam criar dificuldades para a recuperação de Krypton, Gil-Ex foi às lágrimas.

Os ouvintes de Zod absorveram essa virada dramática e inquietante. Eles haviam seguido o comissário até uma cidade vazia e arruinada, e jurado lealdade não só a ele, como aos grandes planos que tinha para Krypton. Por estarem tão plenamente convictos, era razoável pensar que Gil-Ex também havia mudado de ideia. Alguns trabalhadores aceitaram a explicação com mais prudência do que outros, mas todos confiavam na sinceridade de Zod.

O comissário tentou aparentar o máximo de sinceridade.

– Esperava que Gil-Ex fosse se tornar meu aliado, mas aceito sua decisão de se retirar da vida pública. Ele quer que todos nós sigamos em frente sem a sombra de suas acusações anteriores. – Zod inclinou a cabeça, mal conseguindo esconder o sorriso de satisfação.

Ao longo dos dias que se seguiram, outros dissidentes bem-articulados desapareceram de cidades e vilarejos isolados, cada um deixando para trás um bilhete sincero de explicação. Alguns admitiam a vergonha e muitos incitavam o povo de Krypton a seguir Zod.

Ele sabia que, mesmo entre seus seguidores, alguns poderiam não acreditar naquelas histórias convenientes. Longe dali, algumas pessoas foram levadas a manifestar suas suspeitas, a alegar que tudo aquilo provava que havia uma conspiração... e o próprio povo fazia com que esses comentários soassem ridículos. Sempre haveria queixas, mas isso dava para resolver.

E assim o comissário seguiu em frente com menos obstáculos. A construção de Kryptonopolis prosseguia.

CAPÍTULO 49

Depois de dois dias corridos, Jor-El retornou do ártico com lascas de sementes de cristal que havia cortado dos pináculos do maravilhoso palácio da solidão de Yar-El. Do seu laboratório na solitária propriedade, trouxe os catalisadores de que precisava e poeira metálica e impurezas líquidas que seriam usadas na estrutura das grandes torres, enquanto estas cresciam.

O solar, o edifício de pesquisa, a torre misteriosa que ainda detinha a nave de Donodon – tudo estava tranquilo e vazio. Enquanto inspecionava o terreno, uma sensação arrepiante de déjà vu fez com que ele se lembrasse das ruínas abandonadas de Xan City. Jor-El se sentia muito sozinho sem Lara...

Enquanto estava lá, recebeu uma mensagem de Argo City. Zor-El parecia ansioso, exuberante e furioso ao mesmo tempo.

– Tenho os dados, Jor-El. As leituras aqui reunidas são exatamente o que eu esperava, *exatamente* o que vi antes. A tensão no núcleo está aumentando numa velocidade espantosa, e uma explosão planetária é iminente, talvez ocorra em menos de um ano!

– A não ser que façamos algo – disse Jor-El. Ele se lembrou de como foi fácil fazer com que o comissário aprovasse seus planos para o posto de escuta. *Confio em você para fazer o que for melhor para Krypton, Jor-El.* – Vou fazer com que Zod me escute. Não se preocupe, Zor-El. Vamos tomar as medidas necessárias.

De volta a Kryptonopolis, ele encontrou Lara feliz, trabalhando com uma equipe de artesãos para instalar os painéis de um friso intrincado ao longo da verga de um prédio do governo. Ele a observou discretamente por um instante, com o coração cheio de amor. Quando o notou, Lara correu em sua direção, limpando uma mancha de tinta que sujava seu rosto. Ela estava toda empolgada depois que Aethyr e Zod a pediram para que participasse da ressurreição da capital. Sabia que era uma tarefa para a qual estava imensamente apta.

Lara havia manifestado suas dúvidas em relação às intenções do comissário, mas Zod parecia ter conseguido sua simpatia depois que lhe entregou aquele grandioso projeto. Da mesma forma, ele percebeu, que Zod ganhou sua amizade ao lhe dar liberdade para conduzir as pesquisas do jeito que sempre quis. Tentou Jor-El com a investigação científica sem restrições e Lara com um projeto artístico que ficaria na história. Ele pôde ver que o comissário era um manipulador muito eficaz, mas era também um homem muito sincero em sua paixão. Ele e Lara nunca tinham visto altruísmo maior em nenhum outro líder municipal.

Levando um saco escuro com as lascas de sementes de cristal que tinha colhido, ele se reuniu com o comissário Zod e três membros do Anel de Força dentro do palácio do governo. Mostrando filmes com os desenhos, Jor-El descreveu as estruturas que poderia criar, com os materiais que havia encontrado, e o quanto da paisagem elas dominariam.

— Uma vez que eu acionar o processo acelerado, a reação em cadeia de crescimento do cristal irá ocorrer sem que eu possa ter qualquer espécie de controle. Preciso fazer tudo certo na primeira vez.

Os olhos do comissário brilhavam.

— Estou ansioso para começar.

Jor-El balançou a cabeça.

— Temos que esperar até o anoitecer para fazermos os preparativos. As sementes de cristal devem permanecer cobertas até tudo ficar pronto. Assim que forem expostas à luz, a reação em cadeia começa.

Zod olhou para o céu profundamente colorido através do tecido que cobria o teto danificado e que mais parecia o de uma tenda.

— Logo Rao irá se pôr. Amanhã, Kryptonopolis já não será meu sonho, mas uma realidade luminosa.

Na calada da noite, Jor-El colocou as sementes de cristal nos quatro cantos da Praça da Esperança e no topo do mirante da colina na periferia da antiga cidade. Ele posicionou cada semente quebradiça cuidadosamente, fez medições, checou tudo, e depois checou mais uma vez. Zod, Aethyr e Nam-Ek o acompanharam, observando cada passo do processo; sua emoção era facilmente perceptível no meio do ar frio da noite.

Uma hora antes da meia-noite, Jor-El acrescentou os catalisadores e as impurezas líquidas, verificou os ângulos e o posicionamento mais uma vez, e deu um passo atrás, satisfeito.

– Amanhã – disse ele – estejam aqui logo que amanhecer.

No dia seguinte, quando ele e Lara chegaram à Praça da Esperança, no meio da escuridão que precede a alvorada, Zod já estava lá, andando de um lado para o outro, impaciente. Nam-Ek estava imóvel, tão grande quanto uma estátua; altiva, Aethyr se espreguiçava em um novo banco de pedra. No-Ton e Koll-Em também se juntaram ao grupo, esfregando os olhos sonolentos.

As cores que pressagiavam o amanhecer começavam a se espalhar pelo céu do leste.

– Vai começar daqui a pouco, a qualquer minuto – anunciou Jor-El. O ar estava denso de expectativa.

A orla vermelha e turbulenta de Rao se ergueu acima do horizonte, derramando sua luz escarlate por toda a paisagem. Quando os primeiros raios atingiram as sementes de cristal, a reação foi instantânea. Nos quatro cantos da Praça da Esperança, os primeiros cristais começaram a faiscar. Energizados pela luz do sol, eles chuparam a poeira catalisadora como se fossem esponjas secas absorvendo uma inundação.

Uma torre hexagonal se ergueu, quatro vezes maior que o cristal original, e continuou a crescer e a engrossar. Ela se expandiu para diversos ramos que seguiam o esquema que Jor-El havia delineado a partir da base estrutural. O crescimento extraordinário produziu um som ensurdecedor de rachaduras e estalos. Em perfeita simetria com o pináculo ascendente, a raiz do cristal mergulhava para dentro da terra, absorvendo cada vez mais substâncias das rochas e do solo. O calçamento de pedra ao longo da praça recebeu enorme pressão e acabou se partindo.

Em todos os quatro cantos da praça, pináculos resplandecentes pareciam estar competindo um com o outro para ver qual chegava mais perto do céu, e rapidamente fizeram com que as outras estruturas em Kryptonopolis parecessem muito pequenas. No mirante que ficava fora da cidade, uma quinta torre reluzente começou a crescer cada vez mais.

O rosto do comissário Zod ostentava uma profunda satisfação. Nam-Ek reagia com um júbilo infantil enquanto os componentes continuavam a brotar e se revelar como se formassem um quebra-cabeça feito de diamantes e esmeraldas. Quando Rao se ergueu completamente no horizonte, o gigante vermelho brilhava sobre uma cidade inteiramente nova.

– Isto, de fato, rivaliza com Kandor! – Zod segurou os ombros do cientista. – Você fez tudo que eu esperava e muito mais. Sabia que você não me decepcionaria. Krypton lhe deve mais do que posso retribuir.

Jor-El aproveitou o momento. Ele vinha pensando em como faria para trazer o assunto à tona.

– Então, agora é a minha vez de pedir-lhe um favor, comissário. É de importância vital para a sobrevivência do nosso planeta.

O olhar de Zod passou a ser calculista; mas logo sua expressão mudou novamente.

– Você nunca pediu qualquer tipo de benefício antes. Se estiver dentro do meu alcance...

– Como você sabe, meu irmão descobriu instabilidades perigosas no núcleo do nosso planeta. O Conselho se recusou a tomar qualquer atitude até que Zor-El lhes fornecesse dados mais completos.

Zod acenou lenta e cautelosamente com a cabeça.

– Sim, eu estava presente quando você e seu irmão fizeram essa solicitação. E o Conselho, como de costume, optou por ignorar os problemas em vez de resolvê-los. – Sua voz retinha um tom pesado de cautela.

– Todos nós experimentamos tremores cada vez mais violentos. Várias ondas enormes atingiram nossa costa recentemente, e intensas erupções vulcânicas prosseguem no continente ao sul. A pressão no núcleo ainda está crescendo... e agora tenho um relatório completo de dados. A situação é, precisamente, tão ruim quanto eu temia. Confie em mim, comissário. As evidências são indiscutíveis.

Ele podia ver que Zod estava tentando decidir como faria para responder.

– Mesmo se eu aceitar seu alerta, o que poderemos fazer para resolver o problema?

As palavras de Jor-El saíram apressadas e ofegantes.

– Eu estava pensando nos antigos protótipos que apresentei à Comissão. Você se lembra de um raio laser intenso e cortante que eu chamava de feixe Rao? Na época eu achava que ele me seria útil para perfurar montanhas com o intuito de construir túneis, para a mineração e para a construção civil. Sua Comissão decidiu que era um equipamento muito arriscado. – Ele baixou a voz para se queixar. – Como de costume.

Zod cruzou os dedos, totalmente focado em Jor-El em vez de prestar atenção nos pináculos de cristal que ainda se erguiam mais atrás.

– Eu me lembro. Mas se os planos foram confiscados, o que você vai fazer? Começar de novo do zero?

Jor-El lhe dirigiu um sorriso meio atravessado.

– Comissário, só porque você pegou os meus desenhos e destruiu meus protótipos não significa que a *ideia* tenha sido destruída. – Ele bateu de leve na têmpora. – Cada invenção que criei, cada projeto e cada processo estão bem aqui, na minha cabeça. Lembro-me de todos eles perfeitamente.

Zod levou um tempo para processar a surpreendente revelação.

– Intrigante. – Ele acenou lentamente com a cabeça para si mesmo, e depois respondeu com um sorriso discreto, como se tivesse resolvido, subitamente, adotar uma nova estratégia para aquele jogo. – Seu feixe Rao também poderia ser configurado para se tornar uma arma? Algo que pudesse nos defender contra naves alienígenas se viessem nos atacar? Isso ajudaria na defesa de Krypton.

Jor-El refletiu.

– Suponho que sim. Uma vez que o gerador do feixe Rao esteja montado, instalado e calibrado, não vejo por que razão seu ponto de foco não possa ser mudado.

– E se eu permitir que você construa esse feixe Rao, você pretende fazer algum tipo de furo para chegar à crosta terrestre? Como se fosse uma válvula de escape?

– Essa é a teoria. O melhor lugar para se fazer uma perfuração pode ser a cratera de Kandor, embora a empreitada possa vir a causar danos substanciais à área. Não há à sua volta...

– Isso não me preocupa. Kandor já é uma terra de ninguém. É melhor que a região tenha alguma utilidade – disse Zod. – Mas estou mais preocupado com o fato de que o seu próprio irmão não vem sendo muito tolerante comigo. Talvez se Zor-El emitisse uma sincera declaração de apoio a mim vinda de Argo City?

Jor-El queria bater no comissário por se preocupar mais com a política pessoal do que com o destino do mundo inteiro.

– Então mostre a ele que você é completamente diferente daquele Conselho fraco. Com a sua liderança, comissário, poderemos evitar uma catástrofe mundial. Você não é o homem que jurou que tomaria qualquer medida necessária para nos proteger?

Aethyr se inclinou para bem perto do comissário com um olhar estranhamente faminto. Ela falou com uma voz baixa e anasalada.

– Zod... o salvador de Krypton.

Ele pareceu ter gostado muito de como aquilo soava.

CAPÍTULO 50

O visitante foi para Argo City em segredo. Depois de atravessar uma das pontes, chegou no meio da noite e seguiu para a vila de Zor-El. Sob o capuz escuro, ele se recusava a revelar sua identidade, mas insistiu com as sentinelas da casa que queria ver o líder da cidade.

Zor-El dispensou os guardas voluntários que haviam cumprido seu dever de bloquear a entrada do estranho. Ele franziu a testa para o misterioso visitante.

– Você não pode esperar que meus guardas alegremente o deixem entrar, como se fosse um velho amigo.

O homem veio até a luz e puxou o capuz.

– Mas eu sou um velho amigo.

Zor-El ficou chocado ao ver a aparente subnutrição do homem, o olhar carregado em seus olhos inchados, seu rosto magro, como se ele não dormisse ou comesse bem há dias.

– Tyr-Us! Por que não avisou que estava a caminho? O que houve com você?

– A mesma coisa que vai acontecer a todos nós se não tivermos cuidado. – Ele se virou para trás, na direção das sentinelas, como se eles pudessem não ser confiáveis, e para a noite, como se algo perigoso estivesse no seu encalço. – Por favor, deixe-me entrar. Preciso de abrigo, pelo menos por algum tempo.

Zor-El fez com que o sujeito entrasse rapidamente e avisou aos guardas:

– Certifiquem-se de que ninguém venha a entrar na minha casa. Não podemos ser perturbados. – A reação abrupta do seu mestre os assustou mais do que qualquer outra coisa.

Alura viu a expressão inquieta no rosto do marido e rapidamente os levou até um quarto mais afastado, cheio de plantas exóticas. Ela acendeu vários cristais solares.

Tyr-Us estava fraco e trêmulo no meio da sala. Ele tocou as enormes flores com dedos trêmulos de espanto.

– Sinto-me rejuvenescido ao saber que algo está florescendo em Krypton, enquanto nosso governo se corrompe e apodrece. – Ele respirou fundo e apertou os olhos.

– Conte-me, Tyr-Us. Quando você deixou Corril? Muitos outros filhos de nobres sumiram abruptamente de vista. Como não ouvia falar de você há semanas, achei que talvez tivesse se juntado a eles.

O olhar de Tyr-Us era arredio.

– Eu também poderia ter desaparecido! Os assassinos do comissário vêm me seguindo. Vi figuras sombrias em Corril andando pelas ruas de metal, fingindo ser visitantes, mas todos usavam aquelas braçadeiras que os seguidores de Zod usam.

– Eu também os vi em Argo City. Não gosto deles.

– Tome cuidado, Zor-El... pois certamente estão observando você. Você devia expulsá-los da sua cidade antes que causem mais danos.

Zor-El ficou perturbado com a sugestão.

– Não posso simplesmente prendê-los e dizer que suas opiniões são proibidas, não importa o quão fanáticos possam parecer. Isso faria de mim um ditador tão perverso quanto você alega que Zod é.

Alura pegou uma flor e a aproximou do rosto de Tyr-Us.

– Sinta o cheiro disso. – Involuntariamente, o homem agitado respirou fundo e o perfume estimulante fez com que ele ficasse mais calmo. – Coma isso. – Ela segurava duas bagas, uma azul e outra vermelha.

– O que elas fazem? Você vai me drogar?

– Não, vão fortalecê-lo.

Com os olhos apertados, Tyr-Us olhou para as bagas.

– Como saber se posso confiar em você? Como posso confiar em qualquer um, mesmo sendo vocês dois?

Zor-El segurou o braço do sujeito.

– Você sabe que pode confiar em mim porque me *conhece*. O que fez você mudar tanto? Você está nos assustando.

– Vocês deviam estar apavorados! Por acaso sabem quantas pessoas desapareceram? Shor-Em já foi atacado duas vezes, mas conseguiu se esquivar dos atentados. Seus guardas não conseguiram capturar ou interrogar aqueles que o ameaçaram. Quatorze entre nós que se pronunciaram contra Zod se "aposentaram", e ninguém mais ouviu falar deles novamente. Pense nisso, Zor-El. Você sabe que faz sentido.

– Sim, fiquei surpreso ao saber que Gil-Ex havia decidido apoiar Zod. Isso não fez nenhum sentido considerando tudo que ele vinha dizendo.

– Você sabe que ele é um homem vaidoso e virtuoso. Acha mesmo que ele simplesmente se esconderia e ficaria quieto? Jamais. Sou filho do líder do Conselho, Jul-Us, e teria que ocupar uma de suas cadeiras algum dia. Assim como você, Zor-El.

– Eu tenho Argo City.

– Não terá mais se Zod a tomar de você. – Tyr-Us finalmente comeu as duas bagas e suspirou. E olhou para Alura. – Desculpe por não ter confiado em vocês.

Dois empregados trouxeram uma refeição preparada às pressas e uma jarra grande com chá de ervas que Alura preparou devido às propriedades fortificantes. Tyr-Us ficou assustado com a aparição dos dois sujeitos e deu a impressão de que sairia às pressas, mas Zor-El pegou a bandeja de comida e dispensou os ajudantes.

O homem fatigado se sentou em um banco cercado de ervas viçosas e balançou a cabeça, miseravelmente.

– O risco aumenta para cada pessoa que me vê. Só por estar aqui, eu faço com que vocês corram um risco ainda maior.

– Conte mais depois que você comer. – Zor-El empurrou o prato para mais perto do visitante.

Tyr-Us parecia estar enjoado e, aparentemente, desinteressado, mas assim que pôs a comida na boca, comeu com tanta voracidade que Zor-El achou que ele pudesse passar mal.

– Vocês não apoiaram Zod e o jeito como ele subverteu o verdadeiro governo de Krypton – disse Tyr-Us entre uma mordida e outra. – Mas também tiveram o cuidado de não se oporem abertamente.

— Shor-Em acha que eu devia ter me manifestado há muito tempo, mas eu tinha que lidar com meu próprio desastre aqui, lembra-se? Ainda temos que reconstruir muita coisa aqui em Argo City.

— Se você tivesse atendido nossos apelos de forma retumbante, provavelmente estaria morto como todos os outros... como eu estarei em breve.

— Bobagem! — afirmou Alura. — Você pode ficar aqui. Vamos protegê-lo.

— Vocês não podem me proteger e eu só vou colocá-los em mais perigo se ficar aqui. Não vou fazer isso. — Ele encarou Zor-El. — Você é meu amigo, um aliado. Se todos aqueles que nos apoiam não se organizarem, logo Zod terá o planeta inteiro nas mãos. Ele fará tudo o que quiser, e acredito que ele quer uma guerra. Se recebermos outro visitante alienígena como Donodon, Zod provavelmente vai abrir fogo só pra testar os novos brinquedos destrutivos que está criando.

— Você deve estar exagerando. Onde estão as suas provas?

— Seus agentes continuam a destruir todas as provas e a silenciar quaisquer críticas. Vocês podem correr o risco de eu estar enganado? Preciso me esconder, mas tenho que ir para um lugar onde eles não pensem que eu estou.

Enquanto Tyr-Us olhava para o prato vazio, Zor-El teve uma ideia.

— Tem uma casa isolada, no meio das montanhas, perto da velha propriedade da minha família. Meu pai passou os últimos anos de vida por lá, mas morreu recentemente. Minha mãe abandonou a casa e veio morar aqui em Argo City. Ninguém vai até lá. Nenhuma alma irá encontrá-lo. Você estará seguro e não colocará ninguém em perigo.

O rosto de Tyr-Us se iluminou.

— Você tem certeza?

— Nós insistimos — disse Alura.

De repente, seu convidado ficou ansioso novamente.

— Mas você não pode contar nada para seu irmão. Jor-El está conspirando com Zod. Ele o está ajudando a conquistar o mundo.

Zor-El franziu a testa.

— Meu irmão está trabalhando pelo bem de Krypton. Ele sempre faz isso.

— Mas ele está cooperando com o comissário. Muitos já viram.

— Jor-El é um bom homem que não tem interesse nenhum em política.

— Zod pode muito bem enganá-lo!

Zor-El ergueu as mãos.

— Ninguém engana meu irmão com facilidade, e o comissário Zod *se adiantou* ao liderar o povo durante a crise... o que foi mais do que Gil-Ex ou qualquer outro fez. – Ele suspirou. – Mas vou manter seu segredo. Tem a minha palavra.

O fugitivo esquelético acenou positivamente, aliviado.

— Vamos encontrar um lugar pra você dormir – disse Alura. – E depois juntar umas roupas limpas e quaisquer provisões que possam ser necessárias.

— Seria bom tomar um banho... e dormir.

Zor-El o levou até um quarto reservado para hóspedes, e Tyr-Us estava tão exausto que dormiu assim que caiu sobre os cobertores. Sem perturbá-lo, Zor-El e Alura separaram roupas limpas e toalhas. Cristais de limpeza no banheiro adjacente estariam prontos assim que ele quisesse...

Mas na manhã seguinte, quando Zor-El foi ver como estava o convidado, Tyr-Us havia desaparecido. O homem desesperado deve ter pegado as roupas, tomado um banho rápido e partido sem que ninguém o visse. Não deixou nenhum bilhete ou indício de que havia estado lá – provavelmente para protegê-los.

Alura olhou para a cama vazia e para as roupas sujas empilhadas no chão, que eles teriam que destruir.

— Você acha que ele foi raptado? Será que aquelas pessoas que o estavam perseguindo entraram na nossa casa para pegá-lo? Passaram pelos nossos guardas?

— Não, você está parecendo tão paranoica quanto ele. – Zor-El balançou a cabeça, envergonhado com o tom ríspido que usou. – Desculpe. Não tinha a intenção de depreciar suas considerações. Esses outros desaparecimentos, especialmente o de Gil-Ex, são muito suspeitos. Vamos ter que ficar de olho nas nossas ruas, intensificar a guarda civil para que eu e você fiquemos em segurança. Realmente não sei o que pensar do comissário Zod.

Mais tarde, naquela manhã, ele recebeu uma mensagem surpresa do irmão. Jor-El aparentava estar satisfeito, e seus olhos azuis brilhavam.

— Zor-El, tenho boas notícias! Assim como prometi, convenci o comissário Zod a nos deixar tomar alguma atitude em relação ao problema com o núcleo. Graças aos seus dados, ele concordou em permitir que nós dois começássemos a trabalhar em um grande projeto. – Da sua placa de comunicação, Jor-El sorria. – Ele fornecerá material, mão de obra... tudo de que precisarmos.

Zor-El ficou perplexo, especialmente à luz dos medonhos alertas que Tyr-Us havia feito em relação à postura do comissário. Embora alimentasse suspeitas, ele não podia desperdiçar uma chance como essa. Sabia do perigo no núcleo do planeta, e salvar Krypton era mais importante do que a política.

– E o que ele propõe que façamos?

– Depende de nós. Tenho um plano em mente. Venha trabalhar comigo. Podemos começar imediatamente.

Zor-El ficou em silêncio depois que o irmão concluiu a transmissão, cheio de pensamentos conflitantes.

Alura se aproximou e ficou ao seu lado, depois de ouvir toda a conversa.

– O que você vai fazer? Será que dá para confiar em Zod, considerando o que Tyr-Us acabou de nos contar?

– Vou guardar meu julgamento e ver com meus próprios olhos se há algum tipo de condição relacionada a essa oferta. Mas tenho que colocar o destino de Krypton acima de tudo. Se o comissário tem a intenção de provar que é diferente do antigo Conselho, e se está disposto a me deixar fazer o que eu *sei* que precisa ser feito, como posso colocar a política no meio? Estamos falando do fim do mundo.

CAPÍTULO 51

Puxando pela memória, Jor-El redesenhou seus planos para o feixe Rao, os quais havia entregado para a Comissão há muito tempo. Cada subsistema, o concentrador de diamante, o focalizador de raios, o alto guindaste de suporte com a estrutura à mostra – tudo lhe retornava. Agora que estava podendo se dedicar, chegou até a fazer melhorias no projeto original, e dessa vez a Comissão para Aceitação da Tecnologia não censuraria a sua ideia.

Antes mesmo de discutir o plano de ponta a ponta com o irmão, Jor-El despachou equipes de construção para as montanhas que cercavam o vale de Kandor. Dragas abriram uma estrada até o ponto mais alto da cordilheira, o lugar perfeito para realizar o vigoroso projeto de perfuração. Do alto do pico, era possível ter uma visão desobstruída do penhasco íngreme e grotesco de onde a capital fora arrancada, e que deixou um buraco incrivelmente fundo.

Quando Zor-El finalmente chegou de Argo City, ficou perplexo com o quanto o irmão já havia avançado.

– Achei que fôssemos trabalhar nisso juntos... compartilhando teorias, cálculos, projetos.

Jor-El ficou surpreso com a atitude do irmão.

– Quando foi que isso virou uma competição?

– Não devia ser.

– Bom. Eu não ligo para glória ou prêmios. Simplesmente quero deter o aumento da tensão no núcleo, e não creio que você queira que eu perca o meu tempo. O tempo que esperamos não foi suficiente, ou você queria fazer as coisas como o antigo Conselho?

Zor-El foi desarmado. Embora tivesse dificuldades para enxergar alguma coisa além das temerosas acusações de Tyr-Us, aquele era seu irmão. Jor-El era um cientista poderoso com muitas ideias brilhantes, e sua única prioridade era a ciência. Ele não era um conspirador.

– Desculpe, tirei conclusões precipitadas. Sim, vamos levar isso adiante antes que Zod mude de ideia. Qual é o seu plano?

Jor-El apontou para o poço quase sem fundo, explicando que o feixe Rao era a única forma viável de penetrar profundamente na crosta.

– A espessura da crosta varia ao redor do mundo, e aqui ela é relativamente fina. De acordo com minhas medições, a cratera já tem quase um quilômetro de profundidade. Podemos usá-la como um ponto de partida.

Zor-El examinou a concepção do feixe e admitiu que ele não podia ter feito melhor.

Jor-El prosseguiu:

– Os crescentes abalos sísmicos que ainda estamos sentindo são tentativas do planeta de aliviar a pressão onde a tensão é maior e a crosta está enfraquecida, como na região dos vulcões no continente ao sul. Mas se criarmos um segundo ponto de escape aqui, poderemos... e enfatizo o *poderemos*... refrear as instabilidades no núcleo.

Zor-El coçou os cabelos escuros enquanto ainda pensava.

– Você já pensou no que pode acontecer quando começarmos a queimar dentro do manto? Como você estava planejando para reter a integridade do eixo quando as paredes estiverem derretendo para todos os lados?

– Isso é um problema.

Zor-El o encarou duramente.

– Você não é o único capaz de inventar coisas! Está lembrado do campo de força que desenvolvi para proteger minhas sondas que tinham a forma de peixes-diamante? Eu expandi o conceito para reforçar o quebra-mar de Argo City depois dos tsunamis. Podemos usar o mesmo campo para manter a integridade do nosso núcleo de perfuração.

Jor-El ergueu as sobrancelhas.

— Como um revestimento protetor?

A aspereza de Zor-El deu lugar a um sorriso.

— Você sempre me entendeu mais do que qualquer um, Jor-El.

— Grandes mentes pensam parecido — brincou ele. — E Krypton certamente está precisando de "grandes mentes" neste momento.

— Para agir de forma decisiva... algo que o velho Conselho jamais poderia fazer.

Jor-El bateu no ombro do irmão.

— Então é melhor a gente continuar a cavar.

O acampamento de tendas e os assentamentos mais afastados estavam, àquela altura, totalmente abandonados; os últimos retardatários haviam sido enviados para Kryptonopolis. Foi um excelente timing, pois, assim que o feixe Rao começasse a cavar penetrando na crosta, o magnífico vale de Kandor se tornaria uma zona de calamidade. O cientista No-Ton estava no sítio como representante de Zod para observar os preparativos, mas o membro do Anel estava claramente perdido e deixou todas as decisões para Jor-El e o irmão.

— Devíamos calcular o jorro de lava projetado — afirmou Jor-El. — Quanto precisaremos liberar para trazer o núcleo instável de volta aos níveis de segurança?

— De acordo com os dados que reuni, as erupções no continente ao sul ocorreram de forma muito disseminada e a profundidade estava incorreta. — Nos dias que se seguiram após reunir os dados, Zor-El fez uma longa série de cálculos subsequentes. — Ao soltar o magma aqui, no entanto, faremos um bem maior do que uma dúzia de erupções no hemisfério sul.

Com a cooperação de inúmeros técnicos e engenheiros e acesso completo a quaisquer recursos que Jor-El requisitasse, as instalações para o uso do feixe Rao foram concluídas em uma velocidade espantosa. Em um alto guindaste no topo do pico montanhoso exposto ao vento, os cristais e lentes de aumento estavam prontos para serem alinhados; uma vez que estivessem no lugar, os cristais focalizariam o raio atordoante e penetrante. Estações técnicas adicionais ocupavam diversos outros picos menores próximos, onde enormes prismas e espelhos coletores acumulavam a energia do grande sol vermelho diariamente.

Com o cabelo branco balançando na brisa fresca e constante, Jor-El se sentou em um rochedo perto da tenda de controle, atrás do grande guindaste, esperando Rao atingir seu pico.

— Está na hora, Zor-El. Tudo pronto?

— Venho defendendo essa operação há meses. Não nos atemos a formalidades quando Krypton pode explodir a qualquer momento.

Pedindo a ajuda de No-Ton e dos técnicos, os dois homens mudaram o alinhamento das lentes. Tirando força do sol e dos geradores solares, o enorme cristal central balançava como se fosse um pingente dentro de uma moldura, brilhando e carregando, até emitir um feixe cortante como uma navalha. Mais rápido do que um piscar de olhos, ele atingiu a cratera com uma precisão infinitesimal, chegou ao fundo, e começou a perfurar a crosta.

Uma coluna de rocha vaporizada, névoa e fumaça se ergueu. Destroços voavam para todos os lados; rochas quentes despencavam, e um vapor infernal subia do local de perfuração. Embora a pressão no núcleo de Krypton precisasse ceder, os intensos feixes Rao levariam dias para penetrar os quilômetros de crosta até alcançar o manto derretido.

Hora após hora, o guindaste estremecia por conta da tensão na saída de força. O feixe escavava cada vez mais fundo, e os dois irmãos esperavam lado a lado, observando do alto do cume.

CAPÍTULO 52

Enquanto Jor-El montava o enorme projeto do feixe Rao, Lara passou as últimas semanas em Kryptonopolis pintando afrescos e mosaicos de tirar o fôlego. O comissário Zod dava um grande suporte para o seu trabalho. Ele dizia que a arte gloriosa ajudava sua capital a ocupar um lugar na história cultural.

O entusiasmo de Aethyr pela "nova Krypton" de Zod parecia ilimitado, embora Lara não soubesse ao certo qual a função que a amiga ocupava no governo. De vez em quando, ela escapulia inesperadamente; levando um ou dois membros do Anel e um destacamento da Guarda Safira, a moça passava dias desaparecida e voltava nas horas mais estranhas, sempre que Lara a questionava sobre isso, Aethyr vinha com evasivas.

– Às vezes, um novo governo não é estabelecido tão tranquilamente quando se devia.

Enquanto isso, Lara estudava atentamente os inúmeros prédios que estavam sendo erguidos ou restaurados, depois rascunhava as ideias artísticas que tinha para cada um deles. Transformava paredes simples em painéis maciços, estruturas aproveitáveis em monumentos verdadeiramente majestosos que superavam qualquer coisa que Jax-Ur pudesse ter criado tempos atrás.

As cinco novas e imensas torres cristalinas já haviam alterado a paisagem de Kryptonopolis, transformando a área de construção em uma impressionante obra de arte arquitetônica. No Mirante da Colina, o monólito mais alto cintilava à luz vermelha do sol. Apesar da insistência de Jor--El de que o gesto não era necessário, Zod batizou orgulhosamente aquela estrutura de torre de Yar-El.

O principal projeto de Lara era ornamentar uma estrutura que havia sido designada como o novo prédio do tesouro. Ela enviou planos detalhados para exércitos de devotados aprendizes, e depois foi inspecionar os diversos projetos de decoração em plena marcha por toda a cidade. Em Kryptonopolis, Lara supervisionava cinco vezes mais trabalhadores do que seus pais costumavam fazer nos momentos mais atarefados. Tudo aquilo lhe era inteiramente novo, mas ela tinha certeza de que Ora e Lor-Van ficariam orgulhosos.

Ela parou para admirar um mosaico intrincado e colorido que sua equipe estava instalando no novo quartel-general da Academia, que seria batizado de Cor-Zod. A disposição do mosaico, que continha peças cuidadosamente harmonizadas, ainda não dava para ser percebida com uma olhada, embora ela tivesse uma imagem mental clara do que queria.

– Magnífico. – Zod estava vindo por trás, acompanhado por Aethyr. – Mas Krypton tem um novo pedido a lhe fazer, uma tarefa ainda mais difícil. – A voz ressonante do comissário soava muito atraente.

Sem saber exatamente o que dizer, Lara olhou, um por um, cada um dos trabalhadores que estavam empenhados em montar o mosaico.

– Não tenho tempo para mais nada, comissário. Mesmo com Jor-El longe, cada hora do meu dia, desde que acordo, já está comprometida com o trabalho.

– Não poderia esperar menos do que isso da esposa de Jor-El. – Zod se aproximou, e sua presença caiu sobre Lara como a sombra de uma nuvem carregada de eletricidade. – Você já fez seus desenhos, e temos uma penca de supervisores competentes para garantir que o trabalho prossiga sem pausa. No entanto, Aethyr sugeriu você como a pessoa perfeita para um projeto extremamente importante, que possui uma relevância ainda mais duradoura do que qualquer uma dessas obras de arte.

– Um tipo diferente de arte – acrescentou Aethyr.

Antes que Zod pudesse dar maiores explicações, um dos operários que trabalhava no mosaico tropeçou e derrubou a cesta cheia de azulejos cortados de cima do topo do andaime. Ele gritou para alertar as pessoas que passavam lá embaixo, enquanto centenas de lascas coloridas caíam. Cintilantes como pedaços de um arco-íris estilhaçado, elas tamborilaram na laje. Os outros trabalhadores suspiravam, não porque alguém havia se machucado, mas porque juntar todas as peças seria uma tarefa entediante.

O comissário deu as costas para a cena, pois, nitidamente, não queria que seus devotados seguidores vissem sua expressão revoltada de desprezo e decepção, mas Lara percebeu. Ele precisou de uma fração de segundo para forjar um sorriso para a esposa de Jor-El.

– Aethyr me contou que você tem formação em História, e que os instrutores na Academia elogiavam seu dom para a escrita. E o mais importante, que você consegue capturar o contexto dos grandes eventos que ocorrem à sua volta.

O elogio fez com que Lara ficasse estranhamente incomodada. Ela não havia lhe falado sobre o detalhado diário particular que já vinha mantendo em segredo.

– Sim, escrever e estudar História estão entre meus interesses.

Aethyr ignorava o caos que transcorria às suas costas.

– Lara, é importante se certificar de que a História resgate o legado de Zod de forma apropriada. Estamos vivendo tempos turbulentos, e quando as emoções estão exaltadas, a memória nem sempre é acurada.

O comissário assentiu com a cabeça.

– Você é a pessoa perfeita para ser minha biógrafa oficial e a cronista do meu novo reino, para registrar a versão oficial dos eventos e determinar como a História se lembrará de mim... de todos nós.

Lara não seria recrutada com facilidade.

– Você quer que eu escreva propaganda?

– Propaganda não... a verdade.

Aethyr se interpôs:

– Não há nada como a verdade completamente objetiva, Lara. Tudo que o comissário faz pode ser visto de várias perspectivas. Embora muitos dos detratores já tenham retirado as objeções que faziam, algumas pessoas como Shor-Em ainda questionam suas decisões por conta de um ciúme mesquinho e uma insolente resistência às mudanças. Você se lembra de como Jor-El lutou contra esse tipo de pensamento retrógrado. Estamos nisso juntos.

Lara cruzou os braços, ainda não convencida.

– Também lembro, comissário, que foi *você* que censurou boa parte das invenções do meu marido. Se não fosse pela sua intervenção, as descobertas de Jor-El poderiam ter beneficiado Krypton por muitos anos. Mas sua Comissão o deteve.

– Não foi uma opção minha, Lara. Eu tinha que seguir a orientação do Conselho, e por conta disso assumo meu erro. Não venho demonstrando as minhas boas intenções desde então? Veja o que estou permitindo que Jor-El e seu irmão façam neste exato momento. Eles estão escavando Krypton até o núcleo do planeta! Um projeto que o antigo Conselho jamais teria aprovado, independentemente do volume de dados que apresentassem. – Ele a encarou fixamente. – Você não vai me dar o benefício da dúvida?

Artesãos experientes corriam em torno da base do andaime como se fossem abelhas em uma colmeia e, ativamente, recolheram todos os pedaços do mosaico; em questão de minutos, já haviam colocado a bagunça em ordem.

– Está vendo como os kryptonianos podem ser eficientes se trabalharem juntos e seguirem um único líder? – afirmou Aethyr. – É por isso que temos que ajudar todos a verem o que Zod pode fazer pela população. Se você escrever a nossa história de forma apropriada, estará ajudando a salvar Krypton da mesma forma que o projeto de escavação do seu marido o fará.

Antes que pudesse dar uma resposta, Lara sentiu subitamente seu estômago embrulhar; ela respirou longa e profundamente pelas narinas. A princípio, achou que fosse uma reação instintiva ao que eles pediam para que fizesse, mas era apenas a gravidez. Muito embora amasse sentir o bebê crescendo em sua barriga, havia começado recentemente a sofrer com surtos de indisposição matinal.

Nem Aethyr nem Zod pareceram notar seu embaraço. Tentando abrandar a náusea, Lara continuou falando com os dentes cerrados.

– Ainda estamos no meio de eventos bastante caóticos. Não há perspectiva suficiente para uma história de verdade.

– Ela deve começar em algum ponto, e os eventos estão frescos na sua mente. – Zod tirou uma manchinha de sujeira da testa. – Vou lhe conceder total acesso à minha pessoa, para que possa obter a verdade diretamente de mim, em vez de dar ouvidos a quaisquer rumores que possam estar circulando por aí.

Aethyr acrescentou, bufando:

– Borga City continua fazendo uma campanha para manchar o nome do comissário, negligenciando tudo que já realizamos. Eles ignoram completamente o fato de que temos os dardos nova para proteger Krypton. Zod já chamou Shor-Em para discutir essas questões, mas o sujeito se recusa a aparecer.

Zod acenou a cabeça, solenemente.

— Felizmente, muitos daqueles que falaram contra mim foram convencidos do contrário. Gil-Ex foi o primeiro, como você sabe, e muitos outros resolveram se aposentar, respeitosamente. Recentemente, Tyr-Us também se juntou a eles.

Lara não sabia disso.

— Agora *Tyr-Us* apoia você? Que reviravolta impressionante.

— Ele percebeu que suas críticas sem rodeios estavam minando as chances de Krypton se recuperar. Não vamos mais ouvir suas reclamações.

Lara mordeu o lábio inferior, tentando disfarçar seu ceticismo.

— Para fazer com que os registros sejam mais precisos, tenho que falar com esses homens, incluir seus pontos de vista. Deixe que eles digam com suas próprias palavras o que pensavam originalmente e por que mudaram de ideia. Essa será uma boa maneira de oferecer uma perspectiva equilibrada.

Zod ficou inquieto na mesma hora.

— Não, o foco deve ser em mim e nas minhas metas. Perder tempo com eles não passa de uma distração. Por ora, você já tem material suficiente para começar a escrever. — Ele fez um gesto na direção dos andaimes. — Vou nomear outra pessoa para supervisionar esses projetos artísticos.

— Espera! Eu... eu ainda não concordei.

— É claro que concordou, Lara. — Aethyr bateu no ombro da colega num gesto paternalista. — É claro que concordou.

CAPÍTULO 53

Os intensos feixes vermelhos continuavam a triturar a cratera de Kandor, derretendo a crosta. Cercados pelas distantes muralhas daquele extenso vale, a poeira e a fumaça ali contidas faziam com que o céu ficasse nebuloso e carregado. Mesmo no alto das montanhas, cada lufada de ar tinha o cheiro de ozônio, metal fundido e cinzas.

Embora Jor-El cobrisse o rosto com uma confortável máscara para respirar, os olhos ainda estavam ardidos e lacrimejantes. Zor-El conseguia olhar no meio das ondulações provocadas pelo processo térmico de perfuração e que eram irradiadas pelo pulsante feixe Rao. No-Ton e os técnicos estavam todos alvoroçados, pasmos e intimidados pelo que faziam.

Ao longo do dia inteiro, diariamente, assim que o sol vermelho se assomava o suficiente para carregar os coletores, a energia era canalizada para o ponto focal a fim de gerar o feixe Rao. A perfuração continuava sem pausa até o pôr do sol, quando o raio começava a diminuir de intensidade e finalmente desaparecia. Depois que escurecia, os irmãos não só faziam refeições preparadas com antecedência em sua tenda temporária, como também repassavam os progressos daquele dia e os planos para o dia seguinte com No-Ton e a equipe. Os dois examinavam atentamente mapas de cartografia e simuladores de profundidade para obter um quadro melhor das alterações inexplicáveis no núcleo de Krypton.

Toda noite, Jor-El falava com Lara em Kryptonopolis. Bastava ver sua imagem na placa de comunicação para levantar seu astral. Quando ela mencionou que Zod a chamou para ser sua biógrafa oficial, ele teve sentimentos antagônicos e percebeu que a esposa os tinha também. Seu irmão manifestou que tinha suas dúvidas em relação às motivações e táticas do comissário, especialmente depois dos avisos de Tyr-Us.

Jor-El lhe disse para não se preocupar.

– Lara não costuma ser facilmente influenciada. Ela irá falar a verdade, quer Zod goste ou não.

– Ele pode muito bem censurá-la.

Jor-El fechou a cara, enquanto se lembrava de muitos encontros anteriores com o sujeito.

– Sim, ele já fez isso um monte de vezes antes.

O comissário mandava mensagens repentinas encorajando Jor-El a completar sua tarefa o mais rápido possível e voltar para o trabalho de desenvolvimento de armas. Chegou até a sugerir que Zor-El fosse a Kryptonopolis e oferecesse sua ajuda e suas ideias, agora que suas preocupações quanto à pressão no núcleo estavam sendo levadas em conta. Zor-El deu uma resposta evasiva, hesitante em reconsiderar sua opinião sobre o sujeito.

Algumas horas depois do pôr do sol, a zona em volta da cratera havia resfriado o suficiente para que os irmãos pudessem se aventurar em torno da área de perfuração e recolher leituras adicionais. Nenhum dos outros técnicos quis acompanhá-los naquele lugar infernal. O ar fumegante era quase irrespirável, o que forçou os dois a usarem óculos e máscaras de proteção.

Na escuridão chamuscada, Jor-El e o irmão andaram em meio aos restos de um campo de refugiados vazio, meio assustados, com uma estranha sensação de perda. Muita coisa havia sido abandonada e deixada onde estava: armações de barracas, poços sanitários, depósitos de lixo. Uma fuligem tóxica cobria o cenário em um raio de quilômetros. Pedras rachavam, provocavam estrondos e estouravam depois que resfriavam. Ondas de calor eram emitidas por aquele buraco inacreditavelmente fundo. Jor-El esperava que as futuras gerações não o amaldiçoassem por ter causado tanta destruição. Por outro lado, se houvesse mesmo gerações futuras, seria devido aos esforços que ele estava fazendo ali.

Zor-El seguia na frente, na intenção de alcançar a boca da cratera. Ele tirou da bolsa um dispositivo resplandecente escamoso, outro de seus peixes-diamante detectores. Uma vez ativado, ele se contorcia e se contraía em suas mãos, sua couraça impenetrável cintilava com o reflexo da lanterna.

Zor-El tocou em uma determinada escama para ativar uma capa indistinta e incandescente em torno do peixe-diamante. Inclinando-se para a frente, ele sussurrou:

– Desça para as profundezas ardentes, meu amigo, e diga-nos o quanto já perfuramos. – Ele lançou o peixe-diamante da borda da cratera, e o bicho rolou, piscando, pelas sombras adentro. Zor-El ajustou o receptor portátil e ficou rastreando o peixe-diamante enquanto este caía por mais de quatro minutos poço abaixo. Quando a criatura mecânica finalmente atingiu o fundo, levou alguns instantes para se recuperar, se reorientar e começar a enviar de volta imagens da rocha derretida.

Jor-El olhou para as leituras.

– Sim, devíamos abrir caminho logo mais, por volta do meio da manhã.

Zor-El permaneceu em silêncio por um instante e então falou, como se o pensamento tivesse acabado de lhe ocorrer:

– Refiz meus cálculos baseando-me em um grupo ligeiramente diferente de hipóteses e requisitos iniciais. Pode haver um... problema.

– Você refez seus cálculos? Eu não deveria tê-los revisado? O que você descobriu?

– Há uma chance... muito insignificante... de que, em vez de aliviar a pressão no núcleo, esta fenda possa vir a... rachar o planeta. Toda Krypton poderia explodir como um vaso de pressão furado.

Jor-El olhou para o irmão, incrédulo.

– Nós vamos abrir caminho amanhã, e *agora* você levanta essa possibilidade?

– Como eu disse, é uma possibilidade muito remota, nem vale a pena mencionar – respondeu Zor-El, soando defensivo. – Você sabe o que está acontecendo lá embaixo. Temos uma opção que, no fim das contas, não é realmente uma opção. O simples fato de levantar a questão geraria meses ou anos de discussões entediantes – discussões entre pessoas que não têm a menor compreensão da ciência. Você e eu somos os únicos habilitados a tomar a decisão.

– Por todo o planeta?

– Sim, por todo o planeta! Ou aceitamos o risco de que nossas ações *podem* causar um desastre, ou não fazemos nada e *garantimos* que haverá uma tragédia. Eu correria o risco.

Jor-El deu um longo suspiro.

– Deixe-me olhar seus cálculos. Se eu não considerar o risco aceitável, vou suspender nossas operações por aqui.

Zor-El não estava satisfeito, mas consentiu. Mais tarde, quando já haviam voltado para a tenda, os dois se debruçaram sob a luz de um cristal-abajur, enquanto Jor-El repassava linha por linha os cálculos do irmão. Ele encontrou um erro, mas foi a favor de Krypton, e reduzia ainda mais as chances de um desastre. Zor-El corou de vergonha, muito embora os resultados mostrassem que o risco de uma destruição planetária fosse menos provável.

Jor-El ainda estava preocupado, mas não via outra opção.

– Tudo bem, estou satisfeito. Vamos perfurar amanhã e acabamos logo com isso.

CAPÍTULO 54

No dia seguinte, o raio escarlate foi disparado para baixo mais uma vez e, depois de quatro horas, o solo do vale começou a ressoar. Os detectores nas subestações foram à loucura. Jor-El correu para perto do irmão.

– Nós estamos lá!

Zor-El foi com ele até o posto de observação e ergueu o binóculo para olhar na direção do vale de Kandor. Os feixes Rao não paravam de queimar o que havia pela frente.

– Prepare-se. Isso vai ser espetacular.

Ele estava certo.

De repente, a cratera profunda tornou-se a boca de um canhão, disparando uma saraivada de jatos de lava flamejante, amarela e branca, para o céu. Impulsionada por toda a força retida no planeta, a torrente de magma esguichou para cima, mais alto que as montanhas, mais alto que as nuvens – e continuou subindo. Curiosamente, uma parte da lava trazia exóticas listras em tom esmeralda, como se fitas verdes estivessem serpeando pela coluna de fogo líquido.

– Desliguem o feixe Rao! – gritou Jor-El para os técnicos apavorados. Como eles não se moviam, o cientista foi na direção dos controles e virou a lente concêntrica para o lado. O raio de energia vermelha desapareceu no meio do ar, deixando apenas murmúrios de perturbação em seu rastro.

Porém, a fonte de lava continuava a vomitar para cima.

— Se essa coluna de lava atingir velocidade de escape, ela vai se projetar para fora da nossa atmosfera — afirmou Jor-El. — Dependendo de quanto tempo durar esse fluxo, poderemos em breve ter um anel de escombros resfriado e à deriva em torno do nosso planeta.

— Prepare-se para mais chuvas de meteoros nos próximos meses — alertou Zor-El.

Jor-El sorriu enquanto pensava.

— Se o campo de destroços se espalhar por toda a órbita de Krypton, Zod provavelmente vai tomá-lo como outra defesa contra naves alienígenas invasoras.

— Então, não deixe de explicar isso a ele.

Seixos leves, que mais pareciam espuma do que pedras por conta das muitas inclusões de gás, começaram a tamborilar à sua volta. Como pedaços maiores estavam começando a se espatifar no chão, os técnicos correram para se abrigar nas tendas de controle. Zor-El arrastou o irmão para o prédio de metal mais próximo, e de dentro ficaram ouvindo o barulho das pancadas secas no telhado, como se estivesse caindo uma pesada tempestade de granizo.

A lava continuou a jorrar ininterruptamente por quatro dias até que, finalmente, os instrumentos sísmicos de Zor-El indicaram que o núcleo de Krypton havia começado a se alterar e a tensão estava diminuindo, atingindo um equilíbrio renovado e mais estável agora que parte da pressão havia cedido. Logo, quando o jato de fogo começasse a perder intensidade, eles instalariam um campo de força que funcionaria como um tampão sobre o eixo do núcleo para selar completamente o gêiser de lava.

Ao se aventurar montanha abaixo para o perímetro do campo de destroços, Zor-El pegou amostras do surpreendente mineral verde para estudar, mas sua estrutura e a razão para sua exótica transformação continuavam sendo um mistério.

— Nosso mundo está mudando de uma forma que não consigo começar a explicar.

Jor-El olhou para o vale, onde o fogo queimou a vegetação e transformou a área, antes verdejante, em algo tão desolador quanto a superfície de uma lua.

— Nós mesmos causamos algumas dessas mudanças, Zor-El. Quais serão as consequências globais do que acabamos de fazer? Com todas essas cinzas na atmosfera, o clima vai mudar, os padrões climáticos...

As sobrancelhas escuras do irmão se franziram.

— Avaria ou destruição, essas eram nossas duas opções. Agora o nosso planeta vai sobreviver, graças ao que acabamos de fazer. Pode levar séculos, mas Krypton vai se recuperar. — Ele ergueu as sobrancelhas. — Na verdade, se o seu comissário está tão empenhado em se tornar nosso salvador, poderia demonstrar sua boa vontade enviando equipes para recuperar a paisagem.

Quando Zod enviou seus parabéns e anunciou um cortejo saindo de Kryptonopolis, Zor-El decidiu abruptamente que era hora de ir embora. Suas desculpas foram bastante transparentes.

— Já passei muito tempo longe de Argo City e de Alura. Agora que sei que o planeta não irá se desintegrar, tenho uma cidade para administrar.

— O comissário quer *nos entregar* uma moção de louvor. Nenhum de nós liga para esse tipo de coisa, mas se eu tiver que passar por isso, então você vai ter que estar aqui também. Esse triunfo é tanto meu quanto seu.

Zor-El parecia muito ansioso.

— Não, você pode levar todo o crédito. Os aplausos de Zod não significam nada para mim.

— E quando foi que eu já pedi elogios?

— Jor-El, me escute. Eu *não* quero ficar, mas você pode usar isso para obter vantagens políticas. Algum dia você pode precisar disso para pedir alguma coisa a Zod. Certifique-se de que ele entenda a dívida que tem com você.

Nos picos altos das montanhas, os ventos eram sempre frios, apesar do gêiser de lava que continuava jorrando para explodir no céu. A procissão de Zod chegou, acompanhada por Aethyr, Nam-Ek e uma escolta militar. Jor--El ficou observando o comboio de veículos flutuantes seguindo pela pista de rochas trituradas até chegar à área cercada. Ele esperava avistar Lara entre eles, mas aparentemente ela havia ficado em Kryptonopolis. Não dava para adivinhar se aquilo havia sido opção dela ou não.

No momento em que o grupo se reuniu perto do enorme guindaste, Zod teve tempo de sobra para vislumbrar a espetacular coluna de magma. Ele acenou com a cabeça, solenemente.

— Isso é muito impressionante, Jor-El.

O descarado Koll-Em, o único membro do Anel de Força que tinha vindo com a comitiva, foi à beira do penhasco para inspecionar o vale devastado.

– Isso é espetacular! Nenhum outro líder municipal teria coragem de dar tamanha demonstração de poder. – Ele se virou e sorriu para Zod.

– Isso foi um dever científico – disse Jor-El. – *Não* uma demonstração de poder.

Koll-Em pareceu não ter compreendido a distinção.

– Meu irmão jamais poderia ter concebido um projeto desse âmbito ou dessa urgência! Você salvou o mundo, comissário.

Zod coçou a barba recém-feita.

– Foi isso que eu fiz, Jor-El? Salvei o mundo?

– Bem, você... – Por um instante, o cientista não sabia como responder.

– Ao nos conceder sua permissão e apoiar nosso trabalho, você fez algo que o antigo Conselho jamais teria aprovado. Nossas leituras sísmicas preliminares sugerem que a pressão crítica está diminuindo rapidamente. Então, sim, parece que o mundo está salvo.

– Ótimo. Você já instruiu No-Ton sobre como selar o gêiser quando chegar a hora, certo? – Quando Jor-El assentiu, Zod ordenou que o resto da equipe técnica ficasse para trás a fim de passar algum tempo monitorando o gêiser de lava. Ele sorriu para Jor-El. – Agora que ficou satisfeito por Krypton estar em segurança, você pode se dedicar a questões de importância mais imediata. Acredito que haja um grande volume de trabalho... sem mencionar sua nova e encantadora esposa... esperando por você em Kryptonopolis.

CAPÍTULO 55

Assim que deixou a instalação na montanha, bem antes de a comitiva do comissário chegar, Zor-El tinha mais de uma razão para ficar preocupado. No último dia de perfuração, No-Ton havia feito um comentário casual segundo o qual Tyr-Us também havia retirado suas objeções ao regime de Zod, e então – como tantos outros – se "retirado da vida pública".

Zor-El não conseguia esquecer a expressão genuína de terror no rosto do sujeito quando ele chegara a Argo City tarde da noite. Tyr-Us nunca teria mudado de ideia. Nunca. Algo estava muito errado.

Ansioso para se afastar, e estranhamente relutante em expressar seus verdadeiros temores para o irmão, Zor-El havia deixado as montanhas na sua plataforma de transporte pessoal, mas não retornou imediatamente para Argo City. Em vez disso, pegou um longo desvio para oeste rumo ao sítio vazio de seus pais. Ele se agarrava à esperança de que Tyr-Us tivesse simplesmente sumido de vista e que o oportunista Zod havia inventado uma história para servir aos seus planos. Se pudesse retirar Tyr-us do esconderijo, Zor-El poderia provar que o comissário estava mentindo.

Ele percorreu as trilhas desmatadas da floresta de acácias e seguiu por um riacho dentro de um vale densamente arborizado, onde estava o sítio que lhe era familiar. Quando desceu da plataforma voadora e se aproximou, encontrou a casa rústica na escuridão, as plantas do jardim excessivamente crescidas e as janelas fechadas, da mesma forma que a sua mãe a havia deixado quando partiu com ele e Alura para Argo City. Embora ela nunca tivesse se queixado dos anos que passou cuidando do marido catatônico, Zor-El sabia que a mãe estava aliviada por poder mais uma vez fazer parte de uma comunidade.

Ele se aproximou cuidadosamente, imaginando que um paranoico Tyr--Us poderia ter instalado armadilhas ou dispositivos de alarme.

– Alô! – gritou, enquanto chegava perto da porta. – É Zor-El. Estou sozinho. – Ele esperou, e não ouviu nada. – Tyr-Us, você está aí?

A casa continuava silenciosa. Ele tentou abrir a porta e ficou surpreso ao ver que ela estava destrancada. O trinco havia sido quebrado. Alguém havia forçado a entrada, quebrando uma parte da porta, muito embora Zor-El tivesse dito a Tyr-Us onde pegar a chave. No alpendre ele encontrou um sulco na madeira e uma mancha que poderia ser de sangue.

Alerta para qualquer perigo, Zor-El entrou. A casa estava escura, empoeirada e totalmente silenciosa.

– Tyr-Us? – gritou de novo, mas era um esforço inútil. Uma das cadeiras havia sido derrubada. A porta de um dos armários estava entreaberta. O próprio ar parecia ecoar os gritos de um embate violento. Sob um foco de luz inclinado, ele avistou uma reentrância na parede, um pedaço de algo estilhaçado no chão que sua mãe sempre manteve tão imaculado. Também havia um pedacinho de tecido rasgado em um canto.

Aquela casa deveria ter sido um refúgio seguro para Tyr-Us. Zor-El havia lhe prometido um santuário.

Mas alguém o havia encontrado de algum modo.

Alguém havia sumido com ele.

Zod.

Zor-El cerrou os punhos. Para o bem do seu irmão, ele havia tentado dar ao comissário um voto de confiança, mas agora não havia mais como negar a culpa do sujeito. Todas as alegações ultrajantes e aparentemente ridículas que Tyr-Us havia feito deviam ser verdadeiras.

Com um tom de voz frio, Zor-El murmurou:

– Hoje você ganhou um verdadeiro inimigo, comissário Zod.

CAPÍTULO 56

Desde que tinha sido convidada para escrever a história oficial segundo Zod, Lara passou dias reunindo suas anotações e pensamentos. Ela prometeu que faria sua crônica com precisão e fidelidade, e que não respeitaria as vontades do comissário.

Na sua época de estudante, ela havia lido e analisado um número suficiente de épicos antigos e textos arqueológicos para saber que os pretensos historiadores, muitas vezes, enfeitavam os relatos, e que as gerações posteriores achavam difícil separar a realidade da ilusão. Ela não faria isso. Seu trabalho teria uma perspectiva equilibrada.

Era verdade que o velho Conselho havia provocado a longa estagnação de Krypton, e Lara não tinha a intenção de descrevê-lo sob uma luz favorável. Era verdade que, depois da desastrosa perda de Kandor, Zod havia sido o único a agir rápida e decisivamente. Ele criou o campo de refugiados e em poucos meses começou a construir uma nova capital. Nesse aspecto, Lara não podia questionar seus resultados.

Contudo, também era verdade que o comissário havia simplesmente se declarado o governante absoluto de Krypton. Apesar dos protestos de outros nobres e líderes municipais, ele se recusou a formar um novo Conselho legítimo e a ouvir quaisquer conselheiros além dos membros do seu Anel de

Força, que ele havia escolhido a dedo. Isso também não era direito, e ela não perdoaria tais atitudes em seu relato.

Lara havia analisado as acusações furiosas feitas por Shor-Em, Gil-Ex, Tyr-Us e outros francos dissidentes. O desaparecimento de tantos críticos parecia muito conveniente, e uma baita de uma coincidência. O fato de Zod se recusar a deixar Lara falar com eles apenas reforçava suas suspeitas...

Ela não sabia como proceder.

Há cinco dias, Jor-El havia retornado do local da perfuração, feliz e aliviado pelo fato de ele e o irmão terem resolvido a ameaça mais séria que Krypton já havia sofrido. A maior parte da população ainda não tinha consciência do alcance da devastação ecológica que havia sido causada pelo gêiser de lava e, mais cedo ou mais tarde, com certeza haveria um tremendo protesto. Zod não parecia achar que isso seria um problema.

De volta à capital, ele manteve Jor-El ocupado com inúmeros projetos, embora às vezes seu marido discordasse das prioridades e insistisse em fazer outros trabalhos que considerava mais importantes. Até então, o comissário ainda não havia feito nenhum tipo de pressão, mas Lara podia garantir que o homem estava descontente.

No início de certa manhã, antes de Jor-El sair para medir as falhas intrínsecas em suas novíssimas torres de cristal, Aethyr enviou uma mensagem prioritária, instruindo-os a irem para a Praça da Esperança.

– Zod está fazendo um anúncio histórico. Você vai querer registrá-lo em suas crônicas, Lara. – Na placa de comunicação, o sorriso de Aethyr revelava dentes brancos e brilhantes. – Estou tão feliz por você estar conosco, do nosso lado. – Lara achava muito difícil acreditar piamente naquele elogio.

Curiosos, ela e Jor-El seguiram para a cidade nova e cintilante. Centenas de pessoas já haviam se aglomerado para o grande anúncio de Zod, fosse lá o que fosse. Nam-Ek os interceptou e abriu caminho no meio da multidão até onde Aethyr os esperava.

– Venham! Lara e Jor-El, vocês ocupam um lugar de honra.

Todos os 16 membros do Anel da Força tinham ocupado posições de destaque perto do palco onde aconteceria o pronunciamento. Atrás de Zod, um objeto alto e monolítico estava no meio da praça, envolto por um tecido opaco. Lara ficou olhando e se perguntando quando aquela coisa havia sido colocada ali.

Depois que um silêncio de tensão se abateu sobre a multidão, Zod subiu em um pódio que havia sido montado em frente ao objeto encoberto. Ele falou com uma voz potente:

— Kryptonianos, precisamos construir marcos em vez de deixar cicatrizes como a cratera de Kandor. — Ele se virou de forma significativa para o objeto alto e oculto, e a expectativa da multidão era palpável. — Temos que mostrar para qualquer inimigo mal-informado a face da nossa grandeza.

Zod ergueu a mão bruscamente, e integrantes robustos da Guarda Safira puxaram cabos presos à lona. O tecido caiu e revelou uma enorme estátua — uma figura nobre e de destaque que ostentava o rosto desafiador, porém paterno, do próprio comissário.

— Contemplem Zod!

Jor-El olhou para Lara, completamente surpreso.

— Esse é um dos seus projetos artísticos? Foi você que criou isso?

— Eu nem sabia disso. — Lara sentiu um calafrio pelo fato de o ego do sujeito ter autorizado um trabalho como aquele. Zod deve tê-la mantida alheia a tudo, e isso só poderia ter sido intencional.

Mas o resto da multidão não tinha dúvidas. Instigado pelo Anel de Força, o público começou a repetir:

— Zod! Zod! Zod!

Ele sorria confiante, deixando-se levar pelos gritos e aplausos. Até que, finalmente, o comissário ergueu as mãos pedindo silêncio. Ele tinha um anúncio ainda mais importante para fazer. Pegando Aethyr pela mão, ele a puxou para que ficar ao seu lado.

— Esta mulher tem sido minha parceira, minha conselheira e minha confidente durante nossos maiores momentos de aflição. Não pode haver companheira mais perfeita para mim, nem para Krypton. Por isso, hoje, aceito Aethyr como minha consorte formal.

— Isso é outra surpresa — disse Jor-El em meio ao clamor da audiência. — Você acha que eles se amam?

— Eles, definitivamente, vieram do mesmo molde. — Lara queria estar feliz pela amiga, mas seu coração estava partido. Tudo no relacionamento de Zod e Aethyr era diferente do que ela e Jor-El partilhavam. Contudo, aqueles dois também pareciam inseparáveis...

Zod teve que gritar para suas palavras serem ouvidas no meio do barulho.

– Não muito tempo atrás, tive o privilégio de realizar a cerimônia de casamento de dois dos maiores cidadãos de Krypton, Jor-El e Lara. – Ele fez um gesto apontando para os dois, e a multidão, zelosa, aplaudiu. – Mas quem poderia realizar tal cerimônia para mim, para o líder de Krypton? – Ele abriu os braços como se estivesse realmente pedindo à plateia para que desse uma resposta. Mas acabou respondendo a sua própria pergunta. – Aethyr e eu fizemos nossos próprios votos um ao outro. Eu, Zod, declaro que estamos legalmente e oficialmente casados. – Ele e Aethyr ergueram suas mãos no ar e, em seguida, olharam fixamente para Lara. – Que a História registre a nossa união para que todas as gerações futuras fiquem sabendo.

Jor-El foi surpreendido pela arrogância do gesto, e alguns membros da plateia murmuraram, mais confusos com o casamento pouco ortodoxo do que indignados. Antes que o mal-estar e a perplexidade pudessem se transformar numa inquietação motivada pela arrogância implícita do anúncio, Zod assobiou.

A fanfarra ruidosa e estridente se fazia soar das janelas altas do prédio reconstruído do governo. Portas se abriram e começou um desfile de empregados muito bem vestidos carregando travessas com alimentos finos: carnes fumegantes, doces de sabor apurado, frutas e gomas macias em espetos. Quatro fontes vistosas, recém-colocadas em pontos cardeais em torno da praça, esguicharam um líquido espumante, da cor do rubi – era o vinho que estava estocado nos armazéns.

A multidão riu, incrédula, por conta dessa generosidade inesperada. Zod prosseguiu:

– Já faz muito tempo que Krypton não tinha motivos para fazer uma celebração, muito tempo desde que aplaudimos e festejamos alguma coisa pela última vez. Que o dia do nosso casamento seja uma lembrança magnífica para todos.

As pessoas se apertaram para poder desfrutar das guloseimas.

Atordoada, Lara segurou no braço de Jor-El.

Agora formalmente casados, Zod e Aethyr passaram as longas horas de escuridão juntos em seus quartos compartilhados no palácio. Foi uma noite de núpcias incomum, tão cheia de esquemas quanto de paixão. Os dois eram almas gêmeas, e partilhar o futuro, para eles, significava muito mais do que viver um mero romance.

Seu palácio de governo era cheio de cortinas, pinturas e mobiliário ornamentado. Isso não se devia ao fato de Zod possuir qualquer necessidade particular de opulência (especialmente sabendo que Aethyr pouco ligava para bugigangas e bens luxuosos), mas à expectativa de que o governante de Krypton vivesse em um ambiente de ostentação.

Enquanto os dois estavam juntos, deitados sobre lençóis amarrotados de seda trançada brilhante, Zod se sentia exausto e energizado pela paixão que ambos mantinham e pelos sonhos partilhados. Ele se considerava, de fato, o salvador de Krypton, apesar dos constantes e incômodos protestos vindos das moscas restantes.

Aethyr rolou para o lado e observou atentamente sua expressão por um bom tempo.

– Você está incomodado com alguma coisa. Dá para ver.

– Eu não presto muita atenção nos outros pretensos líderes. Já acabamos com a maior parte dos mais barulhentos, e veja como Krypton ficou mais forte. O que me preocupa mais, no entanto, é que venho sentindo certa hesitação em Lara. Observei sua expressão enquanto tirávamos o véu da minha estátua. Ela não pareceu ter ficado nem um pouco impressionada.

Aethyr se levantou apoiando-se em um só cotovelo.

– Isso não me surpreende. Sua estátua está no centro da Praça da Esperança, assim como antes esteve a de Jax-Ur. Colocamos Lara como responsável pela maior obra de arte da cidade, e você a tirou do projeto. Eu certamente teria ficado ofendida se você fizesse algo parecido comigo.

– Ela tem sua história para escrever, e essa é a sua prioridade. – Zod deixou escapar um suspiro de preocupação. – E às vezes Jor-El me deixa inquieto também. Ele não apoia a minha causa com o coração. Não se juntou a nós por lealdade como você, minha querida, ou Nam-Ek.

Ela riu.

– Nam-Ek pularia de um precipício junto com você. Ele não tem opinião sobre a questão política.

– Um dia pensei o mesmo de Jor-El. Oh, ele racionaliza sua cooperação, mas isso pode mudar. Ele tem o pensamento muito independente. Demais, receio.

Aethyr se aconchegou, pôs os braços em volta do pescoço de Zod, e acariciou seu rosto.

– Jor-El é um homem extremamente inteligente e ético. Provavelmente já percebeu que você está escondendo coisas dele.

– Você tem razão. Vou ter que ficar de olho nele.

CAPÍTULO 57

Depois de descobrir que Tyr-Us havia realmente desaparecido, Zor-El não ousou dizer a ninguém para onde ia. Por algum tempo ele vinha dando um voto de confiança ao benfeitor de seu irmão, mas agora se sentia na obrigação de formalizar sua resistência contra o governante autoproclamado. E tinha que encontrar uma maneira de afastar Jor-El de Zod, antes que fosse tarde demais.

Ele chegou à Borga City e pediu para falar com Shor-Em. Zor-El escondeu seu veículo flutuante em terra seca, e então procurou um dos gondoleiros que cobria o percurso fluvial em meio aos pântanos. Depois de garantir uma vaga para a viagem seguinte, ele se sentou no bote estreito e refletiu sobre o que sabia e sobre suas suspeitas em relação a Zod. Felizmente, o gondoleiro não fez perguntas.

O barqueiro parou perto de uma margem repleta de estacas cobertas de musgos, e amarrou a embarcação à uma argola de prata. Zor-El olhou para um balão vermelho que se destacava no centro de Borga City, a partir do qual as plataformas de satélite se estendiam. Pequenos elevadores infláveis amarrados a estacas estavam disponíveis para qualquer pessoa que quisesse usá-los. Depois de agradecer ao gondoleiro, Zor-El adentrou a plataforma mais próxima e abriu a válvula de forma que os gases do pântano pudessem encher o balão ancorado. Quando o elevador começou a subir rapidamente rumo à principal cidade flutuante, ele ajustou o fluxo de gás até o balão atingir a altura apropriada e Zor-El poder sair.

Nas plataformas interligadas, os cidadãos de Borga City viviam em casas cujas estruturas ficavam à mostra, pouco mais do que toldos esticados e amarrados em postes. Pontes e plataformas suplementares eram erguidas pelas suas próprias bolsas de flutuação, e cada um dos bairros era denominado de acordo com as cores dos balões amarrados em sua região central.

Shor-Em e seu conselho municipal se reuniam no bairro esmeralda, uma doca flutuante ao lado do balão escarlate central. O líder dissidente da cidade e seus assessores nobres se sentavam em uma espécie de convés aberto, tomando xícaras de chá fumegante.

Ao ver Zor-El, Shor-Em se levantou de suas almofadas e exclamou:

— Eu esperava que você viesse! Precisamos um do apoio do outro contra essa ameaça. — Ele tinha cachos loiros e encaracolados que caíam como uma juba macia em volta da cabeça. Como era tradição em Borga City, o líder usava um pingente fino de ouro em torno da testa. Suas vestes eram azul-celeste, e sua pele era pálida. Os outros sete nobres que estavam com ele trajavam roupas semelhantes e ostentavam expressões igualmente preocupadas. — Você já ouviu falar de Zod e de sua *estátua*? — Os outros riam, demonstrando abertamente seu desprezo.

Zor-El foi direto ao assunto.

— Tyr-Us desapareceu. Ele veio à minha cidade, alegando que os homens de Zod o estavam caçando. Mandei-o para um lugar que acreditava ser um esconderijo seguro, mas ele sumiu.

A notícia causou grande consternação entre os homens ali reunidos, mas Shor-Em não ficou totalmente chocado. Ele pediu mais refrescos.

— O comissário já está espalhando por aí que Tyr-Us se converteu milagrosamente à sua causa, como todos os outros. Nenhum de nós é trouxa. — Diversos conselheiros usando azul sacudiram as cabeças, incrédulos. — Você acha que ele assassinou todos eles, apenas para silenciá-los?

— Pode ser, mas acredito que Zod seja mais esperto do que imaginamos.

— A-há, mas não é mais esperto do que nós. — Shor-Em olhou com orgulho para os nobres. — Sente-se conosco. Temos decisões importantes a tomar.

Depois da perda de Kandor, muitos dos filhos mais velhos de nobres se reuniram em Borga City, para lamentar os dias de glória perdida de Krypton. Em vez de desaparecerem em silêncio, como Zod esperava, os nobres de sangue azul haviam se tornado uma pedra no sapato do comissário, embora ainda não tivessem conseguido tomar qualquer medida significativa.

Zor-El estava achando perturbador ficar sentado em almofadas macias enquanto discutia assuntos de tamanha gravidade. Isso lembrava muito a forma como o velho Conselho de onze membros lidava com os problemas. Inquieto, ele andou até a beira da plataforma elevada e ficou olhando para o pântano. Como se formasse uma nuvem de joias voadoras, com asas da cor da ametista, um bando de borboletas passou voando com movimentos perfeitamente coordenados, como se formasse um único organismo. Nenhuma delas chegava sequer a perder o passo.

– Se os kryptonianos pudessem cooperar um com o outro dessa maneira – murmurou ele.

– Vamos ter que agir assim – assentiu Shor-Em em um tom desafiador. – O comissário já está à nossa frente. Ele fez uma lavagem cerebral em seus seguidores, e não podemos deixar que engane mais ninguém. Já expulsei todos os seus fanáticos de Borga City. Não permitirei que louvem aquele homem terrível. Você deveria fazer o mesmo.

– Todos deveríamos! – gritou outro nobre.

Zor-El estava preocupado.

– Os defensores de Zod também já pregaram em Argo City, mas eu não tenho o direito de silenciá-los por discordar deles. Não acreditamos nesse tipo de filosofia.

Shor-Em fechou a cara e tomou mais um gole de chá.

– Você tem o direito de impedir que um comerciante venda veneno, caso ele alegue que se trata de comida. É assim que vejo a coisa. Todos os seguidores do traidor do Zod têm é que viver longe dos pântanos, não me importo. – Ele ajeitou a argola na testa. – Mas precisamos ir mais além, fazer um grande levante para tirar o poder das mãos de Zod.

Zor-El sentiu o cheiro de matéria vegetal em decomposição de gases em ebulição que vinham do pântano lá embaixo.

– Se é nisso que você acredita, então os outros líderes municipais deveriam estar aqui. Uma rebelião deve representar todo o Krypton, não apenas Borga City.

– A-há, se anunciássemos tal conferência, os espiões de Zod acabariam sabendo de tudo, e poderiam nos atacar em um só lugar. Não, eu resolvi que vamos tomar uma decisão aqui e divulgá-la na encolha. Temos que proceder com grande cautela.

Zor-El não sabia ao certo qual estratégia seria a mais inteligente.

– Muitos kryptonianos já estão fartos de tanta cautela.

Ele, Shor-Em e os outros nobres passaram horas conversando. As paixões vinham à toda, mas todos tinham um objetivo em comum. Finalmente, Shor-Em fez um anúncio firme e conciso.

– Vamos formar nosso próprio governo, um Conselho com onze membros de nossa própria escolha. Isso dará ao povo uma alternativa mais desejável. Vamos fazer com que Krypton volte ao que nunca deveria ter deixado de ser, um planeta governado de acordo com sua honrada tradição. – Ele parecia bravo, mas um tanto pomposo. – O comissário Zod pode apodrecer em Kryptonopolis. O resto do mundo viverá sob outra bandeira... a nossa bandeira.

Seus colegas nobres o aplaudiram, reforçando sua própria bravura, um tirando força do outro. Zor-El não discordou, embora ainda tivesse suas reservas. Parecia ser o único homem ali que percebia o quão perigoso poderia ser esse tipo de ação.

– Zod não vai gostar nem um pouco.

CAPÍTULO 58

Não importava o cuidado com que dava suas pinceladas, Lara não conseguia acertar os detalhes. E não sabia ao certo se queria mesmo acertar. A cada dia ela ficava mais inquieta em relação às atitudes do comissário, especialmente desde a inauguração da estátua. E agora ele havia ordenado que ela pintasse esse retrato de autoexaltação.

Desde o momento em que o projeto teve início, o comissário Zod vinha adotando uma pose cuidadosamente escolhida em sua mesa rodeada de documentos importantes. Usando um uniforme escuro com um design mais militarista do que suas roupas de costume, ele erguia o queixo e se mantinha imóvel para que Lara pudesse pintar o retrato.

– Aethyr tinha razão ao me recomendar você – disse Zod, movendo apenas os lábios. – Você é extremamente talentosa em muitas áreas.

– Eu faço o melhor que posso, comissário. – Lara não conseguia pensar em mais nada para dizer.

– Se todo mundo fosse assim... Você foi muito feliz no retrato que pintou de Jor-El em sua propriedade. Você realmente capturou seu coração, sua natureza, sua alma. – Os olhos de Zod brilhavam enquanto ele se erguia um pouco da cadeira. – É imperativo que você faça o mesmo por mim.

– Por favor, não se mexa, comissário. – Ela engoliu em seco e tentou se concentrar no seu trabalho. – Eu gostaria de capturar essa expressão. – Lara jamais poderia imprimir a mesma aura de nobreza a um retrato de Zod, simplesmente porque não conseguia enxergar nele essa característica. Ele queria um retrato que o favorecesse, mas Lara via muita coisa nele que era *des*favorável.

De repente, ela sentiu a necessidade de enxugar a testa, largar as tintas e apertar a base da nuca. Devido à gravidez avançada, ela frequentemente precisava mudar de posição. Sua barriga estava, naquela altura, obviamente arredondada. Pelo menos, os surtos de indisposição matinais haviam quase cessado. Ela então se serviu de um copo de água fresca de um jarro e rapidamente tomou outro, que ofereceu antes para Zod.

Ele aceitou a água sem agradecer e franziu a testa, impaciente.

– Você fez uma pausa, não muito tempo atrás. Meu retrato precisa estar em exposição para a visitação pública do palácio do governo, que começará daqui a dois dias.

– Ele estará terminado, comissário. – Lara tomou um bom gole, juntou forças e voltou a pintar.

Como se estivesse preso onde estava, Zod assumiu imediatamente a mesma pose de antes.

– Já que tenho você aqui, vou lhe falar mais sobre minha experiência pessoal para sua narrativa histórica. – Lara continuou a trabalhar diligentemente na pintura. Ela já havia escrito algumas páginas do documento oficial que Zod havia solicitado, mas passou mais tempo registrando impressões não filtradas – e muito mais críticas – em seu diário particular. Ele prosseguiu: – Compreender a minha personalidade é a chave para descrever adequadamente minhas ações e motivações. Daqui a gerações, as pessoas lerão seus relatos sobre mim, por isso é imperativo que você se apreenda como a minha mente funciona.

– Eu estou escrevendo uma história, comissário, não uma biografia.

– Se for um relato representativo dos eventos mais cruciais, então a minha história deve ser o foco principal. Sugiro que comece com uma breve descrição da vida do meu pai. Cor-Zod foi o melhor homem que já atuou no Conselho Kryptoniano e, certamente, o último a agir com eficácia. Estou seguindo seus passos.

– Devo incluir alguns antecedentes sobre a sua mãe também? Para dar um equilíbrio?

– Não é necessário. Sua crônica será longa e detalhada do jeito que deve ser, por isso vamos nos concentrar nas influências importantes na minha vida.

Contendo uma réplica, Lara deu uma pincelada longa e grossa no fundo do retrato. E sentiu uma pontada no abdômen, como se o bebê ainda não nascido tivesse reagido ao comentário chauvinista.

Zod falou longamente sobre o pai, creditando a Cor-Zod praticamente todas as decisões importantes que o Conselho tomou nos últimos cinquenta anos.

– Eu deveria ter sido o herdeiro do legado de meu pai, mas fui preterido da minha posição de direito dentro do Conselho. Seus outros membros aceitavam subornos ou promoviam comparsas, em vez de valorizar homens verdadeiramente competentes.

Inconscientemente, ele passou um dos dedos ao longo da linha de seu rosto.

– Muitas pessoas me dizem que pareço demais com meu pai. Quando tiramos o lençol que cobria a minha estátua, senti como se estivesse olhando para ele novamente. – Ele lançou um olhar na direção de Lara, que estava imóvel enquanto pintava. – Tenho a impressão de que você não aprova inteiramente a minha estátua. Por quê?

Lara rapidamente pensou em uma resposta aceitável.

– A estátua é uma bela obra. No entanto, por sua própria natureza, me parece um pouco... arrogante. A História ainda não deu o seu veredicto sobre o que você está fazendo.

O rosto de Zod irradiava tanta frieza quanto sua estátua.

– É por isso que eu a instruí para que escrevesse a história... para garantir que o veredicto seja favorável.

– Você parece bastante seguro em relação às minhas intenções, comissário.

– Como não estaria? Fiquei ao lado do seu marido no seu momento de maior necessidade. Realizei sua cerimônia de casamento. Nossos laços são muito fortes. – Ele não falou as palavras exatas, mas Lara ouvia perfeitamente ele dizendo: *Você me deve isso*.

– Entendo. – Ultimamente, ela e Jor-El vinham sentindo certo desconforto com o aumento de membros da Guarda Safira e até mesmo do Anel de Força na sua cola, intensificando o interesse por seus movimentos e atividades. Isso deixava Lara muito preocupada.

– Você tem visto como eu venho sendo tratado de forma injusta por aqueles que se opõem a mim? Tantos dissidentes ignorantes! – Sua voz ficava mais estridente à medida que ele se levantava de sua mesa; Lara não o repreendeu para que retomasse a sua posição. – Você sabia que Shor-Em expulsou de Borga City todos aqueles que me apoiam? Ele os caçou no meio dos pântanos, assim como fez com o próprio irmão! – Ele torcia o nariz de tanta indignação. – Quer dizer que manifestar a sua opinião agora é punível com o exílio! É esse Krypton que eles desejam ter, um Estado fascista? – Zod balançou a cabeça. – Se pudéssemos cuidar de pelo menos alguns poucos líderes, tenho certeza de que essa resistência imprudente desmoronaria.

– Cuidar de quem? O que... o que você quer dizer com isso?

Ele se conteve, e depois, meio atrasado, deu uma risada.

– Eu simplesmente gostaria de poder falar diretamente com meus críticos. *Sei* que estou fazendo o que é certo para Krypton. E graças ao seu relato, outras pessoas também verão isso.

Lara concluiu que não havia mais o que fazer no retrato. Embora não tivesse a intenção, sua tela havia capturado certa obscuridade em Zod – uma expressão implacavelmente calculista e arrogante. Nervosa sem imaginar como seria a sua reação, ela virou a pintura em sua direção.

– Está terminado, comissário.

Ele contemplou a pintura por um bom tempo.

– Muito adequada. Você capturou minha verdadeira essência. Ela será posta em exibição imediatamente no palácio do governo. – Sentado à sua mesa, ele cruzou as mãos. – Agora que o projeto está completo, estou ansioso para ler um rascunho da sua história.

– Os eventos ainda não tiveram desdobramentos, comissário.

– Só estou me referindo ao volume um. Temos que estabelecer os fatos e começar a disseminá-los.

CAPÍTULO 59

Embora tivesse sérias preocupações em relação ao comissário, Zor-El também não estava convencido de que Shor-Em e seus conselheiros poderiam resolver os problemas do mundo. Os nobres autocentrados não pareciam representar um grande avanço em relação à inconsciência do antigo Conselho. Apesar disso, ele concordou em assinar sua declaração de hostilidade a Zod. Dada a situação em jogo, aquilo parecia um dever.

Depois disso, ele voltou para Argo City a fim de explicar a todo o povo o que havia feito. E por quê.

Antes mesmo de descansar ou mudar suas roupas de viagem, ele convocou uma reunião dos cidadãos na praça da fonte central. Para aqueles que não puderam comparecer pessoalmente, a imagem de Zor-El e suas palavras foram projetadas nas paredes planas de cristal de edifícios públicos estrategicamente localizados.

– Quando olho à minha volta hoje, já não vejo mais o meu Krypton – disse Zor-El para uma plateia atenta. – Ninguém pode negar que o Conselho de Kandor cometeu erros graves na sua ingenuidade e sua letargia, mas não vou corrigir erros antigos cometendo outros. Nenhum tirano poderá, jamais, restaurar nossa civilização. As pessoas que estão hipnotizadas pelo carisma de Zod e acuadas pelo medo devem ter ciência da verdade. Ele já tirou de circulação muitos de seus críticos, mas não serei silenciado!

À sua volta, o ar estava inebriante com o aroma de flores exuberantes. Alura estava ao seu lado, como sempre, e agora sua mãe também tinha vindo morar com eles. Nos últimos dois meses, Charys havia se estabelecido confortavelmente em Argo City.

Ele continuou o discurso.

– Eu tenho provas claras de que os seguidores fanáticos do comissário Zod cometeram crimes graves, talvez até mesmo o de assassinato. Outros líderes que se pronunciaram contra ele foram raptados ou mortos. Um dos meus amigos mais próximos desapareceu – era a única maneira que Zod teria de garantir seu silêncio.

Murmúrios de preocupação se espalharam pela multidão.

– As evidências são simplesmente muito alarmantes para serem ignoradas, e por isso vim aqui para tomar uma decisão difícil: Aqueles que disseminarem propaganda política de Zod não serão mais bem-vindos a Argo City. Eles terão que sair, voluntariamente ou à força. Eu tinha que estabelecer limites, tomar uma posição. – Ele balançou a cabeça, com firmeza. Ninguém na plateia ousou questioná-lo.

– Como a nossa guarda normal da cidade não está equipada para vencer esse desafio, convoco o resto dos meus cidadãos para formar uma Sociedade de Vigilância. Todos nós teremos que estar atentos às ameaças do comissário Zod. Ele não quer que haja uma resistência organizada ao seu regime.

– Mas como lhe faremos resistência? – perguntou um senhor bastante enrugado que estava na plateia. Zor-El o reconheceu como um pescador rico que possuía cinco navios, dois dos quais haviam sido destruídos pelo tsunami.

– Mas nós não temos exército! – disse outra pessoa. – Pode apostar que Zod está organizando um. Enquanto estamos tentando reconstruir Argo City, ele está se preparando para a guerra.

– Guerra em Krypton? – disse um jovem em voz alta, cheio de descrença. – Uma guerra civil?

Zor-El se pronunciou:

– Shor-Em está prestes a emitir um comunicado desafiando o comissário pela liderança. Muitas outras cidades, vilas e aldeias também estão rejeitando a autoridade de Kryptonopolis. Aqui em Argo City, eu declaro que somos uma cidade-estado independente. Não aceitamos o regime de Zod.

Assim que pronunciou tais palavras, Zor-El sabia que havia ultrapassado um limite e arrastado todo o seu povo junto com ele. Ele havia feito um desafio que o comissário Zod não podia ignorar.

Argo City tinha que estar preparada.

CAPÍTULO 60

Ao cair da noite, depois de um longo dia, Jor-El e Lara jantavam tranquilamente no terraço do pequeno apartamento que lhe servia de alojamento em Kryptonopolis. Mesmo aqui na cidade, Jor-El adorava sentar sob as estrelas e olhar para o espaço, deixando sua imaginação vagar. Por algum tempo, podia se esquecer da marcação que ele e Lara vinham sofrendo da segurança de Zod. Ele chegava até a suspeitar que havia sempre alguém de plantão escondido no meio das ruas sombrias para vigiar seus passos.

Naquele instante, perto do horizonte e depois do pôr do sol, eles avistaram um arco prateado de névoa cósmica, o cometa periódico chamado Martelo de Loth-ur, que retornava a Krypton apenas uma vez a cada três séculos. O evento era marcado nos calendários públicos e, em qualquer outra época, a chegada do Martelo de Loth-Ur teria chamado muito mais atenção, inspirando artistas e astrônomos, e servindo como desculpa para festas e eventos culturais. Os sacerdotes de Rao chegariam a se referir a sua passagem como um presságio. Mas naquele momento de turbulência política, o cometa acabou gerando muito pouco interesse popular.

Nos velhos tempos, Jax-Ur havia batizado o cometa com o nome de seu impiedoso pai. De acordo com a lenda, aquela visão diáfana havia cruzado o céu durante o período em que o déspota tomou o poder; naquele instante, o cometa havia retornado, o que levava a crer que o comissário Zod estava seguindo os passos de Jax-Ur. O paralelo óbvio deixava Jor-El preocupado.

– Acho que, na verdade, Zod reverencia aquele déspota, embora tente não demonstrar isso – afirmou Lara. – Olhe para isso. – Em sua prancheta, ela abriu arquivos que mostravam gravuras com antigos registros dos historiadores da corte de Jax-Ur. No meio da grande Praça de Execução havia uma estátua do líder militar pairando sobre seus súditos. – Está notando alguma semelhança?

Jor-El olhou para o monumento. Até mesmo a posição dos braços da figura, a expressão no rosto, e alguns ornamentos gravados no uniforme eram idênticos à estátua recém-erigida de Zod.

– Isso não pode ser uma coincidência. E ele possui os dardos nova de Jax-Ur, ainda por cima. – O cientista balançou a cabeça e tentou continuar aproveitando a noite clara, mas seus olhos desviaram do cometa enevoado para os restos cintilantes da lua despedaçada. Os dardos nova haviam feito isso... Mas Zod insistia que as armas deveriam ser usadas apenas para a defesa de Krypton.

– O comissário é um homem brilhante, mas uma hora ele me impressiona com a sua disposição em dar suporte para a nova ciência ou com a forma como lida com uma situação, e no momento seguinte ele me confunde com um de seus pronunciamentos anticonvencionais. Zod quer achar que é a melhor coisa que já aconteceu a Krypton, mas ele pode ser a pior.

– É melhor que tomemos logo uma decisão. – Lara colocou a mão sobre a barriga arredondada. – Não só temos que nos preocupar com o futuro de Krypton, como estamos prestes a ter um bebê.

Jor-El acariciou o ventre da esposa enquanto ela colocava a mão sobre dele. Ele sentiu algo se mover sob seus dedos. Lara empurrou sua mão para baixo.

– Você sentiu isso? Foi o bebê. Ele deu um chute. – Ela estremeceu. – E deu outro!

– Nosso filho já é forte. – Jor-El ficou tão admirado que logo pôs de lado todas as outras preocupações, os receios políticos e as suspeitas. Naquele instante, o amor era mais forte que as dúvidas sobre Zod. Ele e Lara seriam pais!

Preocupando-se acima de tudo com a saúde do bebê, Lara estava comendo bem e cuidando de si mesma. Não contente apenas em aceitar os conselhos dos médicos, ela mantinha-se bem informada sobre a evolução da sua gravidez. Não queria que nada desse errado.

Jor-El a amava e não parava de mimá-la. Todos os dias, ele dava o melhor de si para preparar os alimentos que ela queria, embora não conseguisse se lembrar da última vez em que havia preparado qualquer refeição antes da gravidez da esposa. Ele se permitiu desfrutar desses momentos ao lado da amada e percebeu que estava mais feliz naquele momento do que em qualquer outro da sua vida que podia se lembrar.

Em sua juventude, Jor-El achava que só a busca científica poderia lhe dar uma satisfação verdadeira – emoção de fazer novas descobertas, de desenvolver novas ideias. Mas seus sentimentos por Lara e seu instinto paternal de amar, proteger e ensinar seu bebê o surpreenderam, tamanha a sua intensidade. Ele prometeu a si mesmo que criaria o futuro mais brilhante possível para o filho. No belo rosto de Lara ele via a expressão da mais completa realização. Seu sorriso parecia quase sempre grande demais para o rosto, mas ele logo percebeu que o dele era tão escancarado quanto o dela.

Enquanto Lara relaxava na cadeira ao seu lado, cantarolando uma velha canção popular, sua atenção se voltou para a mancha pálida na cauda do cometa. Jor-El nunca conseguia desligar a mente analítica, nem a curiosidade que o levava a fazer as mais diversas observações. Ele andava tão preocupado com as emergências que ainda não havia parado para estudar aquela maravilha astronômica em detalhes. Mesmo assim, noite após noite em Kryptonopolis, ele reservou alguns momentos para contemplar o majestoso cometa em sua velha rota.

Naquela noite, porém, ele percebeu que aquilo que fora o arco suave e gracioso de uma cauda fina agora possuía estranhos nós e torções. Mesmo a olho nu, ele podia ver que algumas áreas na cabeça do cometa pareciam mais brilhantes, como se jatos tivessem explodido na sua superfície congelada.

– Jor-El, eu conheço esse seu olhar, por isso nem tente esconder o que está pensando.

– Preciso entrar em contato com o posto de escuta do telescópio antes que o Martelo de Loth-Ur desapareça no horizonte. Há algo que eu gostaria de verificar. – Ele e Lara deixaram o terraço aberto, desceram as escadas e saíram pelas ruas iluminadas. Ela tentou acompanhar seu ritmo acelerado, querendo entender o que havia despertado o interesse do marido.

Embora ele preferisse estar junto dos telescópios ou, pelo menos, no centro de monitoramento do observatório em sua propriedade, poderia obter as informações de que precisava em uma subestação de Kryptonopolis. Usando os seus códigos para controlar os receptores remotamente, ele podia realinhar os 23 discos receptores no distante sistema de alerta precoce de Zod a fim de obter as melhores imagens possíveis.

Com Lara olhando por trás do seu ombro, Jor-El trabalhou rapidamente, inteiramente focado nas imagens combinadas dos telescópios.

– Não sou especialista no comportamento dos cometas, mas isso está me parecendo muito incomum. – Ele fez um cálculo retroativo da trajetória do cometa a partir do arquivo de imagens registradas ao longo das últimas semanas e, em seguida, fez uma representação gráfica das variações em sua órbita prevista.

Obtidas com as maiores lentes de aumento, ele encontrou uma imagem em alta resolução do Martelo de Loth-Ur. O silencioso cometa cadente era feito de gelo negro, inclusões rochosas e bolsões de gás. Colunas de fumaça branca se volatilizavam, irrompendo em jatos inesperados de poeira fina e gases congelados.

– Essas são explosões impressionantes – disse Lara.

– Sim... São mesmo. – Jor-El reuniu os dados registrados pelo resto dos telescópios. O distante sistema de alarme precoce não havia sido projetado para procurar algo como isso, mas Jor-El poderia analisar cuidadosamente os registros para descobrir o que precisava saber.

Pelo fato de o sol vermelho e dilatado de Krypton estar maior e mais furioso do que em qualquer outro momento de sua história, a turbulenta radiação solar havia tido um efeito dramático sobre o cometa assim que este girou em torno de Rao. As explosões resultantes na bola de gelo que se derretia haviam alterado a sua rotação e mudado a sua órbita.

Jor-El foi ficando deprimido à medida que repassava, repetidas vezes, os mesmos cálculos.

– Justamente quando eu achava que estávamos seguros...

– Jor-El, você está me assustando.

– Você deveria ficar assustada. – Ele olhou novamente para aquela que passava a ser a imagem ameaçadora de um cometa imenso. – O Martelo de Loth-Ur mudou de curso. O cometa está vindo bem na nossa direção e, se meus cálculos estiverem corretos, em quatro meses ele atingirá Krypton.

CAPÍTULO 61

Sob o céu claro e estrelado da noite, Alura e Charys saíram para instalar novos cristais luminosos na Ponte Eloquin, o mais meridional dos cinco charmosos viadutos que ligavam Argo City ao continente. As duas mulheres trabalhavam no caminho ao longo da ponte, encaixando gemas claras e brancas que brilhavam com seus fogos interiores. Elas haviam se oferecido para a tarefa porque era uma maneira de ajudar a nova Sociedade de Vigilância. A melhoria na iluminação tornaria mais fácil as vigílias noturnas para os voluntários.

Mais acima, as luas intactas haviam ascendido, e os restos de Koron brilhavam como fogos de artifício congelados. O longo arco do Martelo de Loth-Ur já havia mergulhado no horizonte a oeste. Alura e Charys estavam sozinhas na ponte, já que poucos viajantes passavam por ali àquela hora da noite. Agora, a Sociedade de Vigilância patrulhava a cidade 24 horas por dia para garantir que os fanáticos por Zod não causassem nenhum problema.

Ao longo dos últimos dias, todos aqueles que usavam uma braçadeira azul safira estampada com a insígnia da família de Zod haviam sido expulsos da cidade. Protestando enquanto partiam, grupos de adeptos do comissário marcharam sobre as pontes que os punham para fora de Argo City, manifestando sua hostilidade, e prometendo que voltariam assim que Zod "consolidasse" todo o Krypton. Alura estava certa de que, àquela altura, o comissário já havia sido informado sobre o que Zor-El tinha feito, e estava igualmente convencida de que muitos de seus seguidores ainda permaneciam na cidade, posando como cidadãos normais, até que pudessem descobrir uma maneira de fazer estragos.

As duas mulheres trabalhavam na Ponte Eloquin em silêncio, mas carregavam consigo o peso das preocupações enquanto verificavam e instalavam cristais de iluminação. Finalmente Charys disse com alegria forçada.

– Então, eu vou finalmente ser avó. Jor-El e Lara não perderam tempo. Mal posso esperar para mimar aquele bebê.

Alura sentiu que sua sogra havia deixado uma pergunta implícita pairando no ar. A escuridão escondia seu rosto ruborizado.

– Zor-El e eu já falamos sobre termos filhos, e algum dia os teremos. Sempre quis ter uma menina. Continuamos à espera de um momento melhor.

– Nunca haverá um momento perfeito se você ficar sempre dando desculpas.

Desajeitadamente, Alura tentou mudar de assunto.

– Agora que você está estabelecida aqui, já pensou em dar continuidade aos seus estudos de psicologia? Você não estava escrevendo um tratado sobre anomalias na população de Krypton?

Charys encaixou um cristal do tamanho da palma da mão em um soquete, e ele logo começou a brilhar entre seus dedos.

– Eu ainda faço observações. Toda a nossa sociedade é um laboratório. Meu próprio Yar-El fugiu das normas, e meus dois filhos se qualificaram como gênios. Só espero que você e Lara consigam proteger os dois, pois Krypton precisa muito do seu brilho. Especialmente agora. – A senhora continuou a refletir. – Até mesmo o comissário Zod é um exemplo de gênio político. Ele tem tanto a clarividência quanto a coragem para ser um grande líder, mas, infelizmente, assim como Yar-El, ele vem tendo uma conduta inaceitável. Um homem como Zod é eficaz principalmente em situações de crise. E desse modo, para manter seu poder, ele tem que criar ou manter o estado de emergência.

– E isso é o que ele vem fazendo – afirmou Alura.

A conversa foi interrompida quando dois homens de aparência sombria vieram andando em sua direção, vindos do continente. Eles não carregavam lanternas, o que em si parecia estranho. Embora a criminalidade fosse quase desconhecida em Argo City, Alura sentiu um arrepio de medo. Ela estava tensa desde que o marido começou a expulsar os fanáticos por Zod. Felizmente, a Sociedade de Vigilância patrulhava as rampas das pontes para se certificar de que visitantes indesejados não as atravessariam durante a noite. Mesmo assim, Alura hesitou antes de instalar outro cristal, e ficou segurando-o.

Como era de hábito, Charys acenou educadamente para os dois homens assim que eles se aproximaram.

— Boa noite.

Um dos homens disse para Alura, sem gracejos.

— Eu sei quem é você. Você é a mulher de Zor-El.

— A outra é mãe dele — disse o segundo homem.

— É melhor levarmos as duas.

Antes que ambas pudessem responder, o primeiro homem deu um bote na direção de Alura com os braços estendidos, como se achasse que poderia simplesmente pegá-la e ir embora. Ela simplesmente balançou o punho que segurava o cristal de iluminação e abriu os dedos no último instante. A joia afiada rasgou o lado esquerdo do rosto do atacante, logo abaixo do olho, e fez com que o homem cambaleasse para trás, dizendo palavrões. Algo caiu de sua mão no meio da ponte. Um *taser*!

Charys agrediu o outro sujeito com uma violência surpreendente, enquanto ficava se debatendo, agitando as mãos e gritando com toda a força de seus pulmões:

— Estamos sendo atacadas! Guardas! Socorro! — A velha senhora chegou a assustar seu agressor, acertando seu nariz com um golpe certeiro de mão aberta que fez com que o sangue jorrasse pelo seu rosto. Ele urrou e tentou se atirar sobre ela.

Alura pegou o taser no chão e o apontou para o homem que lutava com Charys. Ela deu um tiro rápido, sem mirar, e o feixe abrasador acertou as pernas do elemento, logo abaixo dos joelhos, fazendo com que ele se dobrasse.

Ela já podia ouvir as pessoas correndo para oferecer ajuda. As luzes começaram a brilhar nos edifícios adormecidos de Argo City enquanto os voluntários eram alertados.

O sujeito que estava de frente para Alura se levantou e limpou o sangue do rosto, bem onde o cristal o havia cortado. Ele encarou as duas mulheres, deu a volta e fugiu o mais rápido que podia pela ponte que seguia em direção ao continente.

Assim que os guardas da Vigilância chegaram, Alura apontou para a escuridão.

– Um deles saiu correndo por ali. Veja se consegue capturá-lo!

Charys sacudiu a poeira do corpo, e estava mais indignada do que ferida. Alura se virou para olhar o homem cujas pernas ela havia paralisado. Ficou chocada ao ver que, por pura força de vontade, o fanático se arrastou até a beira da ponte e usou os braços para se erguer sobre as barras de proteção.

– Detenham-no!

O sangue ainda jorrava do seu nariz quebrado. Com um olhar malicioso, ele se atirou pelo vão. O sujeito não gritou, não disse suas últimas palavras, simplesmente mergulhou no meio das trevas. Depois de um instante muito longo, Alura ouviu o barulho de um corpo caindo nas águas calmas.

– Agora nunca saberemos quem eram eles – disse Charys.

Alura olhou para o continente, desanimada. O outro atacante já havia fugido.

– Sabemos exatamente quem eles eram.

CAPÍTULO 62

Em caráter de extrema urgência, Jor-El foi ver Zod bem cedo na manhã seguinte. O impacto que estava para acontecer era iminente e definitivo. Quatro meses! A menos que algo desviasse a bola de gelo que vinha em rota de colisão, Krypton seria atingido apenas alguns dias depois do nascimento de seu bebê. Tratava-se da mais objetiva mecânica celestial, e os números não mentiam.

No entanto, se o comissário Zod juntasse todos os recursos materiais e humanos e os desviasse dos outros projetos, Krypton apenas poderia ser capaz de fazer o que era necessário. Depois do evidente sucesso do projeto do feixe Rao ao abrandar as instabilidades no núcleo do planeta, Jor-El esperava que o comissário ouvisse seu alerta imediatamente. Afinal, o homem se orgulhava de *resolver as coisas*.

Jor-El seguiu determinado na direção ao palácio do governo, sem ligar para a glória das torres de cristal. Andou em meio aos intrincados mosaicos e murais que Lara havia projetado, atravessou o centro da Praça da Esperança, passando pela estátua nova e sinistra de Zod. Mais atrás, ele notou que um dos oficiais da Guarda Safira observava seus movimentos.

A cada minuto ele podia sentir o cometa chegando mais perto.

Nam-Ek estava parado diante da entrada dos escritórios do comissário, uma barricada mais impenetrável do que qualquer porta. Os ombros do mudo eram largos, e os braços musculosos estavam cruzados sobre o peito.

Carregando cópias de seus registros e alguns cristais de projeção, Jor-El se aproximou do guarda-costas.

– Tenho informações importantes para o comissário Zod. Ele vai querer me ver.

Nam-Ek balançou a cabeça barbada, claramente seguindo ordens de não deixar ninguém entrar, mas Jor-El se aproximou a ponto de ambos se tocarem.

– O comissário já o instruiu para impedir a *minha* entrada? E eu já pedi para vê-lo sem ter uma boa causa?

Nam-Ek balançou a cabeça para ambas as perguntas, e Jor-El aproveitou o breve instante de hesitação. Passando rápido pelo grandalhão, ele adentrou o frio escritório com paredes de pedra. Assustado, o comissário levantou os olhos que estavam voltados para um mapa no qual estavam marcados os locais onde ficavam as cidades de Krypton. Ele havia desenhado linhas que as conectavam, acrescentado números – de tropas e efetivos? – ao lado de cada linha, como se estivesse traçando alguma espécie de estratégia militar. Com uma expressão irritada ele empurrou os papéis para o lado.

– Eu falei para Nam-Ek que não queria ser perturbado.

– Perturbado? O que estou prestes a lhe dizer é algo de fato extremamente perturbador. – Tomando conta da situação, ele encontrou um espaço vazio na mesa de Zod e nele largou seus cristais, para depois inseri-los em entradas disponíveis de uma máquina de projeção.

– Você me pediu para monitorar o espaço para que pudéssemos ser avisados das ameaças vindas do espaço. Foi exatamente o que fiz.

Naquele instante, o comissário passou a lhe dar toda a atenção.

– Estamos prestes a ser invadidos? – A julgar pela sua expressão assustada, Jor-El percebeu que nem mesmo Zod acreditava que realmente haveria um ataque; ele simplesmente havia usado a ameaça para unificar um povo assustado sob a sua bandeira.

Jor-El exibiu a imagem em alta resolução do cometa cadente e fumegante. Ele falou com firmeza, e seu tom de voz não dava margem a dúvidas.

– Este é o Martelo de Loth-Ur. Inesperadamente, seu corpo principal liberou gases que o lançaram em uma órbita diferente. – Em seguida, ele projetou elipses que mostravam a órbita de Krypton, a órbita anterior do cometa, e depois mostrou um novo arco vermelho que cortava o planeta ao meio.

Zod franziu a testa.

– O que isso significa? O que você está me mostrando?

– Não é óbvio? – Ele apontou para as linhas de interseção. – O Martelo de Loth-Ur vai se chocar com o planeta... daqui a quatro meses.

O comissário suspirou.

– Outro desastre? Não era você que insistia em dizer que o próprio Rao entraria em supernova?

– E vai. – Jor-El não recuou. – Mas isto aqui é ainda mais iminente...

– Eu não acabei de financiar um projeto de perfuração extremamente caro para diminuir a pressão no nosso núcleo e que liberou um tremendo gêiser de lava... gêiser esse que, aliás, devastou todo o vale de Kandor?

– Sim, e evitamos uma catástrofe. Mas o que isso tem...

– Uma catástrofe após a outra, Jor-El. O que vai ser na semana que vem? – Ele soava ao mesmo tempo paternal e arrogante

Jor-El não conseguia acreditar no que estava ouvindo.

– Veja os dados, comissário. Peça para No-Ton checar tudo, se você quiser. A conclusão é inevitável.

Inacreditavelmente, Zod respondeu com sarcasmo.

– Minha conclusão é a seguinte: Qualquer cálculo razoável mostrará que ser ameaçado por um cometa *agora* seria uma inconcebível coincidência. Distúrbios solares, sublevação tectônica, ondas gigantes *e* um cometa ameaçador?

– Mas é exatamente isso, comissário... não se trata de uma coincidência. Essas coisas estão todas relacionadas umas com as outras por...

Mas o comissário cruzou os braços e encarou o cientista.

– Isso está acontecendo em uma hora péssima, Jor-El. Toda a resistência esporádica e ineficaz à minha liderança está se organizando, e várias das principais cidades estão formando uma aliança contra mim. Seu próprio irmão seguiu o exemplo de Borga City e expulsou todos os meus seguidores de sua jurisdição, mesmo depois de eu ter bancado a empreitada que atendia aos seus avisos de que havia um aumento da pressão no núcleo! Será que ele acha que não me deve nada? – Sua voz se ergueu ao mesmo tempo em que seu discurso ganhava força. – Houve até uma reunião entre os líderes municipais para organizar uma ação militar com o intuito de me derrubar. A mim! Depois de tudo que eu tenho feito por Krypton. Isso é uma crise.

Jor-El estava obstinado e fortalecido pela raiva.

– Não é nada em comparação com o cometa. Você está diante de um desastre iminente *muito pior* do que a perda de Kandor. – Ele batia de leve com os dedos na pilha de papéis mais próxima sobre a mesa de Zod. – *Essa* insensatez não vai significar nada, a menos que todo o Krypton junte forças para encontrar uma maneira de evitar esse desastre. Mas temos que agir logo. Talvez possamos reconfigurar o feixe Rao para...

De repente, Aethyr, parecendo estar ansiosa e altiva, entrou correndo no escritório.

– Zod, aconteceu exatamente como você temia. Outra emergência.

O comissário se levantou e deu uma volta em torno da mesa, levando a advertência da mulher mais a sério do que toda a apresentação de Jor-El.

– Qual é agora?

– Shor-Em. – Ela empurrou para o lado o cristal de Jor-El, que ainda estava sendo projetado, cortando os vestígios orbitais e as imagens do cometa sem nem ao menos dar uma olhada. Cravou um mero cristal ametista de mensagens na entrada vazia e o ativou. A princípio embaçada, depois mais nítida, a projeção mostrava Shor-Em com um visual meio efeminado, porém nobre, ostentando a cabeleira dourada e encaracolada e a argola na testa.

O líder de Borga City falava com um tom de voz pomposo.

– As ambições grandiosas de Zod não podem mais ser toleradas. Eu, Shor-Em, sou o verdadeiro herdeiro do Conselho Kryptoniano e estou anunciando a formação de um novo governo. Onze membros já foram escolhidos e vão servir às necessidades das pessoas. Declaro, portanto, Borga City como a nova capital de Krypton.

O rosto do comissário foi ficando vermelho de indignação enquanto a mensagem prosseguia.

– Zod é apenas um impostor que tomou o poder em nosso momento mais vulnerável, enquanto ainda estávamos todos cambaleando por conta do choque. Ele se aproveitou da situação. É desse tipo de líder que Krypton necessita? Acho que não. Zod não enxerga nenhuma outra razão, a não ser a sua própria. Ele não respeita o Estado de Direito.

"Sigam-me, pois irei restaurar a antiga glória de Krypton!"

Na imagem, Shor-Em segurava um documento todo ornamentado, em que lia:

– Nós, os líderes abaixo assinados, respeitaremos as leis do novo Conselho e nos comprometemos a apoiá-lo com nossa lealdade e nossos recursos.

Os nomes dos outros centros populacionais e de seus líderes começaram a rolar ao lado da imagem do sujeito. Jor-El sentiu um frio no estômago quando viu que Argo City também listada, assim como o nome de Zor-El. Zod parecia ter se esquecido de que ele estava lá.

Pouco depois, Shor-Em terminou o comunicado em um tom determinado:

– Vamos deixar Zod com sua cidade velha e morta. Em breve seu reinado chegará ao fim. – A imagem do líder da cidade resplandeceu até desaparecer.

Aethyr foi olhando para o rosto de Zod, que fervia de raiva. Jor-El tentou ganhar novamente a atenção do comissário, segurando insistentemente seus cristais. Ele tentou fazer uma última tentativa, sabendo que era inútil.

– O Martelo de Loth-Ur é muito mais...

Zod olhou para ele e manifestava, ao mesmo tempo, raiva e angústia. Ele claramente não estava seguro de que decisão tomar, mas, impetuoso, acabou se convencendo do que devia fazer.

– Jor-El, eu vou perder essa guerra a menos que eu aja *agora*. – Deixando o cientista para trás, ele acompanhou Aethyr porta afora, já gritando pelo seu Anel de Força. – Não tenho tempo para cometas.

CAPÍTULO 63

Ao ver a reação conservadora de Zod à oposição contra ele, que não parava de crescer nas outras cidades do planeta, Jor-El temeu que o comissário fosse cortar o acesso público às placas de comunicação. Ele esperava que o homem fosse pôr de lado os próprios interesses grandiosos quando confrontado com uma situação de emergência que ia além da política e das rixas pessoais. Mas embora esperasse uma reação racional de Zod, ele não estava totalmente surpreso. Zod tomava decisões baseadas em como elas o afetavam e não em como afetavam Krypton. Jor-El já não podia mais contar com o comissário. Ele teria que agir por conta própria e encontrar outro tipo de ajuda.

Enquanto Zod fazia assembleias secretas com o Anel de Força, empenhado no planejamento de uma reação à provocação de Shor-Em, Jor-El aproveitou para entrar em contato com o irmão. Zor-El entenderia a ameaça do cometa, e veria aqueles joguinhos e toda a estupidez como a distração insignificante que eram.

Infelizmente, quando o rosto de seu irmão apareceu com nitidez na placa plana, ele foi formal, até mesmo duro.

– Dê-me uma boa notícia, Jor-El. Diga-me que você finalmente percebeu o que o comissário Zod vem fazendo. Diga-me que virá se juntar a mim, a Shor-Em e ao novo e legítimo Conselho.

Jor-El ficou surpreso com a veemência na voz do irmão.

– Krypton está sofrendo uma nova ameaça, e o comissário Zod não quer fazer nada em relação a isso. Ponha de lado essas rivalidades tolas e me ouça.

– Rivalidades tolas? O futuro da nossa civilização está em jogo. Você não consegue ver o que Zod está fazendo? – Ele levantou um dedo. – Onde está Tyr-Us? E Gil-Ex? Todos aqueles que têm se pronunciado contra ele? Zod fez com que desaparecessem, provavelmente os matou. E não me venha com aquela explicação ridícula de que eles "se aposentaram da vida pública".

Ele nunca tinha visto o irmão com tanta raiva.

– Zor-El, o que houve com você? Me ouça...

– Qual é o *problema*? Quando Tyr-Us me alertou sobre Zod, eu achei que ele estava paranoico. Mandei ele se esconder na casa de nossos pais. Mas ele desapareceu. A casa estava vazia, havia sido invadida. Eu vi sangue. Ele se foi.

Jor-El se esforçou para absorver o que o irmão estava dizendo. Ele não sabia de nada disso.

– Na noite passada, nossa mãe e Alura foram atacadas por seguidores fanáticos de Zod em uma tentativa frustrada de sequestro.

Jor-El cambaleou.

– Atacadas? Elas estão bem? Diga-me o que aconteceu. Tem certeza que era gente do comissário que estava por trás disso?

– Ambas estão ilesas. Minha Sociedade de Vigilância chegou a tempo e afugentou um dos sequestradores, o outro pulou de uma ponte. Felizmente, estávamos preparados.

O cientista de cabelos brancos não conseguia encaixar as peças em sua mente.

– Como você sabe que eram homens de Zod? Por que o comissário iria atacar nossa mãe ou sua esposa? – Isso não fazia sentido para ele.

– Porque eu expulsei seus seguidores de Argo City. Estou convencido de que Zod queria reféns que pudesse ameaçar de morte caso eu não capitulasse.

– Mas se você não tem nenhuma prova, não pode fazer essas acusações graves.

– Você sabe que é verdade. Não é possível que esteja sendo tão cego.

Jor-El respirou fundo, enquanto botava os pensamentos em ordem.

– Na verdade, eu não ficaria surpreso. – Então ele insistiu, teimosamente, pois se recusava a ser descartado do mesmo jeito que o havia sido por Zod. – Ouça-me. Trata-se de um fato científico que você não pode ignorar. Por favor!

Zor-El permaneceu inflexível e tremendo de raiva.

– O que poderia ser mais importante do que uma ameaça a minha esposa e a nossa mãe?

– *Isto*. O fim de toda a vida em Krypton! – Jor-El inseriu um dos cristais de projeção na lateral da placa de comunicação e exibiu a imagem do cometa, dos seus jatos de efusão de gás e do cruzamento mortal entre trilhas orbitais. – Observe as órbitas.

Na tela, Zor-El franziu a testa enquanto percebeu de imediato as implicações.

– O que o seu estimado comissário tem a dizer sobre isso?

– Ele está mais preocupado com Shor-Em e Borga City. Não podemos contar com ele. – Jor-El não conseguia disfarçar a amargura na voz. – Enquanto o cometa está em rota de colisão com nosso planeta, Zod está reunindo suas tropas. Eu o peguei estudando mapas táticos. Ele não tolerará o jeito como Shor-Em o desafiou.

– Você está falando de um ataque militar a Borga City? Ele enlouqueceu? Meu primeiro dever é alertar Shor-Em para que prepare suas defesas.

Jor-El ficou consternado com a reação do irmão.

– Você também? Todos nós vamos morrer se não pararmos o cometa. Essa tem que ser a nossa única prioridade.

– Se Zod vier nos atacar agora, vamos nos envolver em uma guerra civil que certamente irá durar muito mais do que quatro meses. Ninguém estará sequer olhando para o céu quando o Martelo de Loth-Ur estiver vindo em nossa direção. Isso está acontecendo agora, Jor-El, neste exato momento. Temos que impedir que essa crise se prolongue. – Seu humor mudou, e ele parecia estar falando em um tom de urgência. – Venha para Argo City trabalhar comigo. Não consegui salvar Tyr-Us de Zod, mas não vou deixar que corrompa ainda mais o meu irmão.

– Zod não vai nos deixar sair de Kryptonopolis. Seu Anel de Força anda nos vigiando diariamente. – Jor-El balançou a cabeça. – E ele pode ser a única pessoa em Krypton com recursos para nos salvar. Se houver a mínima possibilidade de fazer com que ele caia na real, ou que, de alguma forma, me deixe usar as ferramentas que estão à disposição em Kryptonopolis, então eu vou ter que correr o risco. *Nós* teremos que correr esse risco. Tudo o mais não passa de política. – Ele fitou o rosto tenso do irmão. – Nós costumávamos rir de pessoas com prioridades equivocadas como essas, Zor-El. Examine os dados, eu imploro. E depois me diga onde quer concentrar seus esforços. Dê-me as suas ideias. Caso contrário, estarei por minha própria conta. – Ele terminou a transmissão.

Naquela noite, enquanto navegava pela costa, Zor-El se sentou para meditar com Alura nos bancos do veleiro. Ele não havia contado as notícias perturbadoras de Jor-El para ninguém além da esposa.

Seu barco, um emaranhado de hastes de prata e cabos, deslizava pelo mar tranquilo. Noventa pequenas velas de diferentes formas geométricas estavam vagamente ligadas uma a outra, como um grande quebra-cabeça de tecido, capturando brisas errantes vindas de qualquer direção. Cristais brilhantes estavam alinhados aos mastros, transformando a embarcação em uma teia de aranha colorida.

Zor-El olhou para a sua amada metrópole na península. Iluminadas à noite, as torres e os edifícios hemisféricos resplandeciam como se fossem miragens. Um brilho levemente visível vindo do campo de força acima do quebra-mar distorcia as estrelas no horizonte.

– Tudo parece tão calmo aqui fora, Alura. – Era a primeira coisa que ele dizia depois de muitos minutos. – Que paradoxo.

A brisa noturna balançava seu cabelo escuro.

– E como Shor-Em reagiu quando você o avisou sobre os planos de ataque de Zod?

– Borga City já estava em estado de alerta. Shor-Em permanecerá atento, mas não tenho a menor ideia de como Zod pretende atacar. Meu irmão não deu mais detalhes. Ele estava muito mais preocupado com o cometa.

Alura, como de costume, foi franca.

– Não deveríamos estar preocupados com o cometa? Jor-El raramente erra. – O barco balançava enquanto as ondas batiam no casco. Bem no fundo do mar, um brilho amarelado era emanado e agitava o oceano, como se este fosse um tanque de líquido fosforescente, para em seguida sumir nas profundezas.

Zor-El deixou escapar um suspiro longo e triste.

– Sim, ele está certo. Eu examinei os dados. Não há dúvida quanto a isso. – A abóboda negra da noite celestial estava salpicada de frequentes meteoros, muitos dos quais vinham dos escombros ejetados pelo jato de lava de Kandor. O que chamava sua atenção, no entanto, era o arco perolado do cometa; era como se um pintor fantasmagórico tivesse usado um enorme pincel para traçar um rastro que varava a noite.

– É tão lindo – disse Alura. – E mortal.

– Jor-El enxergou algo que nenhum de nós percebeu, enquanto estávamos preocupados com nossos pequenos problemas. Ele me disse que eu estava ficando refém de falsas prioridades, assim como acusei Zod de fazer. Não tenho como contestar isso.

– E então, o que você vai fazer? – perguntou Alura.

– Como posso deter um cometa? Não temos essa tecnologia. Qualquer instrumento poderoso o bastante para fazer isso teria sido completamente banido pela Comissão para Aceitação da Tecnologia há muito tempo. – Ele cerrava os dentes enquanto os pensamentos ficavam cada vez mais claros em sua mente. – Posso expandir minha barreira protetora. Talvez ela possa salvar a nossa cidade do impacto.

Ele assentiu com a cabeça, já planejando como fazer para instalar simples geradores. Ele poderia erguer um hemisfério inteiro para cobrir Argo City.

– Eu também poderia oferecer a barreira para outras cidades. Se o pior cenário possível imaginado por Jor-El vier a se consumar, pelo menos alguns de nós poderiam ser salvos. – O barco continuou à deriva no meio das correntes suaves, mas Zor-El sabia que aquilo era apenas a calmaria antes da tempestade. – A não ser que o planeta inteiro seja feito em pedaços.

CAPÍTULO 64

∞‼◇⊷—⁺ΤⁱⁱΟ‖‖· 64

Dentro da recém-designada sala de guerra de Zod, Aethyr e Koll-Em moldavam terrenos simulados feitos com gel transparente. Ao lado deles, Nam-Ek observava a tudo com um interesse silencioso. O tecido azul escuro do uniforme do grande mudo estava bem esticado e realçava sua musculatura; uma faixa vermelha descia do ombro esquerdo até um cinto de ouro em sua cintura.

– Os pântanos em torno de Borga City vão apresentar extremas dificuldades para um ataque frontal – afirmou Aethyr. – O terreno é irregular, os canais são um labirinto e a lama vai nos impedir de usar máquinas pesadas para sitiar a cidade.

– Então vamos invadir com ondas e mais ondas de grandes plataformas flutuantes cheias de soldados. – Koll-Em parecia ansioso. – Meu irmão é fraco e não vai oferecer muita resistência. Ele fala muito, mas duvido até mesmo que seus seguidores mansos e submissos tenham coragem de jogar pedras sobre nós de seus balões!

Determinado, Zod se pronunciou:

– Não haverá nenhuma invasão militar direta.

– Então, como é que vamos derrotá-los? – lamentou Koll-Em. – Meu irmão o desafiou. Você não pode simplesmente ignorar isso.

— Eu não vou ignorá-lo. Mas pretendo usar um método muito mais eficiente para erradicá-los e, ao mesmo tempo, dar uma mostra do meu poder para o resto do Krypton.

— O que você pretende, meu amor? — Os olhos de Aethyr brilhavam.

Zod passou os dedos pela escultura topográfica feita de gel, acariciando-a das montanhas até a drenagem pantanosa ao leste.

— Jor-El me deu a arma da qual eu preciso para cauterizar a ferida. Venha, vamos juntar um pequeno grupo e seguir para o norte, rumo às montanhas. O povo de Borga City nunca saberá de onde veio o ataque.

Um pequeno destacamento seguiu para as quase desertas instalações onde estava o feixe Rao. O grupo não tinha mais do que uma dúzia de homens, grande parte deles selecionada entre as fileiras dos ex-integrantes da Guarda Safira.

Depois de atravessar um deserto de fuligem, pedaços de lava rochosa e vegetação incinerada à beira do vale de Kandor, a tropa de Zod subiu as estradas íngremes e estreitas que seguiam pela montanha e davam nas instalações. Já não mais em operação, o enorme guindaste com estrutura de metal rangia e zumbia quando as brisas por ele passavam. As lentes de focalização, os prismas e as poderosas baterias que absorviam a energia de Rao tinham sido desligados, mas ainda estavam prontos para serem usados.

Há várias semanas, o gêiser de lava apenas borbulhava, e No-Ton o havia coberto com um pequeno campo de força, seguindo precisamente as instruções que Zor-El havia lhe deixado. Uma pequena equipe científica havia ficado no local para monitorar o buraco agora fechado. Ao ouvir as tropas chegando, os técnicos saíram de suas surradas e amassadas barracas pré-fabricadas que estavam encolhidas no meio das frias falésias. No-Ton olhou surpreso para o grupo do comissário.

Impertinente, Zod anunciou:

— Exigimos esta instalação para a defesa de Krypton, para enfrentar um inimigo ainda pior do que Brainiac... um inimigo interno. — Como os técnicos não sabiam como responder, ele prosseguiu. — Eu tentei, sem sucesso, ser razoável. Agora não há outra solução a não ser eliminar a ferida inflamada de Borga City.

Em pé em cima da serra, Zod deu as costas para o arruinado vale de Kandor e olhou para o outro lado da linha divisória, para o leste. Além dos contrafortes, inúmeras drenagens esculpidas pelos rios haviam criado planícies alagadiças. O alvo estava situado perto do horizonte, quase no limite de alcance do feixe Rao.

Zod se virou outra vez para dimensionar o tamanho da estrutura do guindaste. Quando Jor-El construiu o feixe Rao, ele havia sido projetado para mirar a cratera de Kandor, nada além disso; não havia instalado sistemas automatizados para alterar a direção do feixe cuidadosamente alinhado. Agora, a estrutura inteira teria que ser girada com o uso da força bruta.

– Nam-Ek, vire esse mecanismo pesado de projeção. Está lembrado do que eu mostrei para você no mapa?

Os músculos do grandalhão incharam enquanto ele lutava contra a estrutura cheia de vigas cruzadas, girando as barras pesadas que seguravam as lentes de focalização. Zod balançou a cabeça para aquele método desajeitado e impreciso.

– Que descuido decepcionante – disse ele em voz alta. – Fomos desleixados ao não nos planejarmos para a possibilidade de outros alvos.

No-Ton se agitou, aflito. Embora ele fizesse parte do Anel de Força, o cientista de berço nobre dava mais atenção a questões ligadas à engenharia do que a reuniões estratégicas.

– Comissário, por favor, será que eu poderia ter mais detalhes técnicos? Trata-se de um equipamento muito delicado. – Ele olhou de lado para Nam-Ek, que continuava a lutar contra a máquina. – Pode levar um dia ou mais para um realinhamento e uma nova calibragem adequadas, dependendo do alvo.

Zod respirou fundo o ar frio e cortante.

– Você não pode fazer isso mais rápido?

O cientista ficou tenso.

– Você quer que eu seja rápido, senhor comissário, ou preciso? Posso fazer a coisa de um jeito ou de outro, mas não de ambos. Qual você prefere?

Aethyr veio por trás de Zod e falou em voz baixa:

– Um dia a mais não vai fazer nenhuma diferença significativa, meu amor, mas um erro seria muito constrangedor. Deixe que No-Ton faça o que ele diz que precisa fazer.

– Muito bem. – Zod abriu o mapa e o segurou para que não voasse com o vento. – Essas são as coordenadas. Este é o seu alvo.

CAPÍTULO 65

Depois de advertir o irmão sobre o Martelo de Loth-Ur, Jor-El ignorou todas as outras tarefas que o comissário Zod havia lhe passado. Na verdade, passou a ignorar completamente o comissário e resolveu passar o resto do dia absorto em seus cálculos, estimando a massa do cometa que estava se aproximando, analisando espectros a partir de sua cauda cheia de tufos para determinar a sua composição química... e tentando determinar qual seria o tamanho do prejuízo que o impacto causaria. Ele disponibilizou todo o tempo que tinha para estudar o problema.

A princípio, Jor-El pensou em modificar seus pequenos foguetes que serviam como sondas solares para transportar poderosos explosivos (como Zod havia lhe ordenado originalmente para fazer), mas rapidamente percebeu que o cometa era grande demais para ser desviado ou destruído, mesmo que fosse por mil daqueles mísseis. Na verdade, as explosões provavelmente fragmentariam a massa gelada em vários pedaços igualmente mortais que também bombardeariam Krypton.

Ele precisava de um exército de engenheiros e técnicos para trabalhar no problema – e sabia que poderia ter sucesso, bastava Zod lhe dar a mão de obra e os equipamentos. Seria um projeto equivalente à montagem de uma série de telescópios gigantes nas planícies ou à instalação de um feixe Rao nas montanhas. Ele *poderia* fazê-lo.

Mas precisava convencer Zod da magnitude do desastre. Jor-El simplesmente não poderia fazer esse trabalho sozinho. Embora duvidasse de que pudesse penetrar na teimosa obsessão do homem, ele precisava tentar. Com o rosto esbanjando determinação, seguiu de volta para o palácio do governo, mais uma vez preparado para argumentar com o comissário. Ele exigiria saber por que Zod – ou pelo menos seus fanáticos e equivocados seguidores – tentou raptar Alura e Charys, como Zor-El havia afirmado.

No entanto, o palácio do governo parecia vazio. Havia um oficial da Guarda Safira do lado de fora, em vez do corpulento Nam-Ek.

– Estou aqui para ver o comissário Zod. Ele vai querer falar comigo imediatamente – disse Jor-El, esperando que fosse verdade.

O guarda, cujo rosto estava escondido sob um capacete redondo e polido, obviamente reconheceu o cientista de cabelos brancos.

– O comissário não está aqui. Está lidando com os dissidentes.

De repente Jor-El se lembrou de todos os planos militares que Zod aparentemente vinha fazendo. Zor-El tinha motivo para estar preocupado.

– Ele foi para Borga City?

– Não. Ele se dirigiu para o norte rumo à cratera de Kandor.

Jor-El então saiu, perturbado. O que o comissário iria querer por lá? Algo que estava no antigo acampamento dos refugiados, quem sabe?

Quando ele voltou para seus aposentos demarcados, encontrou Lara profundamente sobressaltada. Ela havia empurrado para o lado seu trabalho que estava em cima da mesa para deixar à mostra a mensagem na placa de comunicação. Ela o estava esperando na porta e o puxou para que ouvisse logo o comunicado.

– Ouça isso! Veio de No-Ton.

A imagem do canal privado entrou em foco e mostrava o rosto do cientista, que falou em voz baixa.

– O comissário confiscou o feixe Rao. Amanhã ele está planejando explodir Borga City! Ele pretende fazer de Shor-Em um exemplo.

Um rompante de raiva e medo percorreu Jor-El por inteiro.

– Não bastava o cometa para nos destruir tão rápido? Não consigo acreditar que Zod é capaz de fazer algo tão insano.

Lara olhou fixamente para o marido.

– Eu consigo. Ele só enxerga as suas prioridades. Temos que enviar um alerta para o povo de Borga City, evacuar a cidade.

Jor-El tentou imaginar todos os habitantes da gigantesca cidade flutuante fugindo para os pântanos. Levaria dias para tirá-los de lá, antes de tudo seria duro convencê-los a se mudar. Mas ele não deixou que as dúvidas o imobilizassem. Ele era *Jor-El*, e todos iriam ouvi-lo. O cientista teria que fazer com que o ouvissem. Ele iria salvá-los... para viver mais alguns dias.

Com isso em mente, ele entrou em contato direto com o líder da cidade, e exigiu que Shor-Em viesse atendê-lo, embora estivesse no meio de um banquete. Quando o líder loiro franziu o rosto sobre a placa de comunicação, Jor-El o preveniu imediatamente. Shor-Em pestanejou, e logo depois deu um riso nervoso.

– Certamente você está exagerando. Não é assim que reagimos a divergências políticas em Krypton.

– Estou falando sério, até demais. E você tem muito pouco tempo para evacuar a cidade e salvar o seu povo, tente levá-los para o mais longe da cidade quanto for possível.

– Isso não pode ser necessário. Permita-me que...

– Faça algo *agora*, Shor-Em. A sobrevivência da sua população requer uma ação imediata! – Jor-El estava gritando para a tela, e seu interlocutor só se esquivava.

– Ria de mim pela manhã se eu estiver errado.

Mesmo quando o líder da cidade murmurou algo que deu a impressão que ambos estavam entrando em acordo, Jor-El não se deu por convencido. Logo depois, ele resolveu entrar em contato com outras pessoas de Borga City usando todos os links que conseguia encontrar no sistema de comunicação. Ele soou repetidamente o alarme, tentando convencer tantos homens e mulheres quanto fosse possível.

Em seguida, ele entrou em contato com Zor-El e também pediu a sua ajuda.

– Mesmo com o cometa vindo em nossa direção, isso está acontecendo *agora*. – Seu irmão conhecia mais funcionários e administradores em Borga City, e logo o alarme seria transmitido de pessoa para pessoa. Lara se agachou sobre a placa de comunicação, e prometeu a Jor-El que continuaria a entrar em contato com todas as pessoas que pudesse encontrar na distante metrópole.

Ele a beijou rapidamente.

– Tenho que ir até lá... para enfrentar Zod e exigir que ele não faça isso. Só eu posso detê-lo.

Mas ele temia que o comissário tivesse parado de ouvi-lo.

O cientista partiu imediatamente na balsa flutuante mais rápida que ele conseguiu encontrar e voou durante a noite. Ele tentava fortalecer seus próprios argumentos, pois estava ardendo de raiva com o que Zod estava pretendendo fazer. Na hora em que seu veículo chegou ao posto avançado da montanha, as primeiras luzes da manhã começaram a surgir ao leste. Restava muito pouco tempo.

Nam-Ek havia girado a torre para a sua nova posição e, seguindo ordens, os técnicos haviam deslocado o ponto focal, reinstalado as baterias solares e alinhado os prismas e as lentes. Corado e ansioso, No-Ton estava fazendo o último teste no equipamento enquanto esperava pela luz solar.

A chegada abrupta de Jor-El assustou Zod. O sorriso do comissário parecia uma lâmina curvada.

– Eu não mandei chamar você.

– A *situação* me chamou.

Hesitante, No-Ton se aproximou do cientista.

– Eu entrei em contato com ele, comissário. Senti que poderia ser necessário que você... discutisse seus planos com ele.

Zod franziu a testa.

– Meus planos são meus, e minha decisão já estava tomada.

Jor-El se arrastou até o complexo e parou embaixo do guindaste. O vento frio soprava o cabelo branco que caía sobre o seu rosto. Acima dele, o enorme cristal central pairava suspenso no nexo de onde os raios solares refletiriam e convergiriam.

– O que você está fazendo com o feixe Rao, comissário?

– Só o que é necessário. O tecido de nossa sociedade está se desfiando por causa de algumas pontas esfarrapadas. Esses traidores em Borga City querem fazer do mundo uma anarquia. Estabeleceram seu próprio e pretenso Conselho apenas para colocar os kryptonianos uns contra os outros. Não podemos permitir isso! – Ele parecia estar sendo muito razoável. – Você viu a mensagem provocadora de Shor-Em. Seu próprio irmão foi ludibriado por essa declaração incitante e a assinou. – Zod se esforçou para recuperar a compostura, lutando para conter a fúria assassina, e respirou fundo. – Por termos uma grande dívida de gratidão com Zor-El, e pelo fato de você o amar, estou disposto a me abster de julgar Argo City. Por enquanto. Eu lhe darei uma chance para botar juízo na cabeça do seu irmão. Mas para o povo de Borga City, eu não darei esperança. Esperança alguma.

Os ventos da montanha fizeram com que o guindaste do feixe Rao rangesse e começasse a tremer. Zod levantou a cabeça, como se estivesse inspirado para continuar o discurso.

– Nossa sociedade fraca e ultrapassada produziu muita coisa supérflua... gente que existe, mas não *vive*; cujos corações pulsam, mas não batem! Elas não são como você e eu, Jor-El. Devem ser varridas para que um novo Krypton possa nascer de suas cinzas. – Olhando para a luz intensa do sol vermelho vindo à tona, ele se dirigiu a Aethyr. – Acione o feixe! Já esperamos muito tempo.

Com confiança e frieza, ela acionou os comandos necessários. Os prismas no aparato começaram a fazer soar um tom harmônico, enquanto as baterias absorviam avidamente a energia bruta.

Cada vez mais desesperado, Jor-El segurou Zod pelo braço.

– Pare com isso, comissário! Você não pode destruir uma cidade inteira.

Com uma expressão de desgosto, Zod arrancou os dedos do cientista da manga de sua camisa. Insensível aos protestos, ele franziu a testa e lançou um olhar que paralisou Jor-El.

– Não seja ingênuo. Você criou o feixe Rao e apresentou os planos para mim. Sabia muito bem que a tecnologia poderia ser usada dessa maneira.

– O feixe Rao é uma ferramenta, não uma arma!

– Qualquer ferramenta pode se tornar uma arma.

– Mas... contra nosso próprio povo?

– Contra os nossos *inimigos*, quem e onde quer que estejam. E quando tudo isso acabar, talvez possamos olhar para o cometa que está se aproximando e deixando você tão chateado. – Ele parecia estar oferecendo um pequeno prêmio de consolação.

– Não foi por isso que eu o ajudei. Vai contra tudo o que acredito...

Aethyr os interrompeu delicadamente.

– O feixe está pronto, Zod. Pode dar a ordem.

– Já está dada.

– Pare! – Jor-El tentou abrir caminho até a cabana de controle, mas dois oficiais da Guarda Safira o agarraram pelos braços. Ele não parava de se debater. Mesmo tendo enviado os avisos mais urgentes, apesar de ter implorado para que Shor-Em evacuasse o povo e de Lara ter continuado a fazer chamadas, ele estava certo de que não haveria tempo suficiente. Muitos fugiriam, acreditando no chamado do maior cientista de Krypton, mas outros ficariam. Ele duvidava que Shor-Em o tivesse levado a sério.

– Comissário, se você fizer isso, não será o salvador de Krypton, e sim o seu *destruidor!*

Zod fez um gesto que apontava para os pântanos ao leste.

– Fogo!

Horrorizado, Jor-El conseguiu soltar um dos braços e tentou se arrastar na direção da tenda de controle, mas um zumbido familiar se fez ouvir em meio aos conduítes de energia da torre de perfuração. No último instante, ele desviou os olhos do calor ofuscante e do horror.

Os projetores do feixe Rao vomitavam um jorro de pura luz vermelha. Zod assistia a tudo com satisfação evidente estampada no rosto, enquanto a lança escarlate era disparada na direção das terras baixas no horizonte. O feixe, poderoso o suficiente para rasgar a crosta de um planeta, atingiu Borga City.

Do ponto onde observava a tudo, nas montanhas distantes, Jor-El só conseguiu ver um clarão, mas sabia exatamente o que estava acontecendo. O feixe de incineração envolveu os balões enormes que sustentavam as plataformas interligadas da cidade. A explosão seria instantânea e terrível, incinerando as cavidades gigantes de onde vinha o gás volátil do pântano que borbulhava mais abaixo. Ele esperava e rezava para que a maioria das pessoas já tivesse fugido e encontrado um lugar seguro no meio dos pântanos.

Mas ele sabia que nem todos estavam a salvo. Ele não conseguia parar de pensar nos corpos em chamas caindo das plataformas dos balões, nas erupções flamejantes devastando o pântano. Ele sabia que tudo aquilo significava, no mínimo, milhares de mortes de pessoas cujo único crime foi discordar da liderança de Zod.

Embora a devastação estivesse completa em instantes, Zod deixou o feixe continuar a atingir o alvo por mais alguns minutos intermináveis. Qualquer desabrigado que tivesse permanecido na área estaria assistindo, horrorizado, a um terrível massacre, a destruição de tudo o que havia conhecido.

Quando finalmente ficou satisfeito, Zod pediu para que No-Ton desligasse o aparato.

Movendo-se pesadamente, como se estivesse cansado além do limite, o outro cientista desviou os prismas do ponto focal. O ar ainda zumbia com a energia ressonante. As ondas de calor restantes se dissipavam a partir da coluna de ar ionizado ao longo da trilha do feixe.

– Exterminamos um ninho de traidores – disse Zod. – Vamos esperar que essa insensatez acabe, de uma vez por todas.

CAPÍTULO 66

Enquanto os tolos dissidentes em outros centros populacionais estavam chocados e enojados com a destruição de Borga City, Zod usou a oportunidade para fortalecer sua posição. Antes mesmo que seu pequeno grupo vitorioso desfilasse de volta para Kryptonopolis, ele já havia feito os preparativos.

Aethyr foi na frente para distribuir uma gloriosa propaganda política, que faria com que seus seguidores digerissem o evento exatamente do jeito que o comissário desejava. Telas de informação altas descreviam a retaliação como razoável e necessária. A maior parte dos cidadãos de Kryptonopolis aceitaria qualquer coisa que Zod lhes dissesse; quem expressasse preocupação ou parecesse excessivamente aflito – especialmente se a pessoa tinha conexões com Borga City – era sumariamente retirado da multidão e transferido em silêncio para longe dos outros.

Zod voltou para a sua capital, com o queixo barbado empinado, e os olhos brilhando pela vitória. Nam-Ek caminhava com toda a ousadia possível ao lado do mestre, com os músculos retesados e as mãos fechadas em punhos que tinham o tamanho de grandes rochas.

No-Ton e os outros técnicos também haviam sido chamados de volta e deixaram o posto avançado e isolado na montanha; Zod não os queria perto do gerador de feixes Rao, pelo menos até que a poeira baixasse.

Junto com todos eles, observado atentamente pelos guardas, Jor-El parecia destruído e diminuído, como se estivesse profundamente envergonhado com o fato da sua invenção ter sido utilizada da maneira que foi. O cientista de cabelos brancos desviava o olhar constantemente, mas o comissário notava, ocasionalmente, uma expressão de raiva em seu olhar. Talvez Jor-El não estivesse tanto sob controle como Zod gostaria. Ele se perguntava se o ar derrotado era apenas uma representação. O que aconteceria se o cientista decidisse voltar seus consideráveis talentos contra Zod?

Na viagem de volta, Jor-El, em tom desafiador, revelou que havia enviado mensagens de alerta para Borga City, e que informara Shor-Em da destruição iminente. A princípio, Zod se sentiu ultrajado com a audácia, mas depois, meio que a contragosto, percebeu que sobreviventes – testemunhas – serviriam para contar a história e enfatizar até onde o comissário iria para fazer valer a sua autoridade. Não se podia mais duvidar da sua seriedade naquela hora. Os muitos refugiados se espalhariam, em busca de comida e abrigo, e Zod não se mostrava inclinado a ajudá-los. Eles ainda teriam que provar que haviam aprendido a lição.

Felizmente, segundo relatos iniciais, Shor-Em e seu Conselho falso e altivo haviam insistido em permanecer dentro da cidade. Eles foram aniquilados junto com todos os outros que acreditaram neles. Uma solução perfeita. Aquilo havia sido de fato um empreendimento de sucesso, e ele se certificaria de que todos em Krypton soubessem disso.

Assim que o pequeno grupo de soldados passou entre as torres de cristal e adentrou a Praça da Esperança, Zod ergueu as mãos e a voz.

– Borga City e seus líderes corruptos e perigosos pediram para ter esse destino. Foi uma decisão dolorosa para mim, mas agora temos que pôr um fim nessa luta que nos enfraquece, nesse desacordo civil. Houve alguns sobreviventes, inocentes que fugiram a tempo, e que se dispersaram para outras cidades. Vamos esperar que eles aceitem a verdade agora. Krypton finalmente está segura daqueles que querem ir contra o nosso estilo de vida.

Os membros do Anel de Força e seus representantes se enfileiravam pelas ruas da capital. Eles reagiam automaticamente com gritos e aplausos. Koll-Em era o mais barulhento de todos, e mal conseguia conter a alegria da vingança por seu irmão mais velho ter sido vaporizado.

Zod acenou com um ar preocupado, como se estivesse falando apenas para si mesmo.

— Em sete dias eu realizarei uma cúpula de importância vital aqui em Kryptonopolis. Ordeno que todos os líderes de cidades se apresentem para mim. Quem não comparecer será visto como um inimigo de Krypton. — Ele marchou em frente com seus seguidores fiéis e adentrou o palácio do governo com Aethyr e Nam-Ek, um de cada lado.

Jor-El, propositalmente, ficou do lado de fora.

Lara ficou fisicamente debilitada depois que soube da destruição de Borga City. Ela agarrou a barriga arredondada.

— Todas aquelas pessoas! Se ao menos dois terços delas tivessem escapado a tempo...

Jor-El a amparou em seus braços.

— Eu não sei mais no que acreditar, mas certamente não acredito nele. Zod não vai se concentrar em nenhum outro problema que não seja realizar suas próprias ambições. — Ele sentia um peso esmagador em sua consciência por ter criado uma ferramenta que matou uma cidade inteira. — Zor-El tinha razão. Por muito tempo, eu tentei me convencer de que o comissário era o menor de dois males, que suas ações iriam realmente trazer benefícios para Krypton. Mas depois disso... depois que seus partidários atacaram a nossa mãe e Alura... — Ele levantou a cabeça. — Agora eu preciso fazer alguma coisa em relação a isso. Não posso hesitar. A responsabilidade é minha.

Lara reagiu com um sobressalto.

— Zod vai ficar de olho em você mais do que nunca.

Ele balançou a cabeça.

— A velocidade é a minha melhor aliada. Se eu conseguir escapar hoje à noite, enquanto o comissário ainda estiver festejando a vitória, posso pegá-lo de surpresa. Ele mandou retirar todos que estavam no local onde está instalado o projetor de feixes Rao. Agora é a minha chance. — Jor-El a abraçou na altura dos ombros, e estava preparado para tudo. — Que tipo de mundo é esse no qual o meu bebê vai nascer, se eu deixar que Zod destrua cidades inteiras por causa de um capricho? Aconteça o que acontecer a mim, pelo menos o meu filho poderá se orgulhar.

— Então eu vou com você, seja lá o que você pretende fazer.

— Você não pode, Lara.

Ela apertou os olhos, indignada.

— Só porque estou grávida não significa que sou incapaz. Não vou permitir que você me deixe para trás.

Ele sorriu com grande amor por ela.

— Não é por isso que eu quero que você fique. Preciso de você aqui para me dar cobertura. Para me dar um álibi caso Zod suspeite de alguma coisa.

— Ah, ele vai suspeitar... mas eu vou encontrar maneiras de desviar a sua atenção.

— Tranque os nossos quartos. Se alguém perguntar, diga que eu não posso ser perturbado, que estou focado nos cálculos das trajetórias dos cometas. Zod deve acreditar nisso. — Ele a beijou. — Volto assim que puder. Tente protelar as perguntas ao máximo.

Na hora mais escura e silenciosa da noite, Jor-El saiu rastejando de uma janela do seu quarto e, furtivamente, deixou Kryptonopolis. Ao longo do caminho, ele conseguiu se esquivar da confiante Guarda Safira que patrulhava as ruas. Depois da recente demonstração de força dada por Zod, as pessoas estavam intimidadas e cooperativas. Mas ele não.

Quando ele alcançou as instalações do feixe Rao no alto das montanhas, a fumaça sempre presente e a fuligem no ar fizeram com que ele pensasse nas piras funerárias dos inocentes que haviam sido incinerados. E estremecesse. Esse feixe Rao havia sido construído para salvar Krypton do aumento da pressão no núcleo, não para aniquilar populações civis inteiras. Zod havia manchado Jor-El com seu sangue, e ele se sentia desonrado.

Embora os cristais de energia solar estivessem turvos e as lentes de focalização tivessem sido removidas, havia carga suficiente na bateria central para Jor-El fazer o seu trabalho. Na sua arrogância, o comissário Zod havia deixado a unidade vazia durante a sua "celebração" em Kryptonopolis, mas logo certamente enviaria um contingente de soldados para proteger o equipamento. Jor-El tinha que agir rapidamente.

Trabalhando sozinho na penumbra, ele se ajoelhou para remover o painel de acesso ao gerador central. Trocou cristais internos de posição, religou circuitos de controle e construiu um circuito fechado de realimentação. Faíscas começaram a girar no interior do cristal principal pendente. Em seguida, ele subiu no topo do guindaste, agarrando, uma mão de cada vez, as barras frias de metal, até o coração do projetor de feixes Rao.

Depois de usar uma alavanca para torcer as hastes que controlavam o foco em ângulos quase impossíveis, Jor-El embaralhou tudo. Os apoios de metal já estavam esquentando enquanto o projetor de feixes ganhava uma enorme sobrecarga.

Zod nunca mais usaria aquele dispositivo como arma. Jor-El se certificaria disso.

Ele correu de volta para as tendas vazias de monitoramento enquanto o cristal latejava. Relâmpagos internos ricocheteavam em suas faces enquanto a gema gigante tremia em seu suporte. Fragmentos do feixe escarlate eram irradiados para fora dos prismas até que este, em seguida, virou-se contra si. Quando o acúmulo de energia atingiu seu ponto crítico, Jor-El esperava que o mecanismo fosse queimar.

Mas foi mais espetacular do que isso. Feixes vermelhos desenfreados e caóticos salpicaram o coração de cristal, atingindo as hastes de foco e refletindo ângulos errados. Pontos de luz se espalhavam para todas as direções. Jor-El mergulhou em um abrigo atrás das tendas antes de um feixe derreter o teto de lona. O guindaste começou a tremer e tamborilar descontroladamente. As vibrações aumentaram.

Um bombardeio de rajadas escarlate atingiu as vigas de apoio, cortando a base da torre, e toda a estrutura começou a ruir rumo aos penhascos íngremes. Com um ronco que soava como um grito de morte, a estrutura pendeu ainda mais. Apenas uma perna de apoio estava presa às pedras àquela altura. O cristal central pendia e girava, até que finalmente se libertou do seu cabo de apoio. Ele se estilhaçou em uma borda do penhasco mais abaixo provocando uma chuva de chamas, luz e vidros quebrados.

A rajada de feixes luminosos foi aos poucos definhando, mas a gravidade e as sobras de energia térmica continuavam a cobrar o seu preço. Fazendo um ruído violento, a última das vigas de suporte se dilacerou. Pinos de aço se romperam, e toda a construção desceu raspando o penhasco, como se fossem unhas afiadas arranhando uma placa de ardósia polida. A torre retorcida finalmente parou de se mover, enquanto as pedras caíam sobre os destroços.

Enfraquecido, porém eufórico, Jor-El foi para a beira do precipício. Ele mal conseguia fazer ideia do que era aquele emaranhado de ruínas entaladas no meio do campo de pedras lá embaixo. Finalmente ele ficou satisfeito. O cientista havia desarmado Zod, pelo menos temporariamente.

Agora ele tinha que correr de volta para Kryptonopolis, antes que alguém notasse a sua ausência. Seu álibi precisava ser perfeito.

CAPÍTULO 67

Depois da aniquilação de Borga City, todos aqueles que haviam assinado a declaração inflamada de Shor-Em sabiam que não podiam fazer frente a Zod. Eles já tinham visto os imponentes dardos nova, e agora a cicatriz que borbulhava no meio dos pântanos era um lembrete claro do que qualquer provocação contínua poderia gerar. Os muitos sobreviventes da cidade estavam vivendo em acampamentos temporários miseráveis no meio dos pântanos, enquanto outros haviam seguido para Corril, Orvai, para aldeias nas montanhas ou vales de rios, ou para o litoral. Depois dos desastres em Kandor e Argo City, aquela era mais uma aglomeração de gente que viu seu planeta se desintegrar.

Agora Zod tinha que convencê-los de que ele era a única pessoa capaz de manter a unidade de sua civilização.

Curvados e derrotados, os tristes líderes das cidades viajaram para Kryptonopolis a fim de participar da reunião de cúpula, como havia sido ordenado. Embora não estivessem totalmente arrependidos, estavam claramente temendo que fossem causar algum problema. Os refugiados e testemunhas que viviam na cidade destruída já haviam espalhado a notícia e falado dos horrores que haviam presenciado. Eles agora temiam Zod – temiam completamente.

O tirano observava os representantes supostamente submissos do seu palácio governamental. Ele queria matar um de cada vez até que alguém revelasse quem havia feito a sabotagem na instalação do feixe Rao na exata noite do seu triunfo. Sua fúria interior não havia diminuído desde que ele soube que um terrorista qualquer havia destruído as instalações. Que ódio! Ele não tinha planos imediatos para usar a arma de feixes novamente – principalmente porque nenhuma outra cidade grande estava na trilha correta –, mas Zod estava indignado porque alguém o havia desafiado. Ele não podia tolerar isso.

Membros leais da Guarda Safira trouxeram os líderes rebeldes para o seu escritório assim que chegaram, 19 até então. Os guardas ameaçadores usavam cassetetes e armas brancas, mas o controle de Zod era firme o suficiente para fazer com que a mera ameaça de violência tornasse a violência de fato desnecessária. Cada um dos líderes estava diante dele; alguns pareciam subjugados, enquanto outros retinham uma raiva tola e impotente.

– Quem sabotou a minha instalação de feixes Rao? – perguntou Zod a todos eles de uma vez. – Quem cometeu esse ato de traição contra todo o Krypton?

Ninguém deu uma resposta satisfatória. Ninguém sabia de nada.

Como aqueles homens haviam capitulado tão rápida e prontamente, Zod estava certo de que eles não tinham a força de caráter necessária para fazer algo tão ousado e desafiador. Todos haviam apoiado a resistência da boca para fora, mas não tinham coragem de enfrentar o comissário. No entanto, ficaram felizes por um estranho misterioso ter se atrevido a fazer algo que jamais teriam ousado fazer. Três deles, que se valeram de um tom levemente provocador, asseguraram para si um interrogatório adicional. Koll-Em, por acaso, se divertia muito infligindo dor... Mais uma vez, nenhum deles sabia de nada.

Por sugestão do Aethyr, Zod também chamou No-Ton para fazer algumas perguntas, bem como todos os técnicos que estavam trabalhando na instalação. Quando destruiu o feixe Rao, o sabotador sabia exatamente o que estava fazendo. Como era membro do Anel de Força, No-Ton ficou indignado com o fato de o comissário levantar suspeitas contra ele, e Zod ficou rapidamente convencido de que nenhum dos trabalhadores havia se envolvido na sabotagem.

Quando convocou Jor-El, no entanto, Zod foi surpreendido ao sentir uma mudança de humor no cientista. Antes que pudesse fazer a primeira pergunta, Jor-El foi logo perguntando:

– Será que é crime eu estar grato por você ter perdido sua arma mortal? Você ignorou a verdadeira ameaça que representa o cometa. O Martelo de Loth-Ur vai atingir o planeta daqui a menos de quatro meses. Você desperdiçou uma semana. Peço-lhe que volte a sua atenção para uma situação que é muito mais crítica.

O comissário suspirou.

– Como você pediu, eu passei os dados para uma equipe de consultores científicos. Eles me asseguraram que as suas órbitas projetadas são inconclusivas. Não há nada com o que se preocupar. – Na verdade, ele não havia tido tempo para encontrar algum cientista, além de Jor-El, que tivesse noções de mecânica celeste.

Ao ouvir isso, a descrença de Jor-El foi rapidamente sendo substituída por um surto de raiva.

– Comissário, quando foi que você me questionou antes? Você pode se dar ao luxo de correr riscos agora? – Zod ficou incomodado. Na verdade, ele havia aceitado a ciência e as teorias de Jor-El em todas as instâncias anteriores, mas agora ele obviamente não queria acreditar. Jor-El insistiu: – Você tem certeza de que os outros não estão apenas dizendo o que você quer ouvir?

– Isso faz com que a conclusão seja errada? – Zod subiu nas tamancas. – Eu admiro a sua ciência, Jor-El... Sempre admirei. Mas você não está enxergando a situação como um todo. Se eu delegar toda a minha mão de obra para trabalhar nessa sua teoria, os líderes das outras cidades vão cair sobre mim como cães atrás de carniça! Não posso me atrever a demonstrar fraqueza ou hesitação. Meus planos gloriosos para o nosso futuro vão virar fumaça se eu perder Krypton!

– Se não fizermos alguma coisa em relação ao cometa, todos nós vamos perder Krypton.

– Se você estiver certo.

– Eu estou certo.

– Você está me parecendo um pouco arrogante e autoconfiante.

– Eu estou certo.

– Nesse caso, faça alguma coisa dentro do seu alcance para me ajudar a chegar numa solução rápida e definitiva para essa guerra civil. Depois, não haverá mais nada para nos distrair. – Zod baixou o tom de voz e, abruptamente, mudou de assunto. – Você sabe alguma coisa sobre o que aconteceu nas instalações do feixe Rao. Posso ver nos seus olhos. – Ele percebeu que teria que ser cauteloso. Havia muita coisa em jogo, e ele tinha muitos projetos inacabados para os quais precisaria da experiência de Jor-El. O comissário podia ter uma série de outros cientistas e engenheiros sob seu comando, mas nenhum deles chegava aos pés de Jor-El.

O cientista de cabelos marfim não respondeu, e Zod, subitamente, chegou à conclusão óbvia. Jor-El estava protegendo o irmão! Sim, de todos os líderes municipais que ele havia chamado, Zor-El estava entre aqueles que se ausentaram. Zor-El conhecia as vulnerabilidades da instalação, assim como seu irmão. Sim, Zor-El, o agitador... inteligente como o irmão, mas também um sujeito imprevisível, propenso a ações precipitadas, sem pensar nas consequências. Destruir o feixe Rao era exatamente o tipo de coisa que um homem como ele faria.

Mas Zod havia aprendido a não fazer perguntas quando não queria saber as respostas. Ele não podia se dar ao luxo de perder Jor-El. Ainda não.

– Estarei te observando atentamente. – Ele chamou os oficiais da Guarda Safira que estavam esperando do lado de fora da porta do escritório. – Levem-no de volta para seus aposentos. Certifiquem-se de que ele e a esposa estejam preparados e cooperativos para a nossa apresentação mais tarde.

Aethyr foi esperar com Zod em seu escritório, enquanto a fatídica hora se aproximava. Ele olhou para fora da janela e avistou uma praça onde já havia uma multidão à espera.

– Este é o amanhecer de um novo dia – disse ele para a amada, como se estivesse dando início a um discurso que já esperava fazer há muito tempo.

Os lábios vermelhos de Aethyr se apertaram.

– Seria um momento ainda mais brilhante se Zor-El tivesse vindo.

A expressão de Zod ficou mais sombria.

– Já decidi como proceder em relação a Argo City. Estou convencido de que foi Zor-El quem destruiu o feixe Rao.

Ela ficou assustada, mas não surpresa. Zod ajeitou o uniforme escuro.

– Vamos, está na hora. – Ele a pegou pelo braço.

Cercado por guardas, ele e sua consorte saíram juntos, a pé, para ver a multidão ruidosa na Praça da Esperança.

Zod assumiu seu lugar ao pé da imponente estátua, com Aethyr e Nam-Ek por perto. A Guarda Safira havia limpado a área em torno dos líderes municipais derrotados. Zod se perguntou quantos daqueles homens sabiam o que Jax-Ur havia feito com aqueles que subjugou. Seus lábios esboçaram um sorriso.

No momento certo, Aethyr se virou para o marido e gritou:

– Que todos se curvem a Zod. – Ela se ajoelhou diante do comissário e baixou a cabeça. Nam-Ek fez o mesmo, o sujeito mudo e enorme se submetendo ao seu líder.

– Que todos se curvem a Zod – disse Koll-Em enquanto todos os 16 membros do Anel de Força repetiam o gesto.

O comissário ergueu ambas as mãos, como se estivesse concedendo a sua bênção.

– E agora, meus líderes municipais, todos aqueles que estão se juntando a nós por um Krypton unido, ajoelhem-se perante Zod.

Hesitantes a princípio, envergonhados e, obviamente, sentindo-se coagidos, os líderes reunidos ficaram de joelhos. Como ondas que se formam quando uma pedra é atirada em um lago, todas as pessoas em Kryptonopolis se deixaram levar, e ajoelharam em torno da estátua colossal.

Zod achou tudo aquilo muito satisfatório.

– Uma vez, Shor-Em zombou do meu título de comissário, dizendo que era insuficiente para um homem que governaria Krypton. Nesse aspecto, ele estava correto. Portanto, de agora em diante eu já não atendo mais pela alcunha de comissário, pois a minha Comissão não existe mais. Nem vou tomar para mim o título de líder do Conselho, pois isso só serviria para nos lembrar de nossas fraquezas. Defender Krypton requer um tipo totalmente diferente de pensamento – um pensamento militar. – Ele respirou bem fundo. Algumas pessoas viraram o rosto para contemplá-lo com ar de adoração, enquanto outras desviavam o olhar, preocupadas. – Deste dia em diante, eu serei o General Zod.

General Zod. O título era tão apropriado, tão perfeito. Esse anúncio deveria ter sido o clímax do dia.

Até que, de repente, para roubar o seu momento de glória, as torres de cristal recém-crescidas ao redor da praça começaram a brilhar. Clarões luminosos ao longo das faces, como se fossem descargas elétricas, traçaram linhas de inclusões e falhas.

– O que é isso? – perguntou Zod, esquecendo-se que o dispositivo que amplificava sua voz ainda estava na garganta. Sua voz sobressaltada ressoou como um trovão por toda a praça.

As pessoas andavam de um lado para o outro, os líderes das cidades derrotadas se encolheram, como se aquilo fosse algum tipo de punição que Zod queria aplicar. As torres espiraladas de cristal brilharam com mais intensidade, e as arestas lisas começaram a exibir a imagem de um homem de cabelos escuros, com a expressão firme. Zod sentiu um frio cortante na espinha quando reconheceu o sujeito.

A voz de Zor-El veio como um estrondo.

– Você não fala por Krypton, Zod! Argo City o desafia. Eu desafio você. E no fundo de seus corações, sei que todos que estão aqui também o desafiam. – Sua imagem gritava para uma multidão inquieta. – Zod é um criminoso contra a nossa raça. Que o seu reinado seja tão curto quanto é indesejável. Ele tentou raptar ou matar minha esposa e minha mãe... minha esposa e minha mãe! – Ele emitiu um som de desgosto.

Zod gritou:

– Desliguem esse sinal! Como Zor-El está fazendo isso?

No meio da plateia, Jor-El virou-se rapidamente. Lara sussurrou alguma coisa em seu ouvido. Zod então concluiu que o cientista de cabelos brancos devia ter modificado as grandes estruturas de cristal para que funcionassem como placas de comunicação gigantescas.

Antes que Zod pudesse chamar a Guarda Safira para levar Jor-El para um interrogatório, o líder de Argo City gritou através das muitas imagens idênticas que eram projetadas nas faces das torres.

– Eu clamo por todos os kryptonianos, os kryptonianos de verdade, para que se oponham a esse homem que se intitula nosso "protetor" destruindo nossas cidades e recorrendo a assassinatos para impedir que as pessoas o critiquem. Zod já mostrou sua verdadeira face.

O rosto do irmão de Jor-El tremeluziu e desapareceu. As torres de cristal pararam de brilhar. E o tumulto começou.

CAPÍTULO 68

Depois de humilhar o General Zod em um palco público e espetacular, Zor-El sabia que seus dias estavam contados. Ele tinha que erguer defesas para Argo City e reunir todos aqueles que estivessem dispostos a enfrentar o tirano.

Se a destruição de Borga City fez com que muita gente se rendesse em temerosa submissão, também inflamou uma desordenada rebelião de pessoas inquietas, que acabou dando origem a uma força genuína. Shor-Em não foi longe o suficiente, e jamais poderia imaginar que Zod estaria disposto a reagir do jeito que o fez.

Os refugiados de Borga City haviam perdido tudo, e agora se uniam a qualquer resistência que pudessem encontrar, e se ofereciam para ficar de pé e lutar contra o tirano. Enquanto se mudavam para novas residências temporárias, começaram a montar um exército que era muito mais amplo do que qualquer coisa que o General havia imaginado.

Em sua vila particular, Zor-El se reunia com comerciantes poderosos, industriais, líderes adjuntos e outros voluntários que queriam entrar para a nova resistência. Um punhado de pessoas tinha vindo direto para onde ele estava, depois que as advertiu para que evacuassem Borga City, sem fazer nenhum segredo do fato de que deviam a ele suas vidas. Mais e mais voluntários vieram de todo o planeta, e membros determinados da Sociedade de

Vigilância procuravam, de forma eficaz, eliminar quaisquer espiões enviados por Zod.

– O General Zod já possui um exército, armas poderosas e a maior parte de Krypton sob o seu domínio – disse Gal-Eth, o vice-prefeito de Orvai. Ele tinha cabelos loiros e eriçados, além de um rosto corado. Ele fugiu de sua bela cidade no distrito do lago depois que o relutante substituto do desaparecido Gil-Ex saiu se arrastando para se ajoelhar em submissão a Zod. – Como podemos nos proteger contra isso?

– Nós somos o povo de Krypton – disse Zor-El. – Podemos fazer o impossível.

– Já faz um bom tempo desde que fizemos o impossível – resmungou o despenteado Or-Om, um industrial proeminente de uma pequena cidade mineradora nas montanhas ao norte de Corril. – O velho Conselho extinguiu isso em nós por tanto tempo que me esqueci de como se faz para ser inovador.

– Então nós vamos encontrar uma maneira de lembrar – insistiu Korth-Or. Seu cabelo castanho-claro estava meio grisalho, como se tivesse esfregado cinzas nele; seu rosto era estreito, os lábios generosos, e ele falava com a língua presa. Tinha fugido com a família na noite antes de Zod destruir Borga City. Korth-Or possuía quartos temporários em Argo City, mas não fazia segredo de que estaria muito mais feliz na marcha contra o General Zod.

Naquela manhã brilhante, Zor-El enfrentou a sala iluminada pelo sol e cheia de homens e mulheres ansiosos, porém determinados. Alura havia colocado plantas verdes em vasos ao longo de todas as paredes.

– Aqueles entre vocês que puderem, voltem para suas próprias cidades – aconselhou ao grupo secreto. Korth-Or ficou indignado em seu lugar, ao lembrar que não tinha mais casa. – Conversem com as suas populações, encontrem voluntários. Temos que reunir um exército forte o suficiente para fazer frente a Zod... e logo... ou estaremos perdidos.

– Tem certeza de que a gente já não perdeu? – Or-Om já vinha imaginando desastres desde muito antes de Krypton realmente enfrentar um, e foi necessário muito poder de convencimento para fazer com que ele viesse a essa reunião e deixasse as indústrias para trás. – Nossa resistência a Zod estava baseada em Borga City, e agora ela se foi.

Essa conversa irritou Zor-El.

– Agora, a resistência está aqui. Mas se é assim que você realmente se sente, então vá para Kryptonopolis e se ajoelhe para Zod. Fique à vontade.

Ninguém aceitou a oferta.

Assim que encontrou o misterioso cristal de mensagem deixado dentro do pórtico da vila, Charys o levou para Zor-El, que estava em seu laboratório no alto da torre.

Ele vinha lutando dia e noite para aumentar o alcance do campo de força. Quando não era mais do que uma simples bolha em torno do peixe-diamante, o design tinha sido simples. Mas formar uma cúpula hemisférica sobre toda a Argo City era quase um problema insolúvel. Com os olhos vermelhos, ele continuava a testar o escudo, erguendo a barricada cintilante cada vez mais alto, acima do quebra-mar. Não poderia haver nenhum ponto fraco contra um ataque dos soldados de Zod.

Sua mãe lhe mostrou o cristal, e ele percebeu na mesma hora quem havia enviado a mensagem.

– É de Jor-El. – Ele havia ficado irritado depois de sua última discussão sobre Zod, mas seu irmão também havia tornado possível a transmissão provocadora através das faces dos enormes cristais, e – muito para o espanto de Zor-El – também revelara que fora ele que sabotou o gerador do feixe Rao. Além disso, Jor-El estava absolutamente certo no que dizia respeito à ameaça do cometa, e chegou a enviar avisos urgentes para Borga City, o que permitiu que muitos de seus habitantes pudessem escapar do ataque de Zod.

Charys empurrou o cristal para o filho.

– Você não pode mudar a mensagem ao evitá-la.

Assim que o cristal parou nas mãos quentes de Zor-El, a imagem começou a se formar. O cientista de cabelos de marfim falava com insistência:

– Precisamos ajudar uns aos outros. Não importa o quão terríveis sejam as ações de Zod, nós dois sabemos que nosso problema mais urgente é o Martelo de Loth-Ur. Nosso tempo está ficando mais curto a cada dia que passa, e já se passou um mês durante o qual deveríamos ter reunido todos os nossos recursos e nossa inteligência para desviar o cometa. Zor-El, você e eu podemos ser a única esperança de Krypton, os únicos que podem enxergar.

Charys não levou muito tempo para se pronunciar depois que a mensagem terminou.

— Ele está certo e você sabe disso. Você tem que ajudá-lo.

Ele balançou a cabeça lentamente.

— Você é a minha consciência e a minha caixa de ressonância, mãe, mas e se Zod o forçou a enviar essa mensagem? Jor-El tem uma esposa, e eles estão prestes a ter um bebê. O General Zod possui maneiras de coagi-lo.

Ela o encarou fixamente.

— E você acredita nisso?

Ele a contemplou por um bom tempo antes de finalmente balançar negativamente a cabeça.

— Não.

— Os dois filhos de Yar-El podem dar um jeito. Divida seu escudo defensivo com ele. — Charys fez um gesto na direção dos cálculos que estavam espalhados em sua mesa. — Talvez ele venha a lhe mostrar como expandi-lo para ajudar outras cidades.

— Eu não posso fazer isso! Devo correr o risco de deixar o escudo cair nas mãos de Zod? Ele o usaria para tornar suas defesas inexpugnáveis. Como poderemos derrotá-lo se ele estiver escondido por trás de uma barreira impenetrável?

Ele saiu para a varanda aberta, onde respirou o ar frio da noite.

— Mesmo se eu aceitar o que Jor-El diz, é melhor deixar que Zod pense que nós dois continuamos divergindo. E se ele tentar usar meu irmão como moeda de troca? E se ameaçar matar sua esposa e seu filho que está para nascer, a menos que capitulemos? — Ele fitou os olhos profundamente castanhos de sua mãe. Ele tinha certeza de que Zod não hesitaria em fazer exatamente isso.

— Então não podemos deixar que isso aconteça — disse ela.

Tomado por uma mistura de inspiração com pavor, Zor-El voltou ao trabalho. Ele se recusava a desistir e a dormir enquanto não resolvesse, pelo menos, um dos problemas críticos.

CAPÍTULO 69

O tempo das sutilezas havia passado. Agora que havia se autonomeado General, reunido seus seguidores e coagido seus críticos, Zod reuniu as armas e o seu efetivo. Um mal-humorado Jor-El fazia seu turno diário nas salas de controle do subsolo, onde o General Zod o havia instruído para garantir que os dardos nova funcionassem apropriadamente.

E Aethyr permanecia atenta a quaisquer pontos fracos em seu governo. Ela observou Lara de perto, e esperou, até que finalmente entrou em ação.

Lara era sua amiga – ex-amiga –, porém, naquele instante, Aethyr temia que a esposa do cientista estivesse se tornando um risco. E se esse fosse o caso, ela pretendia descobrir por si mesma e expor Lara. Seria muito pior se Zod descobrisse tudo antes.

Aethyr escolheu a hora certa. Por causa da sua gravidez, Lara tinha consultas regulares com sua médica, uma mulher seca e sem senso de humor chamada Kirana-Tu. Aethyr esperou que ela se dirigisse para o novo centro médico de Kryptonopolis, junto com Nam-Ek, se aproximar de seus aposentos particulares. Em Kryptonopolis, nenhuma porta estava bloqueada para a consorte do General Zod; eles destravaram as fechaduras com facilidade.

Com Nam-Ek vigiando a porta, Aethyr adentrou a sala principal, e ficou bisbilhotando até deparar com a longa mesa onde Lara mantinha suas pranchetas, canetas e folhas de registro. Seus olhos brilhavam de curiosidade. Ali estava o grande relato que Zod havia encomendado, o registro histórico dos eventos em primeira mão.

Aethyr rapidamente examinou as frases do texto. Lara tinha uma caligrafia clara e concisa, que não era cheia de floreios nem excessivamente afeminada. Edições posteriores daquele trabalho incluiriam, sem dúvida, melhorias no que dizia respeito à caligrafia e a holografias. Um dia seria imposto a todos os estudantes de Krypton que memorizassem a vida de Zod. No entanto, enquanto digeria página por página, Aethyr achou os resumos dos eventos medíocres e forçados. Isso a deixou muito decepcionada.

E desconfiada. Ela conhecia bem a amiga, sabia que Lara não se furtava a dar suas opiniões. A ausência de qualquer tipo de comentário ou das mais leves ou veladas críticas fez com que Aethyr questionasse o que a esposa de Jor-El poderia estar escondendo.

Escondendo...

– Nam-Ek, temos que vasculhar este lugar. Descubra o que eles estão tentando manter em segredo. – A autoridade do General Zod lhe dava toda a segurança e os motivos dos quais ela precisava. Com um sorriso de ansiedade, o grande mudo acenou positivamente e começou a quebrar tudo dentro da residência.

Em uma gaveta escondida e selada de uma cômoda que ficava dentro do quarto, embaixo da base que servia para escrever, ela encontrou um diário. As verdadeiras anotações de Lara.

Naquele instante, enquanto lia linha por linha, o coração de Aethyr foi parar na boca e sua raiva aumentou. O que deveria ser uma biografia gloriosa celebrando um grande líder estava cheia de duras críticas e insultos. Lara descaradamente acusava Zod de cometer erros tolos, de possuir falhas de caráter e de ser insolente e arrogante! Ela o retratava como um tirano sanguinário.

Aethyr ficou gelada por um bom tempo, resolvendo o que faria. Finalmente, ela arrancou as páginas. Ela se certificaria de que o público jamais leria aquelas mentiras.

– Venha, Nam-Ek. Temos que ver o General imediatamente.

Aethyr jogou os papéis sobre a mesa de Zod. Ela não fez nenhum pedido de desculpas por ter interrompido a sua reunião de estratégia para um ataque de retaliação a Argo City.

– Leia isso. Foi Lara que escreveu.

Ele pegou as folhas.

– O que devo procurar?

– Escolha uma página ao acaso. Deve ser bem aparente.

Ela ficou observando o General, enquanto seu marido lia uma primeira página, em seguida outra, e depois uma terceira. Ele não disse uma palavra, mas foi ficando gelado, mortalmente furioso.

CAPÍTULO 70

A doutora anunciou que o bebê de Lara era saudável e forte em seu terceiro trimestre.

– Você não deverá ter complicações.

Lara deixou escapar um riso torto, embora a pura tensão em sua mente fizesse com que qualquer tipo de risada se tornasse difícil.

– Nenhuma complicação? Isso vai ser uma grande mudança, considerando como nossas vidas vêm transcorrendo.

– O que você quer dizer com isso? – perguntou Kirana-Tu, que não havia entendido a piada. Ela era, supostamente, uma das melhores obstetras de Krypton, mas tinha pouca noção do que rolava na esfera exterior. Lara sorriu para si mesma, e se lembrou da determinação de Jor-El quando se concentrava em algum problema técnico complexo.

– Aliás – acrescentou a médica, como se fosse um detalhe irrelevante –, o bebê será um menino. Achei que você gostaria de saber.

– Um filho! – Lara mal podia esperar para contar a Jor-El.

Mais uma vez, a doutora não entendeu por que sua paciente estava tão entusiasmada.

– Bem, tinha que ser uma coisa ou outra. Será que você ficaria tão feliz se eu lhe dissesse que era uma menina?

– É claro. – Lara, naquela altura, estava ainda mais convencida de que os dois tinham que fugir de Kryptonopolis e escapar da opressão de Zod. Mas ela também sabia que ambos estavam sendo cuidadosamente vigiados.

Feliz por estar com a saúde em dia e com a notícia, Lara deixou o centro médico apenas para descobrir que Aethyr e Nam-Ek a estavam esperando. Ambos ostentavam expressões implacáveis. Nam-Ek deu um grande passo à frente e agarrou o braço de Lara com sua mão larga. Seu aperto era como se fosse o de uma algema.

Seu coração acelerou.

– Posso perguntar o que isso quer dizer?

Aethyr avançou, e olhava para Lara como se ela tivesse cometido a maior das traições.

– Se precisa perguntar, então você é mais tola do que eu imaginava. Certifique-se de incluir isso no seu subversivo relato histórico.

– Então você leu o meu diário? – perguntou Lara espirituosamente, sabendo que não poderia negar o que havia escrito. De repente, ela não conseguiu mais segurar as insatisfações reprimidas e a raiva de tudo o que Zod havia feito. – Minha gramática estava incorreta? E a ortografia? Talvez você não tenha gostado das minhas descrições. Advérbios demais? Ou talvez eu devesse ter me valido de mais licença criativa ao descrever Zod. Mas você queria que isso fosse uma *história* em vez de uma ficção, certo? Ou será que entendi mal?

Aethyr não respondeu. Nam-Ek empurrou Lara para a Praça da Esperança.

Lara prosseguiu, embora soubesse que aquilo não lhe faria nenhum bem.

– Eu gostei particularmente do meu relato sobre o massacre de Borga City. Um exercício de prosa fulgurante. – O grande mudo puxou seu braço com tanta força que ela quase tropeçou. – Eu queria adicionar entrevistas com todos aqueles dissidentes que tão alegremente mudaram de ideia e, convenientemente, se aposentaram, mas não consegui encontrar nenhum deles. Nenhum! Você não acha que algo terrível aconteceu com eles? Talvez devêssemos contar ao General. Ele vai investigar a fundo a questão.

Aethyr se pronunciou:

– Silêncio! Eu não vou mais ouvir você falando dele dessa maneira.

– Ah, as atitudes falam muito bem por si.

Nam-Ek estava tão furioso que emitiu um grunhido.

Eles chegaram a uma imponente torre de cristal esmeralda no canto da praça. Pouco tempo antes, o rosto desafiador de Zor-El havia sido transmitido de suas faces, vinculado através de ressonância eletrônica e circuitos de comunicação que Jor-El havia acrescentado ao projeto original de seu pai. Agora, as torres reluzentes haviam sido privadas de todas as conexões externas, fontes de energia e outras tecnologias.

O design básico havia criado vazios, cavidades e câmaras intencionais que podiam ser transformadas em salas. Eventualmente, essas torres recebiam marcas de identificação para se tornarem prédios administrativos apinhados de departamentos, mas, naquele momento, as torres pontiagudas serviam apenas como exemplos admiráveis da grandeza de Kryptonopolis.

Nam-Ek empurrou Lara para uma das entradas. Ela tropeçou e caiu dentro de uma sala com paredes transparentes... não, de uma cela. Lara se virou, ainda gritando para Aethyr em tom implacável. Ela não conseguia conter as palavras que saíam de dentro dela.

– Se você me trouxer mais papel, posso continuar escrevendo. O General me pediu para terminar o texto imediatamente. Não quero desapontá-lo!

– O sarcasmo não vai ajudar no seu caso, Lara.

Ela jogou o cabelo âmbar para trás.

– Eu tenho um caso? Isso significa que haverá um julgamento justo? Um tribunal objetivo? Não vejo a hora de falar em minha própria defesa.

Aethyr acrescentou um cristal de crescimento à parede e acionou uma pequena fonte de energia.

– Zod não vai usar você para fazer um espetáculo. Você não é suficientemente importante para justificar esse tipo de tratamento. – Cristais começaram a crescer, e hastes angulares fecharam a sala. Enquanto o vão ia diminuindo, Aethyr acrescentou: – O General não quer você. Ele quer Jor-El. E com você aqui trancada, seu marido não terá outra opção a não ser cooperar.

Jor-El estava com uma sensação estranha sobre o porquê de estar sendo convocado diante de Zod. Poderia pensar em diversas razões para estar em apuros. Ele ficou de costas, inflexível, sem dizer nada. Estava planejando fugir com Lara, para que pudesse trabalhar com o irmão em Argo City, mas agora temia que fosse tarde demais.

Um furioso General Zod estava sentado em uma cadeira pesada de seu escritório com sua consorte ao lado, tão silenciosa e ameaçadora quanto Nam-Ek. Olhando para Jor-El, Aethyr acariciou carinhosamente o uniforme do marido. Mais acima, o revestimento de tecido do telhado batia e vibrava como se tivesse sido atingido por uma rajada de vento.

Zod tamborilava enquanto fingia procurar as palavras certas para dizer, mas para Jor-El ele já estava com o pequeno monólogo estudado.

– Eu preciso de você, Jor-El. Sempre precisei de você. Porém, mais do que qualquer coisa, eu preciso do seu apoio. Preciso que seja meu principal aliado, em vez de ser alguém que participa do meu governo sem entusiasmo.

Jor-El permaneceu firme e em silêncio. Ele tinha muitos segredos, e muitos planos em mente. Até mesmo agora, em que se sentia potencialmente ameaçado, não conseguia se esquecer do cometa gigante que estava a caminho... mas Zod parecia empenhado em destruir Krypton antes.

O General se levantou de sua mesa e caminhou em torno do cientista.

– Até agora, eu tenho agido como um pai indulgente com uma criança excepcional. Permiti que você brincasse com tudo que era do seu interesse.

– O que me interessa é o que é mais importante para Krypton. Neste momento, a nossa maior ameaça é o Martelo de Loth-Ur, não os seus críticos! Se aquela montanha de gelo e rocha atingir o nosso planeta, *todos* irão morrer... contudo você a ignora.

Aethyr se movia como uma víbora prestes a dar um bote.

– Fique quieto enquanto o General fala com você.

Zod acenou para a esposa.

– Lembre-se que eu acompanhei a sua carreira por um bom tempo, Jor-El. Primeiro você avisou que o nosso sol poderia entrar em supernova a qualquer momento. Em seguida, você e o seu irmão alegaram que o nosso planeta iria explodir. Agora é um cometa. Essa ameaça é fruto da sua imaginação... ou pior, um plano para desviar a minha atenção a fim de que a rebelião do seu irmão possa ganhar força. – Ele apertou os olhos. – Sei que você, em segredo, simpatiza com os dissidentes, e não vou ser enganado pelo seu cometa.

Jor-El ajeitou os ombros.

– Você está errado, General. Completamente errado. Se há algum engano aqui, é você que está cometendo.

Zod parecia cansado.

– Deste dia em diante, espero que você trabalhe, com dedicação inabalável, nos dardos nova. Você vai inspecionar todos os 15, consertar quaisquer defeitos, e garantir que os mísseis estejam prontos para ser lançados a qualquer momento. Os gráficos e as coordenadas de Jax-Ur estão completamente desatualizados e imprecisos. Estou lhe incumbindo a responsabilidade de atualizar todos os sistemas de navegação. – Ele passou um dos dedos pelo lábio inferior. – Posso vir a precisar dessas armas mais cedo do que esperava.

– Eu me recuso.

O General o cortou.

– Para garantir a sua dedicação ao bem maior, eu coloquei a sua esposa sob custódia preventiva. Ela está sendo mantida em segurança dentro de uma das torres de cristal onde, também para o bem maior, ela não pode mais escrever suas distorções maliciosas dos eventos épicos e históricos. Não há razão para que ela ou o seu bebê que ainda não nasceu sejam maltratados... contanto que continue cooperando.

Com o coração em disparada, Jor-El olhou para o General, que olhou de volta. Usando Lara como refém, Zod poderia manobrar o cientista à vontade – e o General sabia disso. Em um tom de voz tão frio quanto um cristal de gelo, Jor-El falou:

– Antes de eu começar a fazer qualquer coisa, leve-me até Lara. Preciso ver com os meus próprios olhos que ela está bem.

O tom de Aethyr foi pesado.

– Você não dá ordens a Zod.

O General não perdeu o contato visual com Jor-El.

– Eu lhe dou a minha palavra de que ela está totalmente ilesa.

Jor-El balançou a cabeça.

– Você nunca me deu motivos para confiar na sua palavra.

Zod suspirou, fazendo parecer que ele estava fazendo um grande favor para o cientista.

– Muito bem. Vê-la o convencerá mais rápido do que os meus argumentos.

Jor-El manteve a postura firme enquanto marchava ao lado do General e acompanhava seu ritmo acelerado e militar.

O fragmento imponente de cristal verde pairava sobre a borda da Praça da Esperança, que estava crivada de pequenas cavidades e inclusões. Zod o conduziu pela entrada principal adentro e ao longo de túneis curvos e facetados para onde Lara havia sido levada.

Picos de cristal angulares haviam crescido e fechavam o portal, como se fossem grades de celas sobrepostas. Jor-El conseguiu enxergar o contorno da esposa através das paredes translúcidas. Ele correu em sua direção, para o aparente deleite de Zod.

Lara ouviu sua chegada. Ela enfiou a mão entre as barras cruzadas de cristal e Jor-El apertou seus dedos frios.

— Lara, você está bem? Ele a machucou?

— Além de me trancafiar nesta cela? Não... não creio que venha a fazê-lo.

— Não se engane, eu vou machucar você — disse Zod a vários passos de distância dali —, mas só se for a única maneira de alcançar meus objetivos.

Jor-El o ignorou.

— Vou encontrar uma maneira de tirá-la daqui.

Ela apertou a mão do marido.

— Não deixe que ele o manipule. Você sabe do que esse monstro é capaz. Ele vai me usar como refém...

O General se aproximou e acrescentou outro cristal de crescimento à parede. Com uma série de estalidos e estrondos, as barras que se cruzavam começaram a engrossar e preencher as lacunas. Lara tirou a mão antes que as barras se fechassem em torno dela.

— Pronto — disse Zod em tom cordial. — Agora podemos dar sequência ao nosso verdadeiro trabalho.

CAPÍTULO 71

Olhando para a maquete em gel de Argo City em sua sala de guerra, Zod não conseguia esconder sua satisfação.

– Intrigante. Isso para eles deve ser um pesadelo estratégico. Podemos facilmente destruir toda a península, e Zor-El terá que capitular.

Aethyr deu de ombros.

– Então a nossa vitória é uma conclusão prévia. A única questão é quanto tempo vai durar o cerco.

Nam-Ek olhou para o modelo tridimensional, como se estivesse memorizando o terreno em miniatura. Zod também havia estudado relatos de informantes, incluindo os muitos de seus defensores que haviam sido expulsos da cidade.

– Argo é basicamente uma ilha, ligada ao continente apenas por esta estreita faixa de terra, um gargalo. Podemos bloquear a cidade com um número relativamente pequeno de tropas e equipamentos. Estas cinco pontes – Zod percorreu, com os dedos os arcos delicados que cruzavam a estreita baía e ligavam Argo City ao continente – são pontos fracos estratégicos. Nossos soldados podem tomá-los e retê-los, o que amputará efetivamente os rebeldes do resto do mundo.

– Há um oceano do outro lado – assinalou Aethyr.

– Eles têm diques e barcos.

— Mas para onde eles podem ir... pescar? Eles não têm marinha, e nenhum navio de guerra. — Zod franziu os lábios. — Mas você tocou em um ponto válido, e prefiro ser meticuloso. Talvez devesse usar veículos aquáticos para que também pudesse bombardeá-los do oceano. — Nam-Ek sorriu. Zod podia dizer que ele estava ansioso para ver os barcos. — Nenhuma das novas estruturas que eles construíram depois do tsunami resistiria a um ataque. Poderíamos engarrafá-los como fizeram com Kandor, e então começar o nosso bombardeio. Uma vez que o caminho estiver livre, nosso exército invadirá a cidade.

— Por que você simplesmente não constrói um novo feixe Rao? — Koll-Em parecia sedento para ver outra rajada de limpeza rápida.

— Destruição é fácil, mas gera pouca satisfação. Que tipo de conquista não deixa nada a não ser escombros? Eu sou o salvador de Krypton, não o destruidor. — Ele sorriu ironicamente ao distorcer as palavras de Jor-El. — A vitória será muito maior se eu fizer com que Argo City fique sob meu comando. Essa cidade é como uma joia na coroa.

Todas as equipes de construção em Kryptonopolis haviam sido desviadas para a tarefa de fortalecer o impressionante exército do General Zod. Os técnicos construíram um grande número de armas convencionais. Seus próprios cientistas e engenheiros estavam rapidamente redesenhando e reparando veículos normais. Equipes trabalhavam contra o relógio para converter grandes tratores em lançadores de artilharia e veículos blindados para o cerco; plataformas flutuantes para pedestres eram transformadas em meios de transporte para as tropas.

A Guarda Safira e o Anel da Força recrutaram, valendo-se da coação, quando necessária, todos os seguidores de Zod saudáveis, os submeteram a um treinamento com armas e lhes deram uniformes para que pudessem se juntar à grande campanha. O exército poderia atravessar o continente e as portas da cidade de Zor-El uma semana depois de estar mobilizado.

Três dias depois, os exércitos reunidos de Zod se aglomeraram do lado de fora de Kryptonopolis, prontos para marchar. Jor-El ficou observando a fanfarra com ceticismo. Será que toda aquela gente estava realmente motivada para atacar outra cidade soberana? Ou será que foram enganados pelos delírios de Zod? Sim, provavelmente foram, percebeu o cientista. Até agora, quem havia manifestado abertamente a sua desaprovação ao regime fora discretamente transferido para outra atividade... ou desaparecido completamente. O resto demonstrava seu entusiasmo, ou pelo menos fazia um belo show.

Jor-El estava sozinho, suas emoções divididas entre a raiva e o desamparo. Ele sofria por Lara, sabendo que ela estava refém para garantir a sua cooperação, e não podia fazer nada em relação a isso. Seu amor por ela o deixara vulnerável. Felizmente, isso também o fortalecia. Se tivesse tido mais tempo para conversar com o marido, Lara sem dúvida teria insistido para que Jor-El se esquecesse dela, e fizesse o que era certo e necessário.

Ele jurou que a salvaria. E também que salvaria Krypton. Não havia outra opção.

Usando seu novo uniforme, com a altivez de um homem que estava com o controle da situação, Zod foi até onde Jor-El estava. Sua voz era baixa e irônica.

– Não importa que dispositivos ou defesas o seu irmão possa ter inventado, Argo City não será páreo para mim.

– Meu irmão é um homem inteligente. Ele poderá surpreendê-lo.

– Ah, mas os meus exércitos foram equipados por um homem ainda mais inteligente. – Zod sorriu. – Tive o privilégio de dispor dos projetos do grande Jor-El. – O General, sarcasticamente, fez uma reverência.

Na beira da cidade, enormes armazéns se abriram, e suas pesadas portas de correr revelaram tetos rebaixados que expunham hangares cheios de equipamento militar. Máquinas blindadas emergiram, algumas se locomoviam sobre bandas de rolagem ou rodas grandes e pesadas, outras pairavam acima do solo usando pastilhas de levitação. Jor-El se esforçou para entender o que estava vendo. Os veículos estavam carregados com lançadores de mísseis, projetores de raios, canhões térmicos, dispositivos de escavação e tambores, que só poderiam ser poderosos explosivos.

– Está vendo, Jor-El, você não é o único que se lembra dos conceitos inovadores que entregou à minha Comissão. Tantas invenções perigosas... tanto potencial para a destruição. Você não concorda? – Da mesma forma que Zod havia escondido de Lara que ergueria uma estátua ostentosa, ele devia ter equipes de trabalho independentes produzindo aquelas armas sem o conhecimento de Jor-El.

– Reconheço alguns desses projetos, mas... como? A Comissão havia confiscado os meus planos! Você os destruiu.

– Eu menti... para o bem de Krypton.

Muitas outras armas exóticas vieram na sequência, fazendo com que o exército já esmagador do General parecesse dez vezes mais ameaçador.

– Você vai ficar aqui em Kryptonopolis sob estreita vigilância, mas tenha certeza de que, quando Argo City cair nas minhas mãos, você terá sido um dos principais responsáveis pela sua ruína.

CAPÍTULO 72

∞‖◇⊸—˙T¡¡◯‖‖· 72

Zor-El sabia que o exército do General Zod estava vindo com toda a força que podia. Em Borga City, ele já havia mostrado até onde estava disposto a ir. Argo City certamente também teria que enfrentar a possibilidade de ser aniquilada.

Embora já houvesse antecipado a reação de Zod, Zor-El teve a confirmação dos seus piores medos quando Jor-El lhe enviou uma mensagem desesperada. Seu irmão estava detido sob vigilância, e Lara presa – exatamente como Zor-El temia –, mas, mesmo assim, seu irmão descobriu uma maneira de se comunicar... como sempre fazia.

Para controlar as informações e evitar que qualquer notícia vazasse, o General Zod cortou todas as linhas de comunicação que saíam de Kryptonopolis. A grade de mensagens havia sido cortada... e mesmo assim Jor-El conseguiu furá-la, enviando um pulso para as redes de energia de todo o continente. A estratégia só funcionou uma vez, fundindo várias interconexões de rede, mas o texto sinistro apareceu nas telas dos monitores sísmicos de Zor-El.

– *Os exércitos de Zod estão a caminho.*

Então, eles se prepararam para o ataque. O povo de Zor-El reagiu com uma dedicação comovente e uma disposição para se sacrificar. A Sociedade de Vigilância havia crescido nos últimos dias, recrutando muitos membros entre os refugiados enfurecidos de Borga City, e todos na cidade estavam em alerta. Navios de reconhecimento patrulhavam o continente de cima a baixo, rente à costa, e muitos quilômetros interior adentro à espera do exército que vinha de Kryptonopolis. Era só uma questão de tempo.

Ironicamente, Zod tinha conseguido unificar Krypton contra um inimigo em comum – *ele*. Nunca antes tantas pessoas e cidades cooperaram de forma tão integral para alcançar uma única meta. Os sobreviventes do massacre de Borga City, que estavam espalhados e tinham os olhos fundos, eram apenas mais uma lembrança dos crimes. Tirando os seguidores que vinham em marcha da nova capital, todo mundo havia se voltado contra o General. Zor-El assistia, com uma satisfação implacável, ao seu povo indo além dos seus limites; eles usavam sua imaginação, deixavam de lado o seu mal-estar de longa data, e saíam do pântano da estagnação. O espírito de Krypton havia sido despertado.

Em sua torre de observação, Zor-El havia terminado os seus cálculos intensivos, mas não teve motivo para se alegrar com a solução. Durante um momento como aquele, ele e o irmão deveriam estar trabalhando lado a lado, com a ajuda de No-Ton e todos os outros cientistas de Krypton. Em vez de erguer o escudo para se proteger do cometa que se aproximava, ele agora teria que usá-lo para se defender de um exército invasor.

Totalmente exausto, apesar da satisfação que sentia com o sucesso de suas pesquisas, ele se virou para a esposa.

– Às vezes eu me pergunto qual é o sentido de tudo isso. Mesmo se conseguirmos salvar a nossa cidade de Zod, o Martelo de Loth-Ur irá destruir o planeta inteiro daqui a um mês.

Alura acariciou sua bochecha com uma rosa azul-celeste, e depois a usou para afagar todo o seu rosto, descendo pelo nariz. Ela se sentia um pouco rejuvenescida por conta dos pólens personalizados e dos perfumes.

– Você faz isso porque nunca perde a esperança. Você pode, de fato, encontrar uma maneira de salvar Krypton, ou salvar uma cidade, ou até mesmo salvar uma única pessoa. Esse é o ponto.

Uma jovem mulher de cabelos castanhos correu para a câmara da torre; roupas úmidas e suadas se agarravam aos seus braços e ao seu corpo.

– Acabei de atravessar a Ponte Alkar, vindo do continente. Nossos batedores avistaram um incrível contingente de tropas e veículos gigantes vindo em direção à costa em grande velocidade.

Antes que ele ou Alura pudessem fazer perguntas, a jovem estendeu uma folha fina e flexível de filme de cristal na parede da torre, que aderiu às pedras lisas como se fosse uma janela recém-instalada. Ela passou o dedo de leve em uma ondulação que havia num dos cantos, e começaram a aparecer as imagens das câmeras de segurança. Nelas, o General todo orgulhoso e invencível liderava a marcha, os primeiros pelotões das tropas de Zod avançavam sobre plataformas flutuantes, e grandes veículos terrestres que mais pareciam dragões usando armaduras apareciam logo atrás. Em seguida, vinham lançadores de artilharia, veículos de ataque cravejados de aguilhões e outras armas não identificadas. Por fim, pelotões e mais pelotões de soldados uniformizados.

Nunca antes Krypton havia visto um exército desse tamanho.

– O General Zod deve ter reunido tudo o que tinha para nos atacar. – Alura chegou a mudar o tom de voz.

Zor-El balançou a cabeça, mantendo a expressão sóbria.

– Duvido que estejamos vendo tudo. Certamente o General está trazendo algumas surpresas desagradáveis na manga.

Embora a jovem batedora ainda estivesse ofegante devido à corrida para fazer o relato, Zor-El não lhe deu tempo para descansar.

– Soe os alarmes pelas ruas! Faça com que todos em Argo City se aprontem. Treinamos para isso, e agora chegou a hora. Quero Or-Om, Gal-Eth e Korth-Or comigo para me ajudar a orientar a nossa defesa. Se o General nos derrotar aqui, suas cidades serão as próximas.

Tirando as mechas de cabelo castanho molhado de suor dos olhos, a jovem saiu correndo da torre.

Em seguida, ele se virou para Alura.

– Você deixou a minha mãe em um lugar seguro?

– E onde exatamente fica esse lugar seguro?

– Eu gostaria de saber. – Zor-El a abraçou. – Pelo menos a espera acabou, e podemos executar nosso plano. Vou enviar mensagens imediatamente para todos os nossos aliados em outras cidades. Não gosto de ter que usar Argo City como isca, mas enquanto Zod está nos atacando, a rebelião tem de começar em todas as outras partes do continente. Zod não pode enfrentar a todos nós de uma só vez.

– Ele vai tentar. – Alura olhou novamente para a janela de filme de cristal que mostrava as robustas forças armadas de Kryptonopolis. As tropas de Zod eram dez vezes maiores que as de Argo City. Ela baixou o tom de voz. – Você vai ter que tomar medidas drásticas.

– Eu não queria, mas agora não temos escolha. Vai ser um cerco difícil.

— Nós podemos suportar, não importa quanto tempo isso dure. Com as minhas estufas eficientes, nossas hidrovias e fontes de energia locais, Argo City pode se manter perfeitamente autossuficiente por anos.

Ele sentiu um nó na garganta, pensando na sucessão de consequências.

— Não há como voltar atrás. Minha linda cidade nunca mais será a mesma depois disso, mesmo se de algum modo sobrevivermos ao cometa.

— Zod já nos obrigou a promover uma mudança permanente. A culpa não é sua.

O sol vermelho brilhava como um grande olho incandescente sobre os eventos que estavam prestes a se desenrolar. Para o leste, o mar estava estranhamente calmo e Zor-El tentava extrair alguma paz de lá, mas ele já vinha sentindo um frio no estômago há um bom tempo.

Até agora, ele não havia recebido nenhuma outra mensagem do seu irmão além daquele alerta sucinto. Kryptonopolis havia tido suas comunicações bloqueadas mesmo depois que o exército de Zod partiu. Posando como fiéis seguidores de Zod e usando braçadeiras da Guarda Safira apreendidas pela Sociedade de Vigilância, mensageiros voluntários haviam adentrado a nova cidade. Cada um deles carregava um pequeno cristal de mensagens que, para a maioria dos observadores, projetava imagens inocentes de familiares que haviam desaparecido junto com Kandor. Zor-El, no entanto, havia escondido mensagens secundárias nos cristais, esquemas e explicações detalhadas do seu trabalho com o escudo protetor. Agora era a vez de ele ajudar Jor-El. Tal mensagem secreta havia sido talhada para que fosse ativada somente quando entrasse em contato com os marcadores de DNA do irmão, que eram os mesmos que os dele. Nenhum dos mensageiros havia retornado.

Zor-El pegou Alura pela mão e ambos saíram da torre. Era chegada a hora de ficar junto com as outras pessoas.

— Fizemos tudo o que podíamos. Quanto ao resto, temos que manter as esperanças e contar com a sorte.

— Isso não me parece uma declaração muito científica.

— Mesmo na ciência temos que contar com certo elemento de sorte.

Nervosas, porém resignadas, multidões se reuniram nas ruas e nas praças de Argo City. Muitos estavam nas varandas com vista para as cinco pontes graciosas, observando a nuvem de poeira e sombras que marcava o avanço do exército de Zod. Não demoraria muito para começar o ataque.

– Evacuar as pontes – ordenou Zor-El. – Quero todos dentro da cidade. Aqueles que quiseram se arriscar no continente devem voltar agora. – Ficar em Argo City durante um cerco podia não ser muito seguro, mas era lá que ele contava com a sorte. Zor-El confiaria em sua tecnologia, em suas próprias habilidades.

E ele tinha uma surpresa para o General.

Enormes plataformas flutuantes levando tropas armadas se alinharam em frente a cada uma das cinco pontes emblemáticas. Os guerreiros de Zod desembarcaram, cada contingente liderado por um orgulhoso membro do Anel de Força. Unidades barulhentas preparadas para o cerco, veículos fortemente blindados e armas móveis assumiram posições ao longo da fina faixa de terra que formava a parte mais estreita da península. Rapidamente, toda a Argo City estava bloqueada. Mas o General conteve o seu exército, como se estivesse hesitante para começar os disparos.

Zor-El sorriu para Alura.

– Ele deve estar preocupado com o que eu tenho debaixo da manga.

– Por que está esperando? Você sabe o que tem que fazer. – Seus olhos opacos estavam cheios de preocupação. Zor-El estava achando a esposa bonita de doer. – Você está com dúvidas? Pode ser que só tenhamos apenas poucos instantes antes do ataque começar.

Ele riu.

– Zod não vai atacar... por enquanto. Eu conheço o tipo. Ele vai fazer um discurso grandioso, nos ameaçar, e tentar fazer com que tremamos na base. Ele está convencido de que não temos nenhuma chance.

Na vanguarda das suas tropas, o General Zod estava em cima de uma plataforma cercada por painéis transparentes e impenetráveis que iriam protegê-lo de qualquer disparo que pudesse ameaçá-lo ou até de tentativas de assassinato, mesmo que viessem do seu próprio povo. Aethyr e Nam-Ek o ladeavam enquanto seu veículo se erguia sobre a ponte central. Ele parecia pronto para cruzá-la e liderar uma invasão de grande escala. Zor-El, que tinha se deslocado para um prédio alto perto da enseada da cidade, cruzou os braços e ficou olhando de uma sacada para a figura minúscula do General.

Zod falou usando um amplificador de alta potência que fez com que sua voz ficasse muito alta, a ponto de as palavras reverberarem contra as nuvens que estavam acima.

– Não quero destruir essa gloriosa cidade, mas sua rebeldia traz ameaça a todo o planeta. Se eu não receber a sua rendição dentro de uma hora, começaremos nosso bombardeio. Sua população irá sofrer terrivelmente. Pense nela.

Zor-El também havia instalado amplificadores para a sua voz na varanda de observação. Sua resposta desafiadora, captada por repetidores e alto-falantes em todas as partes, ressoou por toda a cidade, através das pontes, e ao longo da península, de modo que todos os membros do exército invasor pudessem ouvir.

– Eu não preciso de uma hora, Zod. Meu povo e eu já estávamos resolvidos muito antes de você chegar. Você não poderá tomar esta cidade, e não vou deixar que você ameace meu povo. – Erguendo a mão, ele deu a ordem para os seus técnicos de prontidão. *O ato irrevogável.* – Ativar o escudo.

De repente, uma cúpula dourada e reluzente se estendeu a partir do quebra-mar. Feita de estática crepitante e de luz solidificada, ela se ergueu formando uma gigantesca abóbada arqueada, que atingiu o seu ápice bem acima das torres mais altas, e se fechou rasgando as cinco pontes como se fosse o machado de um carrasco.

A borda ao sul da cúpula que funcionava como campo de força se fechou no gargalo da estreita península, levantando cortinas de poeira. Em estado de choque e completamente desordenado, o exército de Zod se arrastou para trás da muralha crepitante.

Cortadas ao meio, as cinco pontes, monumentos preciosos de Argo City, vergaram e se retorceram lentamente enquanto os vãos decepados desmoronavam. Soltos, seus cabos davam chicotadas para todos os lados, e as pontes majestosas mergulhavam nas águas daquela estreita baía.

Protegido dentro de sua cúpula cintilante, o povo de Argo City suspirou coletivamente de espanto e consternação. Zor-El olhava para a cena com tediosa satisfação, mas não triunfo, enquanto lágrimas escorriam pelo seu rosto.

CAPÍTULO 73

Depois que Zod pôs o exército em marcha, os únicos que ficaram em Kryptonopolis foram os muito jovens, os muito velhos, e aqueles que não tinham forças para lutar. Mesmo essas pessoas não tinham autorização para descansar, pois estavam sendo forçadas a dar sequência aos seus projetos. Koll-Em havia sido colocado no controle provisório da cidade, amargurado por ter sido deixado para trás, mas feliz por poder sentir o gosto do poder e da responsabilidade. Esquadrões com o emblema da Guarda Safira patrulhavam as ruas, por mera formalidade. Eles não esperavam que houvesse problemas.

Jor-El era a sua única preocupação.

Saber que Lara estava presa o feria profundamente, como se uma faca fria estivesse cravada em seu peito. Mesmo sem ter Zod por perto, ele sabia que Koll-Em e alguns dos oficiais mais brutais da Guarda não hesitariam em fazer mal a sua esposa, a fim de coagi-lo.

Ainda chocado com o fato de Zod ter copiado as invenções dos seus projetos que a antiga Comissão supostamente havia destruído, Jor-El decidiu inspecionar as lojas de armas sob o pretexto de procurar peças para os dardos nova. Os prédios e hangares, naquele instante, estavam relativamente vazios, pois o Exército havia levado todo o seu estoque. Ele examinou as baias de construção, o maquinário de fabricação, os sintetizadores químicos. O lugar fedia a escapamento de combustível, solventes cáusticos e a uma variedade de compostos voláteis e metais usinados.

Ele ficou enojado, mas não totalmente surpreso, ao reconhecer a composição química singular dos principais explosivos que Zod estava utilizando na sua nova artilharia. Eles haviam sido baseados diretamente no propulsor de alta energia que o próprio cientista havia desenvolvido para as sondas solares. Jor-El havia identificado aquela mesma e distinta assinatura molecular ao tentar provar sua inocência no caso da morte de Donodon. Ele havia encontrado vestígios desse mesmo explosivo nos destroços do escâner sísmico. Agora ele sabia de onde aquilo tinha vindo. Zod, ou mais provavelmente o seu capanga, Nam-Ek, usou o próprio propulsor que fora desenvolvido em seus laboratórios para explodir o dispositivo.

Jor-El já tinha motivos de sobra para se voltar contra o General, e esse era apenas mais um.

Enquanto buscava descobrir alguma maneira de frustrar os planos de Zod, ele se sentiu muito sozinho. Chegou a enviar a desesperada transmissão de advertência para o irmão, e esperava que ela tivesse cumprido o seu objetivo. Kryptonopolis ainda não havia recebido nenhuma notícia vinda das tropas do General desde a sua partida, mas mesmo que Zod não tivesse desligado a rede de comunicação, todas as transmissões haviam sido interrompidas. Rao havia passado por uma fase subitamente violenta, expelindo labaredas instáveis que interferiam nas comunicações padrão. A violenta tempestade solar havia feito com que Jor-El se perguntasse se o gigante vermelho não estaria prestes a entrar em supernova. Há muitos meses que ele não tinha condições de enviar sondas. Claro, ninguém em Krypton podia ser desviado dos seus deveres provincianos. Como de hábito.

Sob cuidadosa supervisão, Jor-El passou seus dias trabalhando de má vontade nos dardos nova, como Zod havia ordenado. Os mapas e os gráficos do velho déspota estavam realmente desatualizados e – em melhores circunstâncias – Jor-El poderia estar comparando as antigas medições com as novas e mais modernas com o intuito de desenvolver fascinantes teorias tectônicas. Naquele instante, porém, havia recebido ordens explícitas para os mísseis.

Ele decifrou sistemas complexos que nem mesmo No-Ton entendeu. Os dois homens analisaram e reconfiguraram os sistemas de orientação, e depois fizeram repetidos testes para reinicializar os controles de navegação e de orientação. Mecanicamente, os sistemas estavam funcionais mais uma vez, mas as coordenadas espaciais e terrestres haviam se alterado nos mil anos que se passaram depois do reinado de Jax-Ur.

Embora No-Ton também fosse membro do Anel de Força, e devesse, portanto, ser tido como alguém de confiança, Koll-Em insistia em monitorar todos os testes pessoalmente, o que muito aborrecia Jor-El. O nobre jovem e impaciente não entendia nada das operações, mas ficava atento para qualquer sinal de ansiedade em Jor-El que pudesse servir como indicador de alguma fraude. Mesmo quando No-Ton assegurava para o companheiro de Anel que Jor-El estava fazendo aquilo para o qual havia sido instruído, Koll-Em ficava escondido para observar.

Jor-El não considerava o relutante No-Ton um aliado, mas sabia que também tinha reservas em relação ao que o General Zod vinha fazendo. Felizmente, No-Ton estava tão fascinado com os conhecimentos técnicos de Jor-El que não questionava algumas declarações enganosas que o gênio de cabelos brancos confidencialmente apresentava como "fatos".

Quando Jor-El terminou suas atividades na casamata dos dardos nova, ele entregou folhas com números incompreensíveis e trajetórias projetadas nas mãos Koll-Em.

– Como você pode ver, está tudo em ordem. – O jovem revoltado nunca seria capaz de interpretar aqueles dados.

Ao sair da câmara subterrânea, ele ascendeu à superfície, emergiu na beira da Praça da Esperança e, corajosamente, caminhou até a torre vítrea e complexa na qual Lara estava sendo mantida prisioneira. Um oficial indeciso da Guarda Safira o conteve.

– Estou aqui para ver Lara – disse ele.

– Ninguém está autorizado a entrar.

– Eu estou autorizado a entrar. Eu sou Jor-El.

Koll-Em se apressou, confuso, tentando mostrar que estava no controle da situação.

– Ah, deixe-o entrar. Ver sua mulher que está servindo como refém lembrará Jor-El do por que ele não tem opção a não ser nos ajudar. – Seu sorriso de lábios finos não passava de um talho em seu rosto.

Jor-El lançou um olhar de desprezo em sua direção.

– Há *sempre* opções. Mas às vezes todas elas são falhas.

Ainda no seu rastro, Koll-Em o seguiu pelos coloridos corredores envidraçados.

– Não é tarde demais para você, Jor-El. Se nos ajudar a alcançar uma vitória fácil e frustrar a resistência de Argo City, o General Zod ainda poderá perdoá-lo. Você ainda pode vir a ocupar um lugar importante na nossa nova ordem.

– Antes ou depois do cometa destruir Krypton?

Koll-Em estava claramente receoso. Ele respeitava e temia o talento científico de Jor-El.

– Zod irá nos proteger. Ele pode fazer qualquer coisa.

Jor-El lhe deu as costas. Ele não compreendia a atitude do jovem, o orgulho e o entusiasmo que sentia por estar ocupando uma posição de poder.

– O General Zod matou o seu irmão. Ele aniquilou Borga City, mas você insiste em apoiá-lo. Você não está com raiva?

– Meu irmão só teve o que merecia – ironizou Koll-Em. – Por várias vezes, ao longo de nossas vidas, ele me menosprezou, me conteve e me ignorou. – A polidez aparente e exaltada de sua bravata não conseguia esconder totalmente seus verdadeiros sentimentos. – Borga City desapareceu, assim como Kandor. O que aconteceu já aconteceu. Não podemos chafurdar no passado. Temos que olhar para o futuro.

Enojado com o falatório inútil da propaganda de Zod, Jor-El continuou andando até alcançar a barricada que o separava de Lara. A estrutura de cristal não tinha nenhuma abertura. As paredes translúcidas e turvas maculavam os detalhes do lindo rosto de sua esposa. No entanto, quando o avistou, ela se aproximou rapidamente da parede facetada.

– Jor-El! Eu sabia que você viria. – Sua voz atravessava a parede de cristal. Ele se aproximou o máximo que pôde.

– Vim para ter certeza de que você ainda estava segura.

– Ela está segura *por enquanto* – ameaçou Koll-Em por trás.

– Posso ter um momento de privacidade com minha mulher?

– Não, de jeito nenhum. Quem sabe que informações secretas vocês podem trocar?

Jor-El colocou a palma da mão contra a parede entrelaçada de cristal; por trás da barreira embaçada, Lara fez o mesmo.

– Seja forte, Lara. Nós vamos superar isso.

– Diga-me o que está acontecendo lá fora. Argo City está em segurança?

Koll-Em o agarrou pelo ombro e o afastou dali.

– Ela não precisa saber disso. – O oficial da Guarda Safira começou a arrastá-lo para longe dali.

— Eu te amo — gritou ele.

A voz de Lara vibrava por entre as paredes.

— Faça o que tem que fazer, Jor-El! — Ela imprensou o corpo contra a barreira de cristal, mas ele não podia vê-la claramente.

O cientista ansiava por poder olhar o rosto da esposa, por poder tocá-la.

— Eu não quero que meu filho nasça dentro de uma cela.

— Então é melhor você ajudar a fazer com que essa guerra acabe muito rápido — disse Koll-Em.

O medo e a desconfiança que pairavam por Kryptonopolis agora jogavam a favor de Jor-El. Ele conseguiu dar continuidade aos seus planos, fingindo estar confiante. Qualquer dissimulação só alimentaria suspeitas, e ele não tinha a intenção de se explicar.

Os novos dispositivos que havia construído em segredo eram bem simples, de fato notadamente brilhantes. Ele queria muito expressar a gratidão a Zor-El, caso ambos sobrevivessem nos próximos dias.

Dentro de uma pequena bolsa, ele ainda retinha o fragmento de uma mensagem de cristal que havia recebido secretamente de um mensageiro de aparência abatida, pouco antes de o exército começar a marcha rumo a Argo City. A gravação oculta, vinda de Zor-El, trazia informações vitais:

— Outros podem se sentir inseguros com as suas lealdades, Jor-El, mas você é meu irmão. E acredito que você vai fazer a coisa certa com esses projetos.

Ele se entristeceu ao descobrir que aquela era a terceira mensagem secreta que Zor-El tentava lhe enviar. Nenhum dos outros voluntários o havia encontrado, e Jor-El nunca mais viu o abatido mensageiro novamente. Será que havia escapado, recrutado à força para o exército, ou simplesmente sido assassinado? Todos os dias, Jor-El esperava ser jogado em uma cela cristalina; só rezava para que pelo menos pudesse ficar ao lado de Lara.

Movendo-se como se estivesse pisando em ovos, ele configurou um ponto de instalação apropriado no perímetro da cidade, outro na Praça da Esperança, e um terceiro do lado de fora dos escritórios principais. Depois de entrar no palácio do governo, fez medições cuidadosas e descobriu um esconderijo para instalar o último objeto pequeno na grande câmara principal, que Zod usava como um tipo de sala do trono.

Assim que terminou, Koll-Em invadiu o recinto. O rosto pontiagudo do sujeito ficou vermelho de raiva quando viu Jor-El lá dentro. Seu cabelo castanho e solto tinha uma aparência selvagem.

– O que você acha que está fazendo? Esta é uma área restrita.

Jor-El se levantou.

– O General Zod me pediu para que fizesse uma verificação. Estou checando se nenhum dispositivo para assassiná-lo foi plantado em sua ausência.

– O General não me falou nada sobre isso!

Jor-El deixou que um sorriso misterioso brotasse em seu rosto.

– Com quem exatamente você acha que ele está preocupado? Você deixou suas ambições bem claras, pois nem mesmo demonstrou qualquer piedade pelo próprio irmão. O General tem todo o direito de suspeitar de você.

– Ele foi direto ao ponto. – Vamos entrar em contato com ele agora? Acho que podemos anular a interferência nas comunicações provocada pela tempestade solar. Mas o General Zod não vai ficar satisfeito com a interrupção, é claro, e vai confirmar o que estou dizendo. A ligação também irá me dar a oportunidade de lhe falar sobre certos itens suspeitos que encontrei nos seus aposentos.

Koll-Em empalideceu.

– Que itens? Você estava no meu quarto?

– Eu estava fazendo o meu trabalho.

O jovem ficou perturbado por um bom momento.

– Eu não confio em você, Jor-El.

– A recíproca é verdadeira. E Zod não confia em nenhum de nós dois. – E então acrescentou, com um sorriso irônico: – Salve o novo Krypton.

Ele saiu do palácio do governo, deixando Koll-Em fumegando de raiva e impotência.

CAPÍTULO 74

Como se tivesse levado um tapa na cara, o campo de força que caiu sobre Argo City fez o rosto do General Zod arder de raiva. Ele sabia que Zor-El e seu povo deviam estar rindo dele dentro da cidade. E não achou aquilo nada intrigante.

— Tragam nossas armas e disparem contra a barreira. Vamos mostrar para esses tolos iludidos que não podem resistir a Zod.

Aethyr pensou bem antes de dizer qualquer coisa.

— Você então está disposto a destruir Argo City? Que carga você acha que esse campo de força pode suportar?

— Vamos ver.

Incapaz de controlar a raiva que sentia por consideração ao mestre, Nam-Ek seguiu em frente, com os punhos cerrados, e esmurrou a barreira crepitante. Seus golpes mais fortes não fizeram qualquer ruído. Frustrado, o mudo recuou, franzindo a testa enquanto examinava as articulações e flexionava as mãos devido ao formigamento.

— Recuem! Preparem-se para nosso primeiro bombardeio.

Quando as primeiras cargas de munição explodiram contra a cúpula dourada, as ondas de choque reverberaram para trás com tanta força que o som quase ensurdeceu os soldados mais próximos; tapando as orelhas, os homens se afastaram, cambaleando. As detonações mais poderosas produziram pouco mais que ondulações coloridas sobre o campo de força.

O exército de Zod se animou, esperançoso, quando um novo grupo de especialistas em demolição plantou bombas ainda mais potentes. Eles desencadearam uma sequência absolutamente apocalíptica de explosões, que também não surtiram o menor efeito.

– Experimentem as pontes. Talvez sejam os pontos fracos. – Ele ainda não conseguia acreditar que Zor-El havia destruído os magníficos elevados que foram por tantos séculos o orgulho da cidade. As superestruturas remanescentes, cujas metades boiavam do lado de fora da cúpula protetora, assemelhavam-se ao esqueleto de uma fera marinha encalhada. Zod esbravejou, irritado por ter subestimado a irracionalidade do irmão de Jor-El.

Tentando uma abordagem diferente, ele ordenou que os engenheiros cavassem túneis sob a garganta estreita da península. Se pudessem cruzar a cúpula protetora, talvez conseguissem ir de baixo para cima. Mas não adiantava cavar. Por mais fundo que tentassem penetrar com os mais modernos equipamentos de escavação, ainda encontravam a barreira cintilante muitos metros abaixo; o campo de força havia dilacerado facilmente inúmeras camadas de lama e pedra. Os escavadores de Zod emergiam dos túneis sujos e desencorajados.

O General começou a ficar impaciente. Percebendo o seu estado de espírito, Aethyr se aproximou.

– Você é o salvador de Krypton, meu amor. Não pode tomar meias medidas. Ninguém pode frustrar a sua vontade e sair impune.

– Você tem toda a razão. – Os dois recuaram para a plataforma de comando, flutuando sobre as tropas, e se viraram para fazer uma varredura de Argo City. Sob o sol vermelho e escaldante, a integridade daquela cidade petulante lhe soava como uma ofensa. – Tragam as armas mais pesadas. Essa cidade está perdida. Que seja um bombardeio que faça com que o fantasma de Jax-Ur estremeça! Quero um holocausto total e absoluto aqui.

Argo City permanecia em silêncio por trás do leve zumbido do campo de força.

O exército de Zod alinhou 17 canhões térmicos de grande calibre cujos lançadores de chama estavam apontados para uma área específica da barreira. Armas de campo, carregadas com lanças perfurantes convencionais com pontas de cristal, foram posicionadas no gargalo do terreno. Catapultas, eletrochoques oscilatórios, morteiros que produziam clarões – tudo foi apontado na direção da cúpula.

Quando o General Zod deu o comando, todas as armas foram disparadas ao mesmo tempo. O som e a fúria rugiam pelos céus. Chamas e clarões subiam numa intensidade ofuscante. Aethyr ficou assistindo às explosões violentas; suas cores e o calor refletiam para fora de sua pele, como se a estivessem enchendo de energia. Nam-Ek ostentava uma expressão de deleite infantil. Zod não piscou, recusando-se a perder qualquer momento do espetáculo.

Chamas intensas e fumaça corrosiva cercavam a cúpula dourada. O General *tentou* fazer com que o campo de força caísse. Os exércitos não paravam de disparar as armas, consumindo metade do arsenal.

Mas quando a fumaça se dissipou, a cúpula permaneceu intacta.

Uma sensação nauseante de fracasso tomou Zod de assalto, ameaçando dominá-lo. Finalmente, ele vociferou ordens que exigiam o cessar-fogo. Dar continuidade ao inútil desperdício de munição o faria simplesmente parecer um idiota. Ele poderia manter o cerco a Argo City e privá-los de sair, embora isso pudesse muito bem levar meses ou anos, dependendo de seus estoques. E, enquanto isso, sua força militar ficaria aqui se enrolando, desperdiçando um tempo precioso, enquanto outras cidades se aproveitariam da situação para fazer as próprias rebeliões mesquinhas. Ao permanecer entrincheirado, esperando o escudo vacilar e cair, Zod – o grande comandante de Krypton – pareceria fraco e ineficaz. Seria motivo de deboche.

Embora as palavras queimassem como bile em sua garganta, ele, enfim, se pronunciou:

– Vamos voltar para Kryptonopolis. Imediatamente.

Aethyr ficou chocada.

– Não! Não podemos recuar. Pense em como a história...

– Nós *não* estamos recuando. Estamos mudando a tática. Se essas armas são ineficazes, teremos que recorrer a algo bem mais poderoso.

A grande força militar de Zod acionou as plataformas de transporte e deu meia-volta junto com as armas pesadas e a artilharia de campo. Ele estava certo de que a população de Argo City havia entendido que ele voltaria para se vingar. E já podia ficar preocupada enquanto ele fazia seus preparativos finais.

CAPÍTULO 75

O exército do General Zod voltou para Kryptonopolis como se fosse um bando de insetos famintos da campina de Neejon. Alguns dos soldados estavam indignados, outros, envergonhados. Todos meio que haviam perdido as estribeiras. Até mesmo os devotos mais fervorosos não conseguiam acreditar que Zod havia sido derrotado com tanta facilidade.

Assim que Jor-El viu suas expressões, percebeu que o tirano não havia conseguido conquistar Argo City, que seu aviso tinha chegado a tempo, e que o escudo de Zor-El em forma de cúpula havia aguentado a pressão. Seu alívio, no entanto, não durou muito, pois tinha a certeza de que o General tentaria algo ainda pior.

Imediatamente após o seu retorno, Zod se trancou no palácio do governo. Durante os dias que ele levara para trazer as tropas de volta para o outro lado do continente, sua ira não tinha esfriado. Enquanto isso, outras 17 cidades e vilas haviam declarado sua independência e prendido os seguidores de Zod. Lidar com todos os adversários forçaria Zod a diluir muito os seus exércitos.

Os aturdidos soldados inundaram as ruas e voltaram apressados para suas estruturas habitacionais públicas. Esgotados e desconfortáveis, muitos tiraram os uniformes. Jor-El percebeu que a maior parte da população civil estava desanimada com o que tinha visto durante o breve cerco. E todos sabiam que o conflito ainda não havia acabado.

Nesse meio-tempo, sentindo-se perdido, sem nenhuma informação concreta e objetiva sobre o que havia acontecido em Argo City – e totalmente sem comunicação com o irmão –, Jor-El checou uma leitura anômala da sua distante central de alertas precoces, apenas para descobrir que o irmão lhe *tinha* enviado uma mensagem codificada, disfarçada como um sinal astronômico. Rindo do método pouco ortodoxo, Jor-El descobriu que Argo City desativou o escudo assim que o exército invasor se retirou. Enquanto os dissidentes preparavam a sua resposta, Jor-El viu como poderia ajudar, e transmitiu em segredo a ideia para o irmão. Se as peças separadas pudessem se encaixar...

Finalmente, depois de deixar Kryptonopolis em uma tensa incerteza durante metade do dia, Zod saiu do quartel-general parecendo mais alto, mais forte, um turbilhão contido dentro de um uniforme novo e impecável. Ele parecia mais indomável do que nunca.

Jor-El notou que os grupos mais dedicados de soldados e os membros da Guarda Safira estavam estrategicamente posicionados ao longo das ruas em uma demonstração de força e determinação. O anúncio que Zod planejara era tão calamitoso que o General temia que o próprio povo se levantasse contra ele. As tensões estavam em um ponto de ruptura. Naquele momento, a opinião pública em Kryptonopolis se virava contra ele, embora o Anel de Força detivesse qualquer crítica com medidas de intimidação. Por enquanto, pelo menos, sua tática bastava, mas Jor-El via claramente que seu poder junto à população estava começando a ruir.

A raiva fez com que a voz cortante do General soasse alto o bastante a ponto de prescindir o uso de amplificadores especiais.

– Temos que mostrar para aquela gente atrasada de Argo City que com o General Zod não se brinca. Esvaziem a Praça da Esperança!

Jor-El sentia-se completamente sozinho no meio da multidão. Como ele queria que Lara estivesse ao seu lado. Ao observar a expressão do General, o cientista logo soube que seus piores medos estavam prestes a se concretizar. Zod estava prestes a pular de um penhasco rumo à danação.

– O povo de Argo City fez a sua escolha. Vou lançar um dos meus dardos nova contra eles – anunciou o déspota, determinado. – Que Zor-El e sua gente encontrem misericórdia junto à luz vermelha de Rao, pois não terão mais nenhuma de mim.

Assim que deu a ordem mortal, o General Zod não sentiu culpa nem alegria. Apenas satisfação e libertação.

Baseado no que havia acontecido com a lua de Koron tempos atrás, Zod sempre teve o maior respeito pelas ogivas de Jax-Ur. Ele achava que bastaria um dos dardos para desintegrar a península inteira e fazer evaporar parte do continente em torno de Argo City, com escudo ou não. Ele deixaria uma cicatriz cem vezes maior do que a cratera de Kandor.

Zor-El teria o que merecia.

O General tentou prever o que poderia acontecer quando o dardo nova atingisse o alvo. O campo de força entraria em colapso, e ondas de calor abrasador reduziriam a população de Argo City a cinzas. Mesmo que a cúpula, de algum modo, aguentasse o impacto, o solo ao redor se derreteria em um instante. Terremotos rasgariam a superfície, transformando os edifícios em pilhas de entulho. O mar ferveria, e a lava derretida atingiria Argo City vinda de baixo. Zod já podia imaginar a cacofonia de gritos aterrorizados que seriam abafados em um mero instante. Esses pensamentos profundamente satisfatórios finalmente o convenceram a tomar essa atitude terrível.

E então ele deu a ordem.

Na Praça da Esperança, uma das plataformas de lançamento circulares começou a zunir, vibrar e se abrir para revelar a arma guardada sob a terra. Lentamente, uma das ogivas douradas se ergueu do poço como se fosse uma praga cujo crescimento era acelerado. Um vapor refrigerado envolvia o eixo do projétil; os tanques de combustível haviam sido totalmente abastecidos.

Zod não conseguia tirar os olhos daquela bela arma.

– Definir as coordenadas para Argo City.

– Coordenadas para Argo City! – vociferou Koll-Em.

No-Ton, ainda na sala de controle, avisou que a arma estava pronta. Sua voz estava levemente trêmula.

Zod avistou abalado Jor-El sozinho no meio da multidão, com o cabelo pálido em desalinho. *Bom.*

– Preparar para lançamento. – Seu coração saltava com a expectativa, e ele observava com fogo nos olhos e na mente. Ele se sentia muito vivo.

Mas antes que o dardo pudesse ser lançado em uma nuvem de chamas e vapor, a porta circular de outro poço subterrâneo começou a se abrir. Outro dardo começou a vir lentamente para a superfície.

A multidão já nervosa começou a murmurar. Aethyr olhou para Zod em pânico.

– Você não pode lançar dois deles. Pode abrir uma rachadura e dividir o planeta ao meio.

– Eu não ordenei que fizessem isso – gritou Zod. – Abortar o segundo lançamento!

Em vez de se retrair, o segundo dardo nova continuou a subir até a plataforma de lançamento ficar travada.

Então, inesperadamente, um terceiro poço se abriu.

E um quarto.

Os soldados de Zod gritaram desesperados. Mesmo que não pudessem entender que consequências terríveis poderiam advir do lançamento de tantas armas apocalípticas ao mesmo tempo, cada habitante de Krypton já tinha visto a Lua destruída no céu da noite.

– Parem com isso! Abortar o lançamento!

Outra tampa circular se abriu, e depois outra, até que finalmente todos os 15 dardos nova ascenderam à superfície como se fossem uma floresta mortal e hedionda. Os foguetes dourados giravam levemente em suas plataformas de lançamento, mirando o alvo.

Isso não poderia estar acontecendo. Zod só conhecia uma pessoa que poderia ajudar. E gritou para a multidão.

– Jor-El, eu ordeno que você pare com isso!

Mas o cientista simplesmente abriu os braços.

– Os controles eram muito antigos e pouco confiáveis, os sistemas estavam deteriorados. Você causou sua própria ruína, General Zod. E agora está condenando o resto de nós junto com você.

– Não! – Com um grito inútil, Zod correu para as portas de acesso que davam nos túneis de controle, empurrando para os lados as pessoas aterrorizadas que estavam no caminho.

Antes de conseguir entrar, todos os 15 dardos nova foram lançados.

CAPÍTULO 76

Setas ofuscantes de luz amarela e fogo foram cuspidas dos cones de escape. Com um ribombar ensurdecedor e um estridente zumbido, as armas apocalípticas foram lançadas no céu de Krypton.

– Parem! – Zod gritava para o céu, como se aqueles antigos dispositivos pudessem obedecer às suas ordens.

As trilhas de fogo e fumaça ganhavam altura e traçavam o epitáfio de Krypton nos céus. O General fez uma pausa e empalideceu, incapaz de desviar o olhar. Nam-Ek olhava fascinado para as colunas de escape e as trilhas de vapor, aparentemente admirando-as. Aethyr caiu de joelhos. Os mísseis riscavam o céu, já nas alturas. O fim estava certamente a caminho.

Zod desceu correndo as escadas e seguiu em disparada pelos corredores áridos de paredes brancas que davam na câmara de controle. Lá, No-Ton e outros quatro técnicos estavam desamparados e lívidos diante dos sistemas de orientação. Zod invadiu o ambiente e começou a martelar os controles, tentando realinhar os vetores de mira. Os sistemas não respondiam.

Ele segurou No-Ton pela túnica de laboratório.

– Temos que parar com isso! Destruir as armas. Elas devem ter um mecanismo de autodestruição.

No-Ton atacou Zod, não mais intimidado pelo sujeito.

– Depois do incidente na instalação dos feixes Rao, você deu ordens específicas para que desativássemos qualquer sistema que pudesse ser usado para sabotar os dardos nova. Você *nos instruiu* para que desconectássemos os dispositivos de autodestruição, porque estava com medo de que alguém pudesse impedi-lo de lançá-los.

Zod praguejou.

– Então mude o curso! Livre-se deles de alguma forma. Eles vão explodir todo o Krypton.

– General, não há *nada* que possamos fazer! – Técnicos desvairados arrancavam cristal atrás de cristal dos decks de controle, mas nada adiantou.

Capturas de tela transmitiam imagens em alta resolução a partir dos telescópios e discos de monitoramento cuja construção Jor-El havia supervisionado. Os dardos nova continuavam a queimar, subindo cada vez mais.

– Eles logo devem chegar a sua altura máxima e em breve vão começar o mergulho rumo a Argo City – disse o cientista, com um tom de voz estranhamente frágil. – Depois disso, o planeta irá se partir ao meio. A reação em cadeia pode levar alguns minutos, pode levar um mês. Isso para mim é um território científico desconhecido. – Zod não gostou do olhar desafiador de No-Ton. O cientista torceu o nariz. – Se há algo que queira dizer para seus seguidores, agora pode ser a última chance de fazê-lo.

Zod precisava desesperadamente encontrar alguém para punir por seu fracasso.

– Por que essa falha ocorreu? Pedi para que apenas uma arma fosse disparada. O que fez com que todas decolassem? Quem é o responsável?

– O que importa isso agora? Talvez as armas estivessem todas ligadas de alguma forma. Talvez seja uma surpresa que Jax-Ur guardou para as gerações posteriores, sua vingança contra alguém que descobriu seu arsenal. Não há como detê-lo agora.

– Traga Jor-El aqui! – gritou Zod.

Uma das técnicas arfou. Ela se inclinou sobre a tela do monitor.

– General! Olhe para isso. – O conjunto de telescópios monitorava a trajetória dos dardos nova e, na imagem, o céu tinha ficado mais escuro, mais roxo e cheio de estrelas. – A trajetória parabólica está errada. Os dardos mudaram de curso!

Zod a empurrou para o lado e se aproximou.

– Como assim? Para onde estão seguindo? Que parte de Krypton vão atacar?

– Não importa – insistiu No-Ton. – Com aquele poder de fogo, o impacto vai explodir todo o planeta de qualquer jeito.

A moça balançou a cabeça vigorosamente.

– Não, eles já alcançaram a velocidade de escape. Estão... seguindo para o espaço.

Zod não podia acreditar no que havia escutado.

– Para o espaço? Estamos salvos, então? – Ele se virou na direção de No--Ton. – Isso foi um acidente ou foi tudo planejado?

– Eu mesmo defini as coordenadas para Argo City, General. Exatamente como você ordenou. Os mísseis desviaram completamente da rota programada.

Agrupados como um bando de aves migratórias, todos os 15 dardos nova deixaram as últimas camadas da atmosfera de Krypton e também se libertaram da gravidade do planeta.

– Eles vão simplesmente se dispersar? – Ele sentiu uma súbita e tonta esperança. – Será que vão ser detonados onde não possam causar mal nenhum?

No-Ton recostou-se, pálido e incrédulo.

– Quem pode saber, General? Isso está além de mim. Quando os foguetes ficarem sem combustível, poderão, eventualmente, ficar dando voltas e cair em Rao. Poderemos ser poupados de uma sentença maior.

Aquelas palavras fizeram com que Zod se lembrasse das instabilidades que Jor-El havia previsto para o sol. Se 15 dardos nova mergulhassem no gigante vermelho, será que uma série de explosões espetaculares poderia finalmente fazer com que o sol entrasse em supernova? Ele queria gritar de frustração.

Os telescópios de observação ampliaram ainda mais as imagens, e o ponto de foco foi deslocado. Naquele instante, Zod finalmente avistou o alvo das armas apocalípticas. No-Ton e os outros técnicos engasgaram. Zod cerrou o punho.

– Maldição!

Aethyr entrou tropeçando na sala de controle, aparentando estar esgotada e aterrorizada.

– Só queria estar com você no final.

Zod mostrou os dentes em um sorriso amargo.

– Não haverá final. Não hoje.

Uma bola de rocha e gelo, envolta por um halo, encheu a tela, cercada por uma cauda de cometa volátil e um longo rabo emplumado. O Martelo de Loth-Ur.

Como se fossem flechas disparadas com extrema precisão, os dardos nova atingiram em cheio o coração do cometa. Todos os 15 o acertaram com uma diferença de segundos entre um e outro. A explosão combinada liberou cinco vezes mais energia do que a explosão que havia obliterado Koron. Os filtros automaticamente abafaram boa parte do brilho antes que os monitores tivessem uma sobrecarga. Lá fora, a distante detonação criou um novo e breve sol no céu de Krypton.

Tudo o que restou do Martelo de Loth-Ur foi uma nuvem de gás energizado que se expandiu durante algum tempo e os resíduos cintilantes das maiores armas que Krypton já tinha visto.

O cometa foi vaporizado, não era mais uma ameaça. O mundo havia sido salvo.

As armas haviam sido sabotadas.

E Zod sabia que Jor-El era o responsável.

CAPÍTULO 77

Na confusão e no caos que se sucedeu ao lançamento dos mísseis, Jor-El poderia ter fugido de Kryptonopolis. Poderia ter corrido de volta para a propriedade ou ido para Argo City. Mas jamais deixaria Lara para trás.

Assim como o antigo filósofo Kal-Ik, que havia falado a verdade, mesmo sabendo que o Comandante Nok o executaria por isso, Jor-El fez o que era necessário. Embora tivesse salvado o planeta, o General Zod provavelmente o mataria. Aquela era uma traição de magnitude sem precedentes.

Nam-Ek foi atrás do cientista, e seu rosto emanava uma fúria incontrolável. Jor-El esperava um esquadrão inteiro da Guarda Safira de Zod e vários membros do Anel de Força, mas, sozinho, o corpulento mudo era mais do que capaz de arrastá-lo para o palácio do governo. Sem medo, e orgulhoso do que havia feito, Jor-El se preparou para enfrentar o algoz. Ele não recuaria.

Desde que Zod erguera sua pretensiosa estátua, as salas do governo haviam começado a tomar a forma de uma sala do trono. Era lá que o General esperava por Jor-El. Zod estava sentado em um assento maciço e quadrado, em cima de uma plataforma, com Aethyr à sua direita, linda e gelada.

Nam-Ek lançou o cientista para a frente com um empurrão, fazendo com que tropeçasse. Jor-El se conteve e tentou recuperar sua dignidade, ajeitando as vestes brancas. Ele tocou no seu símbolo familiar, um "S" no meio do peito, e tirou forças de uma linhagem que remontava a Sor-El e ao tempo da Conferência dos Sete Exércitos. Sem dizer uma palavra, ele encarou Zod.

O amargo Koll-Em adentrou a câmara do trono puxando Lara com brutalidade, apesar de sua gravidez avançada. Quando viu Jor-El, Lara se libertou das garras ensebadas do sujeito e correu para o marido. Ele a abraçou, beijou seus lábios e afundou o rosto em seu cabelo âmbar, certo de que Zod pretendia executar a ambos.

Com um olhar furioso, o General dispensou Koll-Em secamente. Quando o jovem nobre fez uma expressão zangada por ter sido deixado de fora do confronto, Zod respondeu com um olhar que o fez sair apressado e em silêncio. Finalmente o General falou, a voz ardendo de raiva:

— Eu pediria para que você se explicasse, mas não estou interessado na resposta.

Jor-El não se intimidou.

— Você está vivo agora por causa do que eu fiz. Você não deveria se sentir grato?

— Você me desafiou! — Zod lançou-se de pé como se fosse se tornar um perigoso projétil.

— Protegi todos os kryptonianos das suas decisões estúpidas e criminosas. — Jor-El deu um passo à frente e se aproximou ainda mais da cadeira maciça. — E agora é hora de tirar você do poder. Eu deveria ter feito isso há muito tempo.

Zod ficou congelado com a audácia da declaração, e logo começou a rir. Ao lado do tirano, Aethyr riu ainda mais alto, e até mesmo Nam-Ek gargalhou sem dizer uma palavra. Jor-El os ignorou.

— General Zod, seu regime está chegando ao fim.

Zod trocou olhares com os dois parceiros, como se um deles pudesse explicar a piada.

— E como é que você vai conseguir isso? Estou intrigado. Você sempre foi um pensador, um homem de ideias, não de atitudes.

Jor-El ergueu as sobrancelhas.

— Atitudes? Fui eu que destruí o gerador de feixes Rao para que você não pudesse mais usá-lo como uma arma. — Aethyr e Zod pareciam estar ainda mais irritados do que antes, mas ele prosseguiu. — Meu irmão e eu coordenamos os nossos esforços para detê-lo. Nos dias que se seguiram à retirada dos seus exércitos de Argo City, Zor-El organizou um amplo movimento de resistência em todo o Krypton. Seu ataque insensato foi o suficiente para estimular muitos outros líderes da cidade a entrar em ação. Agora eles estão marchando na direção de Kryptonopolis.

Naquele momento, Zod começou a rir com desprezo.

– Rebeldes desorganizados e mal armados? Eles não têm condições de me enfrentar. Venho montando minhas defesas militares há meses, e todo o meu exército está aqui. Temos armas baseadas nos seus próprios projetos e ondas e mais ondas de soldados dispostos a se sacrificar.

Jor-El sorriu.

– Talvez. Mas eu possuo uma tecnologia melhor e uma imaginação maior.

Zod olhou para Aethyr e Nam-Ek, subitamente incerto. Jor-El, por sua vez, acionou os controles escondidos dentro de sua túnica solta.

O gerador de campo de força que ele havia colocado perto do trono de Zod foi ativado. Uma pequena cúpula apareceu na mesma hora, encapsulando Zod, Nam-Ek e Aethyr dentro de uma prisão hemisférica com três metros de diâmetro. Nam-Ek rugiu e se jogou contra a parede curvada, mas seus golpes ricochetearam e se mostraram ineficazes. Zod também bateu e gritou, mas aquilo não lhe fez nenhum bem.

– Zor-El me contrabandeou os planos – explicou ele para Lara. – O campo irá reter o General até meu irmão e seu exército chegarem.

Seus belos olhos ainda estavam confusos.

– Mas o resto das forças de Zod ainda está lá fora. Mesmo que uma tropa rebelde esteja chegando, ela não terá como derrotar toda a Kryptonopolis.

– Terá se conseguirmos dividir os seguidores do General em grupos menores. – Ele apertou outro botão, e um segundo campo de força surgiu, maior em circunferência. Este envolveu todo o palácio do governo.

Depois disso, ele ativou uma terceira cúpula, ainda maior, que se estendeu até metade da Praça da Esperança, encapsulando os outros como se fossem ovos em um galinheiro. Esta última separava as centenas de pessoas que estavam reunidas nas ruas das armas e do equipamento militar. De acordo com os planos, o campo de força se fecharia justamente sobre a estátua de Zod, cortando-a ao meio, fazendo com que seus pedaços caíssem sobre os azulejos milenares.

Duas outras cúpulas surgiriam em áreas fora do perímetro urbano de Kryptonopolis, dividindo os soldados restantes.

Ficar vendo Zod esbravejando furiosamente dentro da sua prisão cintilante fez com que Jor-El sentisse uma enorme satisfação. Ele abraçou Lara, apertou sua barriga arredondada contra a dele, sabendo que, afinal, seu filho nasceria em um Krypton livre, um mundo que já não enfrentaria a ameaça da aniquilação iminente.

– Agora vamos esperar, Lara. Você e eu, aqui, juntos.

CAPÍTULO 78

Os rebeldes aliados de Zor-El estavam convergindo para Kryptonopolis quando viram os dardos nova rasgando o céu. Ele fez uma pausa para
observar as trilhas curvas de vapor enquanto seus companheiros engasgavam
espantados e aterrorizados. Ele engoliu em seco. Em instantes, se os mísseis
encontrassem seu alvo, toda a Argo City evaporaria. Quando os exércitos de
Zod se retiraram, sem êxito, Zor-El resolveu desativar o campo de força. Ao
ver os mísseis se aproximando, ele lembrou que poderia ativá-lo novamente
a qualquer momento, mas será que aguentaria os *dardos nova*? Alura poderia
ser morta, sua mãe também, além de todos os seus amigos e conhecidos, sem
contar com todas as grandes obras de Argo City – tudo desapareceria em
instantes.

Mas ele acreditava que Jor-El faria exatamente o que havia prometido.

Naquele instante, enquanto os mísseis dourados desapareciam céu acima, Korth-Or falou, deixando seu problema de fala mais evidente devido à
comoção do momento. Ele já havia perdido a própria cidade.

– Então Zod realmente fez isso! Bastardo.

– Será que devemos esperar? Se o mundo vai acabar hoje, qual vai ser
a vantagem de atacar Kryptonopolis? – Or-Om balançou a cabeça em
descrença.

Zor-El franziu as sobrancelhas.

– Porque se o mundo não acabar, cada instante vai contar. – Eles haviam apostado naquela reviravolta surpresa, e ele se agarraria ao último fio de esperança.

Seu exército multifacetado continuou a seguir rumo à capital com a sua miscelânea de veículos e equipamentos – ferramentas que ele havia de uma hora para a outra convertido em armas; naves particulares que haviam virado veículos militares e transportes para soldados. Os combatentes eram refugiados da Borga City, bem como de dezenas de outras cidades e vilas, mas a maioria vinha da cidade administrada por Zor-El. Naquele instante, o grupo armado seguia inexoravelmente em direção à antiga Xan City, sabendo que estaria em menor número. Mas Zor-El lhes pedira que tivessem fé.

E eles o fizeram.

Em seguida, a tropa viu o clarão enorme no céu. Mesmo em plena luz do dia, a abrasadora explosão azul e branca projetava segundas sombras, inibindo a luz do sol vermelho. Piscando e esfregando os olhos, os ansiosos rebeldes olhavam com admiração para o brilho difuso que marcou a destruição do cometa que vinha do espaço. Todos aplaudiram e gritaram, mas Zor-El não deixou que eles comemorassem.

– Avante! Não podemos diminuir o passo agora.

Quando finalmente chegaram à cidade, Zor-El deparou com a empolgante visão da capital reconstruída e envolta por diversas cúpulas cintilantes, exatamente como esperava encontrá-la. Os simpatizantes do General Zod haviam sido todos enclausurados dentro dos campos de força.

– Já estava na hora de se fazer uma faxina.

O exército rebelde encontrou várias centenas de retardatários em torno da cúpula que ficava mais distante do perímetro urbano. Eles estavam tentando adentrá-la de qualquer jeito, supondo que Zod os havia deixado do lado de *fora*. Zor-El sorriu por causa da ironia, enquanto suas tropas rapidamente cercavam aqueles homens e mulheres confusos. A maioria se entregou sem lutar; alguns lutaram, mas foram facilmente desarmados e feitos prisioneiros.

Zor-El havia trazido com ele algumas dezenas de pequenos geradores de campo de força, que o seu exército usava como cúpulas de contenção para manter os grupos separados. Mais tarde, os rebeldes teriam uma tarefa árdua pela frente, que seria a de separar as pessoas que apoiavam fervorosamente a causa de Zod daquelas que haviam servido apenas como lutadores relutantes.

Na hora em que os rebeldes subjugaram os retardatários e cercaram a cúpula mais afastada da cidade, o exército de Zor-El havia confiscado o dobro das armas com as quais havia chegado. Então, já totalmente armados, prepararam-se para a próxima fase, espalhando-se ao redor do perímetro do campo de força. Quando Or-Om, Korth-Or e Gal-Eth anunciaram que seus grupos separados de soldados estavam prontos, Zor-El encontrou o gerador de escudo escondido, exatamente onde o irmão lhe dissera que tinha a intenção de instalá-lo.

Com um último olhar ao redor, para se certificar de que seus combatentes estavam preparados para enfrentar os homens de Zod, presos entre as duas próximas cúpulas, ele desativou o escudo externo. Devido à grande área entre as duas abóbadas, Zor-El sabia que aquele seria o maior contingente de soldados inimigos, e que cada domo sucessivamente menor conteria cada vez menos lutadores. Era dividir e conquistar.

Vários membros furiosos do Anel de Força estavam presos ali, isolados, e se esforçavam para entender o que estava acontecendo. Assim que o campo de força desapareceu, as tropas de Zor-El avançavam, mas os membros do Anel de Zod reuniram seus seguidores para atacar. Alguns dispararam suas armas de forma indiscriminada, mas muitos dos soldados relutantes simplesmente se renderam.

Os rebeldes de Zor-El isolaram as áreas de conflito e desarmaram inúmeros homens e mulheres que, obviamente, nunca quiseram se juntar ao exército de Zod. Trabalhando internamente, ele desativou outro campo de força e avançou para a Praça da Esperança, onde a estátua de Zod, que havia sido partida ao meio, estava em pedaços pelo chão. Em questão de uma hora, os recém-chegados haviam subjugado todas as pessoas dentro daquela cúpula. Àquela altura eles já tinham desarmado a maior parte do exército inimigo, e suas baixas haviam sido mínimas.

No entanto, quando ele desativou a cúpula subsequente, que envolvia o palácio do governo, a fúria repentina de um destacamento da Guarda Safira, liderado por um escandaloso Koll-Em, quase os esmagou. Alguns dos seguidores de Zod usaram lança-raios, novas armas adulteradas a partir dos desenhos originais de Jor-El, para incinerar a primeira linha de soldados rebeldes. Tal violência fez com que os lutadores de Zor-El tivessem que deixar os seus mortos no chão.

Ele gritou:

— Juntem forças! Acabem com eles antes que matem mais algum dos nossos. — Dez dos combatentes de Zor-El já haviam sido abatidos.

– Por Borga City! – gritou Korth, ainda avançando.

– Por *Krypton*! – acrescentou Gal-Eth.

Koll-Em não tinha o menor interesse em se entregar, nem mesmo em sobreviver. A Guarda Safira continuava a disparar seus lança-raios mortais. Mirando cuidadosamente, Zor-El atirou com a própria arma, acertando uma rajada de dardos de cristal no peito de Koll-Em. Com um grito, ele foi aos poucos silenciando, como o ar que sai de um balão. O líder do Anel de Força tombou sobre os degraus de pedra em frente ao palácio do governo.

Armas de fogo abateram os últimos oficiais da Guarda Safira, poderosas o bastante para rachar suas armaduras. Depois de um turbilhão de ruídos, logo se fez o silêncio novamente.

Zor-El inclinou a cabeça.

– Quantos perdemos? – Ele ficou ouvindo nomes sendo relacionados, enquanto os soldados verificavam corpos e contavam manchas de fumaça e carne queimada no solo.

– Quinze – respondeu Gal-Eth.

– Foram muitos. – Zor-El olhou para o palácio do governo que estava bem à sua frente. O General Zod teria que estar lá dentro. Todos estavam com armas na mão ao adentrarem o imponente prédio.

Mas quando os rebeldes vitoriosos chegaram à sala do trono de Zod, Zor-El viu o irmão abraçando Lara, sem dar importância aos gritos abafados dos três prisioneiros dentro da pequena cúpula.

CAPÍTULO 79

Apesar de estarem esgotados, Zor-El e seus rebeldes passaram muitas horas entrevistando os prisioneiros que haviam sido agrupados em cúpulas distintas de contenção. Eles isolaram os membros da Guarda Safira e do Anel de Força, mantendo-os em um campo de força prisional à parte, por serem os mais perigosos.

Outros infelizes cidadãos insistiram que só tinham a intenção de ajudar após o desastre de Kandor. Foram para a cidade por estarem enfeitiçados por Zod, arriscando-se passo a passo rumo a um escorregadio precipício. Artesãos, construtores, engenheiros civis, pessoas de todas as classes que só queriam fazer a coisa certa.

Como resultado, as pessoas de Kryptonopolis vilipendiavam as ações do General Zod. Braçadeiras azuis rasgadas estavam espalhadas pelo chão, ainda mostrando a insígnia da família de Zod. Soldados descartavam os uniformes militares que o General os havia obrigado a usar; empilharam as roupas em vários montes na Praça da Esperança e lhes atearam fogo fazendo grandes fogueiras. Todos os ex-líderes municipais que tinham ajoelhado e se submetido a Zod abdicaram, envergonhados.

Dentro da sala do trono, Zod, Aethyr e Nam-Ek permaneciam presos em sua bolha hemisférica, irados e totalmente indefesos. Além de Koll-Em, dois outros integrantes do Anel foram mortos durante os combates. Jor-El testemunhou a favor de No-Ton, explicando como ele havia lhe alertado sobre o ataque à Borga City com o feixe Rao e como havia sutilmente resistido ao General de várias maneiras. Os 12 restantes foram detidos e trazidos, de cabeça baixa, para que pudessem observar o General totalmente derrotado.

Antes que qualquer tipo de julgamento pudesse começar, no entanto, antes que os membros do anel pudessem advogar suas causas, implorar por perdão ou grunhir justificativas, Jor-El e Lara fizeram uma descoberta assustadora.

Dentro do palácio do governo, Lara estava andando lentamente em círculos, estudando a arquitetura do escritório principal de Zod. Olhando para a intersecção de paredes e valendo-se da sua percepção espacial de artista, ela percebeu que algo estava errado.

– Esta parede não está onde deveria estar, Jor-El. Está vendo essa coluna aqui? – Ela contornou a estátua erodida da vítima ajoelhada de Jax-Ur e examinou blocos na parede que estavam perfeitamente conectados. – Ele escondeu alguma coisa aqui atrás. Deve haver alguma espécie de trinco ou fechadura por aqui.

Já temendo o que poderia encontrar, Jor-El testou o painel, prestou atenção para ver se ouvia alguma ressonância, e depois voltou para a mesa de Zod. Em sua confiança arrogante, o General não temia ser descoberto em seu próprio escritório. Ele certamente colocaria os controles em um lugar de fácil acesso.

Em uma das gavetas, Jor-El localizou um pequeno conjunto de cristais, sendo que um deles fazia com que a parede de blocos de pedra deslizasse para o lado e revelasse uma escada que dava em uma espécie de armazém subterrâneo. Ele e Lara se entreolharam, nenhum dos dois estava convencido de que queria ver o que Zod havia escondido, mas ambos sabiam que tinham que ir até lá.

Embora estivesse nas últimas semanas de gravidez, Lara ainda se movia com uma agilidade que lhe permitiu acompanhá-lo. No fundo, encontraram um conjunto de câmaras mal iluminadas com paredes espessas e inúmeras alcovas, andaimes, invólucros e arcas trancadas. Os objetos estavam dispostos como se estivessem sendo exibidos em um museu.

Jor-El reconheceu um dispositivo portátil – um misturador reflexivo que podia bloquear qualquer comunicação recebida, impedindo de forma eficaz qualquer pessoa de enviar uma mensagem. Ele próprio havia inventado o dispositivo havia anos, mas a Comissão para Aceitação da Tecnologia o havia proibido. Era apenas uma das invenções que Zod guardou para si.

Com os olhos arregalados, Jor-El foi até outro painel e encontrou o projeto original para o gerador de feixes Rao, além de projetos para motores de foguetes, lançadores de satélites e de propulsão, concentradores de calor. Jor-El se perguntou quantas vezes Zod havia censurado trabalhos científicos com a intenção expressa de mantê-los em seu arsenal particular.

– Eu devia ter ignorado a Comissão e jamais ter levado nenhuma das minhas invenções para Zod. – Sua garganta estava seca, e seus olhos ardiam. – Maldito seja o antigo Conselho e suas regras tolas!

Lara havia saído de vista e adentrado uma câmara menor. Sua voz estremeceu quando ela gritou.

– Jor-El, é melhor vir até aqui. Você precisa ver isto.

Em uma pequena sala particular, Jor-El viu o maior segredo que o General Zod vinha escondendo. Junto com um completo de console de controle, cravejado de hastes cristalinas, uma moldura prateada em forma de anel pairava no centro da sala, retendo o artefato singular que Jor-El havia criado.

A Zona Fantasma.

E naquela abertura plana entre as dimensões, ele viu centenas de rostos desesperados, amontoados, achatados e sobrepostos. Suas bocas abertas gritavam. Seus olhares eram suplicantes.

Ele não precisou reconhecer nenhum daqueles rostos para saber de quem se tratavam.

– Então era isso que acontecia com quem se posicionasse contra Zod.

Provavelmente, alguns dos dissidentes mais veementes foram mortos imediatamente – era para isso que servia a força bruta de Nam-Ek –, mas o comissário devia achar que a Zona Fantasma era uma maneira muito mais limpa e satisfatória de liquidar seus inimigos.

Jor-El congelou, sentindo a raiva aumentar ainda mais.

– Temos que tirar todos daí.

Quando os rostos aprisionados avistaram os dois, suas expressões se alteraram enquanto imploravam, mas a barreira dimensional abafava qualquer som. Jor-El foi até o console de controle e levantou a mão, tentando tranquilizar os presos.

– Vou ajudar você a libertá-los. – Os lábios de Lara se curvaram em um sorriso. – Já fiz isso antes, lembra?

No painel de controle, ele mudou a polaridade dos cristais, de modo que as lascas vermelhas brilhantes ficaram verdes. O que era âmbar ficou branco, invertendo o fluxo na Zona Fantasma e libertando o primeiro prisioneiro. Como se tivesse sido expulso de outro universo, um homem foi cuspido para fora do círculo plano e vertical, tão fraco que caiu de joelhos. Trêmulo e incapaz de falar, ele contemplou Lara e Jor-El com um olhar assombrado. Lara o ajudou a se levantar.

Jor-El reconheceu o sujeito como Tyr-Us, filho do antigo líder do Conselho, Jul-Us, e amigo de Zor-El. Ele havia desaparecido em circunstâncias misteriosas.

Os rostos restantes continuavam a clamar no mais completo silêncio enquanto Jor-El manobrava os cristais de controle. Um segundo homem, calvo, com um bigode de morsa, desabou sobre o chão de pedra. Seus olhos eram fundos. Gil-Ex.

— Passamos... uma eternidade lá dentro. Foi Zod. Não confie em Zod!

— Ninguém precisa mais se preocupar com Zod.

Jor-El continuou libertando prisioneiros da Zona Fantasma. Um após o outro, eles surgiam, aterrorizados, sem fôlego, e felizes por terem sido libertados daquela dimensão enlouquecedora. Dezenas daqueles que tentaram fazer circular advertências contra Zod, aqueles que reclamavam da sua orientação política... aqueles que haviam, supostamente "se aposentado da vida pública".

O último a sair foi um empregado chamado Hopk-Ins, que havia trabalhado nos salões do prédio da Comissão em Kandor – a primeira pessoa que Zod havia exilado para a Zona Fantasma, apenas por capricho.

Uma a uma, e cambaleando, as pessoas resgatadas subiam os degraus de pedra, saindo daquela câmara escura de museu, respirando o ar fresco e se deixando banhar pelo calor do sol vermelho, despertando para um novo Krypton.

CAPÍTULO 80

O General Zod fervia de ódio dentro da prisão transparente. Juntos e derrotados, ele e seus comparsas olhavam através da cúpula impenetrável para seus delatores, que desfilavam pelo palácio do governo – *seu* palácio do governo. Eles o enganaram, depuseram, e Jor-El tinha sido o maior de todos os traidores.

As pessoas o olhavam com expressões de medo, desgosto e até mesmo ódio. O ódio era o que o deixava mais intrigado. Ele era, afinal de contas, o salvador de Krypton.

– Eu me sinto como um animal em um zoológico, exposto para que visitantes idiotas possam se admirar – disse ele para Aethyr. – Talvez o Açougueiro de Kandor tenha sido misericordioso ao abater todos aqueles animais. – Nam-Ek lhe lançou um olhar chocado.

– Ao contrário do Açougueiro de Kandor, essas pessoas nunca vão ter coragem de tomar alguma atitude definitiva – disse Aethyr. – Vão passar anos debatendo e nos estudando.

– E enquanto isso, vamos ficar presos aqui. – O corpo inteiro de Zod tremia com o esforço para conter as emoções. Ele queria gritar com todos, mas isso só iria entreter os vigias e o faria parecer fraco. Ele não tinha a intenção de aparentar fraqueza.

Nam-Ek, porém, não tinha tanto autocontrole. A cada hora, mais ou menos, ele soltava um rugido sem palavras e esmurrava, inutilmente, o escudo do campo de força. Algumas pessoas no salão levantavam os olhos para aquele ser transtornado. Vários ficavam preocupados; outros simplesmente o ignoravam. Dois funcionários sorriram confiantes diante do campo de força, depois foram cuidar da sua vida.

Zod queria matar todos eles.

Um por um, como se estivessem enfrentando seus medos, os dissidentes que tinham sido aprisionados na Zona Fantasma foram encarar o General. Cheios de bravatas (já que ele estava aprisionado), eles o xingaram e o amaldiçoaram. No começo ele riu daquela postura ridícula. Depois, ignorou-os.

Zod andava dentro do cárcere como se fosse um predador à espreita. Aethyr o observava, os lábios apertados. Agora que estavam presos e ele nada podia lhe oferecer, Zod se perguntava se ela ainda o amava. E se aquela mulher tivesse simplesmente concordado em ser sua consorte por causa do manto de poder que ele usava?

Mas Aethyr não o condenava.

Várias vezes, seus captores expandiram a cúpula para fazer uma ou outra cortesia. Eles tinham comida, água, um balde, e pouco mais do que isso. Não havia ferramentas que Zod pudesse usar para planejar uma fuga. Ele tinha apenas a própria voz e a personalidade forte para influenciar seus captores. Há algum tempo, isso poderia ter sido suficiente, mas não era mais.

Ele merecia ser reverenciado, não humilhado, depois do que havia feito por Krypton. Ninguém teria tomado as atitudes necessárias depois da perda de Kandor. A história provaria que ele havia salvado sua raça da indecisão e do desamparo. Ele fez o que era certo, e quase atingiu o auge de realização – quando tudo começou a desmoronar. Se tivesse tomado quaisquer decisões ruins, não as admitiria.

Mantendo Kryptonopolis como uma capital provisória, as pessoas se articulavam para formar um novo governo... ou, o que era mais provável, reciclar o antigo. Os líderes desajeitados buscavam precedentes que já tinham se provado fracos e inúteis. Gil-Ex e Tyr-Us falavam abertamente sobre a formação de um novo Conselho, exatamente igual ao antigo em Kandor. Aparentemente, durante o tempo que passaram na Zona Fantasma, suas ilusões haviam crescido. Eles não se lembravam de nada. Idiotas!

Vingativo, Zod esperava que algum invasor de outro planeta atacasse Krypton naquela hora, só para provar que estava certo. Apesar de tudo, *ele* estaria totalmente seguro sob aquela cúpula protetora...

412 KEVIN J. ANDERSON

Após dois dias de turbulência, o governo provisório anunciou o início do julgamento de Zod. O General se levantou, cruzou as mãos atrás das costas e ergueu a voz para ser ouvido através do escudo que zumbia.

– Vocês não me deram tempo algum para me preparar. Eu devia ter um advogado e acesso aos meus acusadores. Isso vai contra as leis de Krypton.

– Nós *somos* a nova lei kryptoniana – disse Gil-Ex, ainda parecendo ridículo com o bigode longo e a cabeça reluzente. – Você já teve tempo suficiente para contemplar seus crimes. Advogue em causa própria, peça perdão, se quiser. Ninguém duvida da sua capacidade de articulação.

Aethyr riu de um jeito amargo.

– Ah? E quanto a Nam-Ek? Ele não fala uma palavra desde que era criança.

Os membros do governo provisório pareceram ter ficado confusos com aquilo. Zod sabia que aqueles homens fariam o que quisessem. E resolveu não pressionar.

Enormes placas de filme foram colocadas em volta do campo de força, e Zod percebeu que aquele espetáculo seria transmitido para espectadores de todo o Krypton. Como se as massas fracas gostassem de saborear a queda de um homem poderoso.

Seus acusadores vieram para a frente, um de cada vez. Primeiro Gil-Ex descreveu como, depois que se pronunciou no acampamento de construtores na velha Xan City, Zod tinha pedido para ter uma conversa em particular. Mas Nam-Ek o pegou na tenda, e os dois jogaram Gil-Ex dentro da Zona Fantasma.

– Um lugar horrível! Sem luz, sem movimento, sem calor ou frio. Eu não tive sequer uma existência enquanto estava lá. – Seu rosto foi ficando vermelho. – Era apenas silêncio vazio, exceto pelos outros prisioneiros trancafiados, todos desincorporados.

Tyr-Us falou em seguida, e tremia enquanto explicava como os seguidores misteriosos de Zod passaram semanas no seu encalço. Ao buscar ajuda com Zor-El e outros críticos do regime, ele tentou encontrar um lugar seguro, mas acabou sendo capturado na casa de veraneio vazia de Yar-El. Ele também tinha sido jogado na Zona Fantasma.

No-Ton contou, gaguejando, como havia sido forçado a ajudar na destruição de Borga City com o feixe Rao e depois a modificar os dardos nova, que quase destruíram o planeta. Em seguida veio o empregado magro e curvado chamado Hopk-Ins, que soluçava enquanto contava a história de como Zod o usou para testar a Zona Fantasma.

Os últimos dias de Krypton

O General Zod rapidamente fechou os ouvidos para aquela sequência de protestos, lamúrias, clamores patéticos por piedade. Ele fechou os olhos para suas expressões desprezíveis enquanto relatavam suas provações. As acusações se arrastavam em uma interminável ladainha.

Zor-El mostrou imagens do ataque fracassado a Argo City. Lara descreveu como havia sido presa, tanto para coagir o marido quanto pelo fato de ter escrito a verdade em seu diário.

Finalmente, Jor-El deu um passo à frente e encarou Zod. Antes que o cientista pudesse falar, Zod gritou:

– Agora você virou um boneco nas mãos dele, não é, Jor-El? Eles lhe ofereceram uma posição no novo Conselho? Não era isso que você queria o tempo todo? O poder político?

Jor-El parecia surpreso.

– Poder político? De jeito nenhum. Eu simplesmente queria salvar Krypton, mesmo quando você fez o melhor que pôde para destruí-lo. – Valendo-se de orgulho e sabedoria, ele se virou para encarar os homens que atuavam como juízes. – Sim, Zod fez todas as coisas terríveis que vocês ouviram nos outros testemunhos. Ele tomou o poder em nosso momento de maior necessidade, e prolongou o estado de emergência para manter seus seguidores por perto. Ele deveria ter deixado que as coisas em Krypton se normalizassem.

– Você é tão culpado quanto eu, Jor-El. – Zod não conseguia deixar de ser presunçoso enquanto falava. – *Você* construiu o feixe Rao que destruiu Borga City. Foram os *seus* projetos que armaram o meu exército. *Você* reparou os dardos nova para que pudessem ser lançados. *Você* criou a Zona Fantasma, onde ficaram detidos muitos prisioneiros políticos. Sem você, eu jamais poderia ter exercido tamanho poder.

Por trás da barreira do campo de força, ele observou a expressão confusa do cientista, mas Jor-El não recuou.

– Sua Comissão me advertiu de que mesmo as invenções simples poderiam ser corrompidas e usurpadas por homens de índole perversa. Esse homem perverso era *você*, Zod. – Ele se virou para o grupo de juízes que o olhavam fixamente, muitos dos quais pareciam estar apreensivos e suspeitando da sua conduta. – Sob os auspícios de sua Comissão, Zod baniu tecnologias que teriam ajudado Krypton, enquanto arquivava tais projetos para uso próprio. Ele roubou minhas invenções, corrompeu avanços que teriam beneficiado a todos, e desenvolveu armas que se voltaram contra seu próprio povo.

De dentro da cúpula, Zod balançava a cabeça. Como ele desprezava aquele sujeito e sua visão revisionista dos eventos. Em vez de gritar ainda mais, o General Zod apertou os lábios e esperou. Ele se lembrou dolorosamente de Jax-Ur que, da mesma forma, fora derrotado pela deslealdade de um companheiro em quem confiava. Ele não ficou nem um pouco satisfeito com o paralelismo histórico. *Maldito Jor-El!*

Não é de surpreender que a decisão do Conselho provisório fosse unânime. Quando a sentença foi lida, Zod nem ao menos precisou ouvi-la. Ele falou através da barreira cintilante.

– Estes homens são uns tolos, Jor-El, e eu não esperava outra coisa deles. Mas *você*... você realmente me traiu.

Jor-El nem sequer olhou para ele. Disse aos juízes:

– Meu voto também vai contra Zod. Ele sempre será uma ameaça para Krypton.

– Vocês poderiam ter economizado um tempo considerável – vociferou Aethyr para os juízes reunidos. – Vocês sabiam a que conclusão chegaria antes dos procedimentos começarem. Nem ao menos nos permitiram falar em nossa defesa.

Tyr-Us parecia valente agora que Zod estava devidamente trancafiado. E levantou o queixo.

– E o que vocês têm para dizer? Como podem defender suas atitudes abomináveis?

Zod silenciou Aethyr com um gesto abrupto.

– Não precisa lhes dar mais munição.

Korth-Or deu um passo em direção à cúpula. Ele ainda estava fervendo com as acusações, ainda vendo o holocausto de quando Borga City foi destruída.

– Aethyr-Ka, você ainda deseja ficar ao lado do General Zod?

– Não use meu nome de família! Eles morreram para mim muito antes de desaparecerem com Kandor. – Ela deu um passo à frente, até a beira do campo cintilante. – Sim, eu estou com o General Zod.

– E você, Nam-Ek. – Or-Om parecia compassivo. – Você era um mero peão nessas ações. Acreditamos que você tenha problemas mentais. Talvez possamos ser indulgentes caso você renuncie a Zod. Comunique-se balançando a cabeça para a frente ou para os lados.

Nam-Ek ficou furioso com a mera sugestão. Ele cerrou os punhos e balançou a cabeça para os lados, vigorosamente.

Os líderes do novo governo se levantaram juntos, enquanto Gil-Ex anunciava em um tom de voz potente.

– General Zod, não há punição mais adequada para você do que confiná-lo permanentemente dentro da Zona Fantasma. Lá, você vai ter que suportar para sempre o tormento que infligiu sobre todos nós.

Zod não lhes deu o prazer de uma réplica que os desafiasse. Soldados armados se aproximaram, homens musculosos que substituíram os integrantes da Guarda Safira. Eles cercaram a pequena cúpula que aprisionava os réus. Uma equipe de trabalhadores parecendo ansiosos trouxe o anel de prata que estava na câmara do museu.

Apesar da postura orgulhosa e da força inabalável, Zod sentiu um calafrio. Ele queria que Aethyr e Nam-Ek tivessem de fato renunciado a ele, para que não tivessem que sofrer o mesmo destino.

De onde estava, Zor-El ativou os controles de campo de força, e a pequena cúpula desapareceu. Livre por um instante, Nam-Ek estava pronto para se lançar sobre os guardas e, quem sabe, morrer em uma tentativa desesperada de fuga. Mas o General Zod tocou no braço do grandalhão e balançou a cabeça. O mudo relaxou, atendendo aos desejos do mestre, como sempre.

Gal-Eth disse:

– Respirem pela última vez o ar kryptoniano. Sintam o doce cheiro da liberdade que vocês estão deixando para trás.

Zod cuspiu em sua direção.

Ele se voltou para a multidão, concentrando a raiva na pessoa que mais odiava.

– Jor-El, nós poderíamos ter salvado Krypton. Poderíamos ter tirado essas pessoas de sua própria estupidez, mas você me traiu. Você *os* traiu! Condenou a todos! Eu poderia ter transformado isto aqui em um mundo que meu pai teria admirado, mas você e todas as gerações futuras vão pagar pela sua falta de visão. Está em sua cabeça, Jor-El... a sua consciência! Eu o amaldiçoo por isso. Amaldiçoo você e todos os seus descendentes!

Jor-El ficou ali impassível, como se estivesse de fato *orgulhoso* do que havia feito, e não deu nenhuma resposta.

Ignorando o desvario, os guardas pegaram Aethyr pelos braços. Enquanto a ex-consorte lutava, eles também agarraram suas pernas e carregaram seu corpo inteiro rumo à moldura de prata que encerrava o mais absoluto vazio. Zod ficou furioso, sentindo os últimos resquícios do seu controle, há um bom tempo preservados, se desvanecerem.

— Não!

Eles jogaram Aethyr no plano vazio e ela desapareceu imediatamente, para se tornar apenas um rosto achatado e desencarnado dentro da Zona.

Em seguida, foram necessários cinco homens para empurrar Nam-Ek vácuo adentro.

Finalmente, os guardas foram até Zod. Todas as fibras do seu ser queriam lutar, gritar, berrar e não conceder àquelas pessoas odiosas um momento de vitória. No entanto, ele sabia que não poderia escapar dos guardas e da multidão que gritava. Mesmo que conseguisse se desvencilhar, eles o caçariam e o matariam como um animal. E se ele ficasse dando chutes e se debatendo, forçando-os a pegar seu corpo inteiro e jogá-lo dentro da Zona Fantasma, ele só pareceria infantil. Humilhado e pior — *impotente*. Ele era Zod, o *General* Zod, e nunca poderia se permitir parecer impotente, especialmente na frente dessas pessoas que ele desprezava.

Ao assumir o controle da situação, ele se colocou em uma posição de liderança pela última vez. Melhor ainda, ele arrancou o poder e a autoridade daqueles fracos que o haviam traído e derrotado. Ele só tinha uma única opção possível, e Zod prometeu que faria o que tinha que fazer nos seus próprios termos. Nos seus próprios termos! Que os historiadores registrassem aquele final com reverência!

Inesperadamente, ele virou e se soltou. Em vez de permitir que os inimigos o tocassem, já que não aceitava a punição *deles*, só tinha um lugar para ir. Com um último olhar de ódio voltado para Jor-El, o General Zod mergulhou de cabeça através dos anéis de prata.

Ele ouviu gritos de surpresa e indignação vindos da sala do trono... até o nada absoluto e infinito o engolir.

CAPÍTULO 81

No meio da Praça da Esperança, a estátua destruída de Zod jazia como um cadáver de pedra coberto por tecidos escuros. O Conselho provisório em breve encontraria uma maneira de se livrar dela permanentemente. O público não ficaria satisfeito até que a relíquia ofensiva fosse destruída.

Durante as celebrações frenéticas e aliviadas, o povo também voltou sua ira contra tudo o que lembrava a velha ditadura. Vândalos não identificados, bem como hordas maiores, miravam outros exemplos de arte cívica que Zod havia encomendado. Lara não teve forças para impedi-los de danificar os intrincados mosaicos, as esculturas das paredes e os murais elaborados que ela havia projetado tão meticulosamente.

— Parem com essa profanação! — Ela tentou seguir até onde estava o maior de todos os murais, movendo-se desajeitadamente por causa da gravidez.

— Isso é *arte*!

— É propaganda para Zod... e já não toleramos mais isso — disse alguém para ela, vociferando.

— Propaganda? Basta *olhar* para isso... para o que sobrou disso! — Mas eles se recusavam a aceitar que mesmo as imagens mais simples não contivessem ideias subliminares de apoio ao governo deposto. Suas palavras foram ignoradas, e a destruição desenfreada continuou.

Ofendido em nome da esposa, Jor-El pediu para falar com Tyr-Us, que parecia estar no comando do governo provisório, mas o homem deu desculpas óbvias para não ter que vê-lo. O cientista finalmente invadiu sua sala, sem saber se tinha audiência marcada ou não.

— Por que você deixou que vândalos destruíssem as obras de arte da minha esposa? São cenas da *História*. Lara as projetou sozinha e...

— Mas Zod as encomendou — Tyr-Us respondeu com impaciência. — Não queremos sobras de lembranças daquele regime. Você pode culpar o povo? É melhor simplesmente começar de novo. Se sua esposa quiser submeter projetos alternativos ao nosso comitê cultural, ela é muito bem-vinda.

— Ele parecia achar que estava lhe fazendo um favor. — No entanto, temos muitos artesãos ansiosos que desejam contribuir. Sua esposa pode ter sido a artista favorita do General Zod, mas ela estará em pé de igualdade com o resto do nosso povo a partir de agora.

Jor-El endureceu.

— Por que você quer punir Lara? Não estou entendendo sua atitude. Só estamos tentando ajudar...

— Sério? — O sujeito parecia estar prestes a dizer muito mais, mas depois insistiu para que Jor-El saísse. — Tenho coisas mais importantes a fazer do que ouvir suas reclamações.

Caminhando pelas ruas, Jor-El não demorou a encontrar Gil-Ex cercado por um grupo de conselheiros. Estes olharam para cima, assustados, quando o cientista de cabelos brancos veio em sua direção. — Gil-Ex, com quem devo falar sobre todas as tecnologias que Zod escondia na câmara secreta? Krypton ainda pode se beneficiar delas, mas somente se alguém com a visão adequada aplicar essas teorias de uma forma construtiva. Eu poderia ser útil para tal comitê.

Gil-Ex foi surpreendentemente frio. Sua careca corou até ficar rosa, e as pontas de seu bigode longo tremeram.

— Isso não será necessário. Temos outros para executar essa tarefa.

— Mas quem seria mais adequado?

— Alguém que não tenha sido o braço direito do General Zod.

Por um instante, Jor-El ficou sem fala.

— Ajudei a derrubar Zod. Se não fosse por mim, vocês ainda estariam dentro da Zona Fantasma.

Gil-Ex o interrompeu.

— Sem *você*, a Zona Fantasma jamais teria sido criada.

Logo as peças restantes se encaixaram para Jor-El, e naquela hora ele pode ver por que os membros do governo provisório o rejeitavam.

– Obrigado pelo seu tempo – disse ele com a voz cortante e se afastou. Embora não tivesse se virado, ele pôde perceber que Gil-Ex e seus assessores o observavam.

Lara ficou furiosa quando ele lhe disse o que havia acontecido.

– Eles estão distorcendo a História! É exatamente esse o tipo de coisa que Zod queria que eu fizesse, e me recusei! Como pode o novo Conselho *querer* cometer os mesmos erros? Eles são tão ruins quanto o próprio General.

Jor-El balançou a cabeça.

– Eles jamais verão isso, e você não ganha nada fazendo tais alegações. – Enquanto sentia a direção para a qual os ventos políticos estavam soprando, ele percebeu que poderia acabar se tornando um bode expiatório. – Eles querem que o nosso mundo seja exatamente como era antes da perda de Kandor, mas se esqueceram de que o velho Krypton não era perfeito de maneira alguma. Achei que havíamos aprendido alguma coisa com tudo o que aconteceu.

CAPÍTULO 82

Depois de tantos meses de pesadelo, Jor-El desejava poder voltar para sua pacífica propriedade, ir atrás dos próprios interesses e aguardar o nascimento do filho. Não demoraria muito agora.

Lara não tinha como não concordar.

– Quero que o nosso bebê nasça no solar.

Mas com o novo governo sendo formado, Jor-El não podia simplesmente abandonar o povo e deixar o futuro de Krypton ao sabor do acaso. Ele queria se certificar de que os novos líderes haviam aprendido com seus erros e não retomariam o pensamento atrasado do antigo Conselho. Ele suspeitava que o governo provisório já estava tomando o caminho errado.

Jor-El nunca havia se interessado por política antes, mas naquele momento tinha uma chance de mudar o rumo da sociedade. Apesar de suas reservas, estava disposto a ser uma força condutora para que Krypton olhasse adiante, explorasse o universo e se tornasse parte da sociedade galáctica, aceitando o convite de Donodon.

Mais acima no céu, Rao continuava a inchar e se agitar com erupções mais espetaculares do que já tinha sido registrado em séculos. O sol vermelho e turbulento o preocupava, e já fazia muito tempo que ele não enviava nenhuma sonda solar. Talvez pudesse convencer os novos líderes a tomar alguma resolução a longo prazo e se preparar para a eventual extinção de Rao. Ele já havia mostrado seus planos de uma arca espacial para No-Ton, e o outro cientista arregalou os olhos com a mera perspectiva de se evacuar um planeta inteiro.

Dois dias depois, dentro do remodelado palácio do governo, Lara se sentou com ele na primeira fila, enquanto o governo provisório se reunia para estabelecer formalmente um novo Conselho, e escolhia representantes de cidades de todo o continente. Tyr-Us sentou-se na cabeceira de uma longa mesa com dez cadeiras vazias. Ele agia como se fosse, de fato, o líder do processo, e parecia estar aceitando tal papel como se fosse algo natural. Ele era o filho do velho Jul-Us, e havia sofrido bastante por ter enfrentado e desafiado Zod. Jor-El sabia que os outros o achavam capaz de promover a calma e a tranquilidade durante o processo.

Por conta do calvário na Zona Fantasma e do seu histórico como um dos primeiros e maiores detratores de Zod, Gil-Ex também aceitou uma cadeira. No que foi quase certamente um gesto de simpatia por seu sofrimento semelhante, mais quatro dissidentes proeminentes recém-liberados da Zona Fantasma também foram eleitos. Enquanto seus nomes eram chamados, os quatro foram para a frente a fim de assumir cadeiras vazias na mesa do Conselho.

Por sua participação na grande batalha que derrubou Zod, Or-Om, Korth-Or e Gal-Eth também aceitaram posições no novo Conselho. Jor-El foi surpreendido quando ofereceram o assento seguinte para No-Ton. Apesar de ser ex-membro do Anel de Força de Zod, eles consideraram o cientista aceitável por sua "notável resistência às perigosas ordens do General". No-Ton também não parecia estar esperando a nomeação.

– E para a nossa última cadeira no novo Conselho, estamos orgulhosos por nomear Zor-El, de Argo City – anunciou Tyr-Us. Embora tivesse ficado feliz pelo irmão, Jor-El ficou perplexo e preocupado pelo fato de ter sido deixado de lado.

Zor-El se levantou de seu banco na sala de conferências, o rosto na mais profunda reflexão. Ele levantou o braço esquerdo à sua frente, contemplando as cicatrizes das queimaduras.

– Já tive experiências com a natureza complicada do antigo Conselho. Ao exigir que até mesmo as votações mais simples fossem decididas por consenso em vez de por uma simples maioria, muitas questões importantes, embora controversas, morreram sem ter uma resolução. Não podemos mais administrar Krypton dessa forma. Vocês todos sabem disso. – Ele olhou em volta, onde estavam reunidos todos os representantes e aqueles que haviam sido nomeados.

Gal-Eth resmungou e, em seguida, acenou com a cabeça.

– Mudanças dramáticas nos foram impostas. Podemos tirar o melhor proveito dessa situação.

Or-Om, o minerador, irrompeu em aplausos breves e entusiasmados.

– Concordo. Se eu administrasse minhas empresas do jeito que o antigo Conselho administrava Kandor, nunca teria feito nada. Vamos mudar para melhor.

– Eu proponho que, no novo Conselho, as decisões sejam tomadas por uma maioria simples – disse Korth-Or. – É a única maneira de podermos seguir em frente.

Tyr-Us franziu a testa como se a simples ideia de uma mudança tão grande fosse lhe doer, mas logo percebeu o clima que havia na sala e, relutante, assentiu.

– Alguma objeção? – Ninguém fez qualquer questionamento. – Então essa decisão, pelo menos, é unânime. Uma maioria simples, seis votos em 11, vai decidir questões em debate. Agora, Zor-El, por favor, junte-se a nós na mesa do Conselho para que possamos dar início à nossa primeira sessão.

O homem de cabelos escuros deu um sorriso travesso para o irmão.

– Mas eu não aceitei a posição que você ofereceu, Tyr-Us. Argo City é mais do que um homem poderia querer governar... pelo menos este homem. Agora que a cúpula de proteção foi desativada, tenho cinco pontes para reconstruir, além de campos agrícolas que foram pisoteados pelo exército de Zod, e toda uma indústria de aproveitamento do mar para restaurar. Dessa forma, eu, com pesar, declino.

Os membros do novo Conselho não poderiam ter ficado mais surpresos. Depois de um princípio de tumulto tanto na mesa quanto entre o público, Zor-El gritou até que pudesse ser ouvido.

– Mas eu nomeio meu irmão, Jor-El, para assumir meu posto. Ninguém fez mais por Krypton nesses últimos e tumultuados anos do que ele. Vocês deveriam ter concedido a ele a primeira cadeira nesse novo Conselho.

Jor-El sentiu uma profunda gratidão. Todos na plateia estavam olhando em sua direção.

Então ele ficou completamente surpreso com a reação maldosa de Tyr-Us.

– Impossível! Jor-El colaborou com nosso maior inimigo. Ele forneceu armas terríveis para o General Zod. Vocês todos ouviram o General dizendo, durante o julgamento que, sem Jor-El, o perverso ditador jamais teria chegado ao poder.

Gil-Ex interrompeu a falação com mais uma das suas.

– Jor-El criou a Zona Fantasma, onde tantos de nós foram aprisionados. Nenhum de nós pode se esquecer disso! Por esse único gesto, ele não deveria jamais ser perdoado.

– E ele construiu o feixe Rao que destruiu Borga City e abateu centenas de milhares de inocentes! – disse outro ex-prisioneiro da Zona Fantasma no Conselho. – Você o ajudou, Zor-El, mas aquela invenção vil foi obra dele, não foi?

Or-Om acrescentou em voz baixa:

– Pelo que me lembro, ele também não foi responsável pela morte do visitante alienígena em primeira instância? Foi isso que desencadeou toda essa cadeia de eventos.

– Brainiac roubando a cidade de Kandor... – começou Tyr-Us, com o rosto vermelho.

No-Ton o interrompeu, com uma voz que aparentava nervosismo.

– Desculpe, mas você não pode culpar Jor-El por isso. A raça de Donodon não teve nada a ver com a chegada de Brainiac.

– Podemos ter certeza disso? Zod foi o único que contou a história. Quem pode acreditar em alguma coisa que ele tenha dito?

Zor-El balançou a cabeça.

– Você acabou de provar a minha tese. Se eu tinha dúvidas sobre se devia declinar ou não do seu convite para me juntar a este Conselho, você as pôs todas por terra. Por acaso está delirando? Você se esqueceu...

Mas Jor-El lentamente se levantou e pediu para que o irmão fizesse silêncio.

– Eu posso falar por mim, Zor-El. – Ele virou de frente para a mesa do Conselho, cuja cadeira vazia chamava a atenção. E deu um passo a frente.

– Sim, eu estava lá no começo, e ajudei o comissário Zod a salvar o povo de Kandor. – Sentindo o calor subindo para o rosto, ele olhou para os dez membros sentados, um de cada vez. – Onde estava o resto de vocês? Qualquer um de vocês? Kandor *desapareceu*, o nosso planeta estava sob a ameaça de outro ataque alienígena, e Zod estava tentando salvar as pessoas e defender Krypton. É claro que o ajudei! Muitos cidadãos de bem vieram oferecer ajuda de todas as maneiras possíveis. Donodon era meu amigo, e sua morte foi um acidente. Ou talvez não tenha sido totalmente um acidente... encontrei evidências de que o próprio Zod pode ter sido responsável pela explosão.

– Por que razão possível ele faria isso? – disse Gil-Ex com uma voz de desprezo.

– Para fazer com que o velho Conselho entrasse em pânico de modo que ele pudesse tomar o poder com mais facilidade. – Jor-El começou a se defender de todas as outras acusações, uma a uma. – Sim, o feixe Rao foi invenção minha. Meu irmão e eu o usamos para aliviar a pressão no núcleo de nosso planeta. Eu não consegui impedir que Zod se apoderasse do meu invento e o transformasse em uma arma terrível, mas fui eu que sabotei o gerador de feixes Rao e o impedi de usá-lo novamente para fins malignos. E onde estava o resto de vocês?

Jor-El fez uma pausa antes de prosseguir.

– Por não conseguir fazer com que Zod percebesse a ameaça representada pelo cometa que estava a caminho, reprogramei os dardos nova para que destruíssem o Martelo de Loth-Ur, em vez de Argo City ou qualquer outra cidade de Krypton. Assim, salvei o nosso planeta mais uma vez. – Ele percebeu que estava tremendo de raiva. – E vocês ainda duvidam dos meus motivos? Fui *eu* que derrubei o governo do General Zod. Montei a armadilha que fez com que ele ficasse aprisionado em um campo de força, permitindo que o resto de vocês tomasse Kryptonopolis. – Ele deixou que o silêncio pairasse por um instante no ar e prosseguiu: – Portanto, eu aceito a nomeação para me tornar membro do novo Conselho. Vou continuar a me dedicar para a melhoria de Krypton. Como sempre fiz.

Zor-El aplaudiu enquanto o irmão caminhava, com despeito, rumo ao último assento vazio na mesa do Conselho. No-Ton também bateu palmas, e um punhado de aplausos percorreu a plateia. Or-Om, Gal-Eth e Korth--Or, que haviam acompanhado Zor-El em sua marcha contra Kryptonopolis, encolheram os ombros e também concordaram.

Tyr-Us e Gil-Ex pareciam decididamente desconfortáveis enquanto o cientista de cabelos marfim sentava-se à mesa comprida. Finalmente, o novo líder anunciou:

– Muito bem, este Conselho está em sessão.

CAPÍTULO 83

Um dia depois que o novo governo foi formado, Zor-El se despediu do irmão e de Lara. Jor-El disse:

— Tem certeza que não vai ficar conosco até o bebê nascer? Você seria perfeitamente bem-vindo à propriedade, longe de todo esse tumulto.

— Isso é mais tentador do que uma oferta para me sentar no novo Conselho, mas tenho que declinar. — Ele deixou escapar um suspiro bem-humorado. — Nosso pai nos pediu para que tivéssemos filhos, lembra-se? Como é que vou ter um filho ou uma filha se eu nunca passar algum tempo com a minha mulher?

Jor-El riu.

— Acho que esse é um problema científico que você pode resolver por conta própria.

Quando o Conselho convocou a primeira reunião oficial, todos os moradores de Kryptonopolis foram incentivados a comparecer ou a assistir aos procedimentos projetados nas laterais das torres gigantes de cristal, cuja potência Jor-El e No-Ton haviam restaurado.

Determinado, Jor-El sentou em seu lugar no final da longa mesa, embora ainda se sentisse indesejável e numa posição difícil. Pelo menos metade dos membros do Conselho o olhava de lado, especialmente aqueles que tinham ficado aprisionados na Zona Fantasma. Ele podia entender seu ressentimento: seu calvário naquela dimensão vazia havia sido extremamente perturbador e desagradável, e ele passou apenas algumas poucas horas em seu interior. Os referidos membros haviam passado meses no vácuo.

E o General Zod passaria o resto da eternidade na outra dimensão. Era ele que tinha que levar a culpa, não Jor-El.

Lara chegou cedo o suficiente para se sentar em um dos bancos da frente para poder ver o marido. Mesmo com a barriga extremamente arredondada, ela continuava linda e graciosa, embora o banco duro lhe fosse desconfortável. Depois de lhe dirigir um sorriso encorajador, ela se contorceu para encontrar uma posição melhor.

Jor-El já havia solicitado uma licença oficial a fim de que pudesse levar Lara para a propriedade. Ela estava prestes a ser aprovada, e a doutora, Kirana-Tu, se ofereceu para ajudar no translado.

Jor-El percebeu que ainda não havia recebido uma agenda para aquela sessão, mas Tyr-Us deu início à reunião, em um tom ponderado.

– Para dar o primeiro passo em frente rumo a um novo Krypton, precisamos varrer as cinzas do passado. – Ele olhou à sua volta. – Eu e mais cinco membros estamos propondo um gesto simbólico, mas símbolos são importantes. A Zona Fantasma é um objeto perigoso, e ele deve ser destruído para que nunca mais seja mal utilizado novamente. – Ele parecia estar muito satisfeito. – Seis de nós já sabemos como votar e por isso estamos em maioria. – Ele olhou para No-Ton, Or-Om, Korth-Or, Gal-Eth e Jor-El. – Nós, no entanto, ficaríamos satisfeitos se a decisão fosse unânime.

Os outros foram surpreendidos, até mesmo afrontados pelo partidarismo súbito e flagrante.

– Como podemos votar? – gritou Korth-Or. – Nem sequer ouvimos a sua proposta!

– Não é dessa maneira que as coisas devem ser conduzidas – disse Gal--Eth em um tom de voz mais cauteloso. Mesmo na plateia, murmúrios podiam ser ouvidos.

Gil-Ex parecia muito satisfeito consigo mesmo.

– Anteriormente, as votações do Conselho exigiam que todos os onze votos fossem contabilizados. Agora, por causa da moção introduzida por Zor-El e aprovada por unanimidade, só precisamos de seis votos.

Tyr-Us se pronunciou:

– Nós temos muitos assuntos para cuidar, e percebemos que essa seria uma maneira rápida e eficiente de proceder, em vez de perder tempo com debates quando já temos os votos necessários.

Jor-El ficou muito perturbado, não só por causa da óbvia maquinação política, como também pela ideia errada que faziam dos aspectos científicos implícitos. Os membros do Conselho não entendiam o que estavam sugerindo ou como implementar sua decisão. Ele olhou para todos na mesa a fim de enfrentar os outros.

– Desculpem, mas não importam quantos votos vocês consigam amealhar, a Zona Fantasma *não pode* ser destruída.

Gil-Ex gritou na sua direção com um amargor surpreendente.

– Já estamos fartos das suas tecnologias corruptíveis, Jor-El. Você não pode nos fazer mudar de ideia.

– Destruir a Zona Fantasma... a *sua* Zona Fantasma... é a única maneira de restaurar a esperança – acrescentou Tyr-Us, apenas um pouco mais calmo. – Esse ato também vai garantir que Zod e seus comparsas jamais venham a escapar.

Jor-El balançou a cabeça, sem descer para o nível dos insultos.

– Não tenho nada contra isso. Estou simplesmente constatando um fato: A Zona Fantasma é uma singularidade estável, um buraco para outro universo. Ela não pode ser destruída, não importa o quanto vocês queiram fazer isso.

Os membros da plateia começaram a resmungar.

– Obrigado pela sua observação, Jor-El – disse Gil-Ex, com a voz gelada. – Mas tenho certeza de que podemos descobrir uma maneira de acabar com ela. Não precisamos da sua ajuda.

– A votação já foi realizada – acrescentou um dos ex-prisioneiros da Zona Fantasma. – Hora do próximo item da discussão.

Suspirando, Jor-El viu que não ganharia a discussão. Infelizmente, ele percebeu que, provavelmente, essa seria a maneira com a qual o novo Conselho muitas vezes conduziria as coisas. Ele se virou para Lara, em busca de um rosto amigo, e ficou surpreso ao vê-la curvada, com o rosto retorcido de dor. Seus braços estavam em volta da barriga.

Ele se levantou por atrás da mesa.

– Lara, o que foi?

Ela tentou tranquilizá-lo com um sorriso que não o convenceu.

– O bebê. As contrações.

Ele deu a volta na mesa até a primeira fila de assentos, sem se importar se provocava um tumulto. Tyr-Us pediu ordem com uma voz de quem repreendia a multidão. Jor-El segurou a esposa pelo braço.

– Temos que tirar você daqui. Vou atrás de um médico.

– Não precisa... exagerar. – Ela apertou os dentes e respirava em um ritmo acelerado. – Tenho certeza de que temos tempo. Mas você precisa me levar para a propriedade rapidamente.

Esquecendo a teimosia do Conselho, ignorando os olhares e os comentários sussurrados no meio dos assentos, Jor-El tirou a esposa da câmara. A reunião teria que continuar sem ele. No momento, ele tinha preocupações muito mais urgentes.

Era o momento mais feliz de sua vida e um final perfeito para uma longa sequência de eventos sombrios. O nascimento de um filho, forte e saudável.

Assim que voltou para o solar, Lara se recolheu para o seu quarto enquanto o trabalho de parto progredia. A médica pairava no aposento durante as horas de contrações de Lara. Jor-El segurou a mão da esposa o tempo todo.

Mais tarde, apesar de Lara estar exausta, com fios de cabelo âmbar grudando no rosto por causa do suor, Kirana-Tu insistiu que foi um parto relativamente fácil.

– Tão natural, vocês quase não precisaram de mim aqui. – Lara se recostou na cama e segurou o bebê nos braços, rechaçando cada comentário infeliz daquela doutora sem graça.

O chefe de cozinha de Jor-El havia voltado de Kryptonopolis, onde estava servindo às massas, e se mostrou claramente revoltado com a maneira como seu mestre vinha sendo tratado pelo Conselho. Fro-Da queria se estabelecer na propriedade novamente, onde não precisaria se preocupar com nada de maior consequência do que seus molhos, carnes assadas, legumes cozidos e frutas temperadas. Para fazer a sua parte para Lara, ele havia estudado receitas tradicionais e desenvolveu uma sopa fortificante especial que ajudaria a nova mãe a recuperar suas forças.

Na manhã seguinte, Lara insistiu dizendo que precisava de ar fresco. Segurando o bebê, Jor-El caminhou lentamente com ela até a varanda, onde ela pôde sentir o cheiro da brisa perfumada e olhar as flores, o gramado púrpura recém-cortado e as fontes jorrando. Descansando em uma cadeira confortável, ela embalava o bebê nos braços. Ele estava envolto em um cobertor vermelho e azul enviado por Charys e que pertencia a Yar-El.

Jor-El olhou com espanto para o rosto do menino.

– Depois de tantos acontecimentos impressionantes, nunca imaginei que o melhor momento da minha vida viria de forma tão inesperada.

– Inesperada? Você já sabia há quase nove meses que ia ser pai.

– Mas eu não sabia que ia ser assim. Antes, era sempre uma proposição teórica.

– Você e suas teorias, Jor-El – brincou ela.

– Mas essa me atingiu bem aqui. – Ele colocou a mão no meio do peito. – Não consigo explicar isso.

– Você não precisa explicar. Apenas *sentir*. Isso é o que venho tentando lhe mostrar o tempo todo.

Ele deu um sorriso meio amargo, mas de satisfação.

– Jurei que nosso filho seria criado em um mundo melhor, e pretendo manter a promessa. Quero me assegurar de que nosso menino irá reverenciar a verdade e a justiça.

Os olhos azuis da criança estavam claros e abertos, e Lara tinha certeza de que ele estava observando os pais. Ela se perguntava se o bebê se lembraria daquele momento.

– Verdade e justiça – ponderou Lara. – Você se lembra dos obeliscos, das pinturas que eu fiz e que simbolizavam as mais importantes facetas da nossa raça?

– Sim, você usou Kal-Ik para simbolizar a verdade e a justiça. Eu me senti muito parecido com ele quando enfrentei Zod. – Jor-El olhou para a esposa e ambos estavam pensando a mesma coisa. – Então você acha que Kal é um bom nome?

– Acho que é um nome perfeito para o nosso filho. *Kal-El.*

– Quem sou eu para discordar? – Ele se abaixou e beijou o bebê. Ele tinha os cabelos escuros, e uma pequena mas persistente mecha em sua testa. – Bem-vindo ao mundo, Kal-El.

Depois de beijar a esposa carinhosamente, Jor-El pegou o pequeno Kal e o segurou em seus braços.

CAPÍTULO 84

Jor-El se retirou da vida pública por alguns dias depois do nascimento do filho. Em casa, ele mimava o pequeno Kal-El, saboreando a delícia que era vê-lo descobrir pequenas maravilhas, como segurar os dedos dos pais, espirrar a água do banho quente e fazer sons experimentais. Jor-El se perguntou se Yar-El tinha vivenciado esses mesmos prazeres simples depois que os dois filhos nasceram.

Jor-El voltou ao laboratório e revisitou os muitos projetos semiacabados que tinha abandonado ao longo dos anos. Como cientista, ele não conseguia simplesmente impedir que as ideias surgissem na sua mente. A Comissão para Aceitação da Tecnologia de Zod já havia acabado para sempre, mas Jor-El não esperava uma abertura muito maior da nova liderança, embora aparentemente fizesse parte do Conselho. Os seis membros da velha guarda sempre poderiam rejeitar suas sugestões.

Embora alguns dos colegas do Conselho culpassem Jor-El pelos problemas que tiveram, outros o respeitavam da mesma forma pelo que ele havia feito no passado. Ele era *Jor-El*, e não ligava para glória, riqueza ou fama.

Como Lara estava se recuperando bem e o bebê estava saudável, ele sabia que tinha que voltar para Kryptonopolis e retomar o trabalho no Conselho. Muitos dos membros eram os filhos mais velhos de famílias nobres e estabelecidas que tiveram os direitos civis cassados pelo regime linha dura de Zod, e estavam propensos a ver como ideais as velhas formas estagnadas de governar. Sem a sua orientação, ele temia algumas das decisões que poderiam tomar.

Antes que pudesse sair de casa, uma mensagem urgente de No-Ton e Or-Om acabou com sua tranquilidade. Na ausência de Jor-El, muitas responsabilidades científicas tinham sido transferidas para outros cientistas, e No-Ton foi o primeiro a admitir que se sentia inadequado para assumi-las.

Na placa de comunicação, os dois homens estavam perto um do outro, e suas imagens eram nítidas.

— Esta não é uma chamada trivial — disse Or-Om rispidamente, enquanto coçava o cabelo recém-cortado.

No-Ton parecia quase frenético.

— O Conselho acabou de emitir um edital banindo *todas* as suas tecnologias supostamente perigosas, Jor-El.

Ele teve uma fria sensação de desgosto. Já vinha temendo a iminência de medidas sombrias e reacionárias.

— Como é que eles definem tecnologia perigosa?

— Qualquer coisa inventada por *você*, provavelmente. — Or-Om balançou a cabeça. — Como não entendem nada disso, não querem correr o risco.

— Eu não estava lá para votar — disse Jor-El. — E não ouvi nenhuma parte da discussão. Não me foi dada a oportunidade de me defender. Vou exigir a reabertura do debate.

— Seu voto não teria feito diferença — disse No-Ton. — Tyr-Us tem a maioria de correligionários, e quer demonstrar o quanto é "diferente".

Agora Jor-El não tentou esconder a raiva.

— Eles já destruíram o trabalho artístico da minha esposa em Kryptonopolis sem uma razão aparente. Agora querem apagar tudo o que *eu já fiz*? Eles não podem simplesmente me excluir dos registros históricos. Com certeza eu tenho mais adeptos? Como podem se esquecer tão rápido das coisas?

— Neste momento, as pessoas estão com medo de se pronunciar — disse No-Ton. — O Conselho ainda está eliminando vigorosamente todo e qualquer partidário de Zod que ainda resta, e ninguém quer entrar no rol dos suspeitos.

— Poderíamos trazer Zor-El de volta para ficar do seu lado — sugeriu Or--Om. — Ele não vai tolerar esse absurdo. Ele nunca deveria ter voltado para Argo City.

— Estou indo para Kryptonopolis. Talvez possa influenciá-los na próxima reunião oficial. Não posso ignorar isso.

— É mais urgente do que isso! — interrompeu No-Ton. — Você já sabe que o Conselho pretende destruir a Zona Fantasma. Tyr-Us e Gil-Ex estão irracionais em relação a isso. Korth-Or e Gal-Eth os têm questionado, mas os seis não vão mudar os votos.

Jor-El respondeu com um suspiro:

— Mas eles não podem destruí-la. Já expliquei isso.

No-Ton tremia enquanto falava.

— Tyr-Us decidiu jogar os anéis de prata no fosso da cratera de Kandor. Ele acha que o magma deve destruir a Zona Fantasma na mesma hora. Eu... Eu não estou certo quanto aos meus cálculos, mas temo que...

Jor-El cambaleou para trás, como se uma barragem tivesse se despedaçado e uma parede de espuma branca de água viesse em sua direção.

— Mas se fizerem isso, eles irão parar bem no núcleo! Os membros do Conselho não entendem o que estão fazendo. Nunca entenderam. As consequências podem ser devastadoras.

— Eles já tomaram a sua decisão, Jor-El — disse Or-Om rispidamente. — Tyr-Us já levou a Zona Fantasma para a cratera.

O vale em torno de Kandor estava negro e devastado, a paisagem, antes linda, era agora uma vasta e leprosa cicatriz. Pedras de lava estavam espalhadas por toda parte, como se um gigante tivesse jogado um punhado de migalhas negras por todo o terreno. Uma névoa enfumaçada pairava no céu, retida por uma inversão atmosférica.

Jor-El desembarcou na borda da cratera e deixou a embarcação flutuante à deriva. Enquanto começava a se arrastar pela trilha íngreme e pedregosa, o grupo de membros determinados do Conselho já havia chegado ao seu destino. Tyr-Us, Gil-Ex e os outros quatro membros que haviam ficado presos na Zona Fantasma estavam claramente decididos a realizar essa ação imprudente.

Equipes de trabalho haviam varrido uma parte do pilar de lava endurecida deixada para trás pela erupção, expondo o fosso selado pelo campo de força de Zor-El. A barreira de contenção retinha o magma ainda pressurizado sob a superfície. Os membros sombrios e arrogantes do Conselho estavam parados ao lado de um objeto grande coberto com um tecido drapeado, os anéis de prata que envolviam a Zona Fantasma.

– Esperem! – Jor-El correu pelas ruínas infernais do chão da cratera, agitando os braços. Quando ele tropeçou e cortou a palma da mão, ignorou o sangue que começou a escorrer. – Parem! Vocês não devem fazer isso. – Guardas protegidos com armaduras bloquearam o caminho. Eles seguraram Jor-El pelos braços, mas ele continuava a se jogar para a frente. – Larguem-me. Eu sou um membro do Conselho. – Ele se soltou. – Não joguem a Zona Fantasma dentro do fosso! Vocês jamais vão conseguir evitar as consequências.

Os seis membros do novo Conselho olharam para o cientista com exasperação e ressentimento.

– Mais uma vez, Jor-El nos ameaça com a sua ciência – zombou Gil-Ex.

– Esta é a *verdade*. Vocês estão prestes a provocar um desastre fatal!

Tyr-Us franziu a testa numa expressão de profundo desgosto.

– Ele obviamente não quer destruir a Zona Fantasma. Ou tem um orgulho arrogante do próprio trabalho, ou possui um plano traiçoeiro para usar os anéis.

Um dos outros quatro disse:

– Talvez ele queira liberar o General Zod. Não podemos deixá-lo fazer isso.

– Se não acreditam em mim, perguntem a qualquer um dos seus próprios cientistas. Perguntem para No-Ton ou Zor-El! Tyr-Us, meu irmão é seu amigo. Pelo menos fale com ele antes, mas ouça *alguém*. – Os guardas o detiveram de novo quando ele tentou avançar, por isso Jor-El ficou gritando de onde estava, desesperado para alcançá-los. – A Zona Fantasma é uma singularidade. É uma abertura para outro universo. Eu a criei usando uma grande concentração de energia, e ela se alimenta de energia. Se vocês a jogarem dentro do núcleo do nosso planeta, a singularidade terá mais do que é capaz de consumir. Irá crescer, e vai continuar crescendo. Vocês não terão como detê-la.

Gil-Ex revirou os olhos.

– Jor-El está prevendo o fim do mundo... de novo!

Os joelhos de Jor-El ficaram fracos. Mesmo que tentasse provar repetidas vezes que tinha razão, ninguém acreditava nele.

– Estou implorando... pelo menos reflitam sobre o que acabei de dizer. Se fizerem isso, não haverá como voltar atrás.

Dois dos homens removeram o tecido e expuseram os anéis de prata e os rostos achatados e furiosos de Zod, Nam-Ek e Aethyr, presos na dimensão vazia.

Tyr-Us sorriu.

– Empurramos a lava para dentro do poço usando a barreira de Zor-El. Vamos jogar a Zona Fantasma lá dentro, cobri-la com outro campo de energia, e despejar estes anéis nas profundezas, onde ninguém poderá reavê-los. – Ele deixou escapar um suspiro longo e lento. – Nos livraremos de Zod, da Zona Fantasma, e todos nós poderemos respirar tranquilos de novo.

Jor-El se debateu e se esforçou, mas não conseguiu impedir aqueles homens loucos e ingênuos de carregar o objeto até a beira do buraco profundo. Ele soltou um último grito enquanto os anéis de prata eram trazidos para perto do fosso protegido, e teve um último vislumbre da expressão vingativa do General Zod, rosnando para todos.

Satisfeitos, os membros do Conselho desligaram o campo inferior, largando a singularidade dentro do ardente núcleo de lava. A Zona Fantasma desapareceu dentro da cova incandescente.

Quando já era tarde demais, os guardas de armadura soltaram Jor-El, que caiu de joelhos sobre as rochas negras e pontudas. Ele começou a calcular quanto tempo restava até a destruição final de Krypton.

CAPÍTULO 85

Nas poucas semanas que se seguiram depois da vitória sobre o General Zod, Argo City teve um enorme progresso. Uma das pontes cortadas ao meio foi temporariamente reparada para que o tráfego do continente pudesse atravessar a baía rumo à península. Zor-El começou a sentir que a cidade estava prosperando novamente. Mais uma vez, ele tinha uma esperança real.

Até Jor-El lhe contar o que Tyr-Us e os outros haviam feito.

Contínuas erupções solares provocavam o aumento da estática e quedas de sinal na placa de comunicação, mas as notícias que o irmão trazia eram escandalosamente claras.

– Eu não consegui detê-los, Zor-El. Cada dia, cada *hora* conta agora. – O rosto do irmão estava pálido e perturbado. – A Zona Fantasma vai matar todos nós.

Jor-El enviou uma série de imagens e cálculos.

– Enquanto a singularidade afunda núcleo adentro, drena cada vez mais energia do manto do planeta. Quando atingir o ponto crítico, a abertura na Zona Fantasma irá expandir geometricamente, como se fosse uma enorme boca faminta. Ela vai engolir todo o núcleo de Krypton instantaneamente, deixando um grande vazio. A matéria restante vai subitamente entrar em colapso de fora para dentro, e as ondas de choque vão ressoar. Todo o planeta será destruído.

Zor-El tirou o cabelo escuro que caía sobre os olhos, e se recusava a desistir.

– Então você e eu vamos encontrar uma maneira de impedir esse desastre. Temos que conseguir.

– Pegue todos os meus dados. *Por favor*, encontre alguma coisa errada no que eu fiz. Mostre-me o meu erro. – Jor-El engoliu em seco. – De acordo com meus cálculos, só nos restam três dias.

Enquanto a estática solar ameaçava interromper a transmissão, Zor-El armazenou as informações. Se Jor-El estivesse certo, nada e ninguém poderiam resgatar a singularidade, agora que o Conselho a havia deixado cair dentro do poço.

E Jor-El quase sempre estava certo.

Depois que o sinal caiu, ele se sentou com Alura no salão da torre, e ficou puxando o cabelo enquanto revisava os cálculos do irmão. Quebrou a cabeça pensando em algum fator que Jor-El pudesse ter se esquecido de incluir, alguma falha nas condições iniciais. Mas cada resultado era tão desanimador quanto o anterior. Ele tentou torcer as equações para ver se conseguia resultados diferentes.

A cada hora que fazia uma simulação, via a singularidade se expandir até tomar conta do núcleo de Krypton. Em seguida, o planeta inteiro entrava em colapso e se partia como uma casca de ovo vazia.

– Não há mesmo a menor chance, Alura. Nenhuma. Jor-El raramente comete erros em seus cálculos, e não os cometeu agora.

Nada de erros.

Menos de três dias.

Ele abraçou a esposa e a puxou para mais perto. Olhando para o mar, ficaram agarrados um ao outro enquanto caía a escuridão.

– O que podemos fazer em três dias? Mesmo se tivéssemos todos os recursos de Krypton e a plena cooperação de todos os cidadãos do mundo? – Ele acariciou o cabelo escuro da amada. – Devemos revelar para o nosso povo? Minha mãe? Informar a todos que logo vão estar mortos? Isso pode desencadear um pânico a nível mundial. Talvez fosse melhor se simplesmente lhes permitíssemos mais alguns dias de paz e felicidade.

Alura se afastou.

– Você não pode fazer isso, Zor-El. Você sempre confiou no seu povo antes, e eles sempre acreditaram em você. Todos aqui colocaram suas vidas em risco para apoiar suas decisões. Você não pode esconder isso deles. Não é certo.

Quando revelaram a Charys, ela concordou plenamente com a nora.

E assim Zor-El fez seu pronunciamento. Apesar do horário avançado, gongos soaram e as pessoas foram para as sacadas para ouvir.

Com a esposa e a mãe ao lado, Zor-El desfilou solenemente pelas ruas longas e enfeitadas de flores. A cada passo que dava, ficava mais ciente do solo sob seus pés. Em algum lugar nas profundezas, um monstro faminto estava devorando o coração do planeta.

Ele seguiu pelos canais sussurrantes, respirou o perfume das belas plantas à sua volta e anunciou com extrema sinceridade que o fim do mundo estava por vir.

Zor-El não dormiu, ainda lutando para encontrar uma solução, até mesmo um sinal de que havia uma possibilidade, mas não encontrou muita esperança para se agarrar.

– Eu tenho o escudo que usei para nos protegermos de Zod. Posso cobrir Argo City com uma cúpula protetora. Podemos nos esconder sob ela e esperar que seja o suficiente para fazer a diferença.

– Minhas estufas podem manter a nossa população por um bom tempo... mas que chance teríamos? Como a cúpula dourada, por mais poderosa que seja, vai nos salvar quando todo o Krypton desmoronar? Qual é a possibilidade de que qualquer um de nós venha a sobreviver?

Ele abaixou a cabeça.

– Quase nenhuma. – Então ele cerrou o punho, bateu na mesa e olhou novamente para cima com olhos flamejantes. – Mas que outra opção nós temos?

Ela deu um sorriso apagado e repetiu suas palavras.

– Quase nenhuma.

CAPÍTULO 86

Os enormes telescópios em forma de discos estavam como sentinelas silenciosas, ainda observando as agora irrelevantes ameaças vindas do espaço. Com o tempo de Krypton escoando de minuto a minuto, Jor-El foi até o distante posto avançado de alertas precoces, na esperança de encontrar alguma inspiração. Os 23 receptores pareciam flores gigantescas, suas pétalas bem abertas bebiam sinais eletromagnéticos. Logo todos seriam varridos dali.

Lara o acompanhou ao local, segurando o bebê enquanto caminhavam em direção à estrutura de observação. Ela se recusava a sair do lado do marido, sabendo que tinham muito pouco tempo para ficar juntos. Kal-El estava aninhado nos braços da mãe, olhando para a paisagem à sua volta, como se estivesse tentando ver cada detalhe de Krypton antes que fosse tarde demais.

Jor-El sussurrou para o filho:

— Kal-El, sinto muito por você não poder crescer, e por não poder atingir seu potencial. Queria lhe dar tudo, mas não posso manter o mundo para você.

Lara segurou as lágrimas.

— A culpa não é sua, Jor-El. Os outros membros do Conselho fecharam os olhos para a verdade. Eles não *querem* vê-la.

— Eles temiam o meu conhecimento em vez de respeitá-lo. Tyr-Us e os outros estavam tão envolvidos com políticas, alianças e rixas que não podiam imaginar que um homem poderia falar a verdade simplesmente porque é a coisa certa a fazer. E agora sua ignorância deliberada vai matá-los.

No-Ton, Or-Om e Gal-Eth, os membros do Conselho que acreditavam nas previsões terríveis de Jor-El, imploraram para que ele sugerisse um projeto que pudessem tocar em frente, mesmo que fosse algo desesperado e de alto risco, não importava o quanto fossem pequenas as chances de sucesso.

Embora as esperanças fossem irrisórias, Jor-El deu para No-Ton e seus companheiros os antigos planos para as arcas espaciais, que poderiam ser usadas se o sol vermelho ameaçasse se tornar uma iminente supernova. Trabalhando incessantemente, correndo para salvar suas vidas, um exército frenético de engenheiros, construtores e outros voluntários de todas as esferas da vida esvaziaram edifícios e demoliram pontes para depois usarem as vigas estruturais, placas de liga e folhas curvas de cristal como matérias-primas para construir as enormes naus.

No-Ton tentou persuadir Jor-El a se juntar a eles, prometendo passagens para ele, Lara e o filho. Mas Jor-El havia feito as projeções, e sabia que simplesmente não havia tempo suficiente para se construir aeronaves. Ele tinha que encontrar outra alternativa.

Na base dos telescópios vigilantes, Jor-El de repente se perguntou se mais alguém podia ouvir, muito embora o Conselho não pudesse. Ele poderia alterar os discos grandes que estavam na grande estrutura, convertê-los em poderosos transmissores faseados e mandar um sinal para o abismo interestelar, implorando por ajuda, por alguma espécie de salvamento.

Mas só restavam dois dias para Krypton. Mesmo com uma transmissão se espalhando à velocidade da luz, nenhuma equipe de resgate poderia ouvi-lo e responder em tempo hábil. No tempo que restava, o pedido de socorro de Jor-El mal alcançaria os limites do sistema solar de Rao.

Mesmo assim, quando explicou a ideia, Lara sugeriu que tentasse.

– Pelo menos um dia outros saberão o que aconteceu conosco. Talvez a nossa história venha a salvar alguma outra raça de suas próprias mentes fechadas.

– Como a última mensagem de Marte – disse ele.

– J'onn J'onzz devia ser bem parecido com você, Jor-El.

A situação do marciano solitário e sobrevivente certamente arrebatou o seu coração. Ele jamais poderia imaginar que o destino de Krypton seria tão semelhante – e tão iminente. Quando Donodon visitou Marte, o alienígena azul só encontrou poeira e vestígios de uma civilização perdida. Se ao menos ele tivesse a ajuda de Donodon agora.

Naquele momento, Jor-El já teria recepcionado uma frota de naves daquela raça alienígena gentil. Com essas espaçonaves, eles poderiam ter...

Rapidamente, seus olhos se abriram e seu coração começou a bater mais forte.

— Lara, temos que voltar para a propriedade! Há uma chance... uma pequena chance, mas só se eu puder fazer as coisas a tempo. — Ele mal conseguia recuperar o fôlego enquanto as ideias brotavam. Com a mão trêmula, ele tocou no rosto do bebê. — Talvez eu possa nos salvar enfim.

A propriedade estava calma e vazia. Jor-El havia dispensado os poucos funcionários que restavam para que pudessem ficar com as famílias durante o fim. Só o seu chef de cozinha ficou para trás, alegando que não tinha nenhum outro lugar para ir.

— Esta é a minha casa. Vou ficar aqui, se vocês não se importarem. — Nem ele nem Lara podiam reclamar.

Jor-El correu para a exótica torre translúcida que o pai havia construído. Em seu interior, com uma intensidade provocada por desespero e esperança, ele mergulhou no trabalho que tinha deixado parado por tanto tempo.

Todos os componentes da pequena nave espacial de Donodon estavam no meio da sala principal da torre, no mesmo lugar em que Nam-Ek os deixou. Ao longo dos meses, ele havia feito tímidas tentativas de reconstruir a nave, mas a Comissão não lhe dera boa parte da estrutura do veículo ou as peças "não essenciais". Agora, ele catalogava e organizava cuidadosamente os componentes, separando-os de acordo com os mecanismos que entendia e aqueles que continuava sem poder explicar. Infelizmente, a pilha das peças "não identificadas" era muito maior do que a outra. Quando trabalhou lado a lado com Donodon, Jor-El aprendeu bastante sobre a nave alienígena, mas, na época, os dois estavam com a necessidade urgente de testar o novo escâner sísmico, não de entender os detalhes exóticos da nave espacial. Agora ele tinha que fazer isso sozinho.

Kal-El descansava confortavelmente em um berço que Lara havia trazido para a torre. Seu tempo agora era medido em horas, e Jor-El sentia a perda opressiva de cada segundo que escapava. Cada lufada de ar que aspirava o aproximava mais da última.

Com os olhos vermelhos de cansaço, Jor-El tentou decifrar os motores e sistemas alienígenas, valendo-se de suposições lógicas. Seria impossível fabricar outras naves como a de Donodon para dar início a um êxodo em massa de Krypton, mas se tivesse sorte e trabalhasse duro o suficiente, talvez pudesse remontar e expandir aquela, colocando todos os componentes que ainda eram funcionais em uma única nau.

Ele se lembrou de quando Donodon demonstrou primeiro os controles da espaçonave, contando orgulhosamente que era tão sofisticada que poderia voar sozinha, explicando que seu sistema de suporte à vida poderia se adaptar a outras raças. Mas Jor-El não sabia *como* tudo aquilo funcionava. E não conseguiria decifrar a tempo.

– Eu poderia adequar o coração da pequena nave de Donodon à estrutura de um veículo maior. Grande o suficiente para nós três. Ele olhou fixamente para Lara. – Só nós três. Pode dar certo.

– E quanto ao resto do povo de Krypton?

Jor-El abaixou a cabeça.

– Não é possível, Lara. Em toda a minha vida, raramente admiti isso, mas esse é um daqueles momentos. Será que salvo a minha família... ou não salvo ninguém? Essas são as duas únicas opções que tenho agora.

– Diga-me como posso ajudar. – Lara o ajudou, trabalhando até a exaustão, ajudando-o e cuidando do bebê. Não havia tempo para dormir. Fro-Da os mantinha alimentados, mas não perguntava o que estavam fazendo. Acreditando na convicção de seu mestre de que o fim estava próximo, o chef encontrava alegria em sua rotina diária.

Jor-El pegava componentes de vários veículos particulares – a cúpula de uma balsa flutuante, assentos e cabine de um carro terrestre, suprimentos alimentares concentrados, kits médicos. Precisava construir uma estrutura grande o suficiente para caber dois adultos e um bebê, e que pudesse levá--los numa longa viagem interestelar de duração desconhecida. Mesmo expandida, a nave seria apertada para uma viagem longa, e ele não tinha ideia de quanto tempo o voo duraria ou até mesmo onde poderiam chegar. Mas se Jor-El fosse bem-sucedido, então ele, Lara e o bebê sobreviveriam... pelo menos por um pouco mais de tempo. Sobreviveriam. No momento, aquilo era o máximo que Jor-El poderia aspirar.

Fazendo desenhos detalhados, Lara capturou imagens de cada um dos passos do marido para se certificar de que encaixaria todos os componentes corretamente. Jor-El terminou de religar os motores, a fonte de energia, a grade de navegação e os bancos de dados planetários. Essas eram as partes mais importantes.

Usando um guindaste, instalou os sistemas no veículo improvisado que havia construído, uma nave grande o suficiente para salvar os três. Embora tentasse não fazê-lo, ele continuava a olhar para o cronômetro, sentindo cada momento escoar para não voltar mais. Ele trabalhava cada vez mais rápido.

Enquanto isso, Lara se dedicava a outra tarefa importante. Usando como base a biblioteca da propriedade, havia começado a enfiar todo o conhecimento possível de Krypton em cristais de memória – história, cultura, lendas, geografia e ciências. Ela não podia salvar o planeta, mas poderia salvar a sua essência. Ela incluiu os longos e detalhados relatos registrados em seu diário, que vinha mantendo há tantos anos, a história de Kandor, seu romance com Jor-El, o reino tenebroso de Zod. A nave não levaria apenas os três, mas também todas as informações das quais pudessem precisar.

Com muito pouco tempo sobrando, Jor-El conectou os motores e a fonte de energia à nave. Com Lara ao lado, exprimindo total fé e esperança, ele tentou ativar os sistemas.

Como nada aconteceu, ele tentou novamente.

O consumo de energia era muito grande. Os sistemas sofisticados, meticulosamente projetados e calibrados para a pequena espaçonave azul e prateada de Donodon, se recusavam a reconhecer a nave muito maior construída para acomodar Jor-El e a família.

O veículo rapidamente montado não funcionaria. As leituras do motor eram vacilantes, aumentavam, mas não conseguiam atingir níveis ideais. Os computadores de navegação se recusavam a reconhecer a nova estrutura que ele tinha construído. Tudo desligava automaticamente.

A nave não funcionaria.

Suando, lutando para conter o pânico, Jor-El voltou a verificar todos os sistemas, reconectando cada componente. Mas nada. Ele não havia cometido nenhum erro que pudesse encontrar.

A nave de Donodon era uma maravilha que nem mesmo o explorador alienígena entendia completamente. Todos os componentes se encaixavam de uma maneira pseudo-orgânica, e Jor-El concluiu com o coração apertado que alguma parte da velha nave devia ser um componente vital no sistema. Os motores exóticos não poderiam simplesmente ser retirados e conectados a um veículo maior.

Era um desastre. A nave ampliada jamais voaria.

Ele caiu para trás, quase derrubando uma de suas mesas. Lara não precisou perguntar o que havia acontecido. Ela viu e entendeu.

– Você tentou, Jor-El. Todos nós tentamos.

– Não é o suficiente! Tem que haver outra maneira. – Ele lutou com desânimo e desesperança durante boa parte de uma hora, quando não tinha uma hora sobrando. Finalmente, chegou a uma conclusão fria, mas necessária. Ele olhou para a esposa. – Nós vamos desmontá-la... colocar os componentes de volta em uma nave mais próxima do tamanho e da forma original que for possível. Ela ainda funcionará do jeito que foi inicialmente construída. Vai ter que funcionar.

– Mas a nave vai ficar muito pequena, Jor-El. Ela não vai poder salvar todos nós.

Ele respirou fundo.

– Não. Mas pelo menos vai poder salvar Kal-El.

CAPÍTULO 87

O sol vermelho de Rao nasceu no último dia de Krypton.

O cháo começou a tremer. Ao longo de toda a noite anterior, Jor-El não fora capaz de tirar as imagens vívidas da cabeça, pois sabia o que estava acontecendo no centro do planeta. Há dias, a Zona Fantasma vinha engolindo mais e mais lava incandescente, e agora a singularidade devia estar perigosamente próxima do ponto crítico.

Jor-El não desistiu. Mesmo sabendo que a energia drenada pelos componentes da nave era insuficiente para acomodar dois adultos e uma criança, ele se recusava a aceitar que não poderia fazê-la funcionar. Ele *precisava* salvar Lara e o bebê; simplesmente não podia imaginar – ou permitir – qualquer outro resultado.

Trabalhando febrilmente, ele retirou alguns dos sistemas, reduziu a massa da estrutura da embarcação e recalibrou os controles do suporte vital para levar dois passageiros. Ele e Donodon haviam se apertado na pequena nave original... mas havia sido para uma curta viagem de Kandor até a sua propriedade.

Ele estava disposto a se sacrificar para salvar a esposa e o filho. Mas *tinha* que salvá-los.

Mais uma vez, contudo, ele não teve êxito. Enquanto Lara observava tudo, com o rosto pálido e tenso, ele fez uma segunda tentativa para ativar os sistemas internos da nave modificada. Ela mordia o lábio inferior enquanto balançava o bebê nos braços, e percebeu o que o marido estava fazendo.

– Você vai ficar para trás, não é? Mas quer que eu vá com Kal-El.

– Você precisa ir. – Seu tom de voz tinha uma ponta de desespero, e não dava margem à argumentação.

Mesmo assim, os sistemas embutidos de geração de energia não atendiam aos requisitos mínimos. Uma lágrima caiu dos olhos avermelhados do cientista e deslizou pelo seu rosto enquanto ele olhava para a nave, como se tivesse sido traído.

– Não consigo fazer isso. A única nave possível de ser enviada será grande o suficiente para acomodar um bebê. Posso mandar Kal-El para longe de Krypton e rezar para que o suporte vital o mantenha vivo. – A ideia em si parecia desesperada.

– Mas não podemos enviar nosso bebê sozinho – disse Lara. Sua voz era quase um gemido. – Ele vai ficar desamparado e perdido.

– É por isso que eu queria tanto que você fosse junto. Eu falhei. – Todo o seu corpo estremecia com a enormidade do que estava enfrentando, o que *ambos* enfrentavam como pais. – Mas será que você prefere não tentar? Seria melhor que o mantivéssemos conosco, para que morrêssemos juntos, junto com todo o Krypton?

Lara balançou a cabeça. Os olhos brilhavam com lágrimas, mas tanto ela como Jor-El sabiam a resposta.

– Não, ele é nosso filho. Se houver uma chance em um milhão de que ele possa sobreviver, então temos que arriscar.

– Eu tinha certeza que você diria isso. – Ele tinha fé no que a tecnologia de Donodon poderia fazer, e se agarrou ao mais tênue fio de esperança de que Kal-El encontraria uma maneira de sobreviver, um novo lugar para chamar de lar e um povo disposto a aceitá-lo. – Vamos fazer o que temos que fazer.

Trabalhando juntos e com rapidez, ele e Lara carregaram a nova nave, muito menor, para fora da torre onde ficava o laboratório e a colocaram no exuberante gramado roxo. Construída tendo como base uma armação robusta incrustada com os cristais estruturais mais resistentes de Krypton, muitos dos quais fez crescer usando as melhores técnicas de seu pai, a nave parecia bem diferente daquela que Donodon pilotava. Durante a urgente reestruturação, Jor-El fez melhorias de última hora para acomodar todos os cristais de memória, todos os itens de que Kal-El precisaria, para onde quer que fosse. O projeto da nave era tanto de Jor-El quanto do alienígena, e a única forma de vida – o bebê –, finalmente, não ativou nenhuma espécie de desligamento por motivos de segurança. Para seu grande alívio, ele viu que por fim os níveis de energia estavam estáveis. Os motores funcionavam.

Havia uma chance.

Jor-El e Lara haviam passado momentos preciosos executando uma importante tarefa; cada um deles gravou seus desejos e conselhos mais sinceros em um cristal especial, ditando cartas que seu filho ouviria um dia. À medida que envelhecia, Kal-El teria apenas esses poucos indícios para saber quem haviam sido seus verdadeiros pais. Tinham que ser registros memoráveis.

Com tanta coisa para dizer, faltaram palavras à Lara quando ela gravou a mensagem. Jor-El também fez um esforço, lembrando-se de como havia perdido o próprio pai para a Doença do Esquecimento e de como Yar-El encontrara forças para se concentrar uma última vez e gravar uma última mensagem comovente que ficou guardada na parede de sua torre misteriosa. Como Jor-El poderia fazer menos pelo próprio filho?

Em pé ao lado da pequena nave, Lara olhou em volta da bela propriedade, embargada pela emoção.

– Este é o lugar onde nos conhecemos. É o lugar onde tanta coisa aconteceu.

– E agora é onde todo um ciclo se fecha – disse Jor-El.

O chão sob eles estremeceu, uma guinada dolorosa e confusa que fez o casal tropeçar. Ele e Lara se agarraram um ao outro para que não caíssem. Jor-El sabia que as coisas só piorariam, e rapidamente. Logo não teriam outra escolha a não ser mandar a criança para o espaço.

Depois de completar o trabalho frenético na nova espaçonave, Jor-El passou mais uma hora debruçado sobre seus cálculos até sua cabeça latejar e seus olhos arderem. Ele tinha que estar absolutamente convencido de que não estava errado, de que não havia falhas no seu raciocínio. Se mandasse seu bebê inocente e indefeso para o desconhecido, e Krypton não explodisse, ele nunca se perdoaria pelo que havia feito. Os dois perderiam Kal-El para sempre.

Lara carregava os últimos cristais de memória para dentro da estranha nave híbrida, com a mesma coragem.

— Para onde vamos enviar Kal-El?

Ele lhe dirigiu um raro sorriso.

— Acho que encontrei o lugar perfeito.

De repente, ela se lembrou.

— Terra? Aquele belo planeta perto de Marte. Nas imagens gravadas de Donodon, aquelas pessoas se pareciam muito com os kryptonianos.

— Não podemos dizer exatamente o quão diferente Kal-El será em relação a eles. O simples fato de crescer sob um sol amarelo pode impor imprevisíveis mudanças fisiológicas. Quem pode dizer? Mas, na Terra, talvez o nosso filho não fique sozinho. Talvez essas pessoas venham a aceitá-lo.

Ela se esforçou para imprimir alguma força à sua voz.

— Pelo menos é uma chance.

Quando a nave incrustada de metais estava preparada, eles só tinham que envolver o bebê em lençóis, se despedir e se certificar de que Kal-El escaparia em segurança antes que fosse tarde demais.

O chão estremeceu mais violentamente do que antes e Lara caiu de joelhos na grama. A superfície se erguia como se algo monstruoso e subterrâneo estivesse se contorcendo, tentando se libertar. O bebê começou a chorar. Aqueles tremores eram apenas o começo. Todos os continentes de Krypton estavam se dobrando, revirando-se enquanto o interior do mundo sofria espasmos.

Fro-Da saiu correndo do grande solar ainda vestindo o avental; ele havia derramado óleo de cozinha e farinha no peito. O chef piscou assim que uma rachadura negra e irregular começou a subir por uma parede espessa. Então, por razões que deve ter considerado urgentes, ele correu de volta para dentro do prédio. Jor-El gritou, mas sua voz ficou inaudível quando os pilares de suporte começaram a ceder. A ala inteira da casa caiu, enterrando Fro-Da junto com suas cozinhas.

Nas montanhas Redcliff, perto do agora abandonado posto avançado onde ficava o feixe Rao, os despenhadeiros racharam, e pedras começaram a deslizar pela encosta, dando início a uma avalanche. Blocos de granito do tamanho de casas se soltaram e caíram nos vales.

O céu acima tornou-se um amontoado de nuvens, poeira e fogo misturado com uma nova efusão de gases vindos de erupções vulcânicas do continente ao sul. Tempestades monstruosas haviam começado a se formar na atmosfera, caindo uma sobre a outra por toda a paisagem como hrakkas descontrolados.

Todas as engrenagens do núcleo do planeta haviam sido desativadas.

Nas planícies próximas, os telescópios e dispositivos de observação estremeciam e vergavam. Vigas e bases de apoio estalaram, e os enormes discos lentamente desabaram no chão, partindo-se e desmoronando sob o próprio peso. Nas salas de controle, todas as imagens crepitaram até entrar em estática e ficarem off-line.

Fissuras rachavam as pastagens e se espalhavam como bocas com presas. O solo da cratera de Kandor inchou e virou uma enorme cúpula, bem maior do que o campo de força de Zor-El, e depois se partiu como se fosse uma bolha cheia de pus. O gêiser de lava recém-despertado disparou uma coluna de fogo líquido e alaranjado para o alto.

Uma placa de comunicação plana, montada na parede curvada dentro da torre onde ficava o laboratório de Jor-El, embora crepitante, enviava uma mensagem urgente. Apesar de ele e Lara estarem do lado de fora, no gramado aberto, Jor-El podia escutar os gritos e pedidos de pessoas implorando por ajuda. Mas já era tarde demais. À medida que o chão se erguia com outro forte impacto, a torre envergava. Uma longa rachadura começou a se abrir na parede curvada, fazendo com que a placa de comunicação se espatifasse no chão.

— É a hora — disse ele para Lara, que se agarrou ao bebê como quem quisesse protegê-lo. — Não podemos esperar mais. — Lágrimas corriam pelo seu rosto, e Jor-El percebeu que também estava chorando.

Lara envolveu o filho carinhosamente com os cobertores do solar, o melhor tecido azul e vermelho estampado com o símbolo proeminente da família de Jor-El.

— Kal-El, você tem que ir embora, ou vai morrer aqui com a gente. — Ela tremia, mas depois se ajeitou. Era sua única esperança.

Agora que o bebê seria o único passageiro, os dois arrumaram o interior da nave como se fosse um berço, um ninho protetor que seria monitorado pelo suporte de vida dos sistemas alienígenas. Cristais de Krypton cercavam o berço, cristais de memória com as gravações culturais e históricas que Lara havia copiado, as sementes dos cristais arquitetônicos de Yar-El e os cristais que continham os diários de Lara. Como último item, ela colocou o fragmento especial com as mensagens de ambos junto com o bebê.

– Isso é para que você saiba que nós o amávamos, Kal-El.

Lara deu um último beijo no filho recém-nascido, roçando os lábios contra a delicada pele da testa do bebê. Sua voz engasgou quando ela disse:

– Desejo tudo de bom no seu novo planeta, Kal-El. Espero que você encontre o seu caminho entre as pessoas da Terra. Espero que consiga ser feliz.

O planeta continuava a se desfazer.

– Tem que ser agora – disse Jor-El. Trovões no céu competiam com o barulho produzido pelas rachaduras, explosões e erupções. O chão tremia, e outra fenda se abriu na parede de um edifício próximo, fazendo com que ele desmoronasse. – Nós temos que salvá-lo.

Lara desesperadamente estendeu a mão para tocar pela última vez no bebê. De repente, pensando nas últimas palavras ditas por seu pai, Jor-El se inclinou e sussurrou: – Lembre-se. – Então ele pegou a esposa pela mão e a puxou para que a escotilha da nave pudesse fechar. Os olhos azuis de Kal-El contemplaram seus pais enquanto um mecanismo vigoroso selava a aeronave. Os sistemas de suporte vital acenderam, prontos para fornecer calor, comida, luz e ar.

Com um som sibilante, quatro grandes blocos de lava que haviam sido expelidos por uma erupção vulcânica nas proximidades caíram como bombas à sua volta. Um deles atravessou inteiramente o teto e as claraboias do edifício de pesquisa.

– Ele estará seguro, Lara. – Os dois ficaram bravamente juntos assistindo aos sistemas automáticos da nave a erguerem do solo. – Ele será o último filho de Krypton.

A nave flutuante girou em torno de seu eixo central até travar em sua trajetória ideal. Os cristais na sua fuselagem brilhavam à luz do sol vermelho. O veículo parou por um instante, e então subiu para longe das tempestades terríveis que se aproximavam vindas do leste e do norte. Lara prendeu a respiração e ergueu as mãos em um último gesto de adeus.

Com um súbito clarão de aceleração, a nave disparou e Kal-El se foi.

CAPÍTULO 88

Para Zor-El, a perda iminente de Argo City, de Krypton, fez com que tudo parecesse mais bonito, todos os detalhes mais nítidos e cristalinos, cada lembrança plena de significados.

Sua mãe estava sentada em um amplo terraço florido, enquanto absorvia o mundo à sua volta, muito consciente do fim que se aproximava. De certa forma, Charys parecia estranhamente satisfeita. Zor-El se despediu e a deixou sozinha.

Ele queria andar com Alura pelas estufas, abraçá-la uma última vez e esperar junto com ela pelo juízo final. Zor-El sempre foi um homem impaciente, que insistia na ação em vez da complacência, mas agora não havia nada mais a fazer. Ele entendia nitidamente o que estava acontecendo logo abaixo dos seus pés. Estava sobre uma bomba-relógio e não conseguia encontrar uma maneira de desarmá-la.

Outra cidade teria reagido com furiosas manifestações públicas, um hedonismo frenético de última hora, um vandalismo desenfreado, mas Argo City era corajosa. As pessoas haviam aceitado a notícia com um notável estoicismo. Ele tinha orgulho delas.

Zor-El e Alura haviam andado pelas ruas, desfrutando dos jardins que pendiam como cortinas verdes dos muros e das varandas. Sem saber da catástrofe que estava em vias de ocorrer, as flores haviam aberto suas pétalas para atrair insetos voadores dispostos a polinizá-las. Cada golfada de ar respirado tinha um gosto doce. Mesmo com as tempestades solares, a luz do sol vermelho esquentava e acalentava. As lágrimas de Zor-El refletiam o seu brilho.

Alguns pescadores teimosos haviam levado os barcos para o meio do mar, como se aquele fosse um dia como outro qualquer. Logo, Zor-El não teria escolha a não ser ativar a cúpula do campo de força, na esperança de que pudesse oferecer qualquer tipo de proteção. Provavelmente era um gesto fútil, mas era toda a proteção que ele tinha para oferecer.

Ele retornou à sua torre e viu as leituras que vinham dos mais remotos dispositivos sísmicos. Bem lá no fundo do núcleo, a singularidade devia estar à beira de sua súbita e crítica expansão. Na hora em que os sinais sísmicos atingissem seus detectores, assim que as ondas acústicas pudessem viajar através do manto e ressoar na crosta do planeta, a onda de choque fatal já estaria a caminho.

Enquanto ele observava, as agulhas saltavam, estremeciam, e saíam da escala. Seu coração pulava junto com os traços dos medidores.

– Aconteceu, Alura. O núcleo de Krypton simplesmente desapareceu dentro da Zona Fantasma. – Ele suspirou profundamente. – Nosso mundo está prestes a implodir.

Naquele instante, enormes porções do interior do planeta estavam se deslocando rapidamente para preencher o vão. A crosta em si racharia e desmoronaria, ruindo para dentro sob sua imensa gravidade.

O som das sirenes ecoava pela cidade. As pessoas corriam para dentro do perímetro que a cúpula do campo de força cobriria. Gôndolas e embarcações de vela adentraram os canais da cidade para chegar à área protegida. Diversos barcos de pesca grandes, tanto aqueles cujos tripulantes desconheciam a situação quanto os que propositalmente a ignoravam, permaneceram onde estavam.

Zor-El lembrou-se de como havia sido pacífica aquela noite no mar com sua esposa, na qual desfraldaram suas velas de seda e flutuaram sob a luz das estrelas. Se o mundo fosse mesmo acabar, ele entendia por que os pescadores queriam passar seus últimos momentos no oceano.

Uma última embarcação adentrou correndo a boca do maior canal; os marinheiros pularam da pequena embarcação, correram ao longo das docas e subiram as escadas do quebra-mar. Sua embarcação abandonada flutuou para longe.

Zor-El ficou espantado ao ver com que velocidade as nuvens negras e intricadas convergiam sobre suas cabeças. O chão tremia e dava guinadas, enquanto o mar subitamente ficou tempestuoso e se agitava desde as profundezas. Ondas colidiam uma com a outra, aumentavam de tamanho e estouravam na costa. Uma série de ondas enormes se aproximava, muito maiores do que o tsunami que havia causado tantos danos quase um ano antes. Trombas d'água, gigantescos pilares de espuma prateada rodopiavam e vinham correndo na direção do litoral.

– Estou ativando a cúpula.

Do banco de controle, ele acionou os geradores e o escudo crepitante apareceu, pairando sobre os limites de Argo City como um enorme guarda-chuva que penetrasse no solo. Agora, a população da cidade estava completamente isolada. O escudo havia servido como proteção para as armas do General Zod, mas Zor-El não tinha como testar ou calcular se seria o bastante para salvá-los agora. E mesmo se aquele pedaço de terra, de alguma forma, conseguisse se manter intacto, como Argo City poderia sobreviver se todo o resto de Krypton fosse demolido?

As trombas d'água circundavam a baía como se fossem predadores em busca de qualquer coisa para devorar. Uma sucessão de ondas obliterou o pequeno pescoço de ganso que ligava a península de Argo City ao continente, transformando-a finalmente numa ilha.

Ondas de maré vinham em sua direção, como se estivessem sendo perseguidas por algum demônio terrível. Uma cachoeira apareceu em uma fenda no meio do oceano enquanto a crosta profunda se abria, um buraco vazio que todos os mares de Krypton não conseguiriam preencher. A primeira linha de ondas gigantes caiu sobre a fissura e verteu para dentro das profundezas inconcebíveis. Assim que o oceano se encontrou com o magma quente, um exército interminável de canhões pareceu disparar tiro após tiro.

Outra erupção vomitou colunas de lava *verde-esmeralda* – minerais estranhamente alterados que mostraram a Zor-El que a transformação no núcleo instável de Krypton havia continuado mesmo depois que ele e o irmão reduziram a pressão.

Ele já havia perdido Jor-El, e queria ter tido a chance de conhecer seu bebê recém-nascido. Pouco antes de toda a comunicação ser cortada, seu irmão havia lhe falado sobre seu plano desesperado de enviar o bebê para um planeta desconhecido. Com tristeza, Zor-El desejou que ele e Alura tivessem tido um filho ou uma filha, mesmo que por apenas alguns anos...

Ele queria muitas coisas, mas agora era tarde demais.

Uma onda colossal caiu sobre a parte superior da cúpula protetora, fazendo com que espuma e névoa a circundassem. Ironicamente, Zor-El viu um arco-íris mais acima, moldado pela luz brilhante de Rao. O pedaço de terra que retinha Argo City se ergueu acima do nível do mar, e se desprendeu como se uma força vinda de baixo o empurrasse para longe.

A catástrofe continuava.

CAPÍTULO 89

Kryptonopolis começou a cair. O povo na nova e gloriosa capital havia testemunhado a perda de Kandor, depois a ascensão e a queda de um Zod sedento pelo poder. Mas não podia compreender a magnitude do que estava acontecendo à sua volta, ao seu mundo.

Tyr-Us convocou todos os membros do Conselho reconstituído para uma sessão de emergência, mas os poucos que apareceram simplesmente sentaram-se à mesa, cheios de temor e descrença. No-Ton, Or-Om e Gal--Eth haviam partido em busca de seu próprio plano de sobrevivência de última hora. Trovões ressoavam tanto no céu quanto na terra sob seus pés.

Quando grandes fendas começaram a se abrir nas ruas recém-pavimentadas, os membros do Conselho que restavam começaram a culpar uns aos outros por não terem ouvido Jor-El, quando poderiam ter evitado o desastre. Os outros haviam ouvido, e ignorado, os apelos desesperados de Jor-El para que não lançassem a Zona Fantasma pelo eixo que dava no núcleo. Preocupados com os próprios interesses, tinham desprezado as advertências. Não acreditavam que algo tão terrível pudesse acontecer.

– Entrem em contato com Jor-El novamente! – resmungou Gil-Ex. – Deem a ele qualquer coisa que quiser. O Conselho irá apoiá-lo novamente, contanto que ele nos diga como fazemos para nos salvar.

– É tarde demais – disse Korth-Or. – Você não consegue sentir isso?

— Nunca é tarde demais — exclamou Tyr-Us. — Nós somos o povo de *Krypton*.

Mas mesmo que Jor-El pudesse salvá-los, que chance eles teriam?

As cinco torres de cristal de Kryptonopolis que haviam crescido rapidamente do nada começaram a tremer. Fissuras se abriram como raios nas faces transparentes. Devido ao crescimento acelerado, por insistência de Zod, as torres cristalinas sempre foram instáveis, até por estarem cheias de impurezas e fragilidades estruturais.

As torres altas se partiram e caíram sob o próprio peso, enviando uma chuva de fragmentos afiados na direção da multidão apavorada que estava embaixo. Aqueles que não conseguiram fugir rápido o suficiente ficaram paralisados enquanto enormes blocos transparentes de pedra caíam sobre eles e se espatifavam no chão com um impacto explosivo.

No mirante que ficava fora de Kryptonopolis, a torre mais alta, que Zod havia insistido em chamar de Torre de Yar-El, resistiu às ondas de choque por mais alguns minutos do que as outras, mas também acabou se partindo ao meio e caindo.

Na Praça da Esperança, as coberturas das fossas agora vazias onde antes estavam os dardos nova desmoronaram e caíram para dentro como alçapões; kryptonianos em pânico caíram gritando dentro das covas.

Uma fenda em zigue-zague se abriu no meio da praça, e foi se alargando até engolir as duas metades da estátua caída do General Zod. O rosto esculpido em pedra do ditador deslizou sobre a beirada e desapareceu nas profundezas do planeta agonizante.

Dentro do palácio do governo, os membros restantes do Conselho gritavam por socorro. Pilares cederam. As muralhas caíram e viraram escombros. Tyr-Us finalmente berrou, embora ninguém o estivesse escutando:

— Estávamos errados!

Instantes depois, todo aquele edifício imponente implodiu, enterrando a todos com uma avalanche.

Do lado de fora da cidade, as estruturas gigantescas de arcas inacabadas tremeram e tamborilaram, refletindo os tremores que vinham do solo. No-Ton balançou a cabeça em triste consternação. Não havia jeito de apressar o trabalho.

As naves haviam sido construídas numa velocidade notável. Equipes trabalharam com uma ansiedade emocionante, sabendo que as próprias vidas estavam em jogo. *Eles* haviam acreditado nas previsões sombrias de Jor-El. Usando material e componentes estruturais de edifícios já existentes, eles correram para erguer as estruturas.

Duas das arcas haviam sido parcialmente cobertas com um revestimento de metal, como se fossem escamas de um réptil gigante, mas os interiores estavam inacabados. As naves não possuíam sistemas de suporte vital e escassos suprimentos alimentares. As equipes haviam trabalhado de forma independente e caótica, sem um plano geral.

No-Ton chorou. Sete horas antes, ele desmontou todas as equipes de construção e ordenou que concentrassem todos os esforços na finalização de uma única arca. Apenas uma...

Com um poderoso deslocamento sísmico, uma das estruturas estremeceu, como se fosse o esqueleto de metal de uma enorme fera pré-histórica. Em meio a um coro de gemidos, uma de suas laterais se curvou. A viga cedeu, atraindo centenas de retângulos enormes de revestimento do casco que caíram fazendo um barulho que mais parecia o rugido de um trovão metálico. Milhares de trabalhadores ficaram presos em seu interior. Equipes abandonaram os seus postos, correndo para se proteger, na esperança de que pudessem arrastar os feridos que estavam no meio dos escombros.

Um tremor mais intenso derrubou um guindaste. Outra nave desmoronou. Até mesmo os compartimentos blindados mais seguros não podiam proteger ninguém de um mundo que estava implodindo.

Uma fissura longa e escura rasgou a superfície do planeta e engoliu as bem-intencionadas equipes de resgate; cada vez mais terra e rochas desmoronavam para dentro das profundezas. Um vapor vermelho e amarelo sulfuroso brotava da ferida quente e exposta.

Com um grito estridente de um metal que não oferecia mais resistência, a última das enormes arcas tombou, caindo perto de No-Ton. As arcas – a última chance para ele e todas aquelas pessoas – jamais voariam.

Jor-El e Lara ficaram observando a diminuta e solitária nave espacial virar um pontinho no céu, até finalmente desaparecer.

– Kal-El está seguro.

– Pelo menos um de nós escapou. – Lara pegou a mão do marido. – E pelo menos estamos aqui juntos. – Embora Jor-El tivesse uma boa noção da extensão do desastre, do número impressionante de óbitos, seu coração, naquele instante, só tinha espaço para a esposa e o filho.

Uma linha de lava em tom esmeralda jorrou de uma fenda recém-aberta no terreno da propriedade. As planícies estavam em chamas por conta das erupções iniciais. Montanhas inteiras estavam sendo engolidas.

Abraçados, ele e Lara observavam o colapso das estruturas à sua volta.

A torre láctea em espiral tremia e balançava. Jor-El ficou surpreso com a quantidade de tensão que a estrutura suportou antes de finalmente desabar. Seu ápice roçou a lateral do principal laboratório de Jor-El, e derrubou outro pedaço do edifício.

As longas paredes se estilhaçaram, destruindo os cobiçados murais que os pais de Lara haviam pintado. Para Jor-El aquilo simbolizava a facilidade com que a história de Krypton estava sendo apagada. Será que alguém se lembraria deles? Por toda a galáxia, será que Krypton seria simplesmente esquecido?

Onze dos doze obeliscos desmoronaram, caindo de frente sobre o gramado roxo ou sobre as cercas vivas impecavelmente cuidadas. Todo o trabalho artístico cuidadosamente pensado por Lara havia se transformado em poeira e ruínas. Ao sentir uma dor no coração, Jor-El percebeu o quanto aquelas obras significavam para ele.

A última pedra lisa, a que continha o retrato fiel de Jor-El com suas características meticulosamente esculpidas, cabelos brancos e olhar perspicaz, tombou.

Enquanto os terremotos aumentavam de intensidade, buracos gigantes se abriam na terra. A mansão foi engolida por uma cratera que não parava de se expandir, e o fogo líquido era pulverizado a alturas cada vez maiores. Ventos quentes carregados de cinzas e poeira o rasgavam como se fossem um furacão do inferno.

Jor-El e Lara se abraçaram fortemente. Ele acariciava o seu rosto, seu cabelo âmbar tão bonito enquanto balançava ao redor dos olhos e das bochechas.

– Como eu gostaria de ter passado mais tempo com você.

Suas lágrimas haviam secado enquanto ela o encarava em seus últimos momentos.

– O tempo que tivemos foi o mais repleto de felicidade que eu poderia esperar. Não tenho arrependimentos. Eu amo você.

Seus olhos azuis estavam claros, e mesmo com todo o Krypton em alvoroço à sua volta, ele só via Lara, apenas o seu rosto.

– Eu amo *você*. – Ela parecia brilhar à luz do sol vermelho filtrada através do resplendor de suas lágrimas. Ele queria que aquele momento durasse para sempre.

Jor-El se inclinou para beijá-la, afastando até mesmo a catástrofe com seu amor. Eles fecharam os olhos, e o mundo se acabou à sua volta.

CAPÍTULO 90

A nave solitária cravejada de cristais seguiu para o espaço, fugindo da atmosfera de Krypton e deixando o agonizante planeta para trás. Dentro da pequena nau, um único bebê, quente e protegido pelos cobertores que seus pais lhe deram, piscava seus inocentes olhos azuis.

Os cristais ao seu redor continham todas as lembranças e o conhecimento de Krypton, embora Kal-El ainda não soubesse disso. Ele havia tido poucas experiências, mas elas estavam nítidas e brilhantes em sua mente ávida. O menino podia assistir ao que era exibido pelos painéis de observação circulares. Embora não entendesse o que via, o espetáculo ficaria gravado para sempre em sua memória.

Com seu núcleo destruído, Krypton havia se tornado uma esfera vermelha e marrom com rachaduras provocadas pelo fogo, como uma brasa parcialmente extinta. O planeta começou a desmoronar lentamente, até mesmo graciosamente, contraído pela mão invisível da gravidade, a casca vazia de uma fruta que estava sendo esmagada por dentro.

Quando toda aquela massa gravitacional se chocou com o centro, as ondas de choque provocaram uma reação igual, porém oposta. O mundo mortalmente ferido começou a ressoar. Fragmentos de continentes e o que restava dos oceanos dilaceraram o que ainda restava daquela atmosfera compacta.

Krypton explodiu com um clarão vermelho e um resplandecer esmeralda. Fragmentos foram arremessados em todas as direções.

Enquanto a nave de Kal-El seguia em frente, sua fuselagem ressoava com centenas de impactos. Os sistemas automatizados compensavam, tomando medidas evasivas e aumentando a velocidade. Os restos do planeta morto do bebê resfriaram e deram origem a um punhado de fragmentos luminosos que se espalharam no vazio gelado do espaço.

A unidade estelar alienígena foi ativada, acelerou além da velocidade da luz, seguiu como uma onda pelo espaço e arrastou atrás dela muitos dos detritos do planeta em um turbilhão.

A nave acelerou até Rao não passar de uma estrela muito brilhante no firmamento. Seguro e sozinho, o último filho de Krypton navegava rumo a um planeta azul que orbitava uma mediana estrela amarela.

Terra.

O novo lar de Kal-El.

AGRADECIMENTOS

Destruir um mundo não é uma tarefa fácil (embora minha esposa me diga que eu tenho uma "alta contagem de corpos celestes" nos meus romances). Entre as muitas pessoas que me ajudaram em *Os últimos dias de Krypton*, gostaria de agradecer especialmente a Paul Levitz, John Nee e Steve Korté na DC Comics, que viram imediatamente o potencial deste projeto assim que o apresentei. Chris Cerasi, na DC, e Mauro DiPreta, na HarperEntertainment, fizeram um excelente trabalho como editores, usando sua experiência tanto nos quadrinhos como na literatura, para me ajudar a elaborar este livro até que chegasse a sua forma final. Meu agente, John Silbersack, da Trident Media Group, interferiu nos vários contratos e desafios relacionados ao licenciamento. Na WordFire, Inc., a equipe de Diane Jones, Louis Moesta e Catherine Sidor me assessorou completamente na preparação, no desenvolvimento e na revisão do manuscrito, e minha esposa, Rebecca Moesta, fez o que sempre faz... que é muito mais do que eu poderia listar aqui.